Levo você até lá

Joyce Carol Oates

Levo você até lá

tradução:
Luiz Antonio Aguiar

Copyright © 2002 by The Ontario Review
Copyright da tradução © 2004 by Editora Globo S.A.
Publicado mediante acordo com Harper Collins, Publishers, Inc.

Todos os direitos reservados. Nenhuma parte desta edição pode ser utilizada ou reproduzida – em qualquer meio ou forma, seja mecânico ou eletrônico, fotocópia, gravação etc. – nem apropriada ou estocada em sistema de bancos de dados, sem a expressa autorização da editora.

Título original:
I'll Take You There

Preparação: Beatriz de Freitas Moreira
Revisão: Maria Sílvia Mourão Neto e José Godoy
Capa: Rita da Costa Aguiar
Foto de capa: Hulton Archive / Getty Images

Dados Internacionais de Catalogação na Publicação (CIP)
(Câmara Brasileira do Livro, SP, Brasil)

Oates, Joyce Carol, 1938-
  Levo você até lá / Joyce Carol Oates ; tradução Luiz Antonio Aguiar. – São Paulo : Globo, 2004.

  Título original: I'll take you there
  ISBN 85-250-3714-4
  ISBN 0-26050117-0 (ed. original)

  1. Romance norte-americano I. Título

04.6762   CDD-813

Índice para catálogo sistemático:
1. Romances : Literatura norte-americana 813

Direitos de edição em língua portuguesa para o Brasil
adquiridos por Editora Globo S. A.
Av. Jaguaré, 1485 – 05346-902 – São Paulo – SP
www.globolivros.com.br

Para Gloria Vanderbilt

SUMÁRIO

I. A PENITENTE *11*
II. A AMANTE-DE-NEGROS *113*
III. A ESCAPADA *271*

Uma *imagem* nos mantém aprisionados. E não podemos sair dela porque repousa em nossa linguagem e a linguagem parece nos reproduzir inexoravelmente.

L<small>UDWIG</small> W<small>ITTGENSTEIN</small>, *Inquirições filosóficas*

I
A PENITENTE

1

Toda substância é necessariamente infinita.

SPINOZA, *Ética*

NAQUELES TEMPOS do início dos anos 1960, ainda não éramos mulheres, e sim garotas. Isso, sem nenhuma ironia, entendia-se como algo que nos favorecia.

Estou pensando na casa no alto de uma destacada colina no campus entrecortado de elevações e sempre açoitado pelo vento, no norte do Estado de Nova York, onde morei por nove meses miseráveis quando tinha dezenove anos de idade, desfiando-me em meio a estranhos como se fosse um dos meus suéteres ordinários de orlon. Estou pensando que, nessa casa, havia áreas proibidas e atos proibidos, relativos a essas áreas. Algumas dessas proibições tinham a ver com *rituais secretos* da Kappa Gamma Pi (sendo essas palavras uma invocação sagrada, uma vez que a pessoa fosse iniciada em seu significado), e, outras, com a tutora da irmandade feminina, a inglesa Agnes Thayer.

Fui acusada de ter destruído a sra. Thayer. *Eu a forcei além do seu limite*, o que me faz imaginar empurrando-a para a beirada de um penhasco, um precipício, e a sra. Thayer caindo por força de algum empurrão sobrenatural de meus braços. Já outros alegavam que a sra. Thayer foi que me destruiu.

A casa Kappa Gamma Pi! O endereço era University Place, 91, Syracuse, Nova York. Era uma construção maciça e cúbica de três andares no estilo antigo conhecido como neoclássico; feita de pedra calcárea sólida, de tonalidade escura, rosa-chumbo, como se fosse um tesouro antigo arrancado das profundezas oceânicas. Ah, se você pudesse conhecê-la! Se a pudesse ter visto com os meus olhos. A sombria fachada coberta de hera, sob a perpétua ventania de Syracuse, com cada pequenina folha de hera estremecendo e murmurando como se fossem pensamentos. Perguntas insaciáveis: *Por quê? Por quê? Por quê?* O pórtico elevado e as quatro altas e graciosas colunas no estilo chamado dórico, tão lisas e descaracterizadas como postes telefônicos. A casa estava localizada no extremo norte da University Place, a cerca de seiscentos metros do Eric Hall, o prédio de granito da administração, o mais antigo prédio de todo o campus. A University Place era um larga avenida dividida por uma fileira de olmos, que iam morrendo lentamente, mas mantinham a elegância. Caminhar da casa Kappa até o campus da universidade nas manhãs de inverno mais rigorosas era como escalar uma encosta de montanha. A inclinação, de tão íngreme em alguns trechos, e as calçadas, tão escorregadias por causa da camada de gelo que as cobria, tornavam muito mais fácil chapinhar pelos gramados quebradiços. A volta, uma descida em sua maior parte, podia ser até um esforço físico menor, mas também era arriscada. Meio quarteirão antes do final da University Place o terreno se elevava, como se fosse uma extravagância cruel, e no final havia uma encosta bastante inclinada a ser vencida, um trecho como uma corcova íngreme, no topo da qual ficava a imponente casa Kappa, tendo, acima do pórtico, estes símbolos misteriosos:

Κ Γ Π

A casa Kappa Gamma Pi, diferentemente da maioria das casas das fraternidades e irmandades locais, tinha uma história. Era, de fato, *histórica*; não fora construída para o mero propósito de servir como uma residência grega, mas fora a moradia de um milionário, uma mansão construída em 1841 (como assinalado orgulhosamente por uma placa) por um proeminente fabricante de mecanismos de relógios, e legada à seção local da recém-fundada irmandade nacional Kappa Gamma Pi por ocasião da morte da sua idosa viúva, uma antiga Kappa da classe de 1938. *Que seja seu nome sagradamente lembrado para sempre*, como me ensinaram solenemente as antigas irmãs da Kappa, mas o nome dela desapareceu da minha memória e é apenas da casa que consigo recordar.

Antes de ser iniciada na Kappa Gamma Pi, no segundo semestre do meu primeiro ano na universidade, era freqüente eu me desviar bastante do meu caminho para passar perto da casa. Na época eu era uma candidata, não ainda uma *irmã*. Perambulava diante da casa, perdida de amor, repleta de esperanças, contemplando a fachada sombria coberta de hera, as quatro colunas altas, que na minha imaginação eram bem mais de quatro, eram cinco, seis, dez colunas! As letras flutuantes KΓΠ me enchiam de fascinação, de espanto. Isso porque eu ainda não sabia o que significavam. *Será que vou ser uma Kappa?*, pensava, *Vou, sim... vou... vou ser uma Kappa*. Não parecia possível, mas tinha de ser possível porque, de outro modo, como eu suportaria? Estava possuída da paixão irresistível de quem desconhece a paixão; rejeitada e frustrada; se ficar apaixonada fosse um jogo, o objetivo do jogo seria, para mim, resistir; como no xadrez, em que se podem sacrificar peões para proteger a rainha; a rainha é seu verdadeiro eu, seu eu-virgem e inviolável; nunca se pode entregar a rainha! E assim eu me tornei uma dessas pessoas cujo sistema imunológico está indefeso diante do ataque do virulento microrganismo invasor. Meus olhos, embaçados de emoção, deixavam propositadamente de reparar na pátina de limo das paredes de calcário e das colunas, e as quase imperceptivelmente gastas e musgosas telhas de ardósia do telhado, que, iridescentes quando molhadas sob um raro sol ofuscante, ficavam lindas. Eu nem mesmo enxergava a ferruginosa teia de veias ou de vestígios fósseis marcada na pedra pela hera inglesa, já morrendo em alguns pontos, que vinha morrendo e murchando há anos.

Havia mais de vinte residências gregas na University Place ou em suas imediações. A Kappa Gamma Pi não era nem a maior nem a mais bonita. Você poderia argumentar que era a mais melancólica, e até mesmo a mais feia de todas, mas, para mim, tais características sugeriam altivez aristocrática, autoridade. Viver numa mansão como aquela e ser uma iniciada, uma irmã da Kappa Gamma Pi, seria, eu já sabia, ser transformada.

Ficava imaginando se, na iniciação, me dariam um nome Kappa secreto.

Não acreditava em contos de fadas nem naquelas ridículas histórias que começavam com *Era uma vez*. Um desses contos de fadas marcara meu nascimento e a minha infância, mas fora um conto de fadas cruel e brutal, no qual o recém-nascido não fora abençoado, mas amaldiçoado. No entanto, eu acreditava, sem questionamentos, na Kappa Gamma Pi. Acreditava que transformações como essas não só eram possíveis, mas até corriqueiras. Acreditava que transformações como essas não só eram possíveis, mas até inevitáveis. Não eu, não exatamente eu, mas uma outra garota com meu nome e meu rosto, uma garota *iniciada* — uma *ativa* —, iria morar, muito em breve, naquela casa, e usaria, com comovido orgulho, o broche das Kappa, em brilhante ébano com letras douradas e uma delicada corrente dourada, e o usaria sobre o seio esquerdo, bem onde todas as privilegiadas garotas de irmandades usavam seus broches sagrados, na proverbial região do coração.

A *admissão*. Subindo para a casa, pisando sobre lajes de pedra com aparência de velhas, antigas. Pedra que já havia rachado, quebrado; pedra gasta até ficar lisa por muitos e muitos pés, ao longo de muitos e muitos anos. Se os degraus estivessem cobertos de gelo ou se estivesse ventando (a não ser com o ar estagnado e inerte do verão, o vento era constante), era sempre possível se apoiar no corrimão de ferro, velho, com detalhes ornamentais e não inteiramente firme. Essa colina acima da calçada pública era tão íngreme que não poderia suportar um gramado, no sentido convencional; não havia grama para ser cortada, somente uma superfície rachada de granito, em cujas ranhuras cresciam miniaturas de arbustos, samambaias selvagens de uma variedade verde-ácida-escura e a *Rosa rugosa*, em brilhantes borrões coloridos. Essa fachada da casa, tão espetacular, era característica da maior parte das propriedades no extremo norte da University Place, e talvez fosse o que fizesse as pessoas de fora sentirem toda a sua dignidade, inacessibilidade e alto valor. No topo dos degraus (eu os contei repetidas vezes: dezoito), podia-se fazer uma pausa ofegante para olhar para trás e assim contemplar a paisagem às costas, tão impressionante como uma cena numa xilogravura antiga; lá estava o Eric Hall, com seu visual gótico em granito escuro, flutuando acima de sua colina, uma colina ainda mais alta do que a da Kappa, com seu sino brilhante (pelo menos, na minha lembrança) numa eterna luminosidade declinante, mas sempre num lindo e misterioso tom sépia-dourado.

O céu de Syracuse vivia carregado, coberto de nuvens, como se guardasse segredos, paixões. As nuvens nunca tinham apenas duas dimensões, como paisagens de uma pintura, mas eram volumosas, maciças, massudas, bojudas e intumescidas, saltadas, opulentas em seus relevos, e nodosas, raramente brancas, e raramente de um único tom, mas numa infinidade de variações do cinza, cinza-escuro, cinza-pólvora, cinza-arroxeado, cinza-ferroso, cinza-púrpura, atravessadas por raios de sol que surgiam delas, misteriosamente, e abruptamente perdiam seu brilho. A chuva caía sempre, ou haveria acabado de cair, deixando tudo úmido, molhado, brilhoso, lavado e limpo; algo tristonho, com aparência culpada, ou reluzente de otimismo e esperança. A não ser que a neve estivesse prestes a cair — "Oh, meu Deus, sente esse cheiro? Como raspas de ferro. Isso é *neve*".

A porta da casa Kappa, grande e imponente, era feita de madeira de carvalho, com uma aldrava de ferro. Havia uma sineta que, quando tocada, emitia melódicos repiques que invadiam todo o interior da casa. Essa sineta "feminina" contrastava com a pesada arquitetura masculina e poderia sugerir alguma coisa da atmosfera ali dentro, algo dissimulada, subliminar. Os aposentos comunitários do andar inferior (como eram pomposamente chamados) eram impressionantemente formais, escuros, com tetos altos, e pareciam opressivos apesar de seu papel de parede francês, com ornamentação de filigranas douradas. O mobiliário, pesado e velho, era constituído de "antiguidades vitorianas". Um *legado*, assim nos garantiam as irmãs da seção local da Kappa, solenemente, *peças inestimáveis, insubstituíveis. Cuidem bem delas!* Tínhamos de nos sentir como crianças desastradas supercrescidas transitando por lugares sagrados.

E eram sagrados, assim suponho. Ao seu modo. No seu tempo. Quem poderia resistir ao belíssimo brilho dos candelabros de cristal, incrustados de poeira durante o dia, talvez, mas, à noite, iridescentes e faiscantes. Aos caríssimos tapetes — "herança de gerações, antiguidades orientais" —, vivamente coloridos como jóias preciosas em certos pontos, se bem que, em outros, sobre os quais havia maior trânsito, gastos, e já tão finos quanto cobertores de lã bastante usados. Em muitos dos ambientes do andar de baixo havia imponentes lareiras de mármore, como se fossem altares (raramente eram usadas, como fui descobrir, já que produziam fumaça em excesso); em todos os cantos havia espelhos com molduras ornamentadas e superfícies com bordas decoradas, que refletiam com todo o destaque e limpidamente o rosto de quem se pusesse na ponta dos pés para mirá-los, como Alice, prestes a entrar no Mundo do Espelho. Esses espelhos pareciam dobrar ou mesmo triplicar as dimensões das salas sombrias, como num sonho de insana nitidez, que deixa quem sonha exausto e desnorteado, como se exaurido de espírito. Ludibriada por esses espelhos em minhas primeiras visitas à casa (durante toda a ansiosa semana de seleção para a irmandade, no segundo semestre), eu costumava sair de lá com uma equivocada impressão sobre a grandeza daqueles ambientes, como se tivesse estado numa catedral.

Num canto da majestosa sala de estar, junto a um quadro a óleo do primeiro proprietário da casa, havia um piano de cauda Steinway, feito de mogno caprichosamente lustrado, com teclas de marfim já manchadas, muitas das quais emperradas. Era um lindo piano, mas, de algum modo, melancólico, que exalava um odor forte e misterioso, despertando em meu coração a curiosidade por descobrir seus segredos, o desejo de me tornar capaz de *tocá-lo*. Infelizmente a tutora da Kappa havia decretado que o piano estava vedado até mesmo às duas ou três irmãs habilitadas a tocá-lo, a não ser por uma única hora depois do jantar e, nas tardes de domingo, no arbitrário período entre as quatro e meia e as seis horas, quando as Kappa mais atrevidas batucavam nele velhos sucessos como "Chopsticks" e "Beguin the Beguine".

Por diversas vezes, quando me vi sozinha na sala de estar, ousei sentar ao Steinway de cauda e pousei meus dedos encabulados sobre as teclas; gentilmente, pressionei-as, tirando delas um som débil, tremido, submerso, vindo do interior do instrumento. (O piano sempre era mantido fechado, a tampa descida como num caixão.) Eu sabia bem pouco sobre pianos. Quando estava com doze anos tentei tocar para imitar uma amiga minha que tomava aulas. Cresci com os meus avós, que eram fazendeiros, imigrantes alemães, sem tempo para música, muito menos para a do gênero clássico. Ainda assim, o fato de existir um piano na sala de estar da Kappa era um consolo. De algum modo, o instrumento significava um lar, para mim. Mesmo que não conseguisse tocá-lo e que, afinal, não tivesse permissão para tocar. *Ainda assim, o piano está lá. Assim como o mundo-em-si* — eu havia começado a estudar Immanuel Kant no meu segundo ano de faculdade — *existe, mesmo intangível para nós*. A solidez física parecia estabelecer uma realidade que ultrapassava a minha própria realidade; mais valiosa do que o momento fugaz, sempre insatisfatório, que eu, uma segundanista, uma garota solitária em meio ao alarido das *irmãs*, estava vivendo. Pois, o que poderia eu sentir, a não ser a relutância em retornar para o quarto lotado e enfumaçado do terceiro andar para o qual fora designada, onde minha companheira de quarto fumava cigarros, um atrás do outro, e habitava num displicente emaranhado de roupas, esmaltes (e removedores de esmalte que cheiravam tão agressivamente quanto desfoliantes químicos), batons grudentos, recipientes de maquiagem e resumos mimeografados de suas aulas; ela estaria lá, mas também outras Kappa estariam o tempo todo passando pela porta, ou se esparramando sobre minha cama, soltando fumaça com o luxurioso abandono de garotas longe da supervisão dos adultos, batendo suas cinzas incertamente sobre um cinzeiro comunitário com uma dançarina de hula de plástico no centro. Relutando a voltar lá para cima porque, para meu desencanto, me via tão solitária quanto era antes de me tornar uma irmã — uma "ativa" — da Kappa Gamma Pi, e sem mais nenhum subterfúgio a não ser concluir *É você! É sua culpa. Sua eterna insatisfeita.*

Era a minha maldição. Teria de carregá-la por toda a vida. Como se um *troll* cruel tivesse me batizado, ainda pequena, enquanto minha mãe, sem ter consciência disso, já começava a ser exaurida pela Morte. Os dedos do *troll* borrifando água envenenada em minha testa. *Eu te batizo em nome da ansiedade eterna, da busca eterna e da insatisfação eterna. Amém!*

Certa vez, em que me deixei ficar sentada por um tempo a mais ao piano, perdida em devaneios, pressionando as teclas com ambas as mãos e produzindo acordes quase inaudíveis que reverberavam como se fosse uma música fantasmagórica ouvida à distância, as cortantes luzes do teto da sala de estar foram acesas, subitamente (era um final de tarde de novembro, o interior da casa estava escuro como se fosse noite alta), e lá surgiu de pé a governanta da casa, a sra. Thayer, me encarando, emoldurada pelo teatral umbral da entrada. Seu porte era majestoso, com um rosto empoado que reluzia numa umidade rósea e carnuda, como patê de presunto em lata. E tinha no rosto, naquele momento, uma expressão indignada, como se não acreditasse no que via.

— *Você!* É você... Mary Alice? O que está fazendo aqui? Será que já não expliquei... repetidamente... que nosso piano deve-se manter fechado? Caso contrário, vai ficar entranhado de poeira, vai desafinar, um instrumento musical caríssimo e insubstituível, uma antiguidade, um Steinway, um insubstituível Steinway. Pelo amor de Deus! Ah, vocês, garotas... Não conseguem se *lembrar* do que lhes é dito? Você não *pensa*? Tenho de repetir e repetir várias vezes? Várias e várias vezes?

Como se uma mola se liberasse dentro do seu cérebro, a sra. Thayer começou a me repreender. E essa era a sua maneira predileta de aplicar uma repreensão: em seu sonoro, áspero, e corrosivo sotaque britânico. Como se fossem jatos de gás, seus olhos, muito azuis e próximos demais um do outro, faiscavam. Ela se estica na totalidade de seu um metro e sessenta de altura, sua figura gorducha com uma cinta bastante apertada por baixo das roupas, e me cravou o olhar por um longo e devastador momento. Era aquele olhar, aquele fixo olhar britânico, que tornara famosa a governanta de nossa casa. As garotas de irmandades rivais sabiam tudo sobre a sra. Thayer, da Kappa; garotos que saíam com garotas Kappa contavam histórias sobre ela e balançavam as cabeças em relutante admiração. Eu me encolhi diante do desagrado da mulher como se fosse uma criança culpada, minhas faces queimando, minha voz gaguejante:

— Senhora Thayer, sinto muito. Na verdade, eu não estava...

A sra. Thayer me interrompeu, impaciente e com toda a altivez, já que essa era uma irritação habitual dela, a maneira como *garotas americanas* se desculpavam, enquanto, no mesmo fôlego, tentavam negar aquilo pelo que estariam se desculpando:

— Sem desculpas, por favor! Já escutei, e escutei, e escutei, vezes sem conta, todas essas desculpas.

A sra. Thayer soltou uma risada vivaz para demonstrar que não estava aborrecida; é claro, esses percalços não eram suficientes para aborrecê-la, logo a *ela*, que sobrevivera, como alardeava com orgulho, aos bombardeios de Londres. Claro, no entanto, que ela estava algo perplexa, ou se divertindo...

— Ah, vocês, garotas americanas...

A seguir, num gesto dramático, próprio da sra. Thayer, desligou as luzes e me deixou naquela escuridão lúgubre, aliviada apenas pelas luzes do saguão; depois, girou agilmente sobre os calcanhares e foi embora.

***

A primeira vez que vi Agnes Thayer foi num *open house* durante o processo de seleção da irmandade, em fevereiro do ano anterior. Como não era membro da Kappa Gamma Pi, a sra. Thayer não participava diretamente do ritual "seletivo", mas era sempre uma presença imponente entre as Kappa, supervisionando o serviço do chá com um ar de confiança alegre e benigno. Nunca havia conhecido alguém que falasse como a sra. Thayer, com um sotaque britânico tão acentuado, invadindo meus ouvidos.

— A senhora Thayer, a governanta da casa, é inglesa, sabe? Ela é de Londres — isso me foi dito muitas vezes.

Quando chegou a minha vez na fila de pegar uma xícara de chá, com a mão ligeiramente trêmula, pegando também um pequeno prato com bordas douradas contendo biscoitos, sorri nervosamente para essa mulher, de jovial meia-idade, que serenamente me retribuiu o sorriso. Eu murmurei:

— Obrigada.

Era o que todas as demais diziam, ao que a sra. Thayer respondia, o olhar azul vívido me atravessando como dizem que as infinitesimais partículas subatômicas chamadas neutrinos atravessam continuamente a matéria sólida:

— De nada, minha cara.

Minha cara! Ninguém jamais havia me dito algo assim, nem mesmo de brincadeira.

Assim que me tornei uma iniciada Kappa, e mudei para a residência das Kappa, tornei-me uma das garotas subordinadas à sra. Thayer. Ela era a "governanta" de nossa casa, nossa adulta responsável. O poder da sra. Thayer era total.

Como na realeza, ou, assim eu supunha, era próprio da realeza, a sra. Thayer não podia ser abordada informalmente. Era necessário observar o ritual adequado antes de poder falar com ela em particular. (Mas o que alguém iria falar com a sra. Thayer em particular?

Isso me parecia inimaginável.) Seus aposentos, um pequeno conjunto de salas no térreo da casa Kappa, eram, aliás, tabu.

A suíte dava para uma sala de estar interna, uma biblioteca, e se estendia paralela ao amplo salão de jantar, no sentido dos fundos da casa. Essa sala de estar, embora fosse um dos aposentos comunitários, era contaminada em certa medida pela proximidade da sra. Thayer. Havia vezes em que a porta da sra. Thayer estava aberta, outras, apenas entreaberta, na maioria das vezes, meticulosamente fechada, e, quando entrávamos na biblioteca, imediatamente nos colocávamos em alerta pelo fato de estarmos junto aos aposentos da sra. Thayer; era como se estivéssemos sempre de sobreaviso para a possibilidade de sua presença. Lembro, certa ocasião, de estar parada de pé na sala de estar, meu olhar cravado na porta aberta e um sorriso vagamente inerte no rosto, escutando, embora sem distinguir as palavras, o murmúrio de vozes e até mesmo de risadas lá dentro. A sra. Thayer conversava com alguma das garotas mais antigas, uma de suas protegidas. *Mas do que poderiam estar falando? Do que estão rindo?* Quando finalmente a garota saiu, com a sra. Thayer atrás, olharam para mim com total indiferença; pode ser que a sra. Thayer tenha me cumprimentado, com aquele seu jeito ríspido, enérgico, de quem realmente não admite nenhuma resposta: "Ah, Mary Alice! Como vai *você*"?

Jamais tive a audácia de explicar à sra. Thayer que meu nome não era Mary Alice, nem nada que soasse parecido a Mary Alice; sabia que a sra. Thayer se sentiria ofendida.

A sala de estar era bem menor do que o grande salão de estar forrado de papel de parede em ébano e dourado, com réplicas de seis centímetros quadrados do broche Kappa, que conferia ao ambiente uma perspectiva estonteante, como se a pessoa tivesse sido pega no redemoinho de um ralo. A parede do fundo era coberta por uma estante, do chão ao teto, abarrotada de livros respeitáveis, incluindo coleções encadernadas em couro de clássicos como *Obras completas de William Shakespeare*, *Obras completas de Sir Walter Scott*, *Obras completas de Edward Gibbon*, entre outros, que tinham o aspecto de livros embalsamados, que ninguém abria havia décadas. Nas paredes com aquela estampa tão hostil havia dúzias de fotos emolduradas de diretoras e membros da Kappa, desde 1933, quando a seção local da irmandade fora fundada no campus da universidade, consistindo então de apenas onze garotas de rosto muito determinado. (Como uma irmandade "começa"? Isso eu não podia adivinhar. A famosa pergunta de Parmênides, *Por que alguma coisa pode existir e coisa nenhuma, não?*, em tal contexto, não poderia me parecer mais profunda.) Por todos os cantos naquele salão havia troféus em bronze e mogno, placas, medalhas, certificados congratulatórios, em letras douradas, datando da metade dos anos 1930; registros de bailes de gala de muito tempo antes, de chás, de um ou dois times de *softball*, de piqueniques e cerimônias em que as Kappa receberam premiações de outras Kappa mais velhas, em encontros nacionais. Uma idéia atravessou a minha mente de maneira tão fugaz que nem pôde ser chamada de revelação — *Isso é tudo o que significa ser branca: para estar em meio a elas, eu também preciso ser branca.*

Bastante destacada nesse salão, havia uma peça de mobiliário com um grande tampo de vidro — a mesa da monitora. Nela, presa por uma sólida corrente, estava o livro de registro oficial de "entradas e saídas" da residência. Todas as noites, às oito horas, a casa Kappa, como todas as residências universitárias, era fechada; a porta dos fundos não era apenas fechada, mas trancada a cadeado. Então, a monitora designada para aquela noite se sentaria à mesa; sua tarefa seria atender aos chamados telefônicos, interfonar para as garotas nos quartos (telefones individuais não eram permitidos), e, acima de tudo, se assegurar de que as garotas não escapariam pela porta da frente sem assinar o livro de registro.

— Sob este meu teto, a hora de se recolher será estritamente observada — alertava gravemente a sra. Thayer.

E isso significava onze horas, nas noites dos dias úteis normais, meia-noite nas sextas-feiras, uma da manhã aos sábados, e dez da noite aos domingos, de acordo com as normas universitárias que eram aplicadas rigidamente às estudantes de graduação. (Não havia nenhum toque de recolher para os homens, que poderiam ficar ausentes de suas residências por dias a fio sem que se relatasse o fato às autoridades.) Como a sala de estar era adjacente aos aposentos da sra. Thayer, risadas e "balbúrdia", fossem do tipo que fossem, eram proibidas. Em mesas particularmente escolhidas para isso, estavam dispostos os anuários da Kappa e outras publicações adornadas com a insígnia Kappa, e, sobre uma mesinha de café, jornais e revistas arrumadas em leque, em sua maior parte edições atrasadas das revistas da sra. Thayer, como *Harper's & Queen*, *Punch*, *Manchester Guardian*, e outras publicações britânicas que ela recebia pelo correio. O próprio papel em que eram impressas, fino como lenços de papel, emitia um ar elitista. Qualquer pessoa que conhecesse a sra. Thayer teria de reconhecer que qualquer coisa originária da Inglaterra era de melhor qualidade que seus equivalentes americanos. Não havia dúvida de que as irmãs Kappa que a haviam contratado, impressionadas pelo seu porte e sotaque, tinham isso em mente. Mesmo assim, na prática, ninguém além de mim abria essas publicações, quanto mais as lia, à exceção da *Harper's & Quenn*, que vez ou outra era folheada e atirada de volta na mesinha. Nenhuma dessas publicações poderia ser retirada da sala de estar, ou ficar "fora de ordem". Nem mesmo o jornal diário de Syracuse, pelo qual umas poucas garotas passavam os olhos, deveria estar desarrumado sobre a mesa, mas com todas as folhas alinhadas e exatamente do jeito que a sra. Thayer determinava.

Com muita avidez, eu lia as publicações inglesas e as achava mais exóticas que qualquer outra que conhecia. Eu vinha de uma remota região rural na fronteira norte do Estado, na parte noroeste de Nova York. Percorria o *Guardian*, sobretudo suas seções de arte e de cultura, e tentava decifrar as enigmáticas caricaturas no *Punch*. Era surpreendente que a língua inglesa, na qual eu fora criada, ainda fosse para mim um idioma estrangeiro, e sua verdadeira cultura como algo originário de um outro país. Em *Harper's & Queen* eu contemplava fotografias de "propriedades residenciais campestres" — enormes mansões como as que Jane Austen e Charlotte Brontë descreveram em seus livros, com intermináveis acres de radiantes e verdes gramados, enormes canteiros de narcisos, íris e tulipas agitados pelo vento; mulheres e homens elegantes, embora de aparência absurda, montados a cavalo, "indo para a caça". (Iriam caçar raposas? Aquelas criaturas mimosas e tão encantadoras? Elas não apareciam nas fotografias.) Contemplava as poses rígidas da rainha e da família real, adornadas por suas insígnias monárquicas mas com ar de pessoas comuns, em trajes de festa. Alguma coisa me apertava o coração; senti de repente que detestava toda aquela pompa e pretensão. Eu era uma americana até a raiz dos cabelos e não acreditava em privilégios de herança. Ainda assim, repunha no lugar cuidadosamente as publicações britânicas, exatamente do jeito como a sra. Thayer as havia arrumado.

A sala de estar, a mesa da monitora, a proximidade do gabinete da sra. Thayer logo se tornaram um ambiente carregado de ansiedade para mim. Vislumbrar tudo isso novamente, agora, tantos anos depois, faz minhas têmporas doerem com a mesma opressão e a vertigem que me causava o papel de parede com as insígnias da Kappa. Como segundanista, eu era escalada para a tarefa de monitora, à mesa, a cada dez ou doze dias, e ficava tão intimidada diante de minhas "irmãs" mais velhas que, quando elas escapavam atrevidamente da casa, rindo e acenando para mim, ou mesmo me lançando beijos, ou me ignorando junto com o livro de registros, não as chamava, muito menos ia atrás delas, nem as denunciava à governanta da casa como me era exigido. *Sob este meu teto, a hora de recolher será estritamente observada*, repetia enfaticamente a sra. Thayer, e mesmo assim, por covardia, ou pelo desejo de que gostassem de mim, não conseguia me forçar a fazê-lo. Na primeira noite como monitora, que estabeleceu um precedente para os meses seguintes, meia dúzia de garotas ignoraram alegremente o livro de registros e, demonstrando ainda mais rebeldia, sorrateiramente voltaram depois das onze horas, a hora-limite, despedindo-se à porta com risadinhas descontroladas e absolutamente embriagadas, dos garotos com quem tinham saído. Para disfarçar a situação, apaguei as luzes da sala de estar de modo que a sra. Thayer não suspeitasse, e presumi que todas estavam em segurança, no interior da casa, durante a noite. Na verdade, me encolhi nos degraus do *foyer*, junto à porta da frente, tentando desesperadamente ler, sob a luz fraca, cinqüenta páginas da *Ética* de Spinoza para a minha aula de filosofia européia, da manhã seguinte. Lendo e relendo, vezes sem conta, sem conseguir entender *Em si mesmo, entendo aquilo cuja natureza não pode ser concebida a menos que exista*. Não tinha idéia do que deveria fazer. Suponhamos que alguma das minhas irmãs Kappa resolvesse passar a noite inteira fora? Suponhamos que alguma coisa "acontecesse" a elas? Eu compreendia que poderia ser, em parte, responsabilizada; e teria de aceitar essa culpa; de certo modo, era mais culpada do que as garotas ausentes porque deixara de relatar suas escapadas à sra. Thayer, comprometendo igualmente a sua autoridade. Mas as garotas retornaram. À 1h15, à 1h40, às 2h05, e, a última, às 2h20. Nenhuma delas tocou a campainha (o que teria acordado a sra. Thayer imediatamente), mas furtivamente arranharam a vidraça do painel emoldurado ao lado da porta, já que todas pressentiram, aparentemente, que eu as estaria aguardando, sem reclamações e tão submissa quanto uma criada. A última garota a entrar na casa foi uma das Kappa seniores, muito glamorosa e popular, que todos chamavam de Mercy (de Mercedes), diretora da irmandade, a quem eu admirava por sua exuberante beleza, sua risada contagiosa e sua "personalidade". Mercy foi deixada, de pernas trêmulas, na porta da frente, por um jogador de futebol chamado Deke, que lhe dera o broche de sua irmandade como sinal tradicional de que eram namorados; o garoto, fortíssimo e louro, me lançou um olhar, como o de um touro manso e algo zonzo, no que eu, sem dizer nada, abri a porta:

— Boa menina! — ele disse.

Os cabelos louros de Mercy estavam desarrumados e sua cuidadosa maquiagem totalmente borrada. Tinha toda a aparência de quem colocara de volta as roupas no escuro, ou de quem fora enfiada em suas roupas às pressas por outra pessoa. Cheirava a perfume, cerveja e vômito. Enquanto subia tropegamente as escadas, ela tropeçou e exclamou, enrolada:

— Droga!

Eu a amparei, já que estava bem atrás dela, ousando assim tocar-lhe o corpo morno e úmido. Ela afastou os meus dedos gelados com um olhar indignado, e disse, numa voz desdenhosa, quase ininteligível:

— Você...? Mais quidiabo é *você*? Tira essas mãos... dicima-di*mim*...!

E foi assim que o nó começou a desatar.

Ou teria começado meses ou mesmo anos antes e, nesta hora, tão tarde, tão exausta, a percepção clara disso: o absurdo: o despertar para o deciframento de si mesma neste lugar, entre estranhos, pessoas indiferentes e inacessíveis a você, que queria tanto adorá-las, agarrada desesperadamente a um livro de faculdade sobre ética, escrito no século XVII, sob a forma de proposições e teoremas, como na geometria. E tentando não chorar. Porque afinal de contas você não era uma criança. Dezenove anos, uma adulta. E tão magoada! O coração partido! Condenada a recordar a ferroada ríspida, aquela rejeição de uma bêbada, por toda a sua vida.

IRMÃS! Sempre ansiei ter irmãs.

Desde o primeiro ano de escola, observando com indisfarçável inveja e fascinação as grandes famílias típicas de fazendeiros de todas as minhas colegas. Porque, mesmo quando irmãs discutem — e irmãs estão sempre discutindo —, continuam irmãs. Prevalecia o fato: moravam juntas, faziam juntas as refeições, dividiam seus quartos, e, freqüentemente, até mesmo suas camas. Vestiam as roupas umas das outras. Luvas de inverno, cachecóis e botas, de uma e de outra, sempre misturados. Tinham traços em comum, o jeito de remexer os olhos e as cabeças, alguns gestos. Tinham o mesmo sobrenome. E eu não tinha irmã, nunca teria uma irmã. Exceto em minha lembrança, da qual outros debochavam, não tive mãe. Tinham piedade de mim, como se eu fosse uma aberração, sem mãe. Meus irmãos eram muito mais velhos e não se interessavam por mim, exceto nas vezes em que cismavam de implicar comigo e me atormentar, assim como cachorros grandes usam cachorros pequenos como seus brinquedos, vez por outra os ferindo, mesmo sem intenção ou raiva. Meu pai trabalhava "em construções", e normalmente se ausentava de casa por semanas, e mesmo por meses — não ficava claro, pelo menos para mim, para onde ele ia. Meus irmãos e eu vivíamos com os pais do meu pai na sua fazenda de produção de leite de doze acres, próxima de Strykersville, no condado de Niagara, Nova York, a cerca de cinqüenta quilômetros ao norte de Buffalo e a cinco quilômetros ao sul do lago Ontário.

A região era chamada de "O cinturão da neve".

Uma infância cercada de neve. Borrões brancos e amnésicos de neve. Junto à janela do meu pequeno quarto, por baixo do beiral, como uma caverna aberta na neve formada pelos galhos que caíam de um zimbro depois de tempestades de neve mais fortes, restava sempre aquele espaço abrigado do lado de fora da janela, e eu podia enxergar, à distância, a extensão branca ofuscante como um oceano congelado, mudando totalmente a paisagem familiar de nossa fazenda.

Minha mãe morrera quando eu tinha dezoito meses. Haviam me dito *Sua mãe partiu*. Tempos depois me contaram que minha mãe queria tanto uma filha que ela "continuou tentando", mesmo depois de dar à luz três filhos homens — e depois de dois abortos —, e, finalmente, quando teve um bebê, já com quarenta e dois anos de idade, nunca se recuperou. E isso me foi contado num tom de desaprovação, de recriminação. Porque, naquele tempo, quarenta e dois anos era uma idade repugnante, se não obscena, para ser mãe. Parecia ser do entendimento deles que minha mãe, não podendo ter um parto "normal", teve de se submeter a uma cesariana que arruinou a sua saúde; seus seios, sobrecarregados de leite, desenvolveram cistos, como se fossem pequenas pedras de cascalho; a teia diáfana de nervos que constituíam seu ser misterioso e insondável foi se tornando cada vez mais e mais estreita, até que se rompeu, um dia, e jamais pôde ser remendada; assim como uma teia de aranha, uma vez partida, não pode ser remendada. Quando eu tinha oito anos de idade, tendo aborrecido minha avó por alguma infantilidade, ela me disse, numa voz amarga e maldosa, que minha mãe morrera porque *uma coisa a comeu por dentro: câncer*. Minha avó fez então um gesto grosseiro, apontando ruborizada para os seus seios enormes e murchos, e disse:

— Tiveram de cortar fora...

Então, ficou em silêncio. E eu não consegui dizer coisa alguma, de tanto horror. Seus seios? Minha mãe, que eu amava tanto, e de quem sentia tanta falta, seus seios haviam sido... amputados?

Fugi de casa e me escondi no milharal. Não era inverno, então. Ignorei os chamados deles, me procurando. Odiava todos eles, nunca os perdoaria.

Depois daquele dia, minha avó parecia ter esquecido o que me havia contado. Ou então se comportava como se tivesse esquecido. No entanto, assumiam tacitamente que eu conhecia o vergonhoso segredo sobre minha mãe, e precisava aceitar a responsabilidade de sabê-lo. Havia vezes em que escutava minha avó conversando com parentes e vizinhos, sem se preocupar se o que dizia estava ao alcance dos meus ouvidos. E ela dizia em sua voz melancólica e renitente:

— Ele põe a culpa nela, você sabe... na pequena. Pela morte de Ida.

Mesmo ainda tão criança, eu entendia a fatal justaposição entre *ele* (meu pai) e *ela* (a "pequena", que era eu mesma).

Sim, mas eu me lembro dela. Sou a única que me lembro.

"Ida" — o nome era mágico para mim. Aos sussurros, no escuro. Debaixo dos cobertores. A testa prensada contra o peitoril da janela, coberto de gelo. "Ida." Que nome estranho e lindo: nunca me cansava de repeti-lo: era fácil confundir "Ida" com "I"... EU... — aquele som simples e preciso que aprendera a produzir com minha boca e minha língua para significar eu mesma.

A bem da verdade, com o ímpeto predatório de um exército invasor, meus irmãos desprezavam minha infantil alegação de recordar minha mãe.

— *Você?* Você era pequena demais, apenas um bebê quando ela morreu. *Nós* é que a conhecemos.

Eles me odiavam por eu ter nascido; ao nascer, havia provocado a morte da nossa mãe; no entanto, não conseguiam entender que eu era apenas uma menina, não um valoroso inimigo. Argumentavam que minhas lembranças de nossa mãe vinham de fotografias, que ela não estava na minha memória, de verdade; que eu confundia assim a mulher madura de pele amarelada com aquela outra, muito mais bonita, das fotos do álbum de família, com os cabelos negros, com a franjinha sexy, algo masculina, dos anos 1920, as mãos nos quadris. Um sorriso ligeiro, um bater de asas à frente da câmera, como um pássaro voando de encontro a uma janela. Não tinha a menor vontade de considerar que aquela mulher cintilante, estritamente falando, não fora minha mãe. Mas esses instantâneos tão remotos eram os que eu adorava. Já outros, tirados nos anos 1930, mostrando minha mãe com meu irmão Dietrich, onze anos mais velho do que eu, e com meu irmão Fritz, dez anos mais velho do que eu, e com meu irmão Hendrick, sete anos mais velho do que eu, esses me encantavam muito menos, embora fossem mais próximos da época do meu nascimento. Ocorre que eu não suportava ver minha mãe com outros bebês que não eu. Crianças pequenas em seu colo, zanzando por entre suas pernas. Ela estava começando a dar sinais de cansaço, de esvaziamento, seu sorriso já se tornara forçado nas últimas fotos. O corte tão chique e a franja em seus cabelos já não existiam, o cabelo agora estava solto ao vento, ou puxado todo para trás e preso a um coque, deixando o rosto livre. Depois do meu nascimento, a saúde da minha mãe ficou tão debilitada que não tiraram nenhuma foto dela comigo. Nenhuma foto também da caçula. Ainda assim, eu reivindicava me lembrar da minha mãe e me apegava firmemente à minha obstinação, contra todos os detratores. Meus avós alemães haviam sido velhos, velhos e velhos, desde que os conhecera, como *trolls*, me olhando pelo canto dos olhos com piedade e reprovação. Era evidente que não gostavam da minha mãe, mas gostavam ainda menos de mim por tê-la matado e por ter tornado seu único filho um homem profundamente triste. Costumavam conversar, trocando murmúrios entre si no idioma que eu não conseguia compreender, e que não tinha vontade de compreender e que jamais estudaria na faculdade, embora houvesse vezes em que falassem um inglês carregado de sotaque, quando queriam que eu escutasse:

— Essa daí... Sabe-se lá de onde tira essas idéias!

E, intimamente, eu respondia: *Não de você. De nenhum de vocês.*

Era muito raro meu pai conversar sobre esses assuntos íntimos com qualquer pessoa. Ele era um homem ressentido com a vida, taciturno, mal-humorado e frustrado. Era um homem grande, com bem mais de um metro e oitenta, e pesando, talvez, uns cem quilos. Suas pisadas faziam a casa inteira estremecer. Quando inalava o ar profundamente, parecia esgotar todo o oxigênio do aposento. A morte de minha mãe era uma ferida em carne viva para ele. E ele não queria que a ferida sarasse, apesar de levá-lo à loucura. Parecia ter esquecido o meu nome; nunca me chamava pelo meu nome; "você", era o que tinha de bastar; "você" era tudo o que teria como resposta às minhas esperanças; "você" era mais impregnado de desejos do que "eu" porque "eu" era um chamado feito por mim mesma, enquanto "você" poderia ser um chamado, mesmo em voz negligente e ininteligível, do meu pai. "Você!... Não tinha visto você aí." Ou "Você... ainda não foi para a cama?" Todo o meu desejo de estar com o meu pai, mesmo que fosse um esbarrão num corredor escuro, ou ele pisando nos meus pés ao entrar num quarto, não despertava nele um desejo correspondente com relação a mim. Não era apenas (assim eu acreditava) por eu ter matado a minha mãe, mas, sem minha mãe, uma mulher, para fazer a mediação entre mim e ele, não havia maneira de ele me compreender. Uma garota? Uma menina? E aquele seu olhar! Ele tinha tanta consciência da minha existência quanto se eu fosse um filhote de cachorro saltando sobre suas pernas ou do qual a baba escorresse, ou que choramingaria quando o deixassem abandonado. Se meu pai se pegava sozinho comigo, fixaria os olhos alguns centímetros acima da minha cabeça como se estivesse procurando... quem?

(Nossa Ida desaparecida?) Meu pai fumava cigarros fortes, e os acendia com fósforos de cozinha riscados ruidosamente contra a superfície do fogão. Até hoje, na tela da minha mente, vejo aquela súbita centelha, seguida de uma chama azulada que logo a seguir se transformava numa transparência alaranjada, as misteriosas e indefiníveis cores do fogo. Nessas horas, meu pai era obrigado a apertar os olhos para protegê-los da fumaça que ele mesmo exalava. Era uma cerimônia curiosa, dolorida, mas profunda, aquele jeito como meu pai apertava os olhos, às vezes tossindo prolongadamente como resultado de sua própria fumaça. (Meu irmão mais novo proclamava que nunca fumaria, nem jamais quis acender um cigarro depois de ver meu pai quase pôr os "pulmões para fora" nos acessos de tosse, toda manhã, em casa; já eu tinha apenas uma vaga lembrança dessa tosse crônica; minha relação com os cigarros do meu pai, assim como minha relação com meu pai, eram crivadas de esperança; jamais o submetia a críticas.) Se me atrevesse a apertar os olhos, por meu lado, ou a tossir, a abanar o ar em volta para me livrar do cerco da fumaça, meu pai diria, seca e prontamente:

— Não gosta da fumaça? Então é melhor sair de perto.

Não era uma ordem, e menos ainda uma ameaça, mas uma simples constatação.

Não gosta da fumaça? Então é melhor sair de perto.

Eu fingia não escutar o comentário. Crianças são tão convenientemente surdas, cegas. Sorrimos diante da hostilidade, a hostilidade se transforma em amor. Eu era fascinada pela mão esquerda do meu pai, aquela que ele ferira no que chamou de acidente de trabalho; os nós dos dedos eram grotescamente espremidos uns contra os outros, como se tivessem sido esmagados numa prensa, e a maior parte das unhas era saltada e sem cor; o dedo mindinho fora amputado na primeira junta, e era essa a mão que ele usava para fumar, levando-a repetidamente à boca.

Imaginava essa mesma mão me tocando. Acariciando minha pequena cabeça.

Minha mãe, eu a conheci, não é mesmo? Mas não a esse homem. Pai.

Ele nunca me deu um beijo. Nunca me tocou (nem mesmo com aquela mão deformada), quando o podia evitar. Nos meus irmãos aplicava murros — apenas de leve, mas mesmo assim com força suficiente para fazê-los gemer — nos bíceps, como uma forma de cumprimento ou de despedida. ("O.K., garoto. A gente se vê!") Isso porque meu pai estava sempre *de partida*. O carro dele descia de ré o caminho que saía de casa com mais rapidez e determinação do que quando vinha de volta. Torrões de terra queimada voavam com o atrito veloz dos pneus, na época das chuvas os limpadores de pára-brisa estariam ligados. Parecia puramente lógico — quer dizer, para o pensamento primitivo e fantasioso de uma criança — que meu pai teria de retornar para a fazenda em Strykersville se quisesse partir de lá. O entusiasmo de ir embora dependeria da relutância de retornar, não é verdade? Não se pode ter um sem o outro, ou se pode? Chegava a ser piada o quanto meu pai detestava a vida da fazenda. As vacas leiteiras. Desde os seis anos ele fora obrigado a ordenhar seus úberes compridos e borrachudos. Não deveria ser trabalho para um menino. Bem, mas era, era trabalho de um menino de fazenda. Só que meu pai jamais quis ser um menino de fazenda. Aqueles seios escorregadios, as tetas. E o cheiro de estrume de vaca, ainda mais denso quando fresco, líquido, do que depois de assentar e solidificar. Meu pai tinha enfurecido meu avô várias vezes por ter machucado as vacas, puxando com força demasiada os úberes dos animais, levando aquelas bestas enormes e plácidas a mugir e a escoicear; muitas dessas histórias seriam preservadas nas lendas da família, já que até as famílias privadas de ocasiões ternas e felizes, e cheias de significação simbólica, alimentam suas lendas, mesmo desgastadas. "Machucar as vacas", como costumava fazer meu pai, seria uma maneira, décadas mais tarde, de indicar que meu pai "pensava por conta própria". Porque, na idade de dezessete anos, ele deixou a fazenda para trabalhar na Lackawanna Steel, uma usina de renome que na época pagava salários altos na região, mas era conhecida por seu trabalho arriscado, principalmente para homens não qualificados. Ele dirigia um caminhão. Filiou-se a sindicatos. Fez dinheiro com o jogo, perdeu dinheiro, e casou-se com uma garota da cidade que não sabia uma palavra sequer em alemão. Era até popular entre os homens de sua geração, na região de Strykersville. Era um "briguento" — "um filho-da-puta durão"... "não engolia desaforos de ninguém"... Na época em que eu freqüentava o colegial, meu pai já era mais velho, um homem arruinado. Tinha "problemas", uma espécie ambígua de problemas, sem dúvida associados com a bebida e suas seqüelas — e com brigas em bares, acidentes de carro, detenções, breves passagens pela prisão municipal. Hospitalizações em cidades distantes demais para qualquer um de nós poder visitá-lo. Numa gaveta, eu colecionava todos os cartões-postais que meu pai costumava nos mandar: da Califórnia, uma charge com lenhadores serrando sequóias que, enigmaticamente, se pareciam com mulheres; um cartão de Anchorage, Alaska, também uma charge de um salmão saltando para dentro de um bote; cartões da Colúmbia Britânica, de Manitoba, Saskatoon, Saskatchewan. (De Saskatchewan, meu pai enviou seis cédulas de cem dólares, em dinheiro canadense, as quais meu irmão Dietrich levou para trocar num banco de Buffalo, onde descobriu que valiam dez por cento mais do que os dólares americanos.) Havia ainda vezes em que meu pai telefonava para casa depois das onze da noite, a cobrar. Minha avó, cujo coração era uma raiz vegetal ressecada, dura como um nabo, nessas ocasiões, ao falar com seu filho único, chorava de soluçar. Já meu avô rosnava ao telefone em sua raiva impotente de ancião: *Ja? O quê? O que você está aprontando?* Se meus irmãos estivessem em casa, meu pai conversaria com um por um; Dietrich era o que falava mais tempo com ele, numa voz absolutamente séria; Fritz era mais lento e desarticulado; Heindrick, o mais novo, balbuciava todo fascinado: *Puxa, pai, você está mesmo aí? Gal-ves-ton? No golfo do México? Jura?* Com toda a ansiedade, eu ficaria esperando junto a Hendrick pela minha vez de falar com meu pai, mas com freqüência acontecia de então ele "ficar sem moedas" — "a ligação foi cortada pela telefonista" — antes de eu pegar o fone.

No entanto, eu estava sempre preparando surpresas para o meu pai. Uma fileira de "As" no meu boletim escolar, com brilhantes estrelas vermelhas junto ao meu nome (que incluía o nome dele), e, até mesmo, vez por outra, a minha foto no jornal semanal de Strykersville. Ele não poderia deixar de ficar impressionado, e orgulhoso, de sua filha. Poderia?

Eu me tornei reservada sobre falar a respeito dele. Nunca perguntava nada a minha avó sobre meu pai. Uma pergunta descuidada poderia levar a velha senhora a agarrar os cabelos, que eram como arame, já prestes a soluçar, fazendo uma careta ou murmurando algo em alemão — orações ou xingamentos, quem poderia dizer? Entre as velhas fotos guardadas por minha avó, havia as que o mostravam jovem, queimado de sol, musculoso, bonito, com cabelos espessos e um sorriso moleque, e aos poucos esse jovem rapaz foi envelhecendo, tornando-se sombrio, destratado, um estranho com barba sempre de dois ou três dias por fazer. Esse homem era o *meu pai*. Os olhos injetados de veias vermelhas, o nariz inchado como se tivesse sido picado por uma abelha. Os dentes descorados como marfim gasto. Ele recendia um odor associado em minha mente a ameaças, perigos, e no entanto a um glamour insolente — tabaco, uísque, suor azedo, agitação. Meu pai falava pouco conosco, mas formava palavras em sua boca como se fosse uma lasca de tabaco que mascasse sem querer expelir, e de fato não o fazia. Havia vezes em que o pegava com os olhos fixos em mim, sob a luz de uma lâmpada, bebendo um líquido pungente e incolor num copo, fumando um de seus cigarros. O véu de fumaça encobria seu olhar. *É ela, não é? É ela a culpada.* Deve ter chegado um tempo na vida do meu pai em que ele já havia esquecido do que eu era culpada, mas aí o hábito de culpar a *pequena* já estava tão impregnado que se tornara parte de sua pessoa como a intolerância racial ou a tendência a ser de esquerda, entre outras, e ele já não tinha vontade de mudar. Do mesmo modo como Dietrich, o filho mais velho, era o seu predileto, não importava o que acontecesse.

Tentei imaginar meu pai e minha mãe ainda namorando. Como um homem e uma mulher *amam*? O que os levou a ficarem juntos, por que teriam se casado? Suas vidas tinham desaparecido sem deixar rastros, para mim, como restos fósseis gastos até perderem o relevo e se tornaram descoloridos sob a ação do sol. Eu me sentia privada de forças ao me dar conta de que só poderia ter sido posta no mundo pela conjunção desses corpos estranhos; não havia outra maneira possível; a grande pergunta implícita em todo questionamento filosófico aplicado ao mistério da concepção e do nascimento. *Por que alguma coisa pode existir e coisa nenhuma, não?*

— Seria tão mais fácil jamais ter nascido.

E isso eu dizia em voz alta, refletindo a respeito. No espelho, eu via, no espaço ocupado por meu pequeno rosto, um fulgor vago, como uma fosforescência.

Nos meus últimos dois anos de colégio secundário, meu pai estava quase o tempo todo no Meio-Oeste e eu tinha um pesadelo recorrente com a parede de concreto de uma prisão e o fedor de esgotos entupidos, mas provavelmente eram apenas meus excessos de imaginação. Não me atrevia a perguntar a meus avós ou a meus irmãos o que isso poderia significar. E houve uma época em que meu pai esteve num "hospital para alcoólatras", em Erie, na Pensilvânia. Foi uma grande surpresa ele ter aparecido no dia da minha formatura, no colégio, e assistir ao meu discurso de despedida, que iniciei vacilante para depois ir ganhando confiança, meus olhos tão embaçados que não pude enxergar nenhum rosto na platéia, inclusive o de meu pai. Mas ele estava lá, vestindo uma camisa branca e com um paletó bem passado, e me viu receber diversos prêmios e ser apontada como a única formanda do Colégio de Strykersville, naquele ano, a ser aprovada nos exames de habilitação para uma bolsa na faculdade. Meu pai, enfim, voltava-se para mim! Mesmo com a barba por fazer recobrindo suas bochechas e os olhos injetados, seu sorriso aberto exibindo a falta de dentes, como um *jack-o'-lantern*, aquela figura talhada em abóboras no Dia das Bruxas. Os cabelos dele, antigamente espessos e fartos, haviam escasseado de modo desigual, expondo agora uma coroa calva de bordas irregulares no alto da cabeça. A papada desabara, formando um colarinho de carne em torno do pescoço. Ele continuava bebendo (isso não era exatamente um segredo), mas não estava bêbado. As pessoas em volta, meus colegas, com barretes e togas de formatura, e seus pais, de aparência tão decente, sóbrios, nos observavam cheias de indagações quando meu pai se levantou para me abraçar, depois de terminada a cerimônia, aquele homem que já não me tocava fazia anos. E então, de modo displicente, ele disse, satisfeito:

— Puxa, foi um discurso danado de bom, esse seu. Sempre soube que você levava jeito. Que nem *ela*. Esperta como o diabo. Você vai longe. Não deixe nenhum filho-da-puta por aí fazer pouco de você.

Um repórter do jornal de Strykersville tirou várias fotos de nós, sem pedir licença. Na que foi publicada no jornal, meu pai estava com um ar mal-humorado, cenho franzido, a mão direita erguida aberta para a câmera, em primeiro plano, como se quisesse tapá-la. Eu fiquei de pé, parada, mais atrás, sorrindo insegura, meu rosto exposto em excesso ao brilho do *flash*, de modo que eu parecia como um desenho à tinta de Matisse.

Três dias depois, meu pai tinha ido embora.

Deixara mais uma vez para trás Strykersville e a velha fazenda. E não voltaria, dessa vez.

Ele dissera a minha avó que estava indo para o Oeste... "Para algum lugar onde se possa respirar"... Seu trabalho em construções mexia com equipamento pesado de remoção de terra e dinamite. Nunca mais escreveu, ou pelo menos nunca soube que tivesse escrito. (Depois de sua morte, anos mais tarde, descobri entre as coisas de minha avó dois cartões-postais com algumas garatujas escritas no verso; um deles fora enviado do Colorado, o outro, de Utah, e eram endereçados à família; meu pai não colocara as datas, mas o carimbo do correio era dessa época.) E eu estava em minha residência de caloura, na faculdade, quando certo final de tarde de outubro meu irmão Dietrich telefonou para me informar, em palavras breves e atordoadas, que "haviam recebido a notícia" de que nosso pai estava morto. Evidentemente, ele morrera num "acidente de trabalho", que vitimara também outros dois ou três homens, em Utah. Nunca recebemos uma certidão de óbito e, se havia um cadáver, ou restos de um cadáver, foi enterrado em Utah — "nas montanhas Uinta". A voz de Dietrich soava com assombro e certo constrangimento; não havia nenhum carinho nelas, nenhum esforço para me consolar, ou nem mesmo parecendo reconhecer que transmitia notícias fora do corriqueiro, apenas notícias previsíveis, em se tratando de nosso pai. Nem Dietrich nem eu jamais havíamos escutado falar nas montanhas Uinta. Procurei localizar a região num mapa, ficava a nordeste de Utah; não era um lugar só, mas muitos, uma região, assim parecia, espalhada por centenas de quilômetros quadrados desabitados.

Assim... sempre desejei ter irmãs. Raciocinei que já tinha tido outros parentes: mãe, pai, irmãos, avós. *Se Ida tivesse me dado uma irmã. Duas irmãs. Acho que eu seria feliz para sempre.*

∾

NA CASA KAPPA GAMA PI, onde eu fui morar à procura de irmãs, havia inúmeras "proibições". Sob a predatória vigilância da sra. Agnes Thayer, essas proibições exerciam certa atração.

Era proibido, por exemplo, a qualquer garota, entrar na cozinha quando "ajudantes" estivessem no local. Uma cozinheira de meia-idade, diversos copeiros (um dos quais era um dos raros universitários negros), ocasionais entregadores. Era proibido entrar no salão de jantar depois que o sonoro gongo soasse pela segunda vez e a sra. Thayer, muito solene e vigilante, já tivesse ocupado o seu assento na cabeceira da mesa principal. Nada menos do que um comportamento de moças "educadas, graciosas e bem-nascidas" era requerido das garotas Kappa, o tempo todo, nos ambientes comunitários. Era tabu aparecer no salão de refeições com calças compridas, incluindo jeans, para o jantar. Aos domingos, uma refeição completa e pesada era servida à uma da tarde e, nessa ocasião, exigiam-se "bons" vestidos e saltos altos, embora muitas das garotas, sobretudo as mais populares, tivessem acabado de sair da cama quando soava o primeiro gongo, enfiando às pressas os vestidos pela cabeça, com pouca ou nenhuma roupa de baixo, passando uma escova para disfarçar a desordem dos cabelos, passando de qualquer jeito o batom, enfiando os pés sem meias nos sapatos de saltos altos, e descendo em disparada as escadas sem lavar os rostos, olhos ainda avermelhados, a cabeça latejando de dor e numa penosa ressaca — além disso, essas prudentes garotas davam um jeito de se sentar na mesa predileta, o mais distante possível da sra. Thayer, enquanto garotas com menos sorte, como eu, invariavelmente se veriam sentadas em mesas onde eram exigidas maneiras impecáveis e uma conversa elegante e séria. Mais ainda, era proibido erguer o garfo antes que a sra. Thayer tivesse erguido o seu, e era bastante malvisto, embora não fosse proibido, continuar comendo depois que a sra. Thayer colocasse seus talheres primorosamente atravessados no prato, para que os copeiros os retirassem. Era proibido falar sobre assuntos perturbadores, escandalosos, controvertidos ou "desnecessariamente negativos" durante as refeições, pelo menos se isso pudesse ser escutado pela sra. Thayer; era proibido dirigir-se aos copeiros, mesmo de maneira casual, quanto mais de um modo que pudesse parecer um flerte — "O pior exemplo de falta de educação", como a sra. Thayer costumava descrever, com um encolher de ombros, tal comportamento que notoriamente ocorria em outras residências e fraternidades mantidas com menos rigor no campus. Exceto em caso de emergência, era proibido levantar-se da cadeira a qualquer momento antes de a sra. Thayer, que fazia questão de prolongar-se tomando seu café e comendo a sobremesa, levantar da dela. Era proibido sair correndo do salão quando a refeição finalmente terminava, mesmo que nessa altura você já estivesse mordendo o lábio inferior com tanta força que lhe teria drenado todo o sangue. Era proibido gemer e gritar.

— Mary Alice, o que significa isso?... — e a sra. Thayer fazia uma pausa, demonstrando grande perplexidade, fazendo as pessoas nas outras mesas voltarem-se para mim, examinando, todas, meu rosto ruborizado — ... essa sua intrigante *expressão no rosto*?

A sra. Thayer ria com facilidade. Seu sorriso aberto sugeria apenas bom humor, nada a ver com raiva, diante da minha aparente indiferença relacionada com a conversa que ela conduzia.

— Você fica o tempo todo franzindo a testa e a face, como se alguém estivesse apertando sua cabeça numa prensa.

Minhas irmãs Kappa riam, debochadas, da maneira pela qual a sra. Thayer continuava mudando meu nome ao seu bel-prazer.

Mas não era apenas o meu nome que a sra. Thayer embaralhava. Novas garotas, segundanistas, de algum modo não eram reais para ela, e precisariam comprovar sua existência, de uma maneira qualquer que nos era desconhecida, e que nenhuma das garotas mais velhas revelava.

(Será que eu deveria me desculpar por minhas maneiras rudes à mesa? Eu me retardava, na saída, torcendo para cruzar os olhos com a sra. Thayer, de modo a avaliar, pela expressão do seu rosto, se o que ela queria eram minhas desculpas, ou se isso iria apenas exacerbar sua contrariedade, mas a sra. Thayer nem sequer olhava de relance para mim na saída do salão de refeições.)

Evidentemente, era proibido entrar nos aposentos da sra. Thayer sob qualquer circunstância, a menos que a garota fosse chamada por ela própria. (Como costumava fazer, vez por outra, convidando suas protegidas a ir vê-la — por ironia, essas garotas eram justamente as que não gostavam dela.) Era proibido tentar espiar para dentro do gabinete da sra. Thayer, tanto da entrada da frente, que dava para a sala de estar, quanto dos fundos, junto à entrada lateral. Mesmo que a porta estivesse convidativamente aberta e a faxineira negra estivesse passando o aspirador lá dentro.

Era proibido tocar, quanto mais examinar e farejar, os "alimentos da dieta especial" da sra. Thayer no refrigerador da despensa ou no aparador. Eram geralmente pacotes rechonchudos, embrulhados em papel-alumínio e fechados com fita adesiva. Suspeitava-se que aquele entrecruzar particular de fita adesiva podia ser uma espécie de código, ou que a sra. Thayer, espertamente, houvesse prendido um fio de linha ou de cabelo no pacote, de uma maneira que, se estivesse faltando, denunciaria a violação. O cheiro desses misteriosos pratos variava consideravelmente, indo do salgado-azedo ao doce-canela.

Claro que era tabu remexer na correspondência da sra. Thayer. Assim como qualquer outra afronta, do tipo tocá-la. Ninguém podia dar uma olhada em suas publicações inglesas, assim que chegassem, ninguém podia erguer contra a luz suas cartas via aérea, naqueles envelopes azuis de papel de seda, adornados com selos exóticos. (Sabia-se que a sra. Thayer fora uma *noiva de guerra*, cujo marido, um oficial americano, a trouxe com ele quando voltou para os Estados Unidos depois da Segunda Guerra, e que, depois da morte do marido, decidira corajosamente permanecer por lá, já que poderia se manter financeiramente no país; mas era evidente que o seu coração continuara ligado à Inglaterra. Sua única correspondente era uma irmã que vivia em Leeds e cuja caligrafia era elegantemente intrincada; do jeito que eu imaginava que deveria ser a caligrafia dos fantasmas, com três dramáticos pontos de caneta ao pé de cada letra que formava a sigla EUA.) No entanto, se acontecesse de a sra. Thayer estar por perto, por exemplo, em sua sala de estar, tínhamos permissão para levar-lhe sua correspondência, mas isso prontamente, e segurando-a de um modo que indicasse que a pessoa não a havia examinado a não ser para se assegurar de que era dirigida a ela, e batendo suavemente à sua porta, com as costas das mãos (a sra. Thayer ensinou que essa era a maneira como as senhoras educadas deveriam bater a uma porta), mesmo que a porta estivesse aberta e fosse possível vê-la no interior do ambiente.

— Sim, minha cara? — diria sempre a sra. Thayer, espiando por cima de seus óculos.

E teríamos de dizer:

— Senhora Thayer, posso lhe entregar sua correspondência?

A sra. Thayer então diria, com um ar de quem tivera uma agradável surpresa, como uma criança a quem se oferecesse um doce:

— Ora, mas o correio já chegou? Obrigada, minha cara.

Uma vez tendo colocado a correspondência entre os dedos rechonchudos e adornados de anéis da sra. Thayer, a garota não deveria permanecer por sua própria conta na sua sala de estar confortavelmente entulhada com toda aquela miríade de cintilantes peças de prata envelhecida, porcelana, tapeçarias de fios dourados e reproduções de paisagens inglesas, e fotos emolduradas de, presumivelmente, pessoas de sua família. A maneira exata como a garota deveria se comportar nesse delicado momento da convivência social dependia da disposição daquela senhora, ou seja, dependia de, a partir de uma questão qualquer relacionada a seu papel de governanta da casa, ou por um capricho momentâneo, ou num momento de afeto genuíno, ela manifestar o desejo de que você ficasse ali, ou então, se tivesse outras coisas a ocupá-la, desejasse que a garota saísse; seja como for, seria considerada falta de educação cravar os olhos no inescrutável sorriso de suas faces rosadas, num esforço de decifrar seus pensamentos, além do que seria mais inaceitável ainda ficar ruborizada, gaguejar ou ficar olhando para os próprios pés como "Uma dessas garotas americanas das fazendas".

Por que eu insistia em me oferecer para entregar a correspondência da sra. Thayer? Ela mesma poderia apanhá-la. Eu não me via como uma garota especialmente tímida; não era tímida no colégio, em Strykersville; meus olhos pequenos, que sempre davam a impressão de voltar-se de esguelha para as pessoas, sugeriam timidez, mas eu sabia que era apenas uma impressão e com freqüência tirava partido disso. No entanto, sob o gélido olhar azulado de nossa governanta, minha língua ficava presa e hesitante. Sentia minhas faces arderem. E mesmo assim eu era atraída para aquela mulher como alguém poderia ser atraído para o mais rigoroso dos juízes. Talvez fosse também a sua correspondência o que me fascinasse. Os selos britânicos com sua aparência "histórica"; a exótica promessa daquele papel de seda azul; as publicações inglesas acondicionadas em tubos apertados, ainda não abertos. *Documentos de um outro mundo. Deixem-me ser seu portador!* E, acima de tudo, sentia a necessidade de ser "boa" — ou que a sra. Thayer e as demais me vissem como tal. Eu era pobre e desinteressante demais para não ser "boa"; minhas irmãs da fraternidade, com pais indulgentes e abastados, com seus numerosos namorados, podiam ser tão displicentes quanto quisessem

sem nem sequer pensar em serem "boas". Eu não queria pensar que me sentia desesperadamente sozinha no meio de mais de quarenta garotas ostensivamente bem-ajustadas e expansivas; que era pervertidamente ávida da companhia de uma mulher, aproximadamente da idade da sra. Thayer, com seus quarenta e poucos anos e imperturbavelmente maternal. No entanto, Agnes Thayer recusava friamente a assumir esse papel sob o teto da Kappa Gamma Pi.

Certa vez, tendo entregado o correio da sra. Thayer, havendo já recebido seu agradecimento polido e indiferente, fiquei parada no limiar de sua porta na expectativa de ser convidada para entrar, ou então mandada embora com um sorriso vago, e lá veio então uma de minhas irmãs Kappa mais velhas, correndo em nossa direção com o rosto afogueado, chorando, ofegante.

Antes que a garota conseguisse dizer alguma coisa a sra. Thayer exclamou, com uma áspera inalação de ar:

— Wini*fred*! Posso ouvir daqui a sua *respiração*.

Freddie, como ela era chamada, uma garota bonita com o rosto que lembrava o de uma raposa e lábios rosados e fluorescentes, balbuciou que havia sido "abordada" no parque, que estava certa de se tratar do mesmo homem de quem se contara que estivera perseguindo outras garotas na vizinhança, que ele se esfregara nela dizendo "coisas nojentas, detestáveis"; mas a sra. Thayer a interrompeu prontamente, recuando com um olhar de repugnância:

— Minha cara, isso *não é desculpa* para se comportar assim em público, para uma aparição assim tão agitada, intempestiva, para se expor *dessa maneira*. Você não precisa anunciar ao mundo essa sua experiência, precisa?

Ainda assim, a sra. Thayer convidou Freddie a entrar em sua sala de estar; teria de relatar o incidente à segurança da universidade já que coisas assim, embora vulgares e impróprias, deveriam ser denunciadas. Fui sumariamente dispensada e saí furtivamente, com um sentimento de frustração; não fora eu quem viera falar com a sra. Thayer no auge da agitação, não fora eu quem havia sido convidada a entrar na sala. E a porta se fechou silenciosamente às minhas costas.

* * *

Foi uma surpresa, que só descobri mais tarde: apesar de toda a sua autoridade sobre a residência das Kappa, Agnes Thayer não era uma Kappa. Estaria vedado a ela comparecer aos encontros das Kappa, isso se ela por acaso desejasse comparecer; teria sido expulsa do salão de rituais, se pusesse os pés lá dentro. Ela desconhecia totalmente a "sagrada irmandade" — as letras Kappa Gamma Pi não guardavam segredos, nem iluminados significados para ela. A responsabilidade da sra. Thayer restringia-se apenas ao comportamento social das garotas na residência; ela era subordinada ao Decanato Feminino da universidade e à associação local da Kappa Gamma Pi, que pagava seu salário. Quando expressei a minha surpresa, perguntei ingenuamente:

— Mas a senhora Thayer não é uma de *nós*?

— Meu Deus, não! — as minhas irmãs debocharam de mim. — E a gente ia querer aquela velha cadela britânica xeretando a nossa vida ainda mais do que já faz? Use a cabeça!

*D*E HOJE EM DIANTE *consagro meu coração, minha alma e meu intelecto aos ideais da Kappa Gamma Pi e ao juramento da sagrada irmandade. Unidas seremos em nossos laços enquanto vivermos. Nenhum dos segredos supracitados deverei revelar. Este juramento sempre irei manter. Nisso empenho meu coração.*

No subsolo da imponente mansão antiga da University Place, 91, havia um espaço sagrado: o salão de rituais.

Cada fraternidade e cada irmandade tinham inevitavelmente seu espaço sagrado, provavelmente sempre no subsolo das casas, mas era o salão de rituais da mansão da Kappa Gamma Pi que, para mim, parecia tão especial.

Em 1938, esse salão fora santificado para os rituais Kappa por diretores nacionais da Kappa, e os encontros da irmandade que incluíssem "rituais" somente poderiam acontecer ali, de acordo com as normas estabelecidas, "sob condições estritamente reservadas e privadas". Portas fechadas, segredo absoluto e sem ninguém de fora por perto.

Mesmo para as Kappa era proibido entrar no salão de rituais, a não ser em ocasiões em que fosse oficialmente aberto pela guardiã da porta. Apenas a diretora da irmandade com este cargo, a presidente e a vice-presidente da seção local tinham as chaves do salão, que era mantido o tempo todo fechado; a sra. Thayer, obviamente, não tinha as chaves. *Este é um salão, um espaço, em que as pessoas comuns não podem entrar.* Era ostensivamente ornamentado com o papel de parede em ébano e dourado; seu teto baixo, à prova de som, era pintado num azul compacto e sombrio. Na parte da frente do ambiente retangular havia um altar montado sobre uma plataforma elevada; o altar estava coberto por um cortinado de seda estampado KΓΠ em dourado. Havia muitos candelabros de prata, de pés compridos, colocados sobre o altar. No alto de três das paredes havia pequenas janelas quadradas tapadas com gazes opacas azuis (para evitar que qualquer pessoa, do lado de fora, espiasse para dentro), como se fossem bandagens cobrindo órbitas sem olhos. O salão de rituais era tão amplo quanto o cavernoso espaço do andar de cima, mas nem todo ele era utilizado. Cadeiras dobráveis eram colocadas em fileiras na parte frontal, enquanto os fundos eram usados para armazenagem. Não parecia nada arrumado nem limpo nos fundos. A aura romântica interrompia-se mais ou menos na metade do ambiente. Durante as cerimônias rituais (juramento, iniciação), eventos sagrados no calendário Kappa, o salão era parcamente iluminado por trinta e seis velas; no resto do tempo, para reuniões administrativas, era iluminado por práticas lâmpadas colocadas no teto, que jorravam sombras sobre nossos olhos e queixos e faziam as mais lindas Kappa parecerem bruxas horrendas.

Não se podia entrar sem mais nem menos no salão de rituais; seguindo as leis da irmandade, a pessoa precisaria receber "autorização". Isso significava fazer fila em silêncio diante da porta que dava para as escadas do subsolo, as mais velhas primeiro, a seguir as irmãs do terceiro ano, e depois as mais novas; era preciso bater à porta com o toque Kappa (pancada, pausa, duas pancadas rápidas e uma pausa, uma pancada final); quando a guardiã da porta abria a porta, trocava-se o aperto de mão ritual (mãos entrelaçadas, dedos agrupados seguindo o código da batida à porta), no qual, eu, muito nervosa, invariavelmente me confundia, devido também ao constrangimento de uma aproximação tão íntima com uma garota que eu mal conhecia; então, a pessoa deveria sussurrar no ouvido da guardiã da porta uma senha (uma frase em grego que eu jamais conseguia acertar e pronunciava baixo demais; soava algo como *Hie-ros minosa* ou *minusa*); a guardiã então concedia a entrada à garota, que deveria penetrar silenciosamente e tomar o seu lugar entre as demais irmãs já sentadas.

Minha cerimônia de iniciação transcorreu num torpor de ansiedade e vertigem misturada à náusea. Como a maioria das novatas, não me fora permitido dormir por quarenta e oito horas; tive de fazer jejum e seguir escrupulosamente as regras da Semana Infernal. Embora eu fosse a mais obediente e assustada das novatas, receando até o minuto final ser dispensada, as iniciadas pareceram ver em minha total cumplicidade as sementes da rebeldia, e mesmo da traição; me trataram com toda a rispidez e eu aceitei tudo, nos mínimos detalhes. Teoricamente, haviam banido os trotes físicos das fraternidades e irmandades do campus porque tinham havido casos de morte e mutilação, além de ferimentos sérios, e isso há poucos anos. Minhas irmãs Kappa não chegaram a nos tocar, a não ser para nos pôr em pé e nos "conduzir" vendadas ao longo de misteriosos corredores e para cima e para baixo nos lances de escada. No interior do salão ritual, as vendas foram removidas. *Por que estou aqui? Que lugar é esse? E essas pessoas estranhas? Quem são para mim, quem sou eu para elas?* Pisquei os olhos, como um animal noturno ofuscado pela luz. Sentia pânico, enjôo. Estava aterrorizada com a possibilidade de ficar histérica. De ter um acesso de gargalhadas, disparar em direção à porta, golpeando com os braços e chutando quem tentasse me impedir. Sentia-me diante de pessoas tão caprichosas e arbitrárias em sua crueldade quanto os antigos deuses gregos. Queria que minha família se orgulhasse de eu ter sido admitida numa irmandade nacional. Mas minha mãe e meu pai estavam mortos. Comecei a chorar desolada, silenciosamente. *Não, não, não, isso é um equívoco. É tudo mentira, este ritual ridículo, você própria, tudo mentira.* A presidente e outro membro da diretoria entoavam com toda a solenidade palavras em grego no altar, e queimavam pergaminhos numa salva de prata, entre pétalas de rosa, nos quais haviam sido inscritas palavras secretas "sagradas demais para serem pronunciadas em voz alta, a não ser em ocasiões como esta e neste lugar"; alguém segurou o meu braço, e eu voltei meus olhos para cima, parcialmente cega, permitindo-me ser conduzida, as pernas trêmulas, ao altar onde faria o "juramento definitivo".

Eu estava ao mesmo tempo plenamente consciente do que acontecia ao meu redor e tão alheia quanto uma criança. Parecia que estava flutuando em direção ao teto à prova de som. Vi que o meu rosto estava riscado de lágrimas, minha testa e o meu nariz estavam grudentos. Naquele momento, a minha mãe, Ida, era uma daquelas diretoras com suas togas, uma bela irmã mais velha cujas faces iluminadas eu mal me atrevia a olhar; percebia que a sanidade esvaía-se de mim como gelo se derretendo em volta dos meus pés; meu pai desdentado também sorria desfiguradamente para mim, com um ar de feroz satisfação, *Não deixe nenhum filho-da-puta por aí fazer pouco de você*, e jurei que não deixaria isso acontecer, minha mão apertada sobre o coração disparado enquanto eu fazia um juramento para toda a vida no encerramento da cerimônia, e me punha de pé, enfim, com minhas irmãs iniciadas chorando à minha volta como recém-nascidas, dando-me conta de que *Eu sou uma Kappa Gamma Pi para sempre.*

Então, desmaiei. Desabei tão mole quanto uma trouxa de roupas sujas sobre o assoalho de concreto frio e não muito limpo.

2

> *Em nossa mente não existe livre-arbítrio ou vontade, de modo absoluto, já que nossa mente é dirigida a esta ou àquela volição por um motivo, o qual também é determinado por outro motivo, e este, de novo, por outro, e assim por diante* ad infinitum.
>
> SPINOZA, *Ética*

ESTOU TÃO FELIZ AQUI, amo minhas irmãs Kappa e minha nova vida como membro de uma irmandade, faço coisas o tempo todo e fico tão ocupada que quase nem tenho tempo de respirar! foi o que escrevi para amigas minhas do colégio que foram para outras universidades e para algumas poucas primas. *É uma grande mudança em relação à minha antiga vida, sou uma* KAPPA GAMMA PI, *e há vezes em que tenho de me dar um beliscão ou tirar meu broche e dar em mim mesma uma alfinetada de leve.*

Não havia ninguém a quem eu pudesse confessar um fato óbvio: a Kappa Gamma Pi era dispendiosa demais para mim.

Eu era uma bolsista na universidade, e não tinha, na prática, "dinheiro para gastar", como se costuma dizer. Claro que eu sabia disso antes de ter feito meu juramento, mas, ainda assim, de algum modo, havia ignorado o fato, como alguém que vai mergulhar e suspeita que a água lá embaixo está congelada e representa um perigo mortal, e mesmo assim acaba mergulhando. Como se comportar-me à maneira de X sem reconhecer sua perversão possuísse o mágico efeito de tornar X em Y, o que então seria suportável.

Com freqüência, em meu primeiro ano, antes de me candidatar à irmandade, precisara trabalhar dez horas por semana para complementar minha bolsa de estudos, já que havia sido engolfada por taxas inesperadas, por despesas, pelo custo dos livros de capa dura que o curso exigia e por ter de bancar meu sustento, mesmo modesto e com privações, usando roupas compradas em liquidações, trazidas de casa; no outono do meu segundo ano, quando me mudei para a residência das Kappa, passei a ter de trabalhar no mínimo vinte horas por semana. Isso significava compridas tardes de datilografia no escritório de registros da universidade, e mais noites e sábados na biblioteca, devolvendo pilhas de livros às prateleiras, provavelmente violando regulamentos da universidade que não me atrevia sequer a consultar; eu bem que queria pedir à sra. Thayer para me arranjar trabalho na cozinha da nossa casa, mas havia uma norma da Kappa proibindo as Kappa de trabalharem em qualquer fraternidade no campus, e acho que percebia bem a razão disso. *Aqui, aprendemos maneiras elegantes e educadas. Que grande dama vou me tornar, no final (acho que você riria de mim!). Sou feliz feliz FELIZ!* Agora, no meu segundo ano, estava apavorada com a possibilidade de perder minha bolsa de estudos por tirar notas baixas, estava aterrorizada com a possibilidade de ser jubilada da universidade e forçada a voltar para a casa dos meus avós, na fazenda, naquele ermo rural e desolado em Niagara County. (Meus irmãos já haviam deixado a fazenda fazia muito tempo, embora continuassem a viver na região.) *Nunca se tem tempo que chegue para tudo o que aparece para fazer quando se é uma garota de fraternidade, e as Kappa estão entre as mais cotadas de todas. É de TIRAR O FÔLEGO!* A concretude do tempo, a rápida e irremediável passagem do tempo estava me levando ao desespero; havia vezes em que eu me pegava atenta ao batimento do meu coração; na verdade, eu constantemente perdia o fôlego; subir um lance de escada ou galgar alguma das notórias colinas no campus era o suficiente para me tirar o fôlego, como se tivesse subido a grandes alturas; não eram degraus nem colinas que eu subia, mas montanhas; montanhas feitas de vidro em cujas encostas eu deslizava, sem remédio, para baixo; nunca havia tempo que chegasse! Nunca havia tempo que chegasse! Mesmo se eu reduzisse meu sono para quatro ou cinco horas por noite, nunca o tempo era suficiente! Embora trabalhando vinte horas por semana, meus contracheques de pagamento eram sempre dolorosamente miúdos; no começo, acreditei que deveria haver algum engano e, com lágrimas nos olhos, ia verificar. Noventa centavos a hora? Noventa centavos a hora? Como é possível? Impostos federais e estaduais. Descontos para a seguridade social. Uma das bibliotecárias me disse, franzindo o cenho, que era o mesmo que recebia todo mundo que não tivesse dependente. Ela não quis ser cruel, quis ser gentil, embora um tanto sumária; contemplei seu rosto enrugado, estóico, e contive um estremecimento. Ainda assim, não podia largar meus empregos, mesmo ganhando miseravelmente. Era a única de minhas irmãs da fraternidade obrigada — literalmente — a contar cada centavo. Eu os contava em pilhas bem-arrumadas de dez moedas; teria muita vergonha se alguém (minhas irmãs) me visse fazendo isso, porque seria um constrangimento para elas. Passariam a me sustentar, acredito eu, por caridade. Já me olhavam de cima, como se olha um parente pobre. *Esta é a casa Kappa!*, escrevi no verso de uma reprodução do tamanho de um cartão-postal que enviei a minhas amigas e primas, e até mesmo para meus avós e irmãos. *É maior ainda do que parece, vista da fachada. Tem tantos salões!* No céu apinhado de nuvens para além do telhado avançado fiz um X para indicar o ponto aproximado onde ficava meu quarto, no terceiro andar; embora, na verdade, meu quarto fosse bem nos fundos da casa, um cubículo não muito maior do que o quarto para o qual fui designada na minha residência de primeiranista. Só que, na casa Kappa, eu tinha de dividir o quarto com outra garota.

E só que, na casa Kappa, o quarto me custava muito mais.

O preço da felicidade. Você pediu ardentemente por toda essa felicidade.

Quando a primeira conta da Kappa Gamma Pi me chegou às mãos, fiquei intrigada com as "taxas sociais" e outros adicionais à estada mensal. Então, para meu horror, comecei a acumular multas; devido aos meus empregos, precisava faltar a reuniões administrativas e reuniões de comitês, a uma "exigida" convivência social com a fraternidade co-irmã da Kappa, a Phi Omega. Eram multas no valor de vinte e um dólares em outubro, vinte e oito dólares em novembro. Fiz um requerimento à tesoureira Kappa de me isentar das multas: eu tinha de trabalhar, não podia deixar de trabalhar, o que eu poderia fazer? A garota, com pose empertigada e olhos bastante separados, sorriu e sugeriu que eu cancelasse a matrícula em algumas das cadeiras universitárias, reorganizando meus horários de trabalho de modo a dispor de mais tempo para a fraternidade:

— A Kappa Gamma Pi é nossa primeira responsabilidade, não se esqueça.

Bem tarde, naquela noite, no salão de estudos do subsolo (no qual me habituara a me refugiar, por falta de vontade de discutir com minha gregária colega de quarto, Deedee, e incapaz de suportar a batida retumbante do calipso vindo do quarto ao lado, nem os gritos, nem as gargalhadas generalizadas dos andares de cima), passando um pouco das três da madrugada, fui mergulhando irresistivelmente no sono à medida que minha cabeça, apertada numa prensa, desabava vagarosamente sobre o exemplar em papel-jornal da *Ética*, cujas páginas começaram a dançar diante de meus olhos como se fossem o fundo do mar. *Feliz!* bradava a voz de Spinoza. *É a felicidade que você merece.*

Minha avó falava inglês com um acentuado sotaque alemão que parecia debochar do idioma em si, assim como os tiques e caretas de seu rosto avermelhado debochavam de seus sorrisos.

— "Fez a cama, agora deite-se nela", é o que eles dizem, *ja*?

E ela ria, embora sem alegria. Ela era a guardiã das verdades mais banais e evidentes; uma dessas velhas fábulas dos Grimm, poderosas e infalíveis, que sempre prenunciam o desastre, por puro despeito; e sua resposta ao freqüentemente discutido e esmeradamente estruturado sistema metafísico de Baruch Spinoza, o mártir da verdade excomungado pela comunidade judaica na Holanda, em 1656, seria pegar suas obras completas e atirá-las em seu fogão a lenha: "Resolvido!".

Não telefonei para ela de Syracuse, nunca. Não lhe telefonei para pedir seu perdão. Não lhe telefonei para dizer *Estou desesperada! Totalmente perdida, o que posso fazer?*

O estudo da filosofia é o estudo da mente humana. Embora os filósofos reivindiquem que estejam estudando "a realidade, o mundo, o universo, Deus". No entanto, estudar a mente humana tão intimamente, invadir a mente de alguém, saber de suas motivações significa ficar totalmente desconcertado.

No meu primeiro ano em Syracuse eu era indiferente à presença dos gregos no campus, como eles pretensiosamente se intitulavam. Estava imersa em meus estudos — e em meus empregos, meus "bicos" — e na vasta e intimidadora aventura de livros, livros e livros. Em Strykersville, jamais imaginei o que fosse uma biblioteca de verdade; uma biblioteca como a da universidade, em cujas estantes eu poderia vagar fascinada por anos e anos. Mesmo sendo a aluna mais brilhante do meu colégio, ainda assim eu me via em Syracuse como alguém solitária, sitiada pelo inimigo e lutando pela sobrevivência; adorava a excitação que sentia com isso, e até mesmo a ansiedade; estava num perpétuo estado de agitação; costumava voltar da biblioteca sobrecarregada de livros; se um dos meus professores determinasse que lêssemos X, eu leria, releria, e não apenas X, mas os comentários sobre X; e estava escrevendo — pequenas parábolas em prosa poética; tinha pouco interesse pelas outras garotas da minha residência, e com freqüência faltava às refeições; não tinha o menor interesse em me juntar a uma irmandade, em atividades que significavam perda de tempo como as assim chamadas "temporada de candidaturas... semana de admissão... iniciação".

No entanto, mesmo com toda a minha indiferença, não estava alheia (precisava confessar) ao fato inegável de que a maioria das garotas do primeiro ano, incluindo aí garotas que eu admirava e que gostaria de ter como minhas amigas, as mais atraentes e populares, e, em muitos casos, as mais inteligentes, bolsistas como eu, haviam se candidatado a entrar para fraternidades. Essas garotas mais pareciam terem sido pinçadas, por alguma intervenção sobrenatural, de suas residências universitárias, e passariam a viver, a partir do outono seguinte, em casas de irmandades; reduzindo assim drasticamente as perspectivas de ter companhia, para não falar de amizades. Isso para quem permaneceria em lúgubres dormitórios para "independentes", como esnobemente nos chamavam? — o resto, as fracassadas. Pessoas proscritas da festa da vida, numa memorável frase de Joyce. Eu estava ferida em meus brios; para mim, seria banida de um mundo glamoroso pelo qual, na verdade, não tinha nenhum interesse; ser banida significava uma ferroada, aguçando meu desejo. E talvez, dissimuladamente, eu reconhecia toda a crueldade e a discriminação do Mundo Grego, sinônimo da University Place, aquelas mansões absurdamente elegantes (com dormitórios se estendendo até os fundos das casas) ostentando caracteres gregos enigmáticos em suas fachadas, que ali estavam para atrair, açular e intrigar os não-iniciados. Eu passava pela casa da Kappa Gamma Pi, no topo de sua íngreme colina, contemplava a fachada coberta de hera, as sólidas colunas dóricas, o teto coberto de ardósia, com ressaltos pontudos, e depois virava as costas abalada. Não havia nada parecido com aquilo em meu passado rural. Em Strykersville, uma cidade do interior, de dez mil habitantes, não havia nada parecido. Um mundo de privilégios e discriminações explícitas, e ultrajantemente injustificadas, indicadas pela palavra *cortar*. Porque *cortar* era um privilégio dos gregos, e *ser cortada* era o destino das sem valor. Isso era intolerável, isso era antiamericano, qualquer um riria desdenhosamente. *Cortada da lista Deke, cortada da lista TriDelta, cortada em tiras, garganta cortada, que fracassada.* Todos os anos, depois da semana de candidaturas do outono, ocorrem tentativas de suicídio entre os rejeitados.

O que apenas ratificava o truísmo grego: sobrevivência dos mais aptos.

Ah, os gregos eram desprezíveis, sua autovalorização era cômica, mas quem iria rir deles?

Então aconteceu algo notável na época, totalmente inesperado e lisonjeiro: uma garota em minha residência universitária começar a me procurar. Seu nome era Dawn; eu mal reparara em sua presença numa de minhas salas de aula; na minha febre de concentração nos estudos, raramente reparava em alguém da minha própria idade; toda a minha atenção estava voltada para os professores, a quem eu admirava e temia como se fossem deidades menores. Mas lá foi Dawn entrando em minha vida com a facilidade com que qualquer pessoa abre uma porta e entra, sem ser convidada. Era uma mulher interessante, não era bonita, não era sequer atraente, mas glamorosa como uma estrela de cinema dos anos 1930, com um rosto em formato perfeito de lua cheia, olhos sonolentos entrefechados, lábios com muito batom e um permanente cigarro queimando em seus dedos; e ela sorria para mim, do meio do véu de fumaça que a cobria; era uma dessas moças que chamavam a atenção, das quais havia muitas no meu colégio, prematuramente adultas e sedutoramente sensuais. Seus cabelos eram descorados e cortados rente; ela vestia suéteres apertados e pintava as unhas. Seu casaco de tecido negro com bordas de pele, suas belas botas de couro e outros itens de vestuário sugeriam uma família abastada e muito indulgente em relação a ela. Dawn, cujo nome, em si, logo me cativou: DAWN — *amanhecer* — eu me pegava escrevendo-o no meu caderno ou na margem dos meus livros de estudos, ou traçando-o com minhas unhas na camada áspera de gelo que recobria a janela do meu quarto. DAWN, DAWN. Ela, de forma brincalhona, repreendia-me por estudar tanto:

— Você vai acabar sofrendo um colapso nervoso! Sério. Essas coisas acontecem.

Ao mesmo tempo, ela era infantil no apelo que me fazia para ajudá-la a escrever seus trabalhos.

— Será que você poderia dar uma olhada? Apenas para me dizer se está bom o bastante para entregar.

Claro que eu acabaria fazendo muito mais do que isso, pois apreciava tais desafios; na sexta série, costumava ajudar amigas minhas de séries mais avançadas nas suas tarefas escolares, tanto pelo prazer de resolver os problemas dos outros como para ajudar uma amiga em dificuldade. Quando Dawn recebia notas altas nesses trabalhos, ficava radiante e agradecida, e convidava-me para encontros com suas amigas, que eram candidatas à casa Kappa, ninguém genial, mas todas transbordando de vitalidade, curiosidade e graça, e bonitas, de um jeito que fazia os garotos grudarem os olhos nelas quando passavam na rua. *Mas o que isso tem a ver comigo? Não fazem o meu gênero!* No entanto, lá estava eu. Envaidecida. Dawn insistia em dar uma "ajeitada" nos meus cabelos. Dawn insistia em emprestar-me roupas, apesar de ter uma compleição bem maior do que a minha. Ela me convidou a fazer uma visita à "bela e elitista" irmandade para a qual acabara de se candidatar, a Kappa Gamma Pi.

— Que bando de garotas espetaculares! Adoro todas elas.

E, logo após esta visita, Dawn e as outras candidatas estimularam-me a me inscrever para a seleção da primavera. Foi o que eu fiz. Sabia que não podia arcar com os gastos de viver em outro lugar que não fosse na residência universitária, e mesmo assim no alojamento mais barato; no entanto, me inscrevi para a seleção, tornando-me, de uma hora para outra, integrada a um grupo de desconhecidas, uma fraternidade da qual eu pouco sabia a não ser que tinha um nome, que era admirada no campus — destinada a quê? "Vida social, atividades." (Que fossem coisas pelas quais não me interessava, isso na época não me ocorreu; se tivesse pesquisado, teria descoberto outras fraternidades que se ajustavam muito mais à minha situação: uma fraternidade de estudantes de artes, uma fraternidade para garotas bolsistas, uma fraternidade de garotas com poucos recursos que custeava os gastos de moradia e alimentação dividindo as tarefas de casa na própria residência. Mas eu não pesquisei coisa alguma.) Onde Dawn tinha se inscrito, ali também eu deveria ter-me inscrito, ou em nenhum outro lugar. Até mesmo a casa Kappa, a intimidante mansão neoclássica no extremo da University Place, avultava-se grandiosa na minha imaginação, como as cenas de um filme em technicolor. Acreditava que já a tivesse visto antes, anos atrás; não em Strykersville, certamente, onde não havia mansões, mas — onde? Em Buffalo? O seu altivo pórtico, o interior iluminado por candelabros e castiçais, mobiliada com coisas polidas e reluzentes, enormes peônias brancas, em vasos altos; as garotas Kappa sorrindo como se fossem estrelinhas iniciantes de Hollywood e explodindo de tanta "personalidade", e todas elas se recordavam do meu nome. E ainda havia a governanta inglesa, a sra. Thayer, com o seu exótico sotaque, e suas impecáveis e enérgicas maneiras, aqueles seus olhos azuis como a orla congelada do lago Ontário já para mais da metade de abril. Na vertigem do meu delírio pareceu-me que a sra. Thayer fosse a própria mãe da casa, e apreciei que ela não fosse americana, que falasse com um sotaque que eu desconhecia; ela seria uma juíza rigorosa, imparcial. Não cabia a essa mulher a sina de uma mera mortal.

Para mim foi uma surpresa ser convidada a retornar à casa Kappa na segunda semana da seleção; e uma surpresa ainda maior ser convidada na terceira semana. Era possível que eu estivesse sobrevivendo às etapas de seleção? (Eu havia desistido, ou sido eliminada, da seleção de outras fraternidades sem dar muita importância a isso.) Só o que eu queria ser era uma Kappa Gamma Pi.

Em meu íntimo, não compreendia por que alguém, muito menos um grupo de garotas tão sofisticadas e glamorosas como as Kappa, havia de querer a minha companhia. Sabia que, se me conhecessem a fundo, não iriam de modo algum gostar de mim. Contudo, tornou-se minha obsessão convencê-las, um desafio, como o de conseguir notas altas, um perfeito ou quase perfeito boletim acadêmico. Quanto menos achava que merecia me tornar uma Kappa, mais ardente era o meu desejo de ser uma Kappa. Agora, na crosta congelada que cobria minha janela, passei a rabiscar com as unhas ΚΓΠ. Num questionário Kappa distribuído a candidatas da seleção, menti sobre tudo o que pude, desesperadamente. Alguns dos meus parentes acreditavam que a família fosse em parte judia:

que os meus avós paternos fossem judeus-alemães que trocaram seu nome por um com uma sonoridade mais germânica, ao se mudarem de uma aldeia no oeste da Alemanha para Antuérpia, na Bélgica, antes da eclosão da Primeira Grande Guerra; a mãe do meu pai, a filha desse casal, e seu marido nascido na Alemanha emigraram para a América, onde se estabeleceram como fazendeiros criadores de gado leiteiro no volátil clima do extremo norte de Nova York; a religião indefinida, não muito praticada, era a luterana; minha mãe Ida pode ter sido uma verdadeira luterana, já que foi sepultada no cemitério da igreja em Strykersville. (Não se podia fazer perguntas pessoais aos meus avós. Perguntada sobre a Europa, sobre os seus parentes, minha avó logo fazia cara feia, zangada. "Por que você quer saber sobre esse tempo que já se foi?", e fazia o gesto de quem cospe.) Ainda a respeito do questionário, eu, sem hesitação, marquei *episcopal*. A profissão do meu pai? — *empreiteiro independente*. O objetivo da minha vida? — *ajudar a melhorar a humanidade*. Disse a mim mesma que isso não era uma mentira; era o meu eu Kappa falando. Já havia notado, quando conversava com as Kappa, que superava a minha natural inclinação para o ceticismo para surgir com uma mente aberta, descomplicada, fácil de lidar, calorosa, sorrindo com covinhas no rosto e com uma gargalhada sonora e bem "de garota". O meu eu Kappa não remoía pensamentos, nunca ficava melancólico. Se escreveu parábolas em prosa poética no estilo de Franz Kafka, não as mostrava para nenhuma das Kappa. Tinha pele clara, olhos cintilantes, um lustroso corte de cabelo com voltas, na altura do pescoço, e lábios pintados com batom. Não era ninguém que eu conhecesse pessoalmente, porém uma inspirada composição a partir de uma dúzia de garotas Kappa, inclusive Dawn, que eu admirava enormemente. As Kappa de melhor postura tinham um jeito especial de abraçar e beijar no rosto — "Te adoro, queridinha!" — quando se despediam e, embora nunca tendo sido capaz de reproduzir essa extravagante exposição de sentimentos, havia vezes em que chegava perto.

 Aquela que me esperava na volta, no quarto entulhado de livros da minha residência de primeiranista, foi se tornando cada vez mais uma estranha, e uma estranha entediante, aliás. Eu ainda estava para descobrir o cruel aforismo de Nietzsche. *Seduzir os seus vizinhos para pensar bem deles, e depois acreditar nessa opinião sobre os seus vizinhos: quem tem mais habilidade para fazer isso do que uma mulher?* No entanto, tais esforços de sedução eram tudo com que contava para me amparar na terrível solidão da minha vida. Ou assim eu acreditava.

Quando finalmente, nos momentos finais da seleção oficial da primavera, quando o "convite" lacrado da Kappa foi cerimoniosamente entregue no meu quarto por Dawn e várias outras candidatas, encarei essas radiantes estranhas e me desfiz em lágrimas.

Meu eu Kappa.

∾

Como Ida teria se sentido orgulhosa da sua filha! Tornar-me uma Kappa não foi senão a primeira de muitas conquistas, jurei.

Não que tenha valido a pena você morrer por mim. Mas ter-me dado a vida, talvez?

Longe, em Syracuse, onde raramente lembrava do meu lar, pensava com freqüência na minha mãe. Quando a noite já ia alta, sentia minha solidão arrastar-me para a dela: os mortos não são solitários? Meus irmãos teriam rido de mim, objetando que eu estava me lembrando não de uma mulher viva, mas de antigas fotografias. Entretanto, em tais momentos, sentia a proximidade da minha mãe; se eu elevasse a cabeça da minha escrivaninha, para vislumbrar um rosto indistinto refletido na vidraça da janela junto da minha lâmpada, podia imaginar que era o dela. Havia excitantes sonhos semi-acordada, nos quais eu retornava a Strykersville. Ou eram lembranças vívidas. No cemitério, nos fundos da igreja luterana onde ela foi sepultada. Foram poucas as vezes que visitei, fisicamente, essa sepultura. Se o meu pai a visitou, deve ter ido sozinho, porque nunca disse nada a ninguém. Entretanto, na minha memória, eu podia sentir o cheiro de grama recém-cortada e o restolho sob os pés. Para além do campanário atarracado da igreja, e da cruz de brilho embaçado, o céu setentrional estava escurecendo sobre o lago Ontário. A igreja luterana de Strykersville fora fundada em 1873, construída com pedra crua e estuque. O cemitério não passava de um descampado nos fundos da igreja, pontilhado de pequenas elevações de pedra e canteiros, que na época das chuvas empoçavam a água; no inverno, impertinentes dunas de neve cobriam metade das lápides. As lápides mais antigas datavam de 1870, e já estavam gastas pelas intempéries, finas como cartas de baralho e meio que adernadas sobre a terra; eram as mais próximas da igreja; sepulturas mais recentes como as da minha mãe eram mais distantes, dispostas em fileiras, subindo pela encosta de uma colina cuja vegetação fora parcialmente removida. Já me intrigou o fato de que ninguém, na verdade, possa aceitar seu futuro, ninguém verdadeiramente acredite que isso possa acontecer. Tudo o que existe é agora. A modesta lápide de granito cinzento onde está gravado o nome da minha mãe, com sua data de nascimento e morte, estava no extremo final de uma fileira; nas proximidades de um campo não cultivado; quão *terrena* é a morte, que Spinoza jamais soube explicar; nenhum dos filósofos falou dos cheiros da simples terra úmida e de folhas murchas misturados à fumaça de lenha (à distância um fazendeiro estava queimando tocos de árvores; o pior fedor de fumaça que você poderia imaginar). Deslizei os dedos pela pedra áspera. Pedra congelada. *Eu sou uma Kappa, estou tão feliz, mamãe! Tem vezes que chego a pensar que o meu coração vai explodir.*

Minha mãe não fora uma boa freqüentadora de igreja. Ela e o meu pai tinham se casado numa cerimônia civil em Buffalo. As lendas familiares diziam que o ministro da igreja da região havia permitido que o corpo da minha mãe fosse sepultado no cemitério desde que meu pai se comprometesse a passar a freqüentar a igreja, junto com a sua família. Como deveria estar feliz, o ministro, já contando com novos membros para a sua congregação, um pai e quatro crianças, e talvez os pais do pai, também? Claro que nada disso aconteceu.

Por amor a Ida, sentia um certo constrangimento pensando que o seu corpo fora sepultado em terreno sagrado por meio de uma mentira. Por outro lado, esse pensamento me fazia sorrir.

∽

Foi NUMA ÉPOCA em que palavras tais como *sexo, sexual* nunca eram proferidas, mesmo por aqueles que rotineiramente se engajavam em práticas sexuais. *Sexo* era uma palavra que podia ser sussurrada a meia-voz, com um matreiro movimento dos olhos, um sorriso comprometedor.

A sra. Thayer, que como nossa governanta tinha a delicada tarefa de aludir a certas coisas sem nunca nomeá-las, como a maioria das mães o faziam, falava do *comportamento de damas elegantes, em todas as ocasiões, padrões de decoro,* e *manter uma reputação acima de qualquer censura.* Usava expressões como *visitante masculino* e *pessoa do sexo masculino* como se estivesse falando de espécies repugnantes e indignas de confiança. Não dava para acreditar que Agnes Thayer já tivesse sido casada, a despeito dos ostensivos anéis que usava na mão esquerda; não dava para acreditar que essa mulher tivesse sido casada com qualquer *pessoa do sexo masculino*. A sra. Thayer nos ministrava ensinamentos na hora das refeições e nos encontros formais da casa (não eram encontros Kappa rituais), realizados na sala de estar, aos domingos à noite.

— Os regulamentos da nossa casa relacionados a pessoas do sexo masculino são simples. Foram estabelecidos pela nossa Reitora de Mulheres e não devem ser violados sob nenhuma circunstância.

Era proibido a qualquer *pessoa do sexo masculino* (a não ser que se tratasse de um funcionário da casa) subir aos andares superiores; era proibido, de fato, permitir a qualquer *pessoa do sexo masculino* sentar-se nos degraus inferiores da escada de serviço que ia para o segundo andar, ou descer ao subsolo, qualquer que fosse o propósito. Evidentemente, era proibido esconder, ou tentar esconder, qualquer *pessoa do sexo masculino* nas dependências da casa, antes ou depois que esta fosse oficialmente trancada à noite; era proibido a uma dama "proceder" de modo inconveniente com qualquer *pessoa do sexo masculino* em qualquer dos ambientes comunitários, ou em qualquer outro lugar tecnicamente sob a jurisdição da sra. Thayer. Nos ambientes comunitários da casa Kappa, onde *pessoas do sexo masculino* eram admitidas como convidadas, o regulamento era antológico em sua simplicidade: "*Todos os pés* no assoalho, garotas, *o tempo todo*".

O sotaque sarcástico e arrogante da sra. Thayer fazia com que fosse irresistível imitá-la. Dessa maneira, sua fala penetrava em todos os aposentos da casa de trinta dormitórios.

Pensávamos em sexo ininterruptamente. Mesmo pessoas, como eu, que tinham baixo impulso sexual e nenhum desejo de traduzir esses impulsos em relações com *pessoas do sexo masculino*. Sexo era como a maré, vasta, virulenta, indescritível. Uma maré que pode invadir qualquer garota a qualquer momento, e nos destruir. *Pessoas do sexo masculino* são primordiais para descarregar essa maré, em pequenos jorros quentes: *sêmen*. (Todavia, *sêmen* nunca foi nomeado explicitamente.) *Pessoas do sexo masculino* são os predadores naturais das *garotas*.

— A Thayer tem medo, como todas as governantas de casas de estudantes — comentava-se de passagem sobre nossa vigilante guardiã — que uma de nós fique grávida. Ela calcula que seria responsabilizada e então demitida.

É proibido para alunas de graduação subirem aos andares superiores das residências masculinas, ou, em qualquer circunstância, escaparem dos ambientes comunitários. *É proibido a alunas de graduação* visitarem os quartos ou apartamentos de homens que morem fora do campus, e, portanto, fora da jurisdição de qualquer autoridade universitária. Muito particularmente, era crucial para as garotas evitarem ficar sozinhas com uma ou mais *pessoas do sexo masculino* em festas das irmandades, quando, segundo rumores, vez por outra ocorriam incidentes infelizes. Quando uma garota bebia demais e se descuidava. E era passada, lá em cima, de "namorado" para "namorado". Mas não existiam equivalentes masculinos das governantas, como a sra. Thayer, nas fraternidades, apenas administradores ou conselheiros, e quando uma garota Kappa comparecia a festas das fraternidades do campus, ou em Cornell, como as que aconteciam todo fim de semana, faziam o que bem entendessem. Ou o que os seus namorados pedissem. *Ora, vamos lá! Você vai gostar desse cara, ele é o máximo, você não pode trabalhar o tempo todo!* Eu pintei o meu rosto como os rostos das outras, escovei os meus cabelos emaranhados até ficarem brilhantes. Deram-me um vestido cor-de-rosa de tafetá para usar, uma saia que batia no meio da perna e um grande laço atado às costas, para que o vestido se ajustasse à cintura. Deram-me brincos reluzentes. Sorrindo e piscando como um animal noturno ofuscado pelo brilho da luz do sol. Na casa da fraternidade o alarido era ensurdecedor. Os rapazes, sem exceção, estavam *altos*. Risos, música. Cerveja. Copinhos de papel com cerveja. O sacramento era a cerveja. Nos toaletes reservados para DAMAS (um cartaz numa caligrafia borrada, vermelha, pendurada do lado de fora da porta) havia uma caixa azul gigante de *Kotex* bem à vista. Algum gaiato havia colocado em todas as privadas peixinhos dourados de aquário. Era para rir daquilo? Dar a descarga e ver os peixinhos serem tragados, e rir? Faltava-me o apropriado senso de humor, e eu não gostava de cerveja. Nem de bocas com gosto de cerveja. Esperavam que eu dançasse nessa algazarra, espremida entre estranhos sorridentes, triturada por um abraço? Esperavam que eu beijasse um estranho? Um rapaz que não me conhecia, que havia esquecido o meu nome? Qual o propósito de beber para ficar embriagada? Minha irmã Kappa, Chris, vomitava nos degraus da escada dos fundos, nas latas de lixo marcadas com os símbolos ΦΩ. *Chris, vamos. Chris, por favor.* Eu implorava a ela, mas Chris se recusava a me dar ouvidos. De volta à festa! Eu tentava explicar o que estava acontecendo a Dawn, Jill, Donna, Trudi, que já estavam irritadas comigo, olhos excitados e brilhantes, pele avermelhada, braços enlaçados nos pescoços de seus sorridentes parceiros. *Ela vai ficar bem, a Chris sabe se cuidar muito bem, ela está acostumada a freqüentar festas.* Provoquei embaraço e aborrecimento nas Kappa sóbrias o suficiente para se darem conta de que eu havia abandonado o meu "parceiro" Eddy, embriagado, deixando para trás a música barulhenta, e atravessado correndo o parque de relva alta e coberta de neve, calçando ridículos saltos altos, meu vestido emprestado de tafetá rosa rangendo como se fosse gelo roçando nas minhas meias e nas minhas pernas, praguejando, lágrimas correndo pelo rosto, se bem, que droga, eu não estivesse chorando, por que ia chorar? *Meus sentimentos não podem ser feridos se não tenho nenhum.*

No dia seguinte, por volta do meio-dia, Trudi, de cara amarrada e com ar doméstico, sem a maquiagem, trouxe-me o casaco preto que eu deixara no cabideiro abarrotado da fraternidade e jogou-o na minha cama com um olhar de lástima e desdém.

— Aqui está. Você o esqueceu.

O que aconteceu com a Chris?
Mas, se nem ela lembra, e daí?
É da sua conta?
Sem lembranças, nada a perdoar.
O cara que estava com ela, provavelmente, tinha tomado
  precauções. Ele não é um idiota.
Mas foi só ele?

Voltando da biblioteca ao longo da University Place, um pouco antes das onze da noite. Atravessando o parque coberto de neve. Carregando livros nos braços como quem embala um bebê. Um deles tinha oitocentas páginas, uma história da filosofia européia. Caminhava apressada, minha respiração formando vapor no ar congelado. Estivera trabalhando nas prateleiras da biblioteca e já era quase a hora de nos recolhermos. Tinha a mente vazia de qualquer outro pensamento exceto a urgente necessidade de galgar a íngreme colina até a casa Kappa, e entrar lá antes das onze horas. Porque a sra. Thayer não se mostraria solidária, a sra. Thayer nem sequer haveria de escutar as minhas gaguejadas justificativas. *Ah, vocês, garotas americanas!*

De repente, escutei o sussurro:

— Mocinha? Mocinha?

A figura surgiu de detrás de uma árvore, como agiria uma criança quando quer se esconder. Sob a pouca iluminação de um poste de rua da University Place, enxerguei o rosto dele, o rosto de um estranho: queixada gorda, com a barba bem-feita, boca de lábios finos vermiformes abrindo-se num sorriso malicioso, óculos de aros pretos como um professor de escola primária, que ampliavam os seus olhos como se ele fosse um pequeno peixe de água doce. *Ele está me deixando ver o seu rosto. Quer que eu veja o seu rosto.*

— Mo-cinha — ele dizia, com a ponta da língua projetando-se entre os lábios — vai machucar as suas tetas correndo assim! Tome cuidado.

Ele podia ter qualquer idade entre trinta e cinco e cinqüenta anos. Havia um sarcasmo melódico na solicitude da sua voz de timbre agudo. Identifiquei-o imediatamente como o homem que havia tentado agarrar Freddie e outras garotas, mas eu não era uma garota igual a elas; eu era uma garota de Strykersville; sem hesitar, arremessei os meus pesados livros em cima dele, diretamente no seu rosto, arrancando-lhe os óculos. Ele gritou, apanhado de surpresa e dor. Nenhuma das garotas ou mulheres que esse filho-da-puta grosseiro tinha abordado havia reagido dessa maneira, ele não estava preparado para isso, as suas fantasias não o haviam preparado para mim. Eu berrava contra ele, emitindo ganidos curtos e entrecortados, como os de um cachorro.

Fiquei observando-o fugir do parque, depois, claudicante, tomar logo uma rua lateral. Como fogo líquido, a adrenalina circulava em minhas veias. Eu estava superexcitada, eu estava satisfeita. Esse incidente, eu gostaria de ter relatado para o meu pai.

Os óculos de aros pretos estavam caídos na neve. Eu os recolhi com a mão enluvada e tive o impulso de parti-los em dois, de ódio. Mas, não o fiz. Ao invés disso, enfiei-os dentro do bolso do meu casaco.

Ninguém tinha ouvido os meus curtos gritos sufocados. Haviam se dispersado no ar, como o vapor da minha respiração.

E se ele tivesse me ferido? Havia lampejos de maldade nos seus olhos. Saliva escorrendo pelos cantos da boca de verme.

Quando entrei alguns minutos mais tarde na casa Kappa, generosamente iluminada, o meu coração ainda batendo forte, estava dois ou três minutos atrasada, porém a monitora de plantão, fumando um cigarro, acenou-me indiferente lá de dentro. Ela nem notou o meu rosto esbaforido e afogueado. Os meus olhos escuros com pupilas dilatadas. Não corri para a porta da sra. Thayer, fechada àquela hora da noite; não lhe entreguei o presente de minha angústia feminina, afinal de contas. Os livros da biblioteca estavam úmidos devido à neve, mas, fora isso, ilesos. Eu sabia que era uma garota de muita sorte.

Os meus sentimentos não podem ser feridos se não tenho nenhum.

O que eu faria: apanhei os óculos com as mãos enluvadas e jamais os tocaria sem usar luvas; eu os enviaria pelo correio para o quartel-general da polícia de Syracuse com um conciso bilhete. *Estes óculos pertencem a um agressor sexual. Podem pegá-lo agora.*

Trovejantes patadas no chão! Risadas estridentes. Espelhos sujos de espuma de sabonete no banheiro comunitário do terceiro andar. O cheiro de fumaça de cigarro em todo lugar e tocos de cigarro espalhados como confetes. Latas de refrigerante chutadas para as laterais, ao longo do corredor, até o recuo da escada que conduz ao térreo, para Geraldine, a faxineira negra, recolhê-las; Geraldine, de rosto enrugado, negro, inexpressivo, em silêncio, despejando o lixo num saco plástico. (Passando por Geraldine e seu imenso aspirador de pó no corredor, abaixei os olhos envergonhada da cor da minha pele. Na casa Kappa Gamma Pi, naquele outono como segundanista, soube pela primeira vez o que era sentir vergonha da própria pele. No entanto, Geraldine não deu maior atenção à minha presença, não mais do que daria a qualquer garota branca Kappa.) *Cadela*, elas estavam furiosas, *por que não vai cuidar da própria vida, que droga.* A sra.Thayer atrevera-se a repreender certas garotas seniores. *Conduta inadequada a damas nos ambientes comunitários!* Lá estava Lulu, que deixara tocando, repetidamente e em volume altíssimo, "A canção do Moulin Rouge" para celebrar *Veja só isto aqui!* erguendo a mão esquerda na qual um anel com um pequeno diamante faiscava como um travesso piscar de olhos *Noiva antes de completar vinte e um anos.* Num canto, onde uma garota mais jovem chorava, várias seniores a cercavam *Ora vamos, queridinha! Seja realista.* Quando me aproximei, uma delas me xingou, empurrando-me longe para um lado, e eu me retraí chocada, sem saber *Por quê?* eu não podia contar para mim mesma a velha história *Era uma vez* porque o tempo era agora; a história era agora; acreditava que era eu quem fazia a história acontecer, mas na verdade a história estava acontecendo à minha volta, como a maré que sobe, impregnada de sal, lamacenta e suja de dejetos. Minhas irmãs Kappa me fascinavam como pássaros gigantes, predadores de penas brilhantes, fascinariam uma pequena ave canora oculta numa moita. Ou tentando ocultar-se na moita.

No meu texto *Ética* eu sublinhei *O empenho para entender é a primeira e única base da virtude.*

No entanto, começou a acontecer: *Guardian, Harper's & Queen, Punch* e outras publicações britânicas foram deixadas em desordem sobre a mesa da sala de estar, e até mesmo atiradas no chão. Cigarros eram deixados acesos, contaminando o ambiente com fumaça, que se filtrava por debaixo da porta dos aposentos da sra. Thayer. As risadas anônimas de *pessoas do sexo masculino* no vestíbulo da frente, no que a porta era batida com estrondo, forte o bastante para fazer os cristais de todos os candelabros estremecerem. Risadas de hiena nas escadas após o toque de recolher. Barulho de pisadas fortes no corredor do segundo andar acima do quarto da sra. Thayer. No corrimão de mogno tão diligentemente polido pela silenciosa Geraldine, filetes secos de — seria vômito humano? A sra. Thayer chamou:

— Garotas! *Garotas!*

Um dos seus pacotes de comida elaboradamente embrulhados havia sumido do guarda-louça na despensa. Simplesmente desapareceu. Para onde? Nenhuma das auxiliares da cozinha conseguiu explicar. Agora, na hora das refeições, os gélidos olhos azuis da sra. Thayer mantinham-se em alerta, perscrutando tudo, correndo de um rosto para o outro. Somente as Kappa mais jovens sorriam; não teríamos como saber que tínhamos alguma outra escolha.

— Estão todas muito quietas aqui. O silêncio da *consciência culpada* — observou a sra. Thayer. Com os dedos trêmulos no final da refeição, a sra. Thayer fez soar a pequena sineta de prata. Estava convocando a nossa numerosa trupe para reunir-se no salão, exceto as garotas seniores que tinham desafiadoramente escapado.

— Quem tem andado praticando tais atos? — a sra. Thayer calmamente inquiriu. — Quem tem agido tão... sem compostura? De modo tão... *grosseiro?*

Dava para saber que a sra. Thayer queria dizer *tão americano!* Podia ser que ela falasse das revistas — novamente espalhadas pelo salão, uma visão chocante. E as páginas de palavras cruzadas do jornal local, atiradas no chão. Fez-se um silêncio constrangedor. Um silêncio perturbador. No meu nervosismo, comecei a contar as cabeças, mas desisti depois de chegar às vinte e cinco. Mercy e Trudi trocaram olhares culpados, sorrindo afetadamente. Bon-Bon e Chris cerraram as bocas, tentando evitar rir alto. Dawn lambia os lábios brilhosos, franzindo o cenho para o ar vazio. Freddie sorrateiramente arranhava o seu braço esquerdo. Deedee conteve um bocejo, ou um arroto. Caprichosamente, o relógio da lareira repicou o quarto de hora. Uma lembrança: as Kappa são as primeiras e as mais destacadas *jovens damas*. Mas, lá em cima, uma vitrola tocava *rock-and-roll*. Vis e imundos batuques de garotos brancos tocando *blues* negros. De onde eu me encontrava sentada, sobre o tapete, podia enxergar debaixo do sofá no qual estava a sra. Thayer, inteiramente retesada, usando a cinta, ereta; vi algo ali que parecia ser um absorvente. Fiquei transfixada com a visão. Pensando *Mas ele não pode ter sido usado, não está manchado de sangue, ou está?* A sra. Thayer repetiu sua pergunta. Mas quem poderia se lembrar do que ela perguntara? Olhos de gelo indo de um rosto para o outro, mas deparava-se com rostos de crescidas garotas americanas, inocentes, e fechados para ela. Ela se virou para mim, a pouco mais de um metro dela, e eu estava olhando para os seus rechonchudos pezinhos nos sapatos de couro de bezerro; percebera que os tornozelos da sra. Thayer estavam estranhamente grossos, talvez inchados.

— Você — a sra. Thayer disse subitamente, despertando-me do meu transe, *você* sabe? Eu ordeno que diga.

Fiquei tão surpresa que devo ter agido de maneira a provocar risos nas outras garotas; meus olhos, como se por conta própria, piscaram de culpa. Um feroz desolamento tocou-me o coração. Eu não queria que a sra. Thayer descobrisse o absorvente, não queria que ela ficasse chocada e fosse humilhada publicamente, não queria que a tremedeira da pobre mulher se tornasse mais visível, exposta ainda mais ao deboche das outras garotas Kappa, que riam disso, troçando da cadela britânica pelas costas. Sem pensar eu disse:

— Eu... acho que fui eu, sra. Thayer.

Houve uma pausa chocante. Até o relógio do consolo da lareira parecia ter detido o seu débil tique-taque.

Não era das revistas que estávamos falando? Eu apontava para elas, e para as páginas do jornal de Syracuse espalhadas sobre o tapete. Minha voz falhou, fanhosa e assustada.

— Sou a única aqui que lê as suas revistas, sra. Thayer. E faço as palavras cruzadas.

Era mentira, nunca "fiz" sequer um jogo de palavras cruzadas em toda a minha vida, nunca desperdiçaria minha inteligência numa brincadeira tão tola dessas.

— Assim... acho que fui eu que fiz isso.

Fez-se uma nova pausa, um constrangido e absoluto silêncio. Minhas irmãs Kappa permaneceram imóveis, embora fosse perceptível um movimento coletivo de afastamento em relação a mim;

algo como uma simples inalada de ar, se bem que profunda. A sra. Thayer, tomada completamente de surpresa por essa confissão, fixou os olhos sobre mim, um lento rubor tingindo-lhe a face. Quase balbuciando, ela perguntou:

— Você "acha" que fez... ou de fato "fez"? — porém, faltava ao seu sarcasmo força, autoridade.

Fiquei sorrindo tolamente, e me escutei dizer, gaguejando:

— Eu... Fui eu, sim, sra. Thayer. Prometo que não acontecerá novamente.

Subitamente, comecei a tremer, deve ter sido o início da gripe. Lembrei que o homem no parque, o meu quase-agressor, tinha visto o meu rosto com tanta nitidez quanto eu o dele. O meu erro tinha sido não ter ido correndo procurar a sra. Thayer, às lágrimas. Agora, as minhas tripas agitavam-se ferozmente. O pouco que cuidei de comer no jantar estava se contorcendo num espasmo de vingança. Talvez a sra. Thayer soubesse que eu não estava nem sequer mentindo propositadamente, com um objetivo qualquer. Das Kappa, eu era a única garota que usava as mesmas roupas todos os dias. Uma saia de lã cinza amarrotada com uma cintura tão frouxa que a parte de trás vivia girando para a frente e voltando para trás, sem que eu notasse. Uma blusa branca de lã de mangas compridas, muito limpa mas mal passada, com uma mimosa gola de pontas abotoadas, como estava na moda. E um suéter azul-marinho de Orlon, com gola em V, de tamanho muito maior do que o meu, comprada numa liquidação da Sears de Strykersville, e que chegava nos meus cotovelos. Minhas meias curtas estavam descasadas, porém ambas eram de lã branca. Meus cabelos arrepiavam-se em chumaços crespos impossíveis de manter assentados, como limalhas de ferro atraídas por um ímã magnético. Quem quer que eu fosse, ali sentada entre as Kappa, sempre nervosamente amarrotando as dobras da minha saia já enrugada, representava uma corajosa, embora desonrosa, variação do ideal de uma universitária. A sra. Thayer, que todo o tempo ficara me encarando sombriamente, decidiu de repente, talvez por malevolência, me dar crédito; suspirou profundamente e golpeou irritada o sofá com seu pequeno punho.

— Oh, muito bem, então! *Você* é tão negligente quanto todas as outras. Vocês, garotas! É o que vivo repetindo.

Com um gesto displicente da mão, a sra. Thayer dispensou as outras garotas, bem a tempo, antes que as mais atrevidas saíssem por conta própria. Eu fiquei para trás. Contrita, mordendo o lábio, dedicando-me em colocar o salão em ordem. Desgostosa, a sra. Thayer disse:

— Esperava um comportamento melhor de *sua* parte, justamente *você*, entre todas essas... *Kappa*.

A palavra *Kappa* foi pronunciada como se fosse uma obscenidade leve. Pensei que a sra. Thayer fosse me inquirir sobre outras infrações do seu regulamento, o roubo da sua refeição, por exemplo, mas ela não disse mais nada e saiu pomposamente da sala de estar, batendo a porta. Já então, não havia mais ninguém ali, além de mim.

Com um jornal dobrado, consegui puxar o absorvente de debaixo do sofá. De fato, estava usado: enrugado, com a mancha seca de um coágulo escuro, como um torrão de sangue, no centro, e fascinantemente branco como uma gaze no resto dele. Um *Kotex*. Se a sra. Thayer fora poupada, assim também Geraldine. Embrulhei a coisa no jornal e a joguei no lixo. Recoloquei as revistas na disposição original, em forma de leque. Escutava o barulho feito por minhas irmãs Kappa, acima, suas pisadas fortes e insolentes. Estivera lendo num livro de mitologia antiga sobre as harpias, espíritos turbulentos que levavam almas para o Hades. Seus sussurros, murmúrios, e risadas debochadas filtrando-se para baixo, sobre a minha cabeça.

Sublinhando meu texto de filosofia *Nós nos empenhamos em afirmar tudo o que concerne a nós mesmos e também ao objeto amado, que imaginamos que possa nos trazer, ou ao objeto, a alegria, e, em movimento inverso, nos empenhamos em negar tudo o que pode nos trazer, seja a nós ou aos nossos, tristeza.*

* * *

Assim começou a acontecer de Deus me tocar de indizíveis maneiras. A princípio, ignorei isso, ignorei-O. (Em quem não acreditava; eu era cerebral demais para me dar com Deus.) Algumas poucas vezes, fora levada à igreja luterana de Strykersville. Chuva e neve batiam nas janelas. O ministro, com a voz impregnada de pura esperança e óculos cintilantes. Eu estava sentada entre o meu irmão Dietrich e a minha avó. Deve ter sido alguma ocasião especial. A morte de algum parente? Um funeral? O cemitério lamacento, a pequena lápide solitária. Como se estivessem fazendo cócegas em meu corpo todo, uma sensação que ia aumentando, cada vez mais, um fio de arame me envolvendo, apertando, até que me deu subitamente vontade de rir, eu tinha dezenove anos e morava com estranhos numa mansão de milionários no topo de uma colina. *Como sou feliz por ter escapado de você. Sou uma sortuda. Muito mais do que mereço.*

No entanto, não consegui dormir. De certo modo, tinha deixado o meu quarto para Deedee e suas amigas, voltando apenas para trocar de roupas. Quando o quarto de estudos no subsolo se esvaziava, geralmente depois da meia-noite, eu tentava dormir lá; no sofá de couro velho e desgastado, cheirando a fumaça de cigarro e decorado com marcas de queimado. Na casa Kappa eu ansiava pela solidão da minha vida anterior; assim como, naquela vida anterior, havia ansiado pela convivência na irmandade das Kappa. Estava escrevendo um ensaio intitulado "O livre-arbítrio e a determinação em Spinoza", mas era um ensaio que pretendia penetrar na mais profunda verdade. A cada página, a cada parágrafo, a cada sentença, eu me afligia com outros de igual autoridade, zumbindo dentro da minha cabeça como maribondos. Nas anotações para esse ensaio, havia tiras de papel marcadas com A, B, C etc.; outras, marcadas com 1, 2, 3 etc. Havia anotações rabiscadas na vertical em esferográfica azul; e garatujas horizontais em esferográfica verde. Algumas, estavam rabiscadas por cima. Num êxtase de súbita lucidez, escrevi *Spinoza fez de sua loucura, arte.* Não acredito que o meu professor aprovasse uma dedução dessas, assim eu a atribuí a um estudioso que inventei. Ainda assim, não consegui dormir; no entanto, para o meu desapontamento, também não conseguia manter um estado de vigília confiável, como em outras ocasiões. Com os olhos abertos, sentia-me começar a bruxulear feito uma vela sob uma corrente de ar. Apagando-se, apagando-se. E bons ventos a levem! Minha avó judeu-alemã ralhava, brandindo seu dedo indicador, esbranquiçado de farinha. Por que a farinha de trigo, granulada e moída, faz a carne humana tornar-se tão estarrecedora? Minha mãe, Ida, de pé no umbral da porta me olhando fixamente, a mão levantada num cumprimento, ou numa despedida. Onde seria a sua boca sorridente, o que havia agora era uma mancha de sangue. Estavam ambas preocupadas com a minha saúde, com a minha sanidade; se bem que não a nomeassem — *sanidade*. Uma moça decente não falava sobre *sexo*, e uma moça decente não falava de *sanidade*. Comecei a me preocupar com a possibilidade de que o absorvente usado pudesse ser rastreado, até mim, denunciando-me, já que fora eu quem o embrulhara numa folha de jornal e o jogara no lixo. Havia uma proximidade fatal entre *absorvente sanitário*, *sanidade*. Provoquei risadas roucas num bando de irmãs Kappa ao sugerir que as duas palavras pudessem estar ligadas. Ah, mas como eu era engraçada! *Que senso de humor maluco, o seu.* Fui pega de surpresa por quatro delas que apareceram, bem cedo, certa manhã de domingo, bateram à minha porta e perguntaram se queria me juntar a elas — estavam vestidas com seus melhores casacos, estavam com chapéus e luvas; para quem tinha passado a noite fora, seus rostos pareciam relativamente bem-dispostos, os olhos cintilavam como os olhos de boas cristãs. Estavam indo para St. John's, a igreja episcopal. Eu não era uma episcopal? Não gostaria de acompanhá-las? Fiquei profundamente envergonhada, gaguejei explicando que as acompanharia noutra ocasião qualquer, e foram embora, caminhando ruidosamente com os seus sapatos de salto alto, denunciando-me. Meus irmãos riam-se de mim, da minha aflição. Para eles, eu sempre fora uma mentirosa; se lhes tivessem perguntado se queriam que eu nascesse, responderiam numa só voz *Não!* Se eu precisasse de um *Kotex*, teria que roubá-lo dos artigos de toalete de outra das garotas, não podia me dar ao luxo de comprar

Kotex, eu odiava até mesmo olhar a caixa de absorventes, o seu ostensivo cheiro medicinal. De fato, minha menstruação havia se tornado irregular e gradualmente cessaria. (Tinha medo de poder estar grávida; ninguém acreditaria que eu nunca *havia dormido* com um cara.) Meus irmãos iriam me tratar com repulsa. Antes de amanhecer, subia sorrateiramente para o banheiro do terceiro andar para tomar uma chuveirada. Se antes não costumava tomar chuveiradas senão duas a três vezes por semana, agora tomava toda manhã. E algumas vezes à noite. É que o cheiro de sangue era inconfundível, mesmo que não sangrasse. Fora o cheiro de sangue que atraíra o homem do parque para mim. (No final das contas, acabei não enviando os óculos dele para a polícia de Syracuse, eu os jogara no lixo.) No chuveiro, apalpava suavemente meus seios, apenas com as pontas dos dedos. Ensinam a gente a espremer os seios à procura de caroços. *Os primeiros sinais parecem diminutos grânulos. Depois, se expandem.* Eu gostaria de saber se eles cortavam os nossos seios fora, arrancando-os da parede torácica, decepando-os de uma só vez, ou se eram arrancados pedaço a pedaço. Peito cru de frango cru, a pele pegajosa ainda colada a eles.

— Você!... Que diabo está fazendo aqui?
Eu gaguejei qualquer coisa parecida com *Nada* e fugi.
Atrás da padaria de pães dormidos da rua Mohawk, a algumas quadras da universidade. Fora do campus, um outro mundo! Afastei-me de cabeça baixa de vergonha, o rosto ardendo. Não era a primeira vez que eu vasculhava o lixo nos fundos da padaria, mas era a primeira vez em que era apanhada. Se não conseguia comer com minhas irmãs Kappa, teria de descobrir outras maneiras de me alimentar, ou pelo menos de localizar alimento. (Houve vezes em que não pude comer também o alimento furtado. Apinhado de bactérias invisíveis, os germes da hepatite e da morte. Roscas de semente de papoula não vendidas, biscoitos quebrados, tortas esmagadas, duríssimos e ressecados pães e bolos de café-da-manhã, todos enfiados de qualquer jeito nas latas de lixo.)

Mas que vergonha!
Por quê? É delicioso.
Para além da universidade, na direção oposta, ficava Auburn Hills, uma vizinhança residencial de lindas mansões, em ruas arborizadas, onde em certas manhãs de domingo costumava perambular a esmo pelas aléias entre a Auburn Avenue e a Palmer Street, seguindo o meu faro como um cão faminto, já que, nessa vizinhança abastada, ninguém estaciona o carro na rua, nem coloca as latas ou sacos de lixo no meio-fio; há garagens nos fundos das casas, abrindo-se para aléias não pavimentadas; eram as caixas de papelão dos serviços de bufê que atraíam o meu olhar para o lixo, o resto das festas das noites de sábado, canapés jogados fora, vidros sempre deixados com sobras de caviar e mesmo de ovos condimentados, ou pedaços de ovos, de pão, e até mesmo, certa vez, um bom pedaço de bolo do casamento coberto de suspiro. Havia vezes em que devorava esses quitutes ali mesmo, de pé, mal me preocupando de olhar ao redor para verificar se alguém estava me observando; e havia vezes em que enfiava tudo na minha sacola, para levar comigo e comer quando estivesse sozinha; havia vezes em que, abatida pelo remorso, ou pelo medo de sofrer uma intoxicação alimentar, ou por desejo de punir-me, jogava tudo fora, logo adiante. Não via nenhuma contradição entre o meu eu ideal e o eu animal. Como disse Spinoza, *Lutamos para nos manter em nosso ser.*

Aterrorizada que diminutos cistos estivessem se formando em meus seios, não ousava palpá-los. Aterrorizada com a possibilidade de adormecer durante uma de minhas aulas ou de desmaiar e tombar sobre minha carteira, embaraçada diante do professor que eu adorava, cruelmente beliscava-me os braços, ou fincava a caneta em mim. Nos meus pálidos antebraços, havia marcas azuladas, das canetas esferográficas, como se fossem artérias arrebentadas. *Em todo sistema filosófico elaborado pelos gênios*, o professor pontificava, *coexistem contradições.* Uma mão foi levantada como se fosse o solavanco de um fantoche preso a uma corda. Eu não tinha jeito para falar diante de grandes platéias, isso não podia ser eu. Não podia ser a minha voz, soando, ansiosa, de entre as fileiras de carteiras já antiquadas. *Contudo se X não é totalmente não-Y, como pode ser X? Ou é algo semelhante? Que, então, concordamos em chamar de X?* Em nosso cavernoso salão de conferências, no andar superior do Antigo Pavilhão de Linguagens. O professor ensaiou um arremedo de aplauso à pergunta, mas disse que seria preferível se fosse feita mais adiante no curso, quando estivéssemos estudando Hegel. Meus olhos começaram a ficar vesgos de fadiga. Então, retornou em rápida sucessão de imagens de desenhos animados a humilhação, mas era cômico ter sido enxotada dos fundos da padaria de pães dormidos, o aparecimento repentino de um espantado jovem negro com o qual eu quase colidi, porém não havia qualquer prova incriminatória em mim, deixei cair as roscas, os pães, a torta de cereja esmagada, e fugi. Na casa Kappa, arrastei-me para a mesa. O meu lugar vago, na cabeceira da mesa. Ali, a humilhação, menos cômica, de um fibroso pedaço de rosbife palpitando na extremidade do meu garfo, dando uma cambalhota para o chão e escapando, como se fosse um ser vivo. A sra. Thayer falou qualquer coisa, rispidamente, com seu sotaque britânico impregnado de sarcasmo. As outras garotas ergueram os olhos para mim, cheios de piedade; ou nem sequer me olharam. Talvez as tivesse confundido com pássaros de rapina. A sra. Thayer convocou-me para a sua sala de estar. A impaciência feroz dos seus ofuscantes olhos azuis. Não consegui entender direito o que escutei por alto: a sra. Thayer não tivera filhos, ou tivera filhos que haviam morrido no terrível bombardeio de Londres? *O que há de errado com você, Janice? Você se comporta assim para aborrecer todo mundo? Para me aborrecer? Não, você é Mary Alice, não é? Como você pode ser tão desleixada? Onde está o seu amor-próprio? As suas boas maneiras? Se você está doente, por que não se apresenta à enfermaria? Lá, eles são pagos para tratar os doentes — não são? Enfermidades não são de responsabilidade de uma governanta, ah, não, obrigada! Uma governanta já tem responsabilidades e tarefas demais, ah, sim, obrigada! Uma governanta já faz por merecer a ninharia que ganha, ah, faz, obrigada!*

Descoberta dormindo no andar de baixo, na sala de estudo, envolta no meu casaco ordinário, de pés descalços. Minhas pernas tinham uma palidez doentia, e no entanto eram ásperas, com finos pêlos castanhos anelados. As Kappa estavam indignadas, as pernas necessitam ser raspadas, assim como as axilas, porém tratava-se aqui de uma garota que tinha pavor de giletes e teria de pedir emprestada (mas, *pedir emprestada* a quem?) uma gilete. No andar de cima, dois andares com mais de quarenta garotas. Suas pernas torneadas, raspadas, lisas, pele brilhando. Seus seios empinados em armações. Desodorante, spray de cabelo, máscara, sombra prateada para os olhos. Rádios, fonógrafos, o calipso, Ricky Nelson em "Travelin' Man", o bater de portas e o barulho das descargas dos sanitários. Fumando sem parar. Mais latas de refrigerantes dietéticos e não-dietéticos, não totalmente vazias, chutadas para os cantos, ao longo do corredor. Kat, Tammy, Trudi, Sandi, encostadas no limiar da porta com o cenho franzido. Sem maquiagem, elas eram todas, quase, uma mesma garota. Sem maquiagem, seus rostos jovens eram pálidos, amarrotados, rechonchudos. Sem sombra, os seus olhos eram nus. O que queriam de mim? Ajuda para os seus trabalhos de final de período? Eu roubei pedaços de sabonete, mas só os que já estavam gastos, para a minha higiene pessoal. E xampu para lavar os meus cabelos. Faltei a reuniões e por isso tenho de ser punida, multada: doze, quinze, dezoito dólares. Não podia pagar porque não tinha dinheiro, a menos que roubasse, porém onde eu podia roubar dinheiro, o orgulho me impedia, quando não me impedia de roubar comida, desde que fosse lixo, não comida. Na enfermaria, no extremo mais distante do campus varrido pelo vento, quando finalmente uma enfermeira chamou o meu nome, mudei de idéia, fui embora. Não podia faltar ao meu trabalho no escritório de registros (embora já estivesse vinte minutos atrasada). Lá, me perguntaram, com aquele tipo de cortesia em que não se pode confiar, se estava com algum problema. Uma gripe? A assim chamada gripe asiática? Eu sorri, o sorriso Kappa. Os dentes à mostra como uma chefe de torcida. Levantei a mão para fazer uma pergunta ao professor, mas, no momento em que ele franziu o cenho para mim, claramente não querendo que eu falasse, minha garganta fechou-se completamente. O tremor estava sob controle agora, havia ido para dentro de mim. Apliquei xampu no cabelo, enfiando as unhas no couro cabeludo e o esfreguei com tanta ferocidade que começou a brilhar e a estalar com eletricidade. E meus olhos, que todos diziam que eram tão parecidos com os do meu pai, completamente negros, tomados inteiramente pelas pupilas. As garotas espertas evitavam a cabeceira da mesa, havia sete de nós sentadas na cabeceira, a sra. Thayer recusou-se a olhar para mim. Quando comia, seus olhos brilhavam, úmidos. *De fato a cadela britânica parece um porco. Olhe só quando ela está comendo.* Lá pela metade do período me tornei popular, como de costume. As garotas vinham me ver, sorrindo, e pedindo ajuda. Era estranho: eu não conseguia concluir o meu próprio trabalho, no entanto era capaz de passar os olhos pelos trabalhos das outras e indicar o que seria necessário fazer. Os erros saltavam aos meus olhos. Como punição por faltar às reuniões, fui designada para a tarefa de monitora. Fazendo soar o gongo cinco minutos antes do toque de recolher. Obrigando o último dos "namorados" a sair pela porta. Rapazes corpulentos como novilhos, jogadores de futebol da *Ípsilon Beta*, da *Lambda* e da *Alpha Chi*. As faces cobertas de manchas de batom como quem estivera devorando carne crua. Eles arrotavam bafo de cerveja na minha cara, sem se desculpar. Soltavam gases intestinais no seu rastro. Era obrigação da monitora trancar a porta da frente, apagar as luzes, limpar os cinzeiros, colocar em ordem a desarrumada sala de estar onde as apaixonadas Kappa e seus visitantes da noite estiveram "se despedindo", às vezes, por até duas horas. (Pedaços amassados de lenços de papel enfiados entre as almofadas, chumaços de ainda úmida goma de mascar com marcas dos dentes por debaixo das mesas.) A sra. Thayer confiava em mim, já que não podia confiar nas outras. A sra. Thayer tinha a sua própria garrafa de vinho, vinho tinto, com um odor amargo, sobre o qual nenhuma de nós deveria saber. (O garoto negro da casa, sedutor e sensual, e com a pele, que parecia tão macia, no matiz da pele de Harry Belafonte, amigo de algumas das Kappa, havia passado essa surpreendente informação.) Eu estava tomando uma chuveirada, no banheiro do terceiro andar, desesperada para arrancar de mim o cheiro de cigarro; as garotas me encaravam e falavam de mim abertamente. *O que está acontecendo com ela? Será que está doente? Ora, ignore-a, ela é maluca. Só quer chamar a atenção, ignore-a.* No toque de recolher, voltavam para casa com os olhos vidrados, cambaleantes, os vestidos abotoados descuidadamente. Havia vezes em que não conseguiam chegar ao banheiro e vomitavam nos degraus da escada. Chris, que vomitara todos os dias da sua vida (como se queixou a sua companheira de quarto), desistira da faculdade, e os seus pais, rostos envergonhados, vieram apanhá-la de carro. No andar de cima, os rostos das Kappa eram pálidos e ásperos como massa de pão crua. Nada de sobrancelhas, nada de cílios, os cabelos enroscados em rolos esponjosos cor-de-rosa. Uma névoa de fumaça cobria tudo. Geraldine estava dobrada ao meio, tossindo. Ficava assombrada ao perceber que os seios de todas as Kappa empinavam-se como peitorais de armaduras. Todos os seios eram tamanho D, guarnecidos por sutiãs de cetim, suspendidos e (algumas vezes) almofadados. Mesmo os seios das garotas mignons eram D. Os seios precediam as garotas, quando elas entravam nos aposentos. Os seios precediam as garotas que os ostentavam com trêmulo orgulho feminino e pressa reprimida, no que desciam a escada em espiral, ao encontro de seus namorados de olhos ávidos. Suas pernas lisas, raspadas, reluzentes como peltre. Axilas encharcadas de desodorante e prodigamente empoadas com talco. Ninguém reconheceria nelas as garotas Kappa do andar superior, mas, no andar de baixo, no campus, nas festas das fraternidades e nos bares, emanavam o estilo Kappa — glamorosas, sensuais, decididas. Exalando "personalidade" como um farol luminoso. Os seus quartos eram um redemoinho de desordem, chiqueiros de onde emergiam radiantes e sequiosas por paixão, como a fênix saindo do seu ninho flamejante. Suas vidas eram exibidas no exterior da pele como se fossem outro item do vestuário. Suas vidas na presença de *pessoas do sexo masculino* eram performances freneticamente ensaiadas durante horas e horas seguidas. Eram atrizes tão ardorosas que podiam nem sequer notar que estavam interpretando. Estavam lutando para sobreviver. Seu objetivo era se tornarem noivas antes de se formarem. Casarem-se antes de completar os vinte e dois anos e serem mães antes dos vinte e três. Algumas estariam divorciadas antes dos trinta. Eu as adorava. Eu as temia, abominava-as e as adorava. Não imaginaria que as conhecesse. Falavam através de códigos; até o guincho de suas risadas era um código. A fumaça de cigarro saía sob a forma de espiral do canto de suas bocas como se fosse um cano de descarga de um automóvel. A agudeza marmórea dos seus olhos. O sorriso Kappa radiante, *Oi! Como vai! Adoro você!*. Como jogar moedas para mendigos. Como se elas fossem dignas de tais bênçãos. Como se elas fossem, não Kappa Gamma Pi, uma irmandade de segunda categoria, mas Chi Omega, TriDelta, Pi Phi, irmandades de primeira categoria. Como se elas não estivessem, em sua grande maioria, estudando para se tornar professoras primárias, e se esforçando para no máximo obter um C, e sim, orgulhosamente, na lista de honra do decanato. Como se não fossem garotas que só serviam de companhia para ir a festas, mas populares diretoras do conselho helênico, monitoras de classe, rainhas da turma; como se fossem respeitadas, admiradas, imitadas, não caçadas como garotas que bebem e *abrem as pernas*.

Eu não sabia nada sobre isso, como poderia saber? Na verdade, eu mal sabia o que a grosseira expressão *abrir as pernas* significava.

O sujeito com quem eu saí, Eddy, zombando, *Mas que grande merda você pensa que é? Você é uma Kappa, você abre as pernas.*

Chorei quando perdi o meu broche Kappa. Meu belo broche Kappa em ébano e dourado. Meu broche Kappa que me custou setenta e cinco dólares. Meu broche Kappa que não podia me dar ao luxo de possuir. Meu broche Kappa com as minhas iniciais gravadas. Meu broche Kappa perdido entre as prateleiras da biblioteca onde eu estivera recolocando livros, empurrando uma rangente carreta por quilômetros de corredores mal iluminados, como num pesadelo que se repete comicamente. Podia ter escapulido por entre meus dedos enquanto, inadvertidamente, apalpavam meus seios tamanho A, com medo do que pudessem descobrir. Chorei muito pela perda do broche; não podia comprar outro; minhas irmãs Kappa estavam zangadas comigo; *ninguém nunca perdeu o seu broche antes*. E a sra. Thayer com o seu olhar fixo, franzindo a testa. Um decaimento de sua papada empoada. Ficou examinando em silêncio os meus dedos avermelhados, uma erupção escamosa nas costas das minhas mãos de tanto lavá-las no inverno com o sabão ordinário disponível nos lavatórios da universidade. Deedee me deu a sua loção Jergen para passar nas mãos, mas o líquido perfumado agravou a erupção. *Talvez eu esteja com lepra*, brinquei. *Há casos de lepra na minha família*. O olhar alarmado de Deedee foi um aviso, mas minha boca continuou. *Foi do que minha mãe morreu*. Nas salas de aula, passei a usar meu casaco e escondia as minhas mãos escamadas dentro das mangas. *Para Descartes, o universo é essencialmente irracional, enquanto para Spinoza o universo é essencialmente racional, e é da natureza do espírito humano querer conhecê-lo*. E ergui a vista, dando com várias das minhas irmãs Kappa no umbral da porta sorrindo para mim, teriam me perdoado? Docilmente implorando: será que eu poderia ajudá-las com os seus trabalhos de final de curso? E eram ensaios confusos, incoerentes, entremeados de citações copiadas de "fontes" sem indicação de origem em notas de rodapé. Em alguns, pude dar uma solução mexendo aqui e ali; outros, reescreveria do começo ao fim. Era um bônus extra para as minhas irmãs Kappa, como Dawn tinha descoberto no ano anterior, que eu soubesse datilografar tão bem. Eu podia "pensar com os dedos", as garotas ficaram maravilhadas. Porém algo aconteceu da noite para o dia, eu não conseguia mais pensar absolutamente nada com os meus dedos, nem sequer bater à máquina, com os meus dedos; não conseguia pensar com o meu cérebro; meus pensamentos deram uma guinada, derraparam, pularam, descarrilaram; não conseguia me concentrar; até mesmo falar tornou-se uma proeza, com a minha língua amortecida. As idéias escorriam como neve derretida. *Por favor, perdoem-me, eu não posso. Não tenho conseguido dormir. Estou atrasada com o meu trabalho também. Fico com tanto medo às vezes...* E lá estava Dawn me fitando friamente, entortando a boca fluorescente, praguejando *Mas por que droga você acha que está aqui? Por sua boa aparência?* E foi embora, pisando com força, seus pés com enegrecidas meias curtas de lã.

Todas as noites, sem falta, a música do calipso atravessando as paredes. Um batuque mecânico e debilitante, reverberando através das tábuas do assoalho. As garotas cantavam junto, as letras com sutis insinuações pornográficas, balançando os quadris e os seios, como haviam visto nos filmes. Como espetos no cérebro, palavras das quais não podia escapar quando o toque de recolher encerrava-me dentro da casa Kappa, no extremo norte da University Place.

>*Ei, gata, vamos para a cama*
>*Tenho um pentinho aqui para coçar sua cabeça...*

>*Ei, gata, vamos para a cama*
>*Tenho um pentinho aqui para coçar sua cabeça...*

Por tais indefiníveis caminhos, Deus alcançou-me.

3

*O espírito não pode imaginar nada,
nem pode recordar nada que seja passado,
a não ser enquanto há corpo.*

SPINOZA, *Ética*

AGNES THAYER E EU terminamos deixando a Kappa Gamma Pi com alguns dias de diferença uma da outra, em fevereiro de 1963.
No fim, *o fim* chega velozmente!

Nossa governanta recebera um telefonema do Reitor dos Homens alertando-a sobre o "comportamento imprudente" e "a negligência com sua própria segurança" de algumas das garotas sob sua guarda, nas festas das irmandades no feriado de inverno, em Cornell; a identidade precisa das garotas não era conhecida, exceto que pertenciam à Kappa de Syracuse — "Moças já com má reputação". A sra. Thayer prontamente convocou as suspeitas mais prováveis para comparecer aos seus aposentos, uma de cada vez, e advertiu-as severamente; e pode ter chegado a pensar que o assunto ficara resolvido, já que as garotas se mostraram submissas, taciturnas e quietas, sem qualquer tentativa séria de se defender. ("Que diabo, eu ia dizer o quê?", vociferou Marcy. "Passei o fim de semana inteiro tão fora de órbita que não lembro de nada.") Foi ventilado pela casa que Kat, uma sênior ruiva que tinha a reputação de ser propensa a acessos de fúria e crises de choro, começara a chorar, enquanto a sra. Thayer a repreendia; a sra. Thayer encheu-se de pena dela, pois Kat era muito bonita, uma garota dócil quando se esforçava para parecer assim; ela permitiu que a sra. Thayer lhe segurasse a mão e a apertasse, enquanto era meigamente admoestada:

— Minha querida, a nossa conversinha de hoje pode *salvar você*! Você pode relembrar deste momento, daqui a muitos anos, quando for mãe, ou talvez avó, e — os olhos frios da sra.Thayer subitamente brilharam cheios de lágrimas — recordará Agnes Thayer com bondade!

E Kat sussurrou, as pálpebras tremendo:

— Ohhhh, sra. Thayer. Vou, *sim*, prometo!

No dia seguinte, Kat e suas companheiras de quarto tiraram uma doce vingança da sra. Thayer, entrando sorrateiramente na sala de estar e jogando as revistas e os jornais no chão; quando a correspondência foi entregue, roubaram as cartas da sra. Thayer, inclusive uma das suas cartas aéreas, e destruíram-nas, deixando a prova sobre o carpete do lado de fora da porta dela. Outras garotas viram tudo, mas nenhuma tentou impedi-las. Se eu estivesse presente talvez tivesse... dito alguma coisa? Feito um apelo a elas? Ou teria rido, nervosa como uma tonta, como as outras?

— Essa cadela britânica está precisando de uma lição — Kat disse empolgada. — *Ela não é uma de nós.*

Em outra ocasião, menos energicamente, a sra. Thayer tocou a sua sinetinha de prata no jantar, tremendo de indignação e com os olhos azuis reluzindo de medo. Será que teria? — um rubor crescente nas bochechas já avermelhadas, as palavras apenas perceptivelmente engroladas. No entanto, como era corajosa a postura da mulher, tão espigada, ali no sofá:

— Garotas, garotas! O que significa esta... anarquia? Exijo uma explicação.

E fez-se silêncio; uma atmosfera de ressentimento, beirando um motim; algumas das garotas mais atrevidas trocaram olhares irônicos, sorrisos arrogantes; algumas estavam fumando ali, sem nenhum constrangimento, ou mascando chicletes ruidosamente; algumas, nem se deram ao trabalho de atender ao chamado da sra. Thayer; Kat tinha saído para beber com o seu namorado, Deke, e suas colegas ficaram escutando *rock* lá em cima. A sra. Thayer apelou com o olhar para as garotas que imaginava serem suas aliadas: a bela bonequinha Lulu, uma das suas favoritas, grandes olhos piscando inocência e uma boca que a sra. Thayer não poderia imaginar que fosse tão brutalmente suja, geralmente versando sobre a própria sra. Thayer. No entanto, Lulu, inexplicavelmente, olhava inexpressiva para algum ponto acima da cabeça da sra. Thayer. Novamente, como uma deixa num filme em que a mera repetição é um elemento de comédia, o relógio do consolo da lareira ressoou. Nos fundos da casa, os empregados riam um tanto alto demais. E havia também risadinhas afetadas de garotas — algumas deviam estar na cozinha com eles, uma área que era tabu, a uma hora daquelas. Eu esperava que a sra. Thayer não me notasse. Entrei com relutância na sala, pressentindo um desastre; não vinha me sentindo muito bem, apesar de ter passado batom brilhante nos lábios. O batom de Deedee, por sugestão de Deedee; até mesmo permiti que Deedee passasse sombra verde-prateada nas minhas pálpebras; estava sendo exigido da minha colega de quarto que ela "fizesse algo a meu respeito", porque eu estava, na opinião delas, e bem ao estilo obtuso e prestimoso das minhas irmãs Kappa, "com uma aparência de merda". Eu estava usando o meu casaco; no entanto, apesar de isso ser proibido, a sra. Thayer pareceu não ter notado; mas eu sentia muito frio, mesmo dentro de casa, e era suscetível a calafrios; não queria provocar em minhas irmãs Kappa novas chateações comigo, além das que já provocara, mostrando a frente do meu suéter privado do meu brilhante broche Kappa. Num estado de agitação, a sra. Thayer cravou os olhos nos meus e entendi que não me restava outra escolha. Levantei a mão e falei com uma suave voz penitente:

— Senhora Thayer, fui... eu.

A sra. Thayer arregalou incredulamente os olhos para mim.

— *Você?* Não foi você quem fez isso.

Não houve hesitação em sua resposta. Porém, eu teimei, docilmente.

— Fui eu, sim, senhora Thayer. Sinto muitíssimo.

Perplexa, a sra. Thayer disse:

— Mas... por quê?

Para essa razoável pergunta, não pude encontrar nenhuma resposta razoável. Tinha consciência de minhas irmãs Kappa sussurrando umas com as outras; meu espírito funcionava lentamente, envolto num torvelinho. Mas se eu já havia confessado, semanas antes... Por que seria tão inesperado que voltasse a confessar? Eu me ouvi dizer:

— Eu... acho que não sei por que, senhora Thayer. Fui arrastada por um impulso irresistível.

— Um impulso irresistível! Para destruir a minha correspondência? Minha correspondência. É um delito federal neste país, eu acredito, destruir a correspondência alheia.

A sra. Thayer estava tentando falar num tom de voz vingativo; a sra. Thayer estava tentando convencer a si mesma de que eu era realmente a criminosa; de todos os lados, as Kappa me observavam com pavor, constrangimento, todo mundo sabia o que Kat e suas companheiras de quarto tinham feito; era um total absurdo que eu estivesse assumindo a culpa; Lulu, com toda a audácia, acendeu um cigarro, seu anel de noivado de diamante cintilando, e me lançou um olhar de reprovação, como se jamais tivesse visto um espécime tão patético em sua vida. *Mas que diabo é você? Por que está aqui? O que está fazendo entre pessoas sãs?* Sentindo a necessidade de parecer mais convincente, comecei a chorar; estava sem prática de chorar, pois havia sempre resistido aos esforços de meus irmãos para me fazer chorar; para me tornar uma garota, uma garota chorona e inferior aos garotos; e no entanto agora eu chorava sinceramente, e senti o meu rosto contorcido como o de uma criança. Uma garota passou-me um *Kleenex* sem olhar para mim. Nos fundos da casa, uma erupção de risadas e um som de pratos sendo quebrados. No entanto, a sra. Thayer não pareceu ouvir. Ela estava com os olhos vidrados sobre mim, uma mão rechonchuda pressionando os seios. Ela usava, quase todos os dias, conjuntos de lã de corte quadrado, com blusas de babados por baixo. Hoje, havia uma ligeira mancha na sua blusa de seda branca.

— Pois bem, então, garotas... o restante de vocês, já que *são inocentes* — dizia a sra. Thayer, bufando com as bochechas já infladas, possivelmente tentando algum sarcasmo mas falhando por falta de auto-confiança — está dispensada.

E dentro de segundos o bando se dispersou, subindo com estrondo os degraus, às risadas.

Ali ficou a robusta mulher, sua respiração audível, ponderando sobre mim, enquanto eu permanecia sentada, penitente e obstinada, sobre o tapete, a pouca distância dela. Por fim ela disse, exasperada:

— Elise... não, Alícia?... Se você estiver falando a verdade, e não simplesmente protegendo outra garota, ou garotas, terá que parar com este... comportamento anormal. Imediatamente! Ou terei que notificar à Reitora de Mulheres! E se você não estiver dizendo a verdade... se está mentindo para mim, neste momento, eu... também terei que notificar a verdade à Reitora de Mulheres.

Eu fixava com os olhos os tornozelos inchados da sra. Thayer. Não conseguia me obrigar a contradizê-la, para salientar que o meu nome não era nem "Elise" nem "Alícia", nem era qualquer nome que se assemelhasse a estes. Pude apenas insistir, quase surdamente:

— Mas, estou falando a verdade, senhora Thayer... Que motivo teria para mentir?

A pergunta era um apelo; contudo, não um apelo a que a sra. Thayer teria atendido. Era uma pergunta proposta no Vazio.

A sra. Thayer estava tentando levantar-se, apoiando-se no braço do sofá; seu fôlego lhe faltou, seu rosto carnudo avermelhado e exaurido. Eu me pus em pé, ligeira, para ajudá-la. O peso sobre o meu braço era quente e lívido. Uma vez de pé, no entanto, afastou-me; os olhos faiscando de indignação. Deu-me as costas e foi embora, agitando as mãos cheias de anéis, produzindo um som desdenhoso de lamentosa repulsa:

— Você pode permanecer aqui, sua garota estranha e perversa. Aceito suas desculpas. Mas, se tiver a ousadia de repetir tal comportamento, terei que notificar à Reitora de Mulheres e pedir a sua expulsão desta casa.

Eu sussurrei, às suas costas:

— Sim, senhora Thayer.

A partir daquele momento, nem as minhas irmãs Kappa nem a sra. Thayer jamais confiaram em mim novamente.

Porque, como poderia explicar à sra. Thayer, *Melhor pensar que há um único responsável, do que muitos. Melhor pensar que o universo é racional, e assim você poderá vir a conhecer uma pequena porção de sua verdade, por mais falsa que ela seja.*

Despertei antes do amanhecer seguinte, na escuridão do inverno. Estava fora da casa-prisão antes das sete horas. O ajudante da cozinha acabara de chegar, porém não deu atenção à minha presença. Nem eu queria falar com ninguém. Evitara o andar de cima da casa a fim de poupar-me de enfrentar os olhares atravessados das minhas irmãs. Sabia que a minha companheira de quarto, que me emprestara a sua maquiagem, que se oferecera para encaracolar os meus cabelos, tinha se sentido envergonhada com o meu comportamento. *E ela anda dizendo que está com lepra! Quero outra companheira de quarto. Eu a odeio.* Fora me deitar no puído sofá da sala de estudo no subsolo, fazendo planos para o resto da minha vida. Ou talvez o restante da minha vida tenha passado num rodopio diante de mim, como um cometa deixando para trás seu rastro de fogo. Entrei em pânico com a possibilidade de ter perdido Ida: quando tentei me lembrar da minha mãe, o que pude ver foram apenas os instantâneos de cantos dobrados. Não vi uma mulher viva. Vi dois instantâneos bidimensionais em preto-e-branco que a minha avó tinha, de má vontade, me deixado contemplar quando era garotinha. *Olha esses dedos ensebados!*, advertira-me minha avó.

No entanto, os instantâneos, deixados soltos no álbum, com freqüência acabavam se colando uns nos outros.

No escritório de registros em Eric Hall disseram-me que eu tinha chegado cedo demais.

— Mas não posso começar a trabalhar *agora*? Já não tem serviço para eu fazer, *agora*?

A angústia em minha voz deve ter alarmado a ajudante administrativa, uma jovial mulher de meia-idade que tinha se interessado por mim, por eu ser uma bolsista, e que sempre pareceu ter simpatizado comigo; o vínculo que nos unia partiu-se como uma teia de aranha, pois eu viera trabalhar de manhã, e não de tarde, e não havia nenhum lugar para eu ficar trabalhando. Além disso, meus cabelos estavam despenteados, meus olhos desmesuradamente dilatados, e minhas pálpebras inflamadas e borradas de sombra verde-prateada. Para onde fui em seguida, varando o ar quase congelado, enquanto um céu opalescente abria-se lá em cima, não posso me lembrar claramente. Possivelmente para Auburn Heights. Onde um cão pastor alemão começou a latir nervoso para mim, o que me fez ficar em pé, parada e hesitante, na boca da aléia com suas latas de lixo enfileiradas. Uma crosta crocante de neve cobria tudo em volta, como plástico endurecido. Não pude acreditar que estivesse com fome; no entanto, sabia que precisava comer; só que o cão continuava latindo, latindo; era Cérbero, afugentando-me com o seu latido. Não tinha outra opção a não ser bater em retirada. Minha respiração saía em golfadas de vapor, e fios de gelo endureciam-se abaixo dos meus olhos, onde as lágrimas escorriam pelas minhas faces. Em volta da cabeça, atado como um cachecol, eu usava um lenço de lã cinza manchado; era de boa qualidade, eu o havia encontrado numa caixa de papelão jogado no meio-fio da Genesee Street, a alguns quarteirões da irmandade. Enquanto caminhava através de trechos nevados do campus escarpado, meus lábios moviam-se silenciosamente. *Não me odeiem! Tudo o que eu queria era que vocês dois sentissem orgulho de mim.* Não apenas o rosto de minha mãe ia desaparecendo gradualmente de minha memória, mas o de meu pai, também. Ele havia morrido havia mais de um ano. Requer força guardar as feições dos mortos, e a minha força, em que sempre confiara, uma força nervosa frenética como a de um rato atravessando em fuga um labirinto, estava se escoando de mim. Havia escrito a minha avó pedindo-lhe que enviasse um ou dois instantâneos do meu pai, mas a minha avó não me deu resposta. O corpo de meu pai jamais fora resgatado; nem, que eu soubesse, jamais fora enviado um atestado de óbito para Strykersville. Quando uma das minhas irmãs da irmandade perguntou, como se subitamente suspeitasse, talvez Deedee a tivesse prevenido, onde o meu pai morava, eu lhe respondi que ele se mudara para Smithereens. Ela respondeu *O quê?*, como se não tivesse escutado direito, e eu disse *Ele se mudou para Smithereens, uma cidade nas Montanhas Rochosas. Talvez algum dia o seu pai vá para lá também.*

Na aula de filosofia européia havia uma garota encolhida dentro do seu casaco, sentada na fileira no outro extremo, abaixo de janelas altas de intensa luminosidade. Enquanto os demais alunos tomavam notas zelosamente, a moça apenas observava com avidez o professor, que discorria com voz calma e monótona sobre o mistério da existência de Deus. Platão, Aristóteles, Santo Agostinho, Francis Bacon e Spinoza, Voltaire, Kant e o idealismo alemão... A pele da moça era de uma palidez lúgubre e os seus olhos escuros e encovados estavam fixados com uma atenção sobrenatural. Ela enfiou ambos os punhos profundamente nos bolsos do casaco. Procurava uma caneta, e a caneta voou dos seus dedos e rolou ao longo do chão gasto e envernizado. *Oh, ignore-a. Ela é maluca. Ela é patética. Leva tudo a sério demais. Quer apenas chamar a atenção.* Os demais alunos a espreitavam cautelosamente. Ninguém estava sentado perto dela. A sala de conferências era um local para pensamentos abstratos e especulação imaterial; não um lugar adequado para exibir um corpo, muito menos um corpo trêmulo de emoção. Já quase no final da aula, quando o professor convidou a classe a fazer perguntas, dava para perceber os olhos dele, perspicazes, evitando olhar na direção da garota sentada abaixo da janela, com sua mão, hesitante, levantada. *São perguntas acadêmicas, por* favor! Sem emoção, por favor! Num tom de voz nasalada, premente, trêmulo porém obstinado, a moça perguntou o que soou como *Se existe Deus em um livro, por que então há tantos livros? Por que Ele se manifestaria em tantos livros?* Fez-se um respeitoso silêncio. O professor franziu o cenho como se estivesse levando a pergunta a sério, e não calculando quantos minutos ainda faltavam para a sineta tocar anunciando o término da aula. A moça riu nervosamente. Enxugou os olhos. Ninguém desejava olhar para ela. Em vez de se dirigir à classe da forma habitual com que respondia a perguntas individuais, o professor ficou imóvel, silencioso, examinando a moça de olhos sombrios; finalmente, disse que conversaria com ela depois da aula. Deu para notar que ele tirou a lista da turma de sua pasta de papel pardo e lançou uma rápida vista de olhos ao longo dela; queria descobrir o nome da moça, pois no desconforto do momento ele o esquecera. Uma das suas alunas mais brilhantes e irrequietas da graduação, cujos trabalhos eram três vezes mais compridos do que os de seus colegas, invariavelmente tirando A, e... ele esquecera o nome dela? *Não constava na lista. Nem em qualquer outra lista. Não era registrada na universidade. Não era registrada no Universo.* A aula terminou, finalmente. Alívio! A garota de palidez doentia permaneceu sentada, sem se levantar, na fileira abaixo da janela alta amplamente iluminada como um olho enlouquecido de Deus, sorrindo, intrigada consigo mesma; uma garota vestindo um sobretudo, de forma que não era possível ver seus pequenos seios de menina, nos quais faltava o broche Kappa para redimir seu tamanho tão pequeno; uma garota de quem se dizia que *abria as pernas*; e contudo, mal sabendo o que significava *abrir as pernas*, a não ser que era algo muito feio. Um ato que envolvia, posteriormente, chumaços ressecados de lenços de papel. O professor estava aguardando por ela, na parte da frente da sala, para poderem conversar com tranqüilidade, os olhos preocupados, percorrendo-a, e no entanto a moça não conseguiu se aproximar; ela movia os lábios silenciosamente, e sorria; era uma garota problemática, e também esperta demais, o que podia fazer-lhe mal; todos na sua família, mais os fazendeiros vizinhos e parentes, costumavam dizer isso *Ela é esperta demais, isso vai acabar lhe fazendo mal*; o professor, devolvendo os papéis à sua pasta, fechando-a logo a seguir, fingia não perceber a moça no âmbito da sua visão; possivelmente, por uma exigência do momento, já que outro estudante estava se aproximando para lhe falar, realmente acabou esquecendo da presença dela.

Mordendo os lábios para evitar gritar o meu nome. Porém, subitamente, não sabia mais qual era o meu nome.

Dunas de neve varridas pelo vento. Os agonizantes elmos, despidos de suas folhas, agora em contorção contínua sob a ventania, especialmente os ramos mais altos. De sobretudo e jaqueta encapuzada nós nos apressávamos. Éramos muito jovens: tocadas adiante pelas mais velhas, como gado. A mais fraca entre nós cambaleava, tombava, e era esquecida. Na escuridão, o canteiro central da University Place continuava a emitir a luminosidade mágica e fosca da neve, enquanto, no céu, carregado de nuvens como de hábito, nuvens idênticas às que eu avistara no dia anterior, pesadas como um teto prestes a desabar. *A fileira de irmandades.* O professor jamais teria entendido. (Ou ele teria entendido?) Mesmo nesse momento de derrota e desintegração, eu sentia o velho estremecimento romântico, romantismo sem remédio, ao ver à distância as enormes mansões, e as luzes acesas em todas as janelas. E a casa Kappa ao longe, no extremo norte, com suas imponentes e fantasmagóricas colunas dóricas iluminadas por um holofote, seu teto em pontas como a ilustração de uma fábula para crianças, a promessa de calor interior. Mesmo agora.

Embora tendo passado muitas vezes pelo local onde o homem com os óculos de aros escuros me abordara, dizendo aquela grosseria juvenil sobre *tetas*, nunca mais o vi. Sua palidez fantasmagórica rastejante sumiu na distância. Eu o procurava, a abrupta surpresa que ele representara, a sua língua curta e irrequieta, e seu hálito transformado em vapor; eu sentia ao mesmo tempo desejo e apreensão pela possibilidade de reencontrá-lo, como alguém que se proporciona o perverso conforto da repetição, uma afirmação de identidade, pelo menos; porém o frio rigoroso havia barrado seu ardor; meu comportamento antifeminino tinha desafiado sua noção sentimental de *garota*. Ficaria pensando nele, quase cego, tropeçando, sem seus óculos; embora, provavelmente, já tenha obtido outros há muito tempo.

Aceita açúcar? Creme? Sonhando com olhos abertos e secos, sorri até ficar com a boca doendo ao servir chá nas xícaras Wedgwood, um legado reservado para tais ocasiões especiais; eu era uma das várias garotas encarregadas de servir chá e café; com meus dedos escamados, unhas roídas, entregava pequenas colheres de chá de prata e pequenos guardanapos de linho com monogramas KΓΠ. Os salões comunitários da casa Kappa tinham sofrido uma transformação: vasos altos com flores brancas, rosas, cravos, gardênias e até tulipas; no piano Steinway, uma irmã Kappa mais velha chamada Marilynne tocava um turbulento Liszt, alternando com canções de shows da Broadway. Era a recepção anual BEM-VINDAS AO LAR! As convidadas eram antigas irmãs Kappa, algumas das quais haviam atravessado longas distâncias, de carro ou de avião, assim como um grupo selecionado de mulheres Kappa da universidade, designadas como *honorárias* da noite; havia poucas, já que quase não havia mulheres trabalhando na direção da universidade; predominando entre elas a Reitora de Mulheres, uma amiga de Agnes Thayer, ou pelo menos uma aliada na incessante luta para manter elegantes padrões de comportamento perante determinados ataques de *pessoas do sexo masculino*. A Reitora de Mulheres era uma pessoa troncuda, com amplas papadas, faces caídas e murchas, e alegres olhos matreiros; vestia um terno de *tweed* cor de urze, com um casaco que mal continha a prateleira em que se constituía seu busto transbordante. A Reitora de Mulheres era a ameaça que a sra. Thayer e outras governantas de casas invocavam, já que detinha o poder de expulsar estudantes da universidade "por motivo justificado". Circulavam freqüentes boatos sobre seus julgamentos severos, disfarçados em sorrisos e uma preocupação com o "procedimento correto". Quando chegou a vez da Reitora de Mulheres, na fila, receber chá, creme e açúcar, pareceu-me que o olhar dela se fixou sobre mim com uma sutil contração de reconhecimento nos lábios. *Já nos conhecemos, minha querida? Já?* Antes da recepção, tomei uma chuveirada rápida no terceiro andar, pois o meu corpo exalava o odor de algo úmido, que lembrava cogumelos; não tive tempo de lavar os meus fartos cabelos emaranhados, que permaneceram parcialmente úmidos, ou talvez eu estivesse transpirando, os cachos grudando-se na minha testa como vírgulas desarranjadas. Claro que tive de tirar o meu casaco: as minhas irmãs Kappa estavam fartas daquele casaco horroroso; eu vestia um "bom" vestido de lã que alguém havia me emprestado e, para cobrir o meu pescoço, esconder a minha magreza e a ausência do meu broche Kappa, o cachecol de lã que no alvoroço da recepção e à luz hesitante das velas podem ter sido confundidos com um elegante cachecol de lã sedosa.

Tantas mulheres! Tantos nomes! Rostos! A maior parte era Kappa. Muitas das antigas irmãs eram jovens, elegantes, mulheres bonitas que haviam se graduado pela universidade nos últimos dez anos; outras estavam em seus trinta anos, e outras bem entradas na meia-idade, mas todas perfeitamente integradas: o broche Kappa, em ébano e dourado, com a pequenina corrente de ouro, orgulhosamente exibido sobre o seio esquerdo como um mamilo ornado por uma jóia. Como eu me sentia deslocada! Uma aberração entre mulheres normais. Algumas das mulheres tinham mantido suas silhuetas jovens, até mesmo voluptuosas, mas muitas haviam se tornado rechonchudas, corpulentas, gorduchas, obesas. As minhas irmãs Kappa mais velhas, peritas em tais recepções, movimentavam-se por entre as mulheres sorrindo, felizes, e apertando as mãos vigorosamente. *O propósito do nosso chá anual de antigas irmãs: consolidar fortes laços entre alunas e ativas, renovar a nossa integração, como uma irmandade, e* DESFRUTAR DE UMA OCASIÃO

MARAVILHOSA! Não se confiava a nós, as Kappa mais jovens, entreter as irmãs antigas ricas; as Kappa mais charmosas e de melhor aparência foram designadas para essas mulheres, cujos nomes eram santificados, na seção de Syracuse, por suas generosas doações nos anos anteriores. Havia a sra. K***, cujo marido era presidente do empresa G***; a sra. T***, cujo marido era um diretor de investimentos do banco *** tal; a sra. B***, cujo marido era dono da T*** Corretores de Imóveis; ali sentadas num canapé, a um canto da festiva sala de estar, meia dúzia de jovens Kappa sorridentes fazendo-lhe a corte, estava a legendária sra. D***, cuja filha tinha sido uma Kappa da classe de 45 falecida logo após a graduação e, assim, em homenagem à moça, a sra. D*** tinha estabelecido um legado de um milhão de dólares para a seção de Syracuse da Kappa Gamma Pi. Ficava subentendido que a sra. D*** iria se lembrar da nossa seção em seu testamento, porém a sra. D*** não seria a única antiga irmã nessa situação, e fomos advertidas a não "subestimar" qualquer uma das mulheres mais velhas por mais que parecessem pessoas comuns ao olho inexperiente. Nenhum desses escrúpulos era do meu interesse naquele momento, já que as segundanistas estavam apenas cuidando do serviço; fomos treinadas ao extremo para apresentar um "comportamento adequado" por nossa diretora social, Judi, assim como pela ubíqua sra. Thayer, que também tinha supervisionado uma exaustiva sessão de cinco horas de polimento de prataria por nossa incansável copeira Geraldine, na véspera.

Lembrem-se, fomos lugubremente prevenidas, vocês são uma Kappa. O tempo todo.

Fomos treinadas para nos movimentar graciosamente pelo salão com pesadas bandejas de prata carregando pratos Wedgwood com petits-fours, broinhas quentes amanteigadas e outros delicados quitutes; muito inseguras na função de garçonetes, sorríamos sem parar. Eu, muito especialmente, sorria. Não pensava no meu horrível quase-colapso na aula de filosofia, mas em exaltadas questões filosóficas abstratas. *Se Deus existe, estamos nós em Deus? Se existe Deus, como podemos não estar em Deus? Mesmo aqui, em*

Deus? Aqui na casa Kappa, na University Place, 91? No ventre da besta? Eminentes antepassados de Platão a Spinoza, de Aristóteles a Nietzsche teriam ficado lívidos diante das risadas femininas, tão estridentes quanto seda sendo rasgada. O turbulento alarido do universo de William James seria afogado pelas vozes extáticas e alteradas das Kappa. O ar estava poroso, intoxicantemente impregnado de perfume, talco, spray de cabelo. Vivíamos uma era de rígida vigilância militar americana, fora do país, a incessante atenção voltada para o *comunismo ateu*, que em breve iria irromper numa guerra cataclísmica contra uma remota nação no Extremo Oriente, sob a alegação de que estava sob ameaça do comunismo, e sobre a qual ninguém nesse grupo de pessoas tinha as informações mais elementares; estávamos numa impetuosa era de machos, e todavia também numa era de fêmeas voluptuosas e penteados bufantes, provocantes, cabelos esticados, ondulados e duros de laquê até parecerem ninhos de vespas, como aquelas cabeças heráldicas em rolos de pergaminhos e nas paredes dos túmulos antigos. Não era de admirar que as apetitosas iguarias, e xícaras de chá adocicado e de café estivessem sendo consumidas com vontade por toda a volta. Para reproduzir a espécie, a pessoa precisa ser fértil, e para ser fértil, precisa comer. Apenas eu, no centro do meu atenuado universo, não tinha apetite. Foi Spinoza que pareceu querer acreditar *As coisas não poderiam ter sido criadas por Deus de nenhuma outra maneira e em nenhuma outra ordem a não ser aquelas nas quais foram criadas.* Vi num relance que podia revolucionar toda a filosofia se me atrevesse a perguntar *Por que você deseja acreditar no que diz que acredita?* Respirando de boca aberta, atordoada pela minha súbita genialidade, prevejo que tal pergunta seria recebida com hostilidade por parte dos (machos) filósofos; e todos os filósofos eram (machos); se bem que jamais, em toda a filosofia clássica, um pênis foi reconhecido, muito menos o conceito *pênis*. Minha pergunta seria recebida com hostilidade porque pressupõe que havia fatores puramente contingenciais na vida, tendo pouco, ou nada, a ver com especulação filosófica, apenas com os movimentos casuais dos indivíduos procurando desesperadamente sobreviver. Apenas sobreviver! Eu duvidei de que pudesse ter a integridade obstinada de Spinoza: se me oferecessem um casaco de inverno "decente" para substituir o meu casaco velho, gasto, que me envergonhava; será que eu o teria recusado, como Spinoza, notoriamente, recusaria uma tal oferta? Minha mão tremeu ao oferecer uma xícara Wedgwood com chá a DEBBI JACKSON CLASSE DE 49 TROY NY.

DEBBI JACKSON elevou a voz para ser ouvida acima da barulheira, perguntando-me com complacência juvenil se eu não adorava morar na casa Kappa, mas que exótica casa ela era, tão antiga, lembranças queridas de demorar horas dando "boa-noite" na sala de estar, se eu não adorava ser uma Kappa ativa, e meu sorriso se abriu ainda mais, eu elevei a minha voz para dizer *Sim*, gostava da minha vida aqui, muitíssimo, eu era muito feliz aqui, exceto, e DEBBI JACKSON inclinou-se para a frente inquirindo *Sim, o quê?*, e eu me escutei murmurando que não tinha certeza se pertencia à Kappa Gamma Pi, eu achava que "talvez fosse moralmente um erro de minha parte". DEBBI JACKSON e uma aluna irmã sorriram perplexas para mim perguntando *Por quê? Como poderia ser um erro?* e gaguejei...

— Porque eu sou... eu tenho... sangue judeu.

Pronto. Estava dito.

Contudo, DEBBI JACKSON e JOAN "FAX" FAXLANGER CLASSE DE 52 continuaram sorrindo, algo perplexas. Havia porém duas modalidades de expressão de rosto para uso social de uma Kappa: o sorriso feliz e o olhar de vaga perplexidade. DEBBI, ou JOAN, perguntou-me o que eu havia dito, *Não consigo escutar nem meus pensamentos aqui*, e eu respondi, mais alto do que era minha intenção...

— ... judia, acho. Eu sou judia. Acho.

Agora, uma cascata de palavras borbulhavam de meus lábios como água com sabão transbordando de uma máquina de lavar roupas quebrada: expliquei para essas irmãs Kappa adultas, mais velhas, que tinha razões para acreditar que fosse *um quarto judia*; tinha razões para acreditar que os pais do meu pai eram judeus-alemães que astuciosamente haviam mudado seus nomes para esconder a sua origem, e para escapar dos seus perseguidores, e...

— A Kappa Gamma Pi corta os judeus na primeira seleção, não é verdade?

DEBBI JACKSON e JOAN "FAX" FAXLANGER encararam-me como se eu tivesse berrado obscenidades nos seus atrativos rostos empoados; corando, balançaram suas cabeças numa dissimulação tática de surdez, evitaram olhar nos meus olhos ou mesmo para os olhos uma da outra na pressa de escaparem dali; oscilando nos seus sapatos de salto alto pontudos, saíram carregando xícaras, pratos, guardanapos de linho para outro lugar da sala abarrotada de gente, como se de fato não tivessem escutado o meu desabafo e a bizarra conversa jamais tivesse acontecido. Uma vigilante sênior ferozmente me fez um sinal para que eu voltasse a me ocupar da minha tarefa de servir o chá, na mesa principal.

Ali, eu era muito necessária. Mesmo com minhas precárias habilidades, uma expressão pré-fabricada no rosto e meus modos destrambelhados. Mesmo transpirando nas axilas do "bom" vestido de lã, que não era meu, nem adornada com o broche Kappa. Ocorria que novas convidadas estavam chegando, uma inundação de antigas Kappa, mais rostos, sorrisos, e crachás com nomes. À medida que a recepção avançava, as Kappa ficavam visivelmente mais extrovertidas, o rosto avermelhado, os peitos mais estufados, com os quadris em forma de melancia, com vozes metálicas penetrantes e jóias ofuscantes; algumas usavam modelos de vestido arrematados com pele, como se fossem animais mantidos vivos em cativeiro. O alarido de suas vozes e risadas já alcançava uma exaltação febril, e mesmo assim continuava aumentando. Notei que a sra. Thayer me observava dissimuladamente do lugar de honra que ocupava na mesa, assim como vigiava as Kappa mais jovens; ela deveria estar contrariada com o meu sorriso neon e com a minha imitação de "comportamento adequado"; eu tinha me programado para agir como uma boneca de corda, com apenas um único (despercebido, desconsiderado) acesso em meu descrédito; era um princípio do universo de Spinoza que tudo estava predeterminado, predestinado; nenhum acesso do acaso ou de livre-arbítrio, era possível ou sequer desejável. Se eu conservasse os meus pensamentos em ordem, como um criador de abelhas que as mantém na colméia, poderia me sair brilhantemente, não morreria de uma ferroada. E, todavia, o *tique-taque* em algum lugar no interior dos meus canais auditivos. Minhas mãos trêmulas, com as unhas não inteiramente limpas. As manchas nos nós dos dedos que alguém sussurrara ser um sinal de lepra. O já encharcado cachecol balançando no meu pescoço como um laço inútil; para quê? Eu me recusava a pensar naquela aula matinal de filosofia; eu me encolhia ao recordar meu comportamento; porque não tinha sido "apropriado". Durante toda a minha vida haveria de lembrar do olhar alarmado, piedoso, desalentado do professor, ele se dando conta de que tinha em sua classe uma garota maluca, que era a última coisa no mundo que poderia desejar; ele ensinava a pensar sobre palavras, não sobre seres humanos; quase deixou escapar das mãos sua pasta na pressa de sair da sala. No entanto, eu o adorava. Ou desejava acreditar que o adorava. De frente, o homem exibia uma cabeça imperturbável, nobre, que lhe dava ainda mais dignidade por sua barba aveludada, bem aparada; de perfil, tinha um queixo que desaparecia sem ser notado, e a barba era um chumaço grudado na sua face, com falhas através das quais se podia enxergar a pele.

Seriam as formas eternas de Platão etéreas, ou sólidas? Nenhum comentarista em mais de vinte séculos quis assumir essa questão.

Eu me distraía com o feliz alarido de vozes femininas. Notei alarmada que os candelabros de puro cristal veneziano vibravam. Os meus braços doíam (agradavelmente, normalmente), enquanto continuava a sustentar o bule de chá, surpreendentemente pesado, e servindo, servindo, servindo. Servir chá Earl Grey (escolha da sra. Thayer) sem o derramar, como a sra. Thayer tinha seriamente recomendado, na toalha de linho irlandês, outro "legado", tão raramente tirada de onde estava guardada, no aparador de mogno. Eu precisava *apresentar* antigas irmãs a irmãs ativas; ativas a antigas; não que tal honra tivesse sido atribuída a mim com algum critério, aconteceu por acaso; ainda assim, como uma substituta numa peça de teatro, designada subitamente para o papel, me encontrei desempenhando bem essa função, até certo ponto. Os movimentos apropriados das mãos, as palavras adequadas a serem proferidas no tom adequado, "com polidez, mas não obsequiosamente, garotas!", como ensaiara incansavelmente a sra. Thayer, "a quase esquecida arte" da apresentação. Nunca digam displicentemente, como a maioria dos americanos, *Eu gostaria de apresentá-lo...*; mas, sim, digam *Permite que lhe apresente...?*. É sempre o cavalheiro que é apresentado à dama; uma jovem a uma senhora de idade. (O mesmo princípio que determina quem precede quem, ao passar por uma porta.) Todas tivemos de murmurar numerosas vezes *Permite que lhe apresente...?* e *Posso lhe apresentar...?*. É claro que o cortante sotaque britânico da sra. Thayer estava além do nosso poder de imitação, assim como o brilho dos seus maravilhosos olhos azuis. Falávamos apenas o nosso inglês americano, um dialeto degradado, bastardizado; a maioria de nós tinha o sotaque monótono, nasalado, do norte do Estado de Nova York, tão agressivo para os ouvidos refinados da sra. Thayer quanto unhas arranhando num quadro-negro. A pobre mulher teve inúmeros arrepios escutando-me falar e fazendo todo mundo (eu, inclusive) rir, ao dizer que esperava que nós, garotas, não falássemos de modo tão bárbaro de propósito.

Na semana anterior, haviam chegado aos ouvidos da sra. Thayer sonsas insinuações de que, muito "em breve", a seção estaria elegendo-a *Kappa honorária*. Esta grande honra era atribuída a algumas poucas, e apenas a poucas, governantas das casas de irmandade no campus: as garotas sob sua guarda, em agradecimento às suas maravilhosas qualidades na função, as elegiam *membros honorários* de suas respectivas irmandades. É claro que isso não aconteceria na Kappa Gamma Pi. O boato tinha sido cruelmente espalhado por Kat e suas amigas para atiçar as esperanças da sra. Thayer e inflar o seu amor-próprio.

Aquela cadela britânica. Ela vai ter o que merece.

Sem suspeitar de que todas as irmãs Kappa, com a inevitável exceção de uma, a odiavam, a sra. Thayer havia se vestido esplendidamente para a recepção com o seu costume azul-vibrante de lã grossa que se ajustava em seus quadris apertados como salsichas enlatadas, a mais desesperadamente enfeitada das suas blusas de seda, um alfinete de lapela, brincos de pérola e aquele bravo sorriso esmaltado. Será que a mulher não desconfiava que, a despeito dos rumores de que ela "brevemente" seria uma *Kappa honorária*, o tempo rapidamente se esgotava para ela? Tique-tique-tiquetaqueando como o relógio do consolo da lareira? Ingenuamente, sorri na direção dela e vi seus olhos fingirem ficar opacos, como se nada pudessem ver. Num canto da sala, carregando pratos repletos de salgadinhos, DEBBY JACKSON e JOAN "FAX" FAXLANGER e uma rechonchuda irmã mais velha, entre as antigas, observavam-me intrigadas. E não era uma expressão de rosto Kappa: era algo ruminativa, vi-lhes os lábios pegajosos de batom movendo-se, vi-lhes os olhos maldosos.

Judia? Quem?
Judia? *Aqui?*
Onde?
Ela?

Estremeci, suando mais ainda nas axilas. Um aforismo de Nietzsche que eu havia achado exagerado e melodramático, agora penetrava-me o cérebro como uma corrente elétrica. *Não o amor por elas, porém a impotência desse amor impede os cristãos de hoje de — nos queimar em fogueiras.* Ainda continuei indômita a servir o Earl Grey, habilmente manipulando uma infinidade de delicadas xícaras de porcelana. Se o meu professor de filosofia, duvidando da minha sanidade, pudesse me ver agora! Se a paisagem sob tormenta glacial do Estado de Nova York tivesse se modificado, e toda a metade feminina da população começasse a afunilar-se através desta sala, numa ininterrupta fila, passando por esta mesa, eu continuaria a servir chá, e a servir chá. Havia concluído que a vida é, provavelmente, em sua grande parte, uma questão de memorizar uma seqüência de palavras; palavras, gestos, sorrisos, apertos de mãos, numa seqüência correta; a vida não é como os grandes filósofos ensinaram na sua solidão, não é uma questão de essências acopladas a teoremas, proposições, silogismos e conclusões, porém uma questão de pronunciar a palavra-fórmula no contexto também correto. Talvez não fosse nada tão sério, afinal de contas: vida? Talvez não valesse a pena morrer por ela.

Trocou sua vida por uma filha. Sou eu essa filha?

Aí veio a sra. Thayer como um navio adernando. Quanto mais velhas as irmãs Kappa, mais sinceramente pareciam gostar da sra. Thayer. As mais jovens eram menos efusivas. E eram essas mulheres que pagavam o salário da sra. Thayer. Essas eram as mulheres de cuja caprichosa boa vontade dependia o emprego da sra. Thayer. Conforme a recepção evoluía, a sra. Thayer ia sorvendo gulosamente chá com açúcar e creme, e devorando os quitutes com inusitada avidez; migalhas espalhavam-se como contas em seu peito. Embora circulasse entre as convidadas, tomando cuidado para parecer recordar-se de antigos e amados rostos, o que concentrava, na verdade, a sua atenção eram a comida e a bebida; os seus olhos chegavam a brilhar. Aqui estava uma mulher louca por doces, este era o segredo da sra. Thayer. Um dos seus segredos. Era uma mulher gulosa e ansiosa, apertada numa cinta para reprimir e negar a sua gula. E, na privacidade, alguém que bebia, conforme se comentava cada vez mais abertamente. *Fede como o bafo da Thayer! Ela pensa que pode disfarçar com balas de hortelã.*

Mais ostensivamente, agora, a sra. Thayer estava vindo em minha direção. Sob o pretexto de levar uma bandeja à cozinha, eu me desviei dela, colidi com um corpanzil morno e quase derrubei a bandeja, recuperei rapidamente o equilíbrio embora perdendo uma xícara que tombou para o chão; uma sênior Kappa habilmente arrancou a bandeja das minhas mãos enfraquecidas, com um sorriso desaprovador; eu me afastei, raciocinando que o meu dever Kappa daquele dia estava terminado. Eu escapuliria para a parte de cima da casa. Iria esconder-me no banheiro do terceiro andar. Tomaria uma chuveirada aflita para remover todos aqueles odores do meu corpo, rasparia o meu corpo com uma gilete emprestada, faria um corte acurado na minha artéria carótida, sem remorso, lavaria os meus vergonhosos cabelos com xampu. Encheria os meus ouvidos com pequenos chumaços de lenços de papel e me poria a ler, pela terceira ou quarta vez, *Ensaios filosóficos sobre o entendi-*

mento humano, de David Hume, com a convicção de que isso mudaria a minha vida. Mas, ao pé da escada, encontrava-se nossa vigilante presidente da seção, que me girou pelos cotovelos e conduziu-me de volta à ensurdecedora colméia da sala de estar, onde uma antiga Kappa estava tocando uma execução simplificada da "Rhapsody in Blue". Fui levada ao encontro de várias sorridentes antigas Kappa, definidas como "amantes da poesia" — ou seriam "amantes da *poezia*"? —, e eu lhes apertei as mãos, um pequeno grupo sorridente sem saber ao certo sobre o que conversar, até que a insolente TONI ELLIS DA CLASSE DE 52 PLATTSBURG NY, um metro e cinqüenta, tamanho D, me inquiriu sobre se eu gostava de morar na irmandade, um casarão antigo, com tanta tradição, já se deparou com algum fantasma? — e eu, não tendo certeza se escutara direito, só fiz sorrir e assentir com a cabeça. Outras perguntas foram jogadas sobre mim, por alguns minutos atordoantes falamos do "fantasma Kappa" (do qual possivelmente ouvira falar mas imediatamente desconversei, pois não havia lugar na minha imaginação rigidamente racional para tais bobagens), que, segundo se acreditava, tratava-se da viúva anciã do milionário que havia morado na casa e morrera em 1938, e de alguma forma ouvi-me dizer que, com a minha origem, não podia acreditar em superstições, eu estava mordendo o polegar ao confessar que não achava que meu lugar fosse na Kappa Gamma Pi, uma irmandade cristã, eu era uma impostora nesta reunião; e essas antigas irmãs Kappa riram, nervosas, como se eu tivesse dito algo espirituoso, talvez pela expressão do meu rosto, que fazia com que desejassem acreditar que eu estava sendo apenas espirituosa. TONI ELLIS perguntou, *Por quê? Por que eu haveria de pensar que fosse uma impostora?*. E eu respondi:

— Não sou cristã e a Kappa Gamma Pi é apenas para garotas cristãs... não para judias... nem tampouco para negros... não é verdade?

Eu vacilei, as mulheres me fitaram perplexas.

— Porém... é claro... uma garota negra pode ser também cristã, mas... isso não seria suficiente para que ela fosse aceita como uma iniciante na Kappa... creio eu...

Àquela altura, eu já estava rogando para ser compreendida, não importando o que eu dissesse, ou tentasse dizer. LUCI ANNE REEVES CLASSE DE 59 AMHERST NY ficou tão abismada que derramou chá com leite na altura dos seios do seu costume de cashmere rosa-escuro.

Éramos uma ilha de consternação no meio de um mar de vozes e risos inocentemente festivos. Não me acudia à cabeça uma maneira de me desculpar. Porque, na verdade, eu não me sentia arrependida, mas desafiadora. Eu era desafiadora! Havia enxugado os olhos com as costas da mãos e acabei manchando o meu rosto com a sombra verde-prateada dos olhos. Eu me virei e deixei as antigas Kappa boquiabertas, às minhas costas; o meu coração batia descompassado, do mesmo modo como quando fui enxotada da aléia nos fundos da padaria de pães dormidos, ou afugentada pelos latidos do cão pastor protegendo a propriedade de seu dono. Eu cambaleava sobre aqueles saltos altos, ofegava como um lutador de boxe surrado e derrotado, cujas pernas o mantinham inusitadamente de pé ao longo de uma infinidade de assaltos; eu já previa que logo seria expulsa da Kappa Gamma Pi — na verdade dentro de uma semana —, as minhas escandalizadas irmãs convocariam uma reunião de emergência na sala ritual do térreo, uma por uma iriam se pôr em pé e denunciar-me com vozes trêmulas e corajosas, iriam depositar os seus sufrágios, e, de modo sem precedentes na tumultuada história da seção, uma segundanista Kappa seria *desativada*.

Tudo isso previ claramente. Quase. Eu era capaz de escutar os sussurros das Kappa crescendo até se transformarem em apupos de aversão. *Ela nunca foi uma de nós! Mentiu para conseguir ser admitida como iniciante, e nem mesmo teve a decência de sustentar a mentira.* Previ que seria desativada não porque fosse "parte judia" (se é que eu era em parte judia), mas porque as Kappa, mestras da fraude, não queriam uma garota mentirosa e desgraciosa em sua irmandade. Não haviam de querer uma garota cuja mãe não apenas estava morta, mas fora mutilada. Não haviam de querer uma garota fazendeira de Strykersville, Nova York, uma garota que tinha, de algum modo, obtido uma bolsa de estudos e cuja média de avaliação era A, e mesmo assim deixara de ajudar muitas das suas irmãs Kappa em seus trabalhos acadêmicos, o que teria feito se não tivesse sido acometida de um colapso nervoso. Elas não iriam querer uma garota tão egoísta. Não iriam querer uma garota com uma erupção leprosa. Uma garota que devia à irmandade trezentos e vinte e dois dólares (contas, taxas, multas), e que mal podia pagar a cota mensal por sua estada. Uma garota que vestia roupas da Sears e usava sutiãs tamanho A. No entanto, no meu estado de perturbação, eu parecia saber (porque sempre, apesar de nervosa, desnorteada e perturbada, eu tinha perspicácia bastante para imaginar como utilizar meus atributos em meu benefício) que, após ser formalmente *desativada* pela Kappa Gamma Pi, minha readmissão seria aceita na residência para universitárias; a Reitora de Mulheres poderia ficar com pena de mim e tomar providências nesse sentido. Eu me mudaria para uma das mais modestas residências, apropriadas para estudantes com bolsa de estudos em dificuldades; no extremo do campus mais distante das casas de irmandade; eu seria feliz; se não feliz, pelo menos livre de mentiras, o que talvez seja a mesma coisa.

Então, aconteceu.

Não pude escapar para cima, para o meu *Ensaios filosóficos sobre o entendimento humano*, já que minha passagem fora bloqueada por um bando de irmãs Kappa na escada, eu me vi entrando na sala de estar e, às cegas, empurrando a porta e entrando nos aposentos particulares da sra. Thayer, como se, no meio de toda aquela confusão, a nossa governanta britânica estivesse lá dentro e acenasse para mim, dizendo *Entre, querida! Você pode se esconder aqui comigo*. Rapidamente fechei a porta. Não havia sido vista — havia? Mas meu ato fora tão imprudente, tão sem precedente em meu comportamento adquirido, que a princípio não pude acreditar que *Eu estava mesmo onde estava*, em território proibido. E talvez tenha sorrido, como uma criança sorri diante de circunstâncias perigosas. Aspirei profundamente o perfume todo peculiar da sra. Thayer: aquele perfume de lavanda, spray de cabelo, desodorante e algo como fermento adocicado, como nas padarias. Estava muito agitada. Tinha dificuldade para respirar. Entendi que nunca, em toda a sua vida, o santificado Spinoza havia se comportado de maneira tão ousada; tão irracional; tão indiferente às conseqüências. Todavia, esse meu comportamento imprudente era predeterminado, como a conclusão de um silogismo é predeterminada pelos seus termos. *Toda vida humana é tautológica, um silogismo orgânico.* Essa compreensão assombrosa, como outras que venho tendo desde a aula de filosofia daquela manhã, como um relâmpago atravessando o meu espírito feito uma corrente elétrica, indo embora logo em seguida.

Encantada como uma criança estaria, eu contemplava a sala de estar da sra. Thayer, como ela a chamava. Tão desapontadoramente pequena, ela me pareceu, na ausência da mulher. E não tão atraente: exageradamente opressiva, com uma fecundidade de objetos "femininos". Ali, o sofá de veludo rosa (sobre o qual nunca fui convidada a me sentar, ao contrário de Freddie, Lulu, Kat e outras); ali, um par de cadeiras Rainha Anne de pelúcia desbotada; bibelôs Wedgwood, travesseiros bordados, um biombo laqueado contra uma das paredes, reproduções de paisagens de Constable, ou enevoadas ou desbotadas à meia-luz. Muito ansiosa, examinei o que imaginava serem fotos de família da sra. Thayer, sobre uma escrivaninha. Eram fotos mais antigas dos que as da minha mãe, em nítido preto-e-branco, com uma atmosfera circunspecta em volta das pessoas; tristes, em sua esperança condenada de um mundo que se fora. Havia algo distintamente inglês — "britânico" — nessas pessoas? Eu não podia enxergar. A maioria tinha a pele clara, aparência comum; dois ou três com cabelos escuros e de compleição morena, lembrando-me, constrangedoramente, de minha própria imagem. ("Sangue judeu?") Examinei uma fotografia (datada de 1919) na qual uma criança de cerca de seis anos (Agnes Thayer?) estava de pé, muito rígida, ao ar livre, entre uma mulher rechonchuda e amarrotada e um homem magro e rijo, com bigodes e ombros caídos (os pais da sra. Thayer?). Falecidos havia muito, agora. E a pequena Agnes, com uma aparência prematuramente adulta, sob camadas e camadas de roupas austeras, franzindo a testa preocupada para a câmera. Outro instantâneo mais nítido mostrava Agnes quando garota, cerca de dezesseis anos, não uma garota que se podia dizer bonita (pelo menos na América, dos anos 1960), mas de boa aparência; já com um busto avantajado, mão nos quadris massudos, olhando para a câmera num trejeito cheio de autoconfiança. *Aqui estou eu, olhe para mim. Esta é a estação em que vou florescer.* Uma garota num costume jovial, saia comprida flamejante, jaqueta bolero, um boné de homem na cabeça, uma garota que se valorizava ou assim desejava que a vissem. No entanto, essa garota não se dera conta de que estava posando, diretamente contra a parede de tijolos sujos e descascados de uma lavanderia. Poças brilhavam no chão como se tivesse acabado de cair uma chuvarada de primavera. Há quantas décadas aquelas poças de água tinham se evaporado! Eu apanhei a fotografia emoldurada para examinar melhor e minha vista borrou-se, úmida. *Nós podíamos ter sido amigas. Minha irmã mais velha.* Ainda mais intrigante era uma fotografia de casamento em tons pastel com moldura de madrepérola, mostrando Agnes Thayer vestida de noiva, uma noiva madura na faixa dos trinta anos, usando um estranho costume de cetim branco brilhante com ombreiras quadradas e um caprichoso chapeuzinho com véu; ao seu lado, com o braço enlaçado na sua cintura, estava um homem de ar infantil, alto, membros delgados, num terno liso escuro como o de um agente funerário, cravo branco na lapela como se fosse a projeção de um osso. Este era o sr. Thayer, o "oficial do exército americano" a quem a sra. Thayer citava com grande freqüência, e sempre tão vaidosa a respeito dele — era mais jovem do que a sra. Thayer! Tinha o rosto comprido, como o de um cavalo, cabelos ralos, orelhas proeminentes, um sorriso atraente, charmoso. Um garoto que vez por outra poderia gaguejar, mas que era gentil, "espirituoso". O que essas duas pessoas poderiam ter tido em comum? Era crença geral entre as contemporâneas Kappa que a nossa tutora não tivera filhos. Então, esse casal estava fadado a não ter filhos? Mas ainda não teriam como saber disso, na fotografia. Senti uma pontada de melancolia ao olhar a fotografia. Agnes

Thayer e seu jovem marido haviam se amado, o bastante para terem se casado; mesmo que o amor entre ambos houvesse se desgastado, ou se revelado uma ilusão, entretanto ainda era amor na ocasião em que a foto fora batida; e esse amor havia se encerrado com a morte dele. E agora, haviam se passado anos e anos, e a sorridente noiva era uma viúva, governanta de uma irmandade americana em que a maioria das integrantes a odiava e estava alegremente conspirando para que ela fosse demitida. *Se você pudesse adivinhar, Agnes! Nunca teria vindo para a América.*

Com todo o cuidado, recoloquei as fotografias sobre a escrivaninha. Nos mesmos lugares, delimitados por riscos na fina camada de poeira sobre a qual tinham estado depositados. Eu tinha, agora, a intenção de deixar este lugar perigoso, entretanto... em vez disso abri a porta do quarto da sra. Thayer. Talvez tenha raciocinado que sempre poderia escapar pelos fundos, e então ninguém poderia me ver, com exceção da ajudante de cozinha. Ali, o cheiro de talco lavanda era mais acentuado, dominado pelo odor mais poderoso e adocicado de alimento estragado. Que quartinho pequeno e apinhado! Do tamanho do meu quarto, lá em Strykersville. Era quase inteiramente ocupado por uma cama de casal alta, coberta por um acolchoado de cetim, azul-vibrante, e uma escrivaninha espelhada, com mais fotografias emolduradas, várias da sra. Thayer mais madura com uma papada mais flácida. O homem estava quase calvo, agora, usava óculos sem aros e o seu sorriso para a câmera era forçado. *Deixe-me em paz, por favor? Estou perfeitamente contente, morto.* Eu sabia que deveria deixar aquele lugar. Minha audácia me fazia tremer, no entanto, tão estranhamente, acendi uma luz, abri a porta do armário, aspirei a fragrância agridoce de perfumes e sachês. Fiquei maravilhada com os vestidos da sra. Thayer dependurados em cabides de arame, tão familiares, todos me pareciam familiares, como se fossem os meus. E eram poucas as suas roupas, espremidas naquele armário estreito; no entanto, ela se apresentava para nós com tal habilidade, nas roupas, com tanto destemor, utilizando-se de uma variedade de cachecóis e outros "acessórios". Eu toquei na manga de um vestido de jérsei bege com um corpete plissado, levantei-o à altura do meu rosto. Uma sensação de pavor percorreu-me como se a mão da própria sra. Thayer tivesse me tocado. Eu supliquei *Por que a senhora jamais gostou de mim? Por que a senhora me repele? Logo eu, a única que lia a* Punch? *A senhora nunca percebeu como eu a adorava? A senhora nunca vislumbrou meu íntimo, eu, uma impostora?*

A seguir, esquadrinhei as gavetas da cômoda. Meias, roupas de baixo, um corpete de látex cor-de-carne, que se contorceu quando o toquei como se tivesse vida. O cheiro de lavanda era sufocante. Na gaveta de baixo, descobri uma caixa com cartas aéreas: fascinante para alguém tão ingênua, ver como as pequenas folhas de papel tão fino quanto seda se abriam para formarem retângulos, como num jogo de crianças. A caligrafia intrincada da irmã de Leeds, a tinta azul desbotada. *Querida Agnes* — apertei os olhos para ler, elevando a carta para mais junto da luz. *Você vai querer* — não conseguia decifrar as insanamente diminutas e comprimidas palavras — *como no último mês* — outra frase indecifrável — *seus últimos dias foram serenos após o Inferno de anos & irá agradar você que nem sequer uma vez ela tenha falado a seu respeito?* Estas palavras penetraram no meu coração, rapidamente redobrei a carta, como se fosse uma preciosidade, e a escondi na gaveta. Estava tremendo demais agora, mas parecia não conseguir parar o que estava fazendo. *Você, sua garota americana!* Eu abri uma gaveta do guarda-roupas e de lá rolou uma garrafa vazia — gim. Vi uma lata de estanho colorida, toda decorada, com a marca FORTNAM & MASON; ergui a tampa e descobri meia dúzia de *toffees* embalados. Havia também no guarda-roupas uma barra de chocolate com creme de nozes, embrulhada em folha de alumínio. Quebrei um pedaço da barra e provei-o, e a concentração de açúcar fez minha boca doer. Embora podendo ter dito a mim mesma que agora que era adulta, havia perdido o gosto por doces, ainda assim quebrei mais um pedaço do chocolate mofado, e outro mais a seguir. Minha boca encheu-se de saliva como se fossem formigas excitadas em polvorosa. Abri outro armário — aqui estava o esconderijo das bebidas da sra. Thayer, gim, vinho e bourbon. Havia uma meia dúzia de garrafas, a maioria delas pela metade. Recordei, com a força de um velho sonho, doce e amargo ao mesmo tempo, meu pai solitário sentado à mesa da cozinha tarde da noite, na fazenda de meus avós; todos os aposentos às escuras, exceto aquele; ele ainda era jovem, apesar dos cabelos já ralos, os olhos caídos e a mão mutilada; a barba por fazer, usando uma camiseta e as sujas calças de trabalho; cotovelos sobre o encerado desbotado da mesa, uma garrafa de uísque e um copo junto a ele; um Camel queimando entre os seus dedos manchados; a luz do alto lançando fendas de sombras em seu rosto meditativo, mas até pacífico. Eu via que *Onde ele está ninguém pode fazer-lhe companhia.* E havia uma espécie de paz, também, nessa compreensão. Porque não havia sentido em tentar seguir meu pai — ou minha mãe — para onde quer que tivessem ido. Uma criança de pé no umbral da porta no escuro, vestindo uma camisola de flanela, descalça. Observando, ansiosa. Uma infância de ansiedade. Pensando agora no quarto de Agnes Thayer cheirando a lavanda e gim, que consolo se pode encontrar na bebida, na embriaguez, segredo absoluto, solidão. Nunca compreendi o alcoolismo como uma condição da alma: um esconderijo, um abrigo debaixo de ramos sempre verdes, pesados de neve. Você rasteja lá para dentro, e ninguém consegue segui-lo.

— Você! O que você está fazendo aqui? Como se atreve?

Eu me virei aterrorizada e deparei-me com a sra. Thayer no umbral da porta atrás de mim, olhando-me com os olhos incrédulos, arregalados. Ela também havia escapado da festa das Kappa. Havia entrado na suíte pela porta dos fundos. Durante um longo momento fiquei paralisada; uma onda de horror passou sobre mim, como água suja; contudo, senti também uma espécie de alívio; agora estava tudo acabado entre nós duas, ou quase. A sra. Thayer caminhou com passos pesados até o armário e fechou as gavetas com tanta força que as garrafas chocaram-se umas contra as outras. Nos seus olhos esbugalhados vi fúria, aversão e medo:

— Garota maldita! *Garota abominável!* Fora do meu quarto, já! Fora!

Entretanto, quando me movi para passar por ela, a sra. Thayer me atacou; agarrou-me; prendeu os meus braços, começando a gritar. Podia sentir o seu hálito, na força que fazia para respirar. O pó em seu rosto estava riscado de lágrimas, regatos ácidos na crosta de pó facial. Eu tentei falar, mas a minha garganta estava cerrada. Era como uma criança inútil colhida numa armadilha de terror; desesperada, tentando escapar, rastejando por cima da cama da sra. Thayer, mas a mulher idosa me imobilizou com os seus braços que, apesar de gordos e flácidos, eram surpreendentemente fortes, e ela me agarrava firmemente, soluçando com raiva:

— ... entre todas essas garotas! Estas garotas do demônio! Apenas em você eu podia confiar. Neste lugar infernal, apenas em você! E agora! Como pôde! Você me traiu! Você é um peão nesse maldito jogo delas! Corra, corra se quer viver!

A voz da sra. Thayer tornou-se histérica, as palavras perderam o sentido, pois, embora gritasse para que eu corresse para salvar a minha vida, estava me segurando com toda a sua força, éramos duas nadadoras nos afogando juntas; seus braços me apertavam tanto que eu sufocava de terror. Soluçando, praguejando, era medonhamente forte para uma mulher da sua idade, eu me debatia como uma louca, incapaz de escapar do seu aperto; naquele instante senti a loucura esvair-se de mim como água suja e entrar na sra. Thayer. Não conseguia chamá-la pelo nome: ela era *ela*, apenas, a fêmea com cheiro de talco, vinho doce, suor de desespero, essa pessoa agarrada a mim. Ela chorava incontrolavelmente, golpeando a cabeça contra a minha, e subitamente fiquei demasiado fraca para lutar, parei de resistir. O meu rosto estava contorcido como o de uma criança, mas eu não conseguia chorar, não me sobravam mais lágrimas, eu era uma criança, penitente, uma criança que tivesse sido punida, o meu coração fora partido. Para além da cama como num cenário de pesadelo, rostos horrorizados e ávidos tinham se agrupado no umbral da porta — minhas irmãs Kappa. Poucas, a princípio, então outras surgiram, e outras mais. Olhos cintilantes, assombrados, cabeças bufantes, cabelos enroscados como cabeças de cobras. Bocas pintadas de batom, abertas e escandalizadas. Atrás delas, outras mais, tentando abrir caminho para assistir à cena. Kappa! Suas vozes sibilantes, excitadas, se elevavam como o vento que soprava sobre as geleiras torturadas que eram as nossas colinas. *O que houve? O que está acontecendo? O que essas duas estão fazendo? Quem é essa garota... é a judia?*

II

A AMANTE-DE-NEGROS

1

*Analisarei as ações e
os apetites dos homens como
se fossem uma questão de linhas,
planos e sólidos.*
SPINOZA

O PERIGO de apaixonar-se, no inverno.

2

... UMA VOZ COM LÓGICA, razão, convicção; uma voz irônica, convincente; uma voz sedutora; uma voz arrogante; uma voz jovem impetuosa; uma voz de ocasional hesitação, incerteza; uma voz que provoca, incomoda, assedia como um cão que ladra, arreganhando os dentes; uma voz ardilosa; uma voz do tipo *Agora, apenas me escute, eu sou aquele que devo lhe dizer as coisas*; uma voz humilde; uma voz de (fingida) humildade; uma voz afiada e cruel como uma lâmina de faca; uma voz como manteiga derretida; uma voz grave, de trombone, uma voz ferida; sofrida; uma voz dolorida; uma voz de dor; uma voz ansiosa; uma voz de ódio; uma voz vigorosa e matreira como o bote de uma serpente cintilante; uma voz que eu teria desejado para mim, se tivesse nascido *macho*, e não *fêmea*; uma voz que gostaria de ter, mesmo não tendo nascido *macho*, mas *fêmea*; uma voz que de tão infiltrada em minha consciência começou a emergir no final do inverno do meu segundo ano da universidade, em meus mais vívidos, devastadores e exaustivos sonhos.

3

DECEPCIONANTE DESDE o começo: ele morava no mais ordinário dos lugares. Levei pouco tempo, percebi eu, para rastreá-lo até sua toca. Um apartamento de fundos no segundo andar de um edifício atarracado de três andares, de estuque colorido, na rua Chambers, 1183, Syracuse. Nessa vizinhança "mista", distante do aparatoso complexo de edifícios do hospital universitário; sob a sombra irregular de edifícios novos, altos demais e de mau gosto, e garagens de vários andares para estacionamento; uma região sublunar de pequenos estabelecimentos de frente para a rua, envergonhadas casas de estrutura de madeira divididas em quartos para estudantes universitários, muitos de pele escura e estrangeiros. *Não pode haver beleza aqui; portanto, nem dor nem esperança.*

A rua Chambers era uma das colinas mais impiedosamente íngremes nos arredores da universidade; carros estacionados com as rodas previdentemente viradas para o meio-fio; a calçada rachada, esburacada e cheia de lixo; inúmeros olmos no meio-fio, atacados pela praga dos olmos holandeses, serrados em série e esquecidos, somente os seus tocos permaneceram. Entretanto, a rua Chambers era um lugar de fascinação romântica. Entretanto, a rua Chambers penetrou na minha imaginação. Impressa em meu cérebro como uma mancha de tinta sobre alguma coisa branca, úmida, sem ossos como um molusco, era a fachada do edifício de estuque da rua

Chambers, 1183: eu entendia que não era bonito, nem sequer possuía a diminuta melancolia daqueles edifícios urbanos de sonhos pintados por Edward Hopper; era um cenário puramente funcional, um lugar prático; a placa na entrada da frente nunca mudou, como se para confirmar a sua futilidade — APARTAMENTOS PARA ALUGAR INFORME-SE AQUI. Meu olhar agudo tomou nota de uma fileira de latas de lixo manchadas e danificadas no meio-fio; um telhado de ripas que parecia como se necessariamente tivesse de ter goteiras; uma calçada de concreto rachado que levava à entrada da frente, mas também se bifurcando em volta do edifício, em direção aos fundos, e para um lance de escadas externas que conduziam ao segundo andar; degraus de pranchas grossas cobertas por um telhado improvisado. Por essas escadas, algumas vezes, ele subia.

Eu disse a mim mesma *Estou apenas passeando pela vizinhança. Eu tenho o meu rumo, é para onde estou indo.*

Naqueles meses, eu caminhava por toda parte, era incansável, uma andarilha. Se bem que nunca passava pela University Place. Havia ficado curada das Kappa. Curada da minha compulsão Kappa para sempre. Os meus passeios, obstinados e aparentemente sem rumo, levavam-me freqüentemente para o extremo leste do esparramado campus, embora o prédio da minha residência universitária ficasse noutra direção. Havia ocasiões em que passava pelo prédio número 1183 na rua Chambers duas vezes: devia haver uma razão plausível para essas duas vezes. Havia ocasiões em que passava pelo prédio número 1183 da rua Chambers três vezes, para as quais não devia haver nenhuma razão plausível. E então eu caminhava ligeira, sentindo a consciência culpada. Com os olhos desviados do objeto do meu interesse. Não tinha como saber se ele estava em casa a menos que a luz brilhasse através da sua janela, e não tinha como saber se a luz brilhava através da sua janela a menos que desse a volta pelos fundos do edifício, no crepúsculo ou após escurecer, se bem que fosse desaconselhável para garotas andarem sozinhas nessa parte de Syracuse. (Certa ocasião, um carro de patrulha diminuiu a marcha junto ao meio-fio, e os seus ocupantes me observaram sem expressão no rosto, enquanto eu rapidamente seguia em frente, olhando para eles com um ligeiro sorriso de medo *Sou uma boa moça, sou uma estudante universitária, não me prendam!*) Vagar pelas vizinhanças do prédio número 1183 da rua Chambers era temerário, pois podia acontecer de ele estar a caminho de casa e me reconhecer; se ele me reconhecesse, eu podia não perceber que, dado o seu apego à privacidade e a sua arrogância, ele não me permitiria saber que tinha me reconhecido; e sendo assim, eu não saberia se estivera exposta aos seus olhos, ou se, de fato, ele não prestara a menor atenção em mim, e assim eu permaneceria inocente. Havia vezes em que, vendo um homem aproximar-se na calçada, eu entrava em pânico e voava para dentro de uma aléia cheia de lixo; havia vezes em que era justamente na lateral do prédio número 1183 da rua Chambers, e eu me via forçada a passar junto ao vão de escada externa de madeira; tão repentinamente tentada a subir aqueles degraus, ou a me sentar nos degraus mais baixos, como se ali fosse o meu lugar. Normalmente, ele entrava no edifício pela frente, para apanhar a sua correspondência, acho eu, já que havia fileiras de caixas de correio, todas de metal e já danificadas, logo na entrada do vestíbulo, com nomes escritos em fitas adesivas para identificá-las; mas, se a sorte se voltasse contra mim, e não poderia supor que isso não ocorreria, pois era bem possível que eu merecesse que a sorte se voltasse contra mim, do jeito como andava me comportando, ele podia decidir entrar no edifício pelos fundos, já que aquelas escadas eram uma conveniência destinada aos locatários como ele, que morava nos andares superiores do edifício, nos fundos; ele era um locatário como outro qualquer, a maioria de pele escura e estrangeiros com sorrisos que pareciam uniformemente branco-ofuscantes e que exibiam uma exagerada brancura dos globos oculares; se esses rapazes me viam, havia vezes em que se detinham, indecisos, me olhando, como se torcessem para que eu os conhecesse; como se torcessem para que houvesse alguma razão para eu estar onde estava, e que essa razão pudesse dizer respeito a eles; tudo o que já lhes haviam dito sobre garotas universitárias americanas os intrigava, talvez fosse isso, embora, certamente, eu não me encaixasse de modo algum na descrição de uma universitária americana. Atrás do seu edifício, se ninguém estivesse nos arredores, e se eu ousasse, levantava os olhos para as janelas que eu tinha razões para acreditar que fossem dele, as janelas do apartamento 2D; eu descobrira que o apartamento dele era o 2D examinando as caixas postais no vestíbulo onde, numa encardida tira de fita adesiva sobre a caixa do 2D, V. MATHEIUS tinha sido escrito a tinta. Era intrigante para mim que suas cortinas estivessem quase sempre abaixadas até os peitoris das janelas. Houve vezes em que vi uma sombra passando por detrás de uma das cortinas, a silhueta fugaz de um homem; contudo, era tão indistinta que eu tinha certeza de estar olhando para a idéia de V. Matheius e não para o homem propriamente dito; pensei na alegoria da caverna de Platão, e como a espécie humana se deixa iludir por sombras; a espécie humana engana a si mesma com as sombras, e, todavia, qual é o conforto que isso traz? *E ele não sabendo que eu estou aqui, que eu existo. Eu sou invisível para ele.*

Minha face nua, puro anseio feminino.

4

... AQUELA VOZ.

Na minha aula de ética. Uma ampla sala de preleção no andar mais alto de um edifício antigo e reverenciado, o Salão dos Idiomas. Não era a sala na qual a garota doentia, usando um casaco manchado, olhos borrados de maquiagem e mordendo os lábios, se fizera de tão tola, algumas semanas antes; era outra, uma sala maior; era um lugar de esperança. Ao concluir a sua preleção sobre Platão, o professor cumpriu seu papel de convidar a classe a fazer perguntas, talvez, sinceramente, desejasse perguntas, torcesse para haver perguntas, perguntas inteligentes e provocantes, para aliviar a estagnação antinatural da sala de aula; talvez, sobre a plataforma elevada, atrás do pódio, como um avatar do há muito desaparecido Platão, ele se sentisse solitário. Perguntas de estudantes de graduação interessavam-no muito menos do que as perguntas dos vários estudantes de pós-graduação que estavam fazendo o curso, ou simplesmente como ouvintes, já que estes eram os seus pares acadêmicos; era evidente o quanto ficava animado quando um ou outro destes apresentava alguma pergunta.

—Sim, senhor... — o professor disse, com um sorriso de expectativa, pronunciando um nome que soou como "math"... — "mathes". — O jovem que levantara a mão estava sentado no fundo da sala, fora do meu campo visual; quando ele falou, como já vinha fazendo em todas as aulas daquele período, notei que os estudantes ao meu redor se viraram, de cenho cerrado; com desaprovação, mas também com admiração; com curiosidade, interesse e ressentimento.

— ... como Platão pode defender a estratégia da "mentira nobre"... como se qualquer mentira possa ser outra coisa senão ignóbil...

E o professor tentou sorrir, para argumentar em defesa de Platão:

— A melhor maneira de compreender a *República* é como um mito, um diálogo sobre justiça...

E ele, lá do fundo da sala, objetou...

— Justiça? Como pode haver "justiça" num estado totalitário?

Como um instrumento musical, um trompete de sutis modulações, ou clarinete, ou trombone, a voz soava tão respeitosa quanto insolente; a voz era inquiridora e convicta, e, todavia (quase dava para escutar isso), trêmula de indignação.

Enquanto o professor argumentava "mito", "alegoria", "parábola"..., a voz mais jovem argüia "pesadelo de Estado fascista"... "Estado escravagista"...

O professor franzia o cenho, não apreciando a possibilidade de perder a fidelidade da turma para um interlocutor trinta anos mais jovem.

— É uma falácia comum, senhor..., interpretar Platão literalmente. Quando claramente o diálogo inteiro é uma metáfora, um...

A essa altura poucos na sala ainda escutavam o professor, estávamos escutando avidamente a *ele*.

As curiosas características daquela sala de aula: impressas em minha lembrança como qualquer espaço no qual nossas vidas são modificadas. Havia quinze fileiras de assentos dispostos num plano bastante inclinado, que se curvavam nas extremidades laterais na forma de um crescente, de modo que a sala era muito mais larga do que profunda. O teto era extremamente alto, manchado por infiltrações; tubos de lâmpadas fluorescentes zumbindo e piscando acima das nossas cabeças como pensamentos em disparada. Junto ao pódio do professor havia uma janela de vidro com esquadrias de chumbo, que emitia uma pálida luminosidade invernal. Sobre o piso gasto de uma plataforma de madeira de lei, o professor andava de um lado para o outro, discorrendo sobre Platão, Aristóteles, Tomás de Aquino, Descartes, Spinoza, Leibniz, Locke; ele estava na faixa dos sessenta anos, talvez, um jeito de ser afável, embora autoritário; sua cabeça era quase tão careca como uma casca de ovo, sua boca parecia com alguma coisa que tivesse sido amassada; os olhos sem tanto brilho, mas perspicazes, atentos, bem afundados sob sobrancelhas encanecidas. Um homem atraente, pensei, para a sua idade; embora eu não quisesse julgar pela aparência as pessoas mais velhas a quem reverenciava. Para que servem as aparências, como ensinavam os filósofos gregos, senão para iludir, frustrar? Quem senão os muito jovens, e tolos, confiam nas "aparências"? Nem queria ser forçada a me lembrar do meu pai, ao contemplar um homem da sua idade, ou pouco mais velho; meu pai que desaparecera no Oeste, como se seguisse o trajeto do sol, mais além das cordilheiras escarpadas a oeste e penetrando no esquecimento.

Como se eu pudesse compará-los!, pensei com um sorriso. Este homem culto, com o meu pobre pai, ignorante, alcoólatra e amargurado.

Numa manhã, depois da aula do professor sobre o idealismo filosófico, houve uma prolongada discussão entre o professor e um bem articulado e também obstinado jovem que se sentava no fundo da sala: senti uma onda coletiva de desaprovação voltando-se contra o rapaz, por parte dos meus colegas; entretanto, eu me restringi a escutar, fascinada, emocionada e apreensiva; pensando *Quem é ele, que tipo de pessoa ele é? Diferente de qualquer um de nós.* Atrás de mim, uma voz masculina murmurou mal-humorada:

— Ah, pelo amor de Deus, cale a boca!

E mais outra que soou como:

— ... ne-grrr..., fecha a matraca.

E ambos riram grosseiramente.

Mas, dessa vez, o professor estava argumentando na defensiva e prolixamente; ele puniria a classe inteira mantendo-nos todos além da hora da saída. Eu pensei *Não devíamos ter tanto poder uns sobre os outros*. Quando finalmente a turma se dispersou, demorei a me pôr em pé e tropecei na passagem entre as fileiras de bancos; no entanto, ainda não havia me permitido olhar em direção ao fundo da sala; ainda não tinha entendido que estava apaixonada; que eu me apaixonara por um homem que não conhecia, somente por sua voz, e que o amor é uma espécie de doença; não uma idéia radiante como a que tinha imaginado, porém uma condição física, como o pesar.

Aquela noite de fevereiro de 1963, a noite em que a sua voz penetrou pela primeira vez no meu sono.

5

VOCÊ? VOCÊ É CAPAZ DE QUALQUER COISA, me disse certa vez meu irmão Hendrick.
   Qualquer coisa. Como estranho essas palavras: *qualquer coisa;* porque não *de tudo?* Como se aquilo de que eu era capaz fosse uma *coisa,* um objeto palpável, e não uma ação.
   Hendrick me disse isso no funeral do meu avô. No entanto, meu irmão não tinha idéia do que eu era capaz, nem ninguém na minha família. Eles não confiavam em mim; ao meu redor bruxuleava uma aura escura, misteriosa; eu carregava tanto o fato quanto a possibilidade da condenação. *Ele a culpa. Todos nós a culpamos. Pela morte de Ida.* Escapei deles, mas carrego a condenação deles. Talvez eu a aceite. Eu era tão solitária! Entretanto, pensava *A solidão é minha dívida. É, simplesmente, justo.*
   Tinha dezenove anos e cinco meses de idade quando me apaixonei pela primeira vez. Parecia-me uma idade bastante madura, avançada; somos incapazes de prever que iremos ficar mais velhos, ou mais sábios; quando estamos exaustos, é impossível prever que ficaremos fortes; assim como, nas garras de um sonho, raramente entendemos que estamos apenas sonhando e que podemos escapar pelo mais simples dos métodos, abrindo os olhos. Aos dezenove anos, para meu desgosto, continuava parecendo muito mais nova. Podia ser confundida com uma estudante de curso secundá-

rio, durante todos os meus anos de faculdade. Mesmo calçando minhas botas de inverno (não as chiques, de couro, usadas pelas minhas colegas de classe mais bem vestidas, mas desgraciosas botas emborrachadas compradas na Sears, muito práticas para neve funda e para as chuvas torrenciais da primavera), eu ficava com cerca de um metro e sessenta de altura. Nunca me pesei, mas, na época das minhas "crises", quando deixei a casa Kappa Gamma Pi, fui colocada sobre uma balança, por uma enfermeira da enfermaria da universidade, e o peso registrado foi quarenta e quatro quilos.

— Você parou de comer? Você provoca o vômito, depois que come? Este não é o seu peso normal, é? — a mulher perguntou, reprovadoramente.

Respondi que não sabia qual era o meu peso "normal"; não estava interessada no meu peso "normal"; tinha outras coisas com que me preocupar, questões urgentes e importantes.

O significado da vida. A possibilidade da verdade. A análise da consciência como se ela fosse uma questão de linhas, planos e sólidos. Não desejava considerar que eu fosse um corpo, e que de certa maneira fosse responsável por esse corpo. (E o que, na verdade, é um corpo? Descartes formulara a hipótese de que uma substância misteriosa e ignorada constituía o espírito, enquanto outra substância inteiramente misteriosa e desconhecida constituía o corpo.) Na enfermaria, eu fora forçada a olhar para mim mesma como um ato de penitência. Evitara olhar meus olhos fundos, cavados no rosto, mas olhara sem impedimentos para o resto de mim mesma: a pele fina como papel, com a coloração do sebo, retesada sobre ossos esguios, seios do tamanho de copos de papel e duros como peras verdes, mamilos do tamanho de ervilhas enrugadas e nada parecidos com as auréolas rosadas mornas dos seios das garotas que eu considerava "normais"; os seios cheios e pesados de outras garotas, que já pareciam carregados do precioso líquido leitoso adocicado, o verdadeiro elixir da vida. Lembro que, na escola, via as garotas mais velhas no banheiro despindo-se e rindo, arrancando os suéteres por cima das cabeças num único movimento apressado que expunha os seus torsos, mesmo se suas cabeças e rostos ficavam encobertos; dava para perceber que essas garotas eram irmãs; essas garotas eram "fêmeas"; ostentando desafiadoras, ou orgulhosas, ou com displicência, indiferentes, seus corpos que floresciam, enquanto eu me virava para o lado, envergonhada; não que eu me sentisse insuficiente ou inferior no meu corpo espichado, porém como um ser, no todo, de uma outra espécie. Eu me sentia inteiramente excluída da categoria delas, uma subespécie marginal, uma *garota*.

Quando fui me tornando adulta, havia parentes que, à distância, lamentavam por mim. *Lamentar* era sua postura permanente em relação a mim. As mulheres admoestariam *Se você sorrisse com mais freqüência, se não vivesse de cara amarrada*. (E daí? Eu seria amada, se não amava a mim mesma?) Esses comentários penetravam lá no meu íntimo, apesar de eu não demonstrar. *Mas, eu estou sorrindo, vivo constantemente sorrindo. Rindo da cara de vocês!*

Não queria nenhuma piedade da parte delas, nem solidariedade, nem solicitude. Elas sentiam pena de mim porque experimentavam um certo prazer em sentir pena de alguém tão desprovida de tudo, tão desfigurada; porque eu não tinha mãe, era a única nessa condição, entre todas as garotas de minha geração, em Strykersville; havia vezes que me parecia, para meu horror, que a minha mãe tivesse, na verdade, morrido antes de eu ter nascido, e não depois; se na realidade pudesse acontecer um conto de fadas desses, ele se aplicaria a mim como o mais cruel dos destinos. *A Garota Cuja Mãe Morreu Antes De Ela Ter Nascido*.

Não: eu me lembro de Ida. Eu me lembro de Ida, de verdade. Mais do que apenas pelos retratos. Eu me lembro de verdade.

Meus três irmãos mais velhos. Eles me intimidavam, e eu os temia, e o meu segredo pode ter sido a adoração que sentia por eles, à distância. Sempre erguia meus olhos para eles: literalmente! Olhava para os seus belos rostos. Para os seus olhos indecifráveis. Eles me fascinavam tanto quanto me amedrontavam. "Você? O que você sabe? *Nós* é que sabemos." Eles eram os guardiões das lembranças; Dietrich devia ter uns doze anos quando nossa mãe morreu, Fritz devia ter onze, Hendrick, oito; eu era um bebê, totalmente impotente.

Quando parti para a faculdade, tanto Dietrich como Fritz já estavam casados e já eram pais; eles herdaram a fazenda de nossos avós, e estavam se especializando, como muitos pequenos fazendeiros em Niagara County, em peras, maçãs e pêssegos; Hendrick estava mais para um indivíduo solitário, assim como eu, mas nunca me tratou bem, ressentido com o meu êxito no colégio, com a minha bolsa de estudos para a faculdade, já que tinha ido para uma escola profissionalizante em Olean, para estudar engenharia elétrica, e tivera de custear as suas despesas. Agora, se gabava de ter um bom emprego numa divisão da General Motors, em Lackawanna. Tenho lembranças mais nítidas dos meus irmãos já de quando eram mais velhos: suas conversas grosseiras, desrespeitosas em relação a garotas e mulheres, que invariavelmente envolviam piadas; como se garotas e mulheres fossem piadas; dos meus irmãos aprendi que *o macho* é todo olhos; sua sexualidade recebe combustível através dos olhos; ele avalia através dos olhos; julga rapidamente e sem piedade através dos olhos. Havia vezes em que, rindo obscenamente, falando de uma garota ou de uma mulher conhecida deles, meus irmãos começariam a coçar seus sacos, muito à vontade. Dava para ver que os olhos do macho e seu pênis estavam interligados, talvez identificados; a não ser pelo fato de um dos pólos permanecer oculto.

Entendi que, mesmo quando um homem é solitário, sua solidariedade fica com os outros homens, e com a masculinidade. Ele não se sente sozinho do jeito que a mulher se sente. O seu precipitado e infalível jeito de pensar é forjado na meninice e é um jeito de pensar coletivo. Ele tem o poder de ver com os olhos de outrem, não apenas com os seus.

Não espero clemência de tais olhos. Aos treze anos de idade eu tinha sido treinada a me encolher diante desses olhares impiedosos.

Compreendi que o meu corpo não era feito para ser amado; sendo assim, eu não era uma garota para ser amada. Não era verdade que o meu próprio pai me rejeitara, com um olhar de disfarçada aversão? Quando fiz treze anos, da noite para o dia começaram a brotar tufos de cabelos finos e acastanhados como barbas de milho, nas axilas, e anelados, nas virilhas; minhas pernas esguias e musculosas, desproporcionalmente longas para o meu torso, cobriram-se de uma penugem que, por todos os anos de colégio e enquanto morei com as Kappa, recusara-me a raspar, ao contrário de tantas outras garotas, que faziam tanta questão de raspar-se. Quando eu suava, o meu cheiro era picante e rançoso; havia algum mistério a esse respeito, algo que me dava satisfação; agradava-me o fato de poder me transformar num pequeno animal matreiro, como uma raposa, e com um cheiro animal. Depois que deixei Strykersville e aprendi o que significava viver sozinha, sem família para me definir, entre milhares de estranhos que nem sequer conheciam o meu nome ou o meu rosto, muito menos onde eu morava e de quem era filha, ou quem eram meus avós, cheguei a pensar em meu corpo como sendo invisível; um corpo para esconder-se sob as roupas; um corpo que estava continuamente se encolhendo para não ser *visto*, *definido*; um corpo do qual os meus irmãos e os outros homens não podiam zombar, já que não o podiam ver; um corpo do qual, assim eu acreditava, os grandes filósofos machos mortos que eu reverenciava não desviariam os rostos, enojados. Um corpo a serviço da Mente.

Impulsivamente, cortei os meus cabelos quando completei os dezoito anos. No verão que se seguiu à formatura do colégio e ao meu discurso, como oradora da turma, na semana em que o meu pai, que acabara de voltar para casa depois de anos ausente, partiu de novo abruptamente, com a vaga promessa de "manter contato". Os meus cabelos eram espessos, com fios grossos e com tendência para ficarem emaranhados; tinham virado pêlos de algum animal, algo como uma juba; um castanho-pardo, avivado aqui e ali por mechas mais claras e castanho-avermelhadas; pesados e inertes eles tensionavam a minha alma; quando tentava penteá-los, meus olhos enchiam-se de lágrimas de irritação; quando tentava escová-los, a escova saltava das minhas mãos e caía com estardalhaço no chão. Na rua, os homens olhavam para os meus cabelos; os garotos olhavam para os meus cabelos; as mulheres e as garotas olhavam para os meus cabelos; eu me sentia vaidosa por conta dos meus cabelos; ao mesmo tempo, sentia-me profundamente envergonhada deles, e, num dia úmido e quente de verão, peguei a grande tesoura da minha avó, usada para cortar tecidos grossos, como feltros, corri para o meu quarto e comecei a cortar; lentamente, a princípio, e depois com crescente entusiasmo, quase com maldosa satisfação clique! clique! por pouco não ferindo minhas orelhas, e, a cada ávido clique! da tesoura, eu me sentia mais leve, mais livre. A cada ávido clique! eu ria, bem alto, como uma criança rebelde. Joguei fora os cabelos cortados. Sem nenhum remorso, jurei que nunca mais carregaria aquele fardo.

Aconteceu que tive de assistir ao funeral do meu avô, alguns dias mais tarde. Ele estava dirigindo um trator debaixo de um sol quentíssimo e desmaiou, sofrendo um ataque cardíaco; morreu quase instantaneamente; a família sentiu mais choque do que pesar; ele e a minha avó já estavam emocionalmente afastados havia algum tempo, se bem que, é claro, continuassem a viver juntos e mesmo a compartilhar a mesma cama; a reação da minha avó em relação a mim, ao meu estabanado corte de cabelo, numa ocasião como aquela, em que teríamos de aparecer em público e todos nos veriam e comentariam a nosso respeito foi *Bem a sua cara.*

O funeral foi realizado na igreja luterana. Meus avós, particularmente a minha avó, haviam começado a freqüentar os serviços, na igreja; ela era uma estóica com uma visão não sentimental da vida, e sem dúvida da morte; contudo, queria "ser" uma cristã, como as suas vizinhas; como a maioria dos americanos; além de ser uma cristã, você tinha que "ser" de alguma denominação, e a igreja luterana era a escolha mais lógica para aqueles descendentes de alemães. E havia o fato de a sua nora Ida ter sido sepultada no adro da igreja, com a vaga promessa de que o restante de nós seguiria o mesmo caminho. Fizeram-me usar preto; um vestido de náilon preto encaroçado, emprestado de uma tia; era demasiado grande para mim, o que combinava comigo; um rosto de fedelho taciturno que podia ter treze, mas não dezoito anos; assustada pelo que tinha acontecido ao meu avô, e não querendo pensar a respeito; não querendo pensar sobre a morte, sobre morrer; não querendo pensar sobre o sepultamento, num túmulo situado próximo ao de Ida, num cemitério que era apenas um descampado, um lugar mais apropriado a relva alta e ervas daninhas. As minhas parentas femininas olhavam para mim consternadas. *Nossa, como você pôde! O seu cabelo.* A tia que havia me emprestado o vestido disse *Pelo menos pode me deixar dar uma aparadinha nele?* Eu me afastei, gélida. Não estava disposta a me defender. Os meus irmãos olhavam para mim dando de ombros. Isso somente confirmava o que já suspeitavam de mim: Eu era esquisita, um monstro. E ir para a universidade só iria me fazer piorar. Até que, na saída do cemitério, meu irmão Hendrick cutucou-me de leve e disse a meia-voz, quase com admiração *Você!... você é capaz de qualquer coisa. Agora você está feia de verdade, mas isso deve fazer você se sentir a maior, não é?*

6

VERNOR MATHEIUS.

Quantas vezes, em transe, naquele inverno escrevendo VERNOR MATHEIUS VERNOR MATHEIUS nas folhas de um caderno de notas, numa tinta azul tão escura quanto a meia-noite. VERNOR MATHEIUS riscado com a unha do dedo em minha carne, o delicado lado interno do antebraço, a palma da mão. VERNOR MATHEIUS o mero som das sílabas, como uma melodia ouvida à distância, imediatamente memorizada, se não entendida. VERNOR MATHEIUS VERNOR MATHEIUS dito numa voz interior na presença de outros, mesmo comigo sorrindo, assentindo de cabeça, falando normalmente com outros, que não teriam idéia do quanto eu me encontrava distraída, tão indiferente a eles quanto a mim mesma. VERNOR MATHEIUS: que nome tão estranho e maravilhoso! um belíssimo nome! um nome como nenhum outro! VERNOR MATHEIUS como um daqueles nomes enigmáticos num conto de fadas, em que a gente tem de adivinhar o nome, ou o que ele possa significar, para salvar a sua vida; para tornar a jovem princesa boazinha em sua noiva.

Não tive a coragem de perguntar aos outros na nossa classe de ética sobre ele. O falante e polêmico estudante de pós-graduação do fundo da sala de aula. Era evidente que ele era uma "personalidade" — todos o conheciam ou sabiam dele. Eu temia que estranhos percebessem o meu interesse por ele. Daí, sorririam em minha direção *Está vendo aquela garota? Ela tem feito perguntas sobre você.*

Agora, quando nosso professor pronunciava o nome dele...

— "Senhor Matheius?"

... eu o escutei perfeitamente. Não posso entender como antes não conseguia entendê-lo.

Procurei o nome num catálogo da universidade, e foi assim que descobri o endereço na rua Chambers. *Nunca cometeria a imprudência de fazer uma visita àquele endereço. Disse para mim mesma.*

7

Foi numa manhã de março a primeira vez em que me atrevi a falar com Vernor Matheius. Sem convite, sem boas-vindas, todavia incapaz de resistir, eu penetrei na vida de um estranho.
Você é capaz de qualquer coisa. Isso havia se tornado uma profecia, um encorajamento, e não um insulto.
Naquela ocasião, eu já tinha visitado a rua Chambers não uma vez, mas várias. Já tinha me aventurado a entrar no vestíbulo para examinar as caixas de correio, contemplava as suas janelas nos fundos do prédio. Não sentia vergonha assim como não tinha esperanças. Porque não me parecia provável na ocasião que eu um dia pudesse entrar em contato com Vernor Matheius; a mim bastava simplesmente contemplá-lo à distância.
No entanto, troquei de lugar na sala de aula. Passei a me sentar mais perto do fundo, numa posição tal que me facilitasse virar a cabeça e, sem obstáculos, observá-lo, ou olhar em sua direção; quando ele falava, muitos na classe se viravam para ele, e eu era um destes; não acreditava que estivesse chamando a atenção para mim; eu não era uma colegialzinha apaixonada.
Naquela manhã, subindo três lances de escada e entrando na cavernosa sala de aula já sem fôlego, mas esperançosa; vários minutos antes de o professor chegar e de a aula começar; tive a impressão de estar entrando num redemoinho, um espaço traiçoei-

ro; um espaço de vertiginoso desconforto, como na sala de estar de uma casa maluca, de parque de diversões, com piso inclinado, ou girando até ficar de cabeça para baixo; porque e se ele já tivesse chegado, e me olhasse de relance, casualmente, as lentes dos seus óculos cintilando como faíscas? (Pois era assim que cintilavam na minha imaginação.) Na maioria das manhãs, Vernor Matheius não chegava tão cedo na sala de aula. Eu havia cronometrado a minha chegada para preceder a dele, de modo que pudesse ocupar o meu novo e estratégico lugar no extremo de uma fileira na ala central; a sala de aula tinha se tornado para mim, da noite para o dia, numa experiência emocional, e não mais intelectual. Eu me sentia como uma garota prestes a mergulhar do alto de um trampolim na YWCA — a Associação de Moças Cristãs — de Strykersville; eu queria mergulhar, tinha a intenção de mergulhar, emocionava-me com a perspectiva de mergulhar, porém, ao mesmo tempo, tinha medo; quando me encaminhava para a borda do trampolim, posicionando os braços e a cabeça, curvando os joelhos, ouviria uma vozinha insidiosa *Não! Você vai se arrepender.* Mas, no alto do trampolim, não se pode mais voltar atrás.

Havia talvez uns quarenta estudantes na aula de ética, concentrados nas fileiras da frente e espalhados nos demais lugares. Vernor Matheius sentava-se isolado, na última fileira, abaixo do relógio de parede. Pode ter sido acidental que ele se sentasse abaixo do relógio de parede. Não era um lugar em que outros gostariam de se sentar, para poderem controlar a hora. Era um desses velhos relógios, típicos em instituições, e fora de moda, com numerais lisos e negros, ponteiros das horas e dos minutos pretos, e um ponteiro vermelho marcando os segundos, movendo-se contra uma face branca lunar. Quando criança, eu olhava com interesse para relógios como esses, nas paredes das salas de aula. O movimento inexorável, sempre adiante, do tempo. A batida do meu coração. De todos os corações na sala de aula. Interligados pela mortalidade. E agora, vendo Vernor Matheius, eu estava vendo também o relógio.

O rosto de Vernor Matheius. Dissimuladamente e de esguelha, contemplei aquele rosto. Para mim, era tão belo quanto uma escultura em mogno; se bem que ele pudesse ser visto, na crueza de outros olhos, como feio. Não era um rosto acolhedor. Era um rosto sulcado e até mutilado pela reflexão. Pensar é um ato físico, muscular. Pensar é um ato de paixão. Era um rosto que, ainda que tecnicamente jovem, pertencia a um homem de pouco mais de trinta anos que jamais fora um jovem. Uma máscara. Um nariz achatado e largo, narinas profundas como se fossem buracos perfurados na carne. Uma cabeça que parecia grande demais para os seus ombros estreitos e algo arriados. Olhos escondidos atrás dos óculos de estudioso, a não ser que abruptamente os removesse para coçar o dorso do nariz com o polegar e o indicador da sua mão direita. Meu coração se constrangia, vendo Vernor Matheius sem os seus óculos. O seu rosto tão subitamente despido, exposto.

Negro. "Negro." Uma palavra, um termo, que veio a me fascinar, também.

As feições de Vernor Matheius eram "negróides", e Vernor Matheius era, se alguém for compelido a categorizar o homem grosseiramente em termos obtusamente raciais ou racistas, "negro". Pois a sua pele tinha a cor de terra umedecida; algumas vezes fosca e sem lustro; outras, rica e lisa com algo ardendo em seu interior; uma pele marrom em tom acobreado; pele que, assim eu imaginava, deveria ser quente ao tato. (Diferente da minha pele pálida, com rachaduras no inverno, que me parecia tão fria, as pontas dos dedos freqüentemente geladas.) Os cabelos de Vernor Matheius eram de negro, sem margem para dúvida: escuro, algo oleoso, enroscado como chumaços de lã, cortados quase rentes ao couro cabeludo, tornando sua cabeça, que me parecia maravilhosa, rija, resoluta, uma obra de arte.

Porque eu tinha sido atraída para ele por sua voz, sua linguagem, sua inteligência óbvia, a raça de Vernor Matheius não era para mim a sua característica predominante. Suponho que, se o tivesse visto previamente no Salão dos Idiomas, ou no campus, ou na cidade, meus olhos teriam passado por ele imperceptivelmente e o meu cérebro o teria categorizado como *negro*; mas agora o fato de ele pertencer à raça negra (se "raça" é um fato) deixou de ser tão marcante para mim quanto suas outras características. Ao contrário, essas características eram importantes porque pertenciam a Vernor Matheius. Posso até mesmo ter pensado, com a lógica primitiva de alguém tão profunda e tão recentemente apaixonada que os seus poderes racionais tenham se enfraquecido, que Vernor Matheius tivesse escolhido as suas características. Nesse caso, elas eram notáveis e valiosas não por elas mesmas, mas por ele as ter escolhido.

Na filosofia, somos treinados a distinguir o essencial do acidental; em nossas personalidades, acredita-se que há características essenciais e características acidentais; entretanto, tão poderosa era a presença de Vernor Matheius, única na minha experiência, que não parecia poder haver qualquer coisa acidental nele, como acontece na maioria das pessoas. (A minha própria vida me parecia uma seqüência de acasos.) Eu não teria isolado sua *negritude* de qualquer outra das suas características. É verdade, era um fato do seu ser, a primeira coisa que me saltaria aos olhos, mas não era um fato definidor ou definitivo.

Não mais do que eu ser uma *garota branca*, uma *caucasiana*. O que isso significa?

Se Vernor Matheius era negro, e não houvesse nada de acidental na sua personalidade, então de algum modo ele teria escolhido a negritude. Como eu não tinha escolhido a cor da minha pele, nem nada em minha vida.

Eu acreditava nisso! Porque já idolatrava o homem, que era tudo o que eu jamais seria, nem imaginaria poder ser.

Vernor Matheius e o professor estavam tendo uma das suas animadas discussões. Dava para ver que o professor se sentia lisonjeado pela atenção desse jovem brilhante; ao mesmo tempo, o professor acautelava-se para não ser sobrepujado, como um homem de meia-idade jogando tênis com outro, quarenta anos mais novo. Eles estavam discutindo sobre "idealismo"; que, em termos filosóficos, difere consideravelmente do uso comum; "idealismo" *vs.* "realismo"; o idealismo sutilmente atribuído a Immanuel Kant em contraste com o realismo menos sutilmente atribuído a Platão. O professor enunciou X, e Vernor Matheius imediatamente rebateu com Y; não imprudentemente, se bem que quase; com uma delicadeza de tato que trazia desconforto ao professor, e provocava um certo surto de risadas na sala. O professor recuou visivelmente; percebera o seu equívoco; a sua autoridade tinha sido desafiada, mesmo que apenas por brincadeira; ele havia capitulado dessa autoridade, mesmo que apenas por um momento; teria de brandir de novo sua autoridade, ou perderia o respeito da turma; ou assim lhe parecia, à sua estremecida vaidade. Ele tinha o rosto avermelhado, a pele flácida como se tivesse perdido peso muito rapidamente; o seu cabelo castanho-grisalho repartido para o lado esquerdo da cabeça e escovado para se colar, umidamente, ao crânio. No departamento de filosofia, que era um dos mais fortes departamentos na faculdade de artes liberais, era o professor mais respeitado; tinha um altíssimo título, concedido pela Universidade de Edimburgo, seus livros eram publicados pelos mais relevantes editores universitários, ele fazia resenhas para o *Times Literary Supplement*. (Uma publicação inglesa que a sra. Thayer não assinava.) Mesmo os seus cursos para estudantes de graduação eram freqüentados pelos de pós-graduação. No entanto, sentiu a ferroada sagaz do irreverente Vernor Matheius, e replicou fria e laconicamente...

— Senhor Matheius! Seus sofismas já perderam a graça.

Assim, o indulgente pai finalmente repreende o filho favorito, revelando que, talvez, o filho favorito afinal de contas não fosse tão favorito.

Eu vi mágoa e humilhação no rosto de Vernor Matheius. Eu o vi fechar o rosto, como bem poderia ter cerrado os punhos. Num repentino e duro gesto, ele deslizou os óculos sobre o dorso do nariz, relaxou a postura no seu assento e esticou para fora o lábio inferior. Por sinal um lábio gordo, carnudo. Sua pele era tão escura, tão sem brilho ou lustro, que seria impossível imaginá-la escurecendo mais ainda com um afluxo repentino de sangue quente. Fez-se um momento de silêncio sofrido antes que Vernor Matheius polidamente murmurasse:

— Sinto muito, senhor.

O resto da classe fitou-o com superioridade, emocionada e vingada.

Até mesmo eu, apaixonada por Vernor Matheius, senti aquela emoção mesquinha, vil.

Pensando *Ele foi atingido fundo no coração. Ele, também!*

Foi como se eu, uma testemunha íntima, tivesse tomado parte no ato de feri-lo.

Terminada a aula, me vi pondo-me de pé, na ala ao lado da fileira de bancos de Vernor Matheius, no instante em que, alto e magricela, de ombros arriados, assobiando baixo uma melodia, num tom apenas sutil de escárnio, Vernor Matheius se aproximava. Ele não me viu. Não podia ter me visto. Parecia distraído, indiferente a todos os estudantes de graduação da sala. Eu queria — o quê? — oferecer palavras de simpatia e comiseração. Mesmo sabendo (certamente que eu sabia) que Vernor Matheius não queria palavras de simpatia e comiseração; de ninguém, e certamente não de mim. Houve um rugido em meus ouvidos. O assoalho de madeira maciça cedeu um pouco. Claro que eu não ousaria pronunciar o nome dele. "Vernor." Eu não tinha direito àquele nome, eu não devia conhecer aquele nome. Por um momento, olhando-o fixamente, não pude dizer absolutamente nada. A presença física do homem me confundia; sua altura; ele era pelo menos uma cabeça mais alto do que eu, assomando sobre mim; um calor pulsante e poderoso exalava-se dele, como se estivesse suando, por debaixo das roupas; sua pele escura e borbulhando de sangue; de perto, sua pele era mais escura e grossa do que eu imaginara. Por detrás das lentes manchadas dos seus óculos de aros de metal, seus olhos eram úmidos e brilhantes. Ele usava uma camisa branca e até uma gravata, ambas amarrotadas, não limpas; com um ar de taciturna dignidade, encolhia os ombros em sua volumosa jaqueta de pele de carneiro e, com um rápido e destro movimento, enrolou o cachecol de lã vermelha em torno do pescoço; como se, em sua fúria, quisesse estrangular a si mesmo; os seus dedos notavelmente longos, as suas mãos um tanto estreitas, as palmas das mãos curiosamente rosa-pálido como se fossem macias, mesmo tenras, ao tato. Percebi que tudo o que ele queria era fugir da sala de aula, a última coisa de que gostaria seria conversar com alguém que tivesse testemunhado a sua humilhação pública, no entanto, eu seguia ao seu lado, enquanto ele avançava pela ala entre os assentos, e gaguejava palavras que tinham intenção de consolar; para meu espanto, vi minha mão timidamente se estender para alcançar a dele — a mão *dele*; porém, no último momento, só me atrevi a tocar o punho sujo de seu casaco; se eu tivesse ousado tocar-lhe a pele, ele poderia ter afastado a minha mão por pura reação nervosa; e durante o tempo todo, enquanto eu estava sorrindo, tentando sorrir, um horripilante sorriso fixo na ânsia aterrorizada, buscando a própria origem do terror para pedir alívio, proteção. *Eu posso amar você, eu sou a única que pode amar você. Quem sou eu, exceto aquela cuja única identidade é a de poder amar você?*

Vernor Matheius estava me olhando atentamente. Era como se tivesse escutado, não o meu hesitante e insípido discurso, minhas palavras bem-intencionadas, imitação de gestos de comiseração dirigidos a mim por mulheres ou garotas com a intenção de me consolar por todas as mágoas e privações, mas aos meus desesperados pensamentos. *Eu, eu posso amar você!* Ele tinha visto, não sentido, o roçar dos meus dedos na sua manga; e o quanto estive perto de tocá-lo. Bruscamente ele disse "Sim? O quê?", ainda com os olhos fixos em mim, como se eu o estivesse abordando atrevidamente; no entanto, ao mesmo tempo, estava girando sobre os calcanhares para escapar; rudemente, sem me dar tempo de responder, se é que eu teria o que responder; ele subiu, absorto, os degraus para a saída dos fundos e desapareceu.

Mesmo assim, eu fiz alguma coisa, toquei você. E agora você já me conhece.

Naquela manhã, ao contrário da maioria das manhãs, eu não segui Vernor Matheius para fora do edifício e através do pátio quadrangular coberto de neve; eu não o segui, fosse como fosse; atordoada, numa espécie de delírio, desci os degraus para o primeiro andar do Salão dos Idiomas: os corredores, os degraus estavam apinhados a essa hora, pouco antes das onze; eu me refugiei no anonimato. *Agora você sabe quem eu sou, a conexão já foi feita.* Eu não podia acreditar na minha afoiteza, na minha ousadia, eu não podia acreditar ter feito uma coisa daquelas, e não apenas ter sonhado que a havia feito. Ao meu redor nos degraus estavam colegas de turma, rostos familiares, se bem que não soubéssemos os nomes uns dos outros; com animação infantil comentamos a humilhação do formidável "Sr. Matheius"; mesmo eu, que o adorava, fazia comentários do gênero, sorrindo, sequiosa, não querendo que o assunto fosse abandonado; um rapaz com o rosto anguloso, um sênior no preparatório de direito, disse, sorrindo:

— Esse Math-e-ius... quem ele pensa que é, afinal de contas?

E outro garoto acrescentou com veemência:

— É esquisito um negro se importar tanto... com coisas desse tipo.

Eu não fiz objeções, escutei atentamente, pode até mesmo ter parecido que concordasse. A quem amamos sem esperanças, amamos, também, para trair; qualquer relacionamento é cheio de excitação.

Mesmo escutar o brilhante Vernor Matheius ser chamado de "negro" tão levianamente, tão rudemente... escutar seu nome sendo pronunciado fosse como fosse... era uma excitação.

Eu me vi no subsolo do Salão dos Idiomas, onde havia salas de aula extras, salas pequenas, mal iluminadas e melancólicas; corredores com teto rebaixado e um cheiro fortíssimo, no inverno, de lã molhada, botas de borracha, uma perpétua névoa de fumaça de cigarro. Num canto remoto do subsolo havia um banheiro feminino; usava esse banheiro com freqüência, porque estava sempre vazio; impregnado por um odor doentio de esgotos e desinfetante. Era um local que parecia mais velho do que o antigo edifício que se erguia acima dele, alojado no fundo da terra com apenas uma pequena janela para emitir uma pálida luz. Eu me recordo desse lugar lúgubre tão distintamente quanto qualquer dos outros lugares daqueles anos, e me pergunto se talvez, naqueles meus sonhos que me trituravam a alma e me deixavam, pela manhã, exausta, e no entanto curiosamente ressuscitada como se *Eu houvesse descido aos infernos, aquela região mais opressiva do mundano, e sobrevivi*, sonhava com ele com freqüência. Porque era um lugar no qual se esconder; um lugar onde chorar; um lugar de inexplicável vergonha e melancolia; um lugar no qual usar o sanitário antiquado, e puxar a corrente de descarga que, relutante e sobriamente, liberava água de um tanque acima, enferrujado, para dentro de um bojo ainda mais sujo; um lugar no qual checava, ansiosa, se finalmente minha menstruação tinha "descido" — o que acontecia raramente, porque eu estava com dez quilos abaixo do peso e vivenciava as breves, porém dolorosas, menstruações não mais do que duas ou três vezes ao ano. *Porque eu não era verdadeiramente mulher em determinados aspectos cruciais, e ficava tanto angustiada quanto maldosamente satisfeita com isso.* No espelho salpicado de água acima de uma fileira de pias fiquei chocada com o meu rosto... estava sorrindo? Eu tinha me comportado com Vernor Matheius como nunca antes na minha vida; abordara um homem que não conhecia e ousara tocá-lo; quase tocara nas costas da sua mão, sua pele; eu o forçara a olhar para mim; a me ver; eu falara diretamente a ele; ofereci-lhe palavras de solidariedade ("Ele não falou por mal, falou sem pensar, ele admira muito você. Afinal de contas, não há realmente nada de errado em ser um sofista — Protágoras era um sofista e, na verdade, Sócrates também"), que eram sinceras, profundamente sentidas, embora sem energia; eu agira sem premeditação, ou nada mais do que a premeditação de um instante em que alguém corre para salvar outra pessoa de um perigo.

Quase me pareceu, e pareceria cada vez mais com o decorrer do tempo, que Vernor Matheius tinha de certa forma me atraído para ele, fisicamente; não estava ao meu alcance resistir a ele.

Em atos involuntários como esses, há inocência.

— Agora, você deve deixar tudo como está. Não deve persegui-lo.

Estas palavras eram proferidas em minha voz. Eu estava olhando fixamente para aquele rosto oval e pálido no espelho, um rosto tão feliz! — O rosto neste lado do espelho, meu rosto vivo, doía de felicidade. Eu estava febril, toquei nos meus lábios com as pontas dos dedos, beijei as pontas dos meus dedos, que tinham tocado na manga suja da jaqueta de Vernor Matheius. Nunca mais conseguiria dormir. Eu poderia ter morrido naquele instante, e já me sentia plenamente feliz. Na profundidade interior do espelho subterrâneo, com sua superfície borrifada dos respingos da pia, o chumbo por trás do vidro corroído como lepra: quantas gerações, quantas dezenas de garotas, desde que o edifício fora construído, cem anos antes, tinham penetrado com o olhar em tais profundezas, como eu fiz, olhos fixados, ansiosos, olhos femininos, nossos reflexos reunidos num emaranhado, como no fundo pantanoso de um poço, ou num túmulo comum.

E no entanto eu sorria, sorria — eu *estava* feliz.

8

— Não está me seguindo, está, garota?

A voz, sua voz... não irascível, porém arrogante e provocativa, no momento em que inesperadamente, para o meu embaraço, Vernor Matheius deteve-se na calçada e virou-se abruptamente para mim; não tive tempo de me desviar; eu me imaginara invisível, seguindo-o a discreta distância, algumas vezes andando bem junto a outras pessoas, como se estivesse em sua companhia; eu não o tinha visto sequer olhar de relance para trás, enquanto ele caminhava a passos largos, assobiando; foi assim que o vim seguindo desde a biblioteca da universidade, através do pátio quadrangular e descendo a colina íngreme até College Place, de College Place entrando pela rua Allen, um distrito comercial de restaurantes *fast-food*, livrarias e armazéns, dali até a avenida University e, ao longo da avenida University, até a área do centro médico; claro que eu não estava com pressa de ultrapassar Vernor Matheius, e quando ele diminuía os passos, eu fazia o mesmo; ele deve ter me notado, de alguma forma; ou pressentiu a intensidade de minha concentração sobre ele; a fixidez do meu olhar sobre ele; e agora havia parado no meio-fio, virara-se para mim e, rindo, dissera:

— Não está me seguindo, está, garota? Hein?

Era para ser uma brincadeira; um flerte; no entanto, a brincadeira (claro) era que ele não estava brincando, sabia muito bem que eu o estava seguindo, só não podia ter absoluta certeza, não podia estar cem por cento certo (pois ambos conhecíamos o argumento inquestionável de Hume relativo à casualidade); por outro lado, havia a probabilidade de que eu o estivesse seguindo; por outro lado, também, eu não poderia admitir que estava porque... que vergonha ter de admitir isso! E o que Vernor Matheius teria me respondido? Assim, tive de protestar, como de fato fiz, meu rosto ardendo como se tivesse levado uma bofetada:

— Oh, oh, não... Estou apenas... seguindo o meu caminho.

— E que caminho é esse, exatamente?

Rapidamente eu inventei um destino plausível: o escritório do serviço médico da universidade, que ficava a um quarteirão de distância. Eu tinha de devolver um formulário.

Vernor Matheius, assomando sobre mim, soltou um muxoxo, num arremedo de desapontamento.

— Apenas uma coincidência, então?

— Uma... coincidência.

— Apenas "átomos e o vazio", não é?

Demócrito era um filósofo da antiga Grécia que ficara famoso com um único axioma — *Na realidade nada mais existe além de átomos e o vazio*. Eu não estava certa se ele fora um sofista; era um daqueles que, logo no início da inquirição filosófica, habilmente reduzira os mistérios da existência a frangalhos. Porque assim fazia a filosofia: reduzia a existência a lamentáveis frangalhos, ou a inflava até gigantescas e sufocantes proporções. De uma maneira ou de outra, a existência tornava-se irreconhecível.

Eu ri, sem graça, e não discordei. De certa forma, estávamos caminhando juntos pela avenida University; atravessamos a longa extensão pavimentada e varrida pelo vento quando um sinal luminoso amarelo PARE! acendeu-se.

Eu estava acabrunhada e confusa pela proximidade de Vernor Matheius. Ouvindo a sua voz, a voz, a voz que tinha penetrado tanto a minha consciência, sua voz como um rugido nos meus ouvidos. Sua altura, seus olhos céticos excentricamente estonteantes, seu hábito de sorrir pondo à mostra dentes predatórios, amarelos e desiguais com uma proeminente falha entre os dois da frente. Zombeteiramente pensando *Não pense que eu não seja capaz de enxergar o seu íntimo, garota: a sua pele é transparente.*

Seria o caso de pensar a respeito dessa questão, posteriormente: a rapidez e a irrevogabilidade com que passei da invisibilidade para a visibilidade, considerando que Vernor Matheiùs me enxergara. Como, num momento, eu estava absorta em minha concentração sobre ele; eu era anônima, invisível; e, no momento seguinte, via-me forçada a falar, a agir, a *ser*; forçada a improvisar rapidamente e a mentir, como num jogo de movimentos rápidos e contramovimentos, como *badminton* (no qual, ainda uma garota na escola, eu tinha vencido torneios regionais). Até a maneira de conduzir meu corpo, minhas expressões faciais, o movimento dos meus olhos, minhas mãos, minhas pernas; a maneira pela qual passei a caminhar, precisando me apressar para acompanhar as passadas daquele homem, a maneira como expus meu "eu" — tudo era uma surpresa para mim, uma revelação. Como se um ofuscante holofote subitamente jorrasse sobre mim, e eu não tivesse escolha a não ser interpretar.

Sim, você enxerga o meu íntimo, você me conhece. Isso tudo já deve ter acontecido antes.

Desde a manhã do insulto do professor, Vernor Matheius tinha deixado de comparecer às aulas. Subitamente, irrevogavelmente — desaparecera. No fundo da sala, lá estava a fileira na qual ele se sentava, ali estava a carteira em que, durante semanas, havia se sentado, debaixo do relógio; mas agora ele desaparecera e (eu resignadamente parecia saber) não voltaria; embora eu olhasse de relance para trás, repetidamente, durante a aula, como se fosse um tique nervoso, para checar as horas; porque a hora entre as dez e as onze tornara-se interminável e vazia de significado. Como era tediosa e frustrante a ética européia sem Vernor Matheius para animá-la! — Eu não era a única pessoa que sentira a perda. Mesmo os estudantes que não gostavam de Vernor Matheius lamentavam a sua ausência. E, mais do que todos, era o professor que me parecia entristecido, idoso, lendo as suas anotações, ajustando os óculos e pigarreando; na luz ofuscante proveniente da janela, exibindo em seu rosto a pele irritada pelo vento; como eu, olhando freqüentemente para a carteira vazia debaixo do relógio. Eu olhava de relance para ele, rabiscando anotações no meu caderno. *Está vendo o que você fez, seu velho ridículo. Por pura vaidade.*

Não tive escolha. Tive de fazer um comentário sobre a sua ausência na aula, não teria sido natural, para mim, deixar de fazê-lo; Vernor Matheius encolheu os ombros com indiferença, e disse:

— Eu não estava matriculado, era apenas um ouvinte. Francamente falando, não tinha muito a ganhar ali.

Então eu disse, hesitante:

— Está muito... quieto agora, sem você.

E Vernor Matheius disse:

— Ótimo. Acho que eu era um intruso ali...

E mais do que depressa repliquei:

— Ora... não... de forma alguma.

E ele insistiu:

— Mas é claro que eu era, não era? Ora, vamos. Eu sempre falo demais.

E eu disse, quase veementemente:

— Não. Você faz a aula ficar animada.

Ao escutar isso, Vernor Matheius produziu um som curioso na boca, como se sugasse saliva através dos dentes, um som cômico, debochado, que nunca ouvira antes, mas interpretei como uma expressão de dúvida extrema, e sorrindo de lado para mim, ele disse:

— Então agora está meio morto sem mim?

E eu me vi acuada a um canto pela lógica do seu argumento. Fui forçada a dizer:

— Está.

Vernor Matheius não ia me acompanhar até o serviço médico da universidade, mas o escritório estava na direção (por acaso e coincidência) que ambos seguíamos. Por isso, aconteceu de continuarmos caminhando lado a lado; as pessoas na rua, olhando para nós, podiam nos ter imaginado um casal; um casal inter-racial, como alguns na universidade; não muitos, pois não eram muitos os estudantes não-caucasianos, somente uns poucos. Eu carregava uma sacola e estava atemorizada que ela pudesse bater no flanco de Vernor Matheius; entretanto, não queria passá-la para o outro braço, pois iria remover a barreira entre nós dois; e ele podia interpretar isso mal; ou entender perfeitamente bem. Não estávamos conversando agora; Vernor Matheius tinha recomeçado a assobiar. Já tinha visto algumas vezes em que ele atravessava com passadas largas o campus, abrindo caminho por entre os grupos de estudantes mais lentos, que parecia se separar como moléculas para lhe dar passagem, que ele costumava assobiar; franzindo o cenho e sorrindo para si mesmo, perdido em seus pensamentos, e no entanto os olhos movimentavam-se continuamente, incansáveis — dava para ver que nada lhe escapava. Como o homem era alto, mais de um metro e noventa; como era esguio, feito uma lâmina de faca; sua bela cabeça desproporcionalmente grande para os ombros e o corpo, como se o resto dele tivesse perdido o passo da sua inteligência. Ele tinha uma diminuta protuberância no seu ombro esquerdo, como se fosse um ferimento antigo, e resguardava-se contra a dor; mas nunca se queixou de dor; na verdade, estava sempre animado, assobiando através dos seus lábios, carnudos e protuberantes, de uma cor ameixa-púrpura. Na minha ingenuidade, não me ocorrera fazer a pergunta *Sou um fator causando a felicidade deste homem? Há invariavelmente alguma coisa de sexual na felicidade de um homem?* Puxado bem para baixo sobre a cabeça, um enfarruscado boné de malha azul-marinho com desenhos brancos de riscas emitidas de um centro, como se fosse uma estrela explodindo, e que parecia feito à mão; o cachecol de lã carmim enlaçado ao pescoço, também moderadamente sujo, agitava-se ao vento; o casaco cáqui de pele de carneiro flutuava aberto, o zíper quebrado; suas mãos estavam nuas a uma temperatura de −12 °C — ele tinha perdido as suas luvas. Vernor Matheius era um daqueles estudantes mais velhos, absortos pelo estudo, perpetuamente envolvidos em seus pensamentos, ou movidos por alguma premência misteriosa que lhes tornava impossível cuidar de suas roupas;

suponho que também me viam dessa maneira, pois há muito sou descuidada com o meu "trato pessoal" — "minha aparência" como era chamada — se bem que, então, nas últimas semanas, havia feito um esforço concentrado para melhorar. *Ou como então me tornaria visível para alguém que não tomava conhecimento da minha existência?*

No edifício do serviço médico Vernor Matheius me deu adeus sem diminuir as passadas, nem parar de assobiar; sem ver para onde ia, me virei em direção ao edifício, para cuidar da minha incumbência fictícia; vaguei pelos corredores por cinco, dez minutos antes de me atrever a voltar para a rua; para a luminosidade cinza-perolada de um dia de muito vento, em março; e quando saí, voltando à avenida University, para meu espanto lá estava, de pé, Vernor Matheius, me esperando.

Sorrindo para mim, um sorriso irônico, com seus dentes falhados, ele disse:

— Encontrou o que procurava?

9

COM A IDADE DE DEZOITO ANOS deixei meu lar, Strykersville, Nova York, sem nenhuma idéia de quem eu era ou do que pudesse vir a ser; sabendo apenas quem eu não era, e quem não desejava ser; tudo isso até aquele instante, eu soubera. Em Syracuse, ao acaso, costurara uma personalidade feita de retalhos; como as colchas de minha avó, feitas com retalhos descasados de pano. Ninguém se pergunta sobre a origem dos retalhos, mas apenas sobre o jeito habilidoso com que são agrupados.

Do meu irmão Dietrich (que se tornara um fuzileiro naval assim que saiu do colégio, para depois retornar à fazenda) adotei seu jeito de conduzir-me com dignidade; de minha professora de história, do colégio, sua maneira de fazer comentários, aos outros, sem ser rude (se bem que, na verdade, creio que algumas vezes eu era rude); de uma garota de nome Lynda, que tinha sido a minha melhor amiga no colégio, seu jeito de ser "boa" — "generosa" — sem parecer tola; da filha adulta do ministro luterano, seu jeito de encarar as pessoas com olhos lisonjeiros, bem abertos, e expressando sinceridade, em vez do jeito estreito, velado, tão mais natural em mim; do meu pai, tomei emprestado o hábito do ceticismo e da dúvida, a desconfiança do perdedor em relação a todos que têm mais dinheiro do que ele, ou pelo menos quem aparenta ter mais; ainda do meu pai, um impulso contraditório, pois ele tinha um fraco por jogo de cartas e apostas, o que atesta um imprudente otimismo. A filosofia do jogador é uma só. *Há tão pouca esperança que as coisas dêem certo para você, então por que diabo não apostar tudo de uma vez só?*

Em Syracuse, havia tantos novos modelos para mim. No mínimo, possibilidades.

Os meus mais articulados e persuasivos professores (que eram exclusivamente homens); algumas esparsas residentes em meu dormitório de caloura, conhecidas por mim apenas pelo nome; algumas garotas Kappa que, agora, quando me viam no campus, olhavam como se me atravessassem com sua indisfarçável aversão. (A mais criativa das Kappa tinha espalhado boatos fantasiosos sobre minha "lepra congênita", meu "histórico de mistura racial", meus "repugnantes hábitos de higiene", meu "egoísmo", por não ajudá-las com seus trabalhos acadêmicos, meu "colapso nervoso público" na presença das antigas Kappa. Desses ultrajes, o último foi verdadeiramente imperdoável.) Minha assim chamada personalidade tinha sempre sido um figurino que eu vestia desajeitadamente e removia, com dedos inábeis, perplexos; trocava de acordo com as circunstâncias, como cargas soltas no porão de um navio. Periodicamente, no colégio, eu fazia desesperados esforços para ser "bem-educada" — "normal" — "bem-vista" — "popular". Quando fui eleita para um dos cargos da classe, vice-presidente de minha turma sênior, renunciei em pânico. Eu não seria capaz de explicar que a aparentemente cintilante, boa garota e cidadã que meus colegas haviam eleito para aquele cargo não era eu, mas uma experiência que eu não esperava que fosse bem-sucedida.

As personalidades que eu pude montar nunca duraram muito. Como os acolchoados descuidadamente costurados, eu periodicamente me desfazia. Havia vezes em que o colapso era breve, um surto de exaustão, náusea e insônia que me deixava atordoada, porém expurgada; noutras vezes, e tais vezes iam se tornando mais freqüentes, o colapso era mais sério, envolvendo um período de comportamento maníaco, nervoso, colapso físico — "resfriado", era como costumava chamá-lo, ou aquela doença popular das universitárias, "mononucleose". Eu ficava enfraquecida demais para sair da cama, enfraquecida e abatida demais para ler, escrever ou pensar com coerência; meus intestinos agitavam-se e doíam, sofria de diarréia, apesar de quase não comer; todo o meu apetite para comer desaparecia; meu corpo queimava de febre e minha cabeça doía. Entretanto, havia um curioso alívio nesses colapsos, um prazer doloroso, amargo; pois me via compelida a pensar *Agora você sabe quem é, agora você sabe*. Nítido, simples e belo como ossos brancos brilhando, limpos de toda carne. *Agora você sabe*. Ainda assim, eu vivia aterrorizada de um dia cair completa e irrevogavelmente aos pedaços, sem forças, vontade, propósito e privada da fé para reafirmar-me outra vez.

Nunca duvidei que outros, aqueles outros que eu admirava, fossem sólidos e inteiros, não feitos de retalhos e peças como eu. Nunca duvidei de sua natural superioridade, apesar de eu me achar capaz de emulá-la. No entanto, havia aqueles como eu com quem sentia uma sub-reptícia afinidade. Certa manhã, na aula de ética, já depois de Vernor Matheius tê-la abandonado, o professor estava discorrendo com uma forçada e excessiva energia sobre "o perene problema do Bem e do Mal" — a "tragédia da divisão do homem" — e sobre como grandes pensadores, tais como Agostinho, Spinoza, Kant e Hegel, tinham tratado este "problema"; e veio-me a lembrança — como é vazia, como é hesitante a voz desse homem; o quanto tudo isso importava tão pouco sem Vernor Matheius para replicar. A luminosidade de inverno entrando pela janela alta junto ao pódio do professor caía sobre o homem idoso tão cruelmente que dava a impressão de que a sua pele estava prestes a esfarelar-se, e os seus olhos, que eram bravos e esperançosos, estivessem prestes a se dissolver em água. Eu escutava a voz do homem velho como ele próprio deveria escutá-la, e senti uma onda de confusas emoções por ele, senti piedade: pois o arco de sua vida estava declinando, e mesmo que Vernor Matheius tivesse permanecido em nosso meio, não teria importado tanto.

Para ganhar a atenção de Vernor Matheius entendi que teria que me tornar visível para ele, e "atraente"; teria de me reinventar;

comprei roupas de segunda mão na cidade, escolhendo artigos que eu nunca teria desejado ou ousado usar, se dependesse apenas de mim: um casaco de camurça verde-limão em estilo antigo, apenas ligeiramente gasto nos punhos e nos cotovelos; uma blusa de seda vermelha franzida, de mangas compridas, que parecia uma explosão sobre o meu torso estreito; uma saia de lã escocesa vários números mais larga, feita de um tecido refinado e muito bonito; um vestido liso, e sexy, de linho preto, com um corte em V no pescoço, e com uma bainha desfeita e algo puída. De um caixote de ofertas por três e cinco dólares, fisguei um suéter, um cachecol de tecido transparente, um cinto feito de medalhões prateados interligados. O preço de cada um dos artigos havia sido rebaixado muitas vezes — o casaco de camurça, por exemplo, fora sendo remarcado de noventa e cinco para quarenta e três, depois para dezenove dólares — e era certamente uma pechincha; eram roupas de qualidade, que eu nunca poderia adquirir se fossem novas; na verdade, eu não poderia comprá-las nem mesmo por esses preços de oferta, e precisei pegar dinheiro emprestado com as garotas da minha residência, mesmo estando certa de que jamais poderia pagar a elas — tornei-me afoita, desavergonhada. E os meus cabelos, que tinham crescido desigualmente, agora atingiam a altura dos ombros em uma desmazelada massa de ondas encrespadas que necessitava de cuidados; aparar, modelar, "fazer um penteado": me vi numa manhã de sábado num salão de beleza da vizinhança, gastando doze dólares nos meus cabelos; contemplando maravilhada a garota transformada, no espelho, a esteticista (uma mulher com pesada maquiagem, glamorosa, e aproximadamente da idade que teria a minha mãe se ainda vivesse), disse, feliz:
— Bem melhor, hein?

10

— "Anellia"... um nome estranho. Nunca o escutei antes.

Franzindo a testa, com uma habitual contração cética de seus olhos, Vernor Matheius pronunciou esse nome como se o pusesse em dúvida.

Eu não disse nada, e o momento passou.

Na romântica penumbra daquele café, Vernor Matheius praticamente falou apenas de filosofia. Era sua verdadeira paixão. Talvez fosse sua única paixão. Tal ferocidade de engajamento e concentração me comovia, já que também me sentia assim, ou quase; eu me criei desconfiando de tudo que fosse mera emoção, fugaz e efêmera; o mundo escorregadio, superfícies entrando em colapso; o mundo da fumaça dos cigarros do meu pai, pairando no ar, desaparecendo no teto da velha casa de fazenda dos meus avós; o mundo do tempo marcado pelo relógio. E havia a comoção de uma linguagem em comum. Uma religião em comum. Quase, cheguei a pensar, *como se fôssemos um casal. Amantes.* Vernor era conhecido nesse lugar, e parecia não se importar que seu nome fosse pronunciado com intimidade; batia no meu ouvido como um risco, e maravilhoso, que outros, estranhos para mim, pudessem chamar "Vernor", tão sem-cerimônia, e Vernor Matheius sorriria acenando um cumprimento. Junto a uma parede coberta com finas chapas de flandres com mossas, como se feitas a martelo, e pintadas em uma tonalidade grafite, nos sentamos num reservado com uma mesa de tampo pegajoso; Vernor pediu café para dois — muito forte, preto, um café amargo, com um toque de amêndoa, que eu nunca tinha experimentado; rápida como um tiro no coração, a cafeína fluiu por minhas veias; meu pulso acelerou-se, até mesmo meus globos oculares começaram a pulsar. *Como se. Amantes.* Há muito eu tinha implacavelmente me ensinado que o impulso sexual é impessoal; embora possa parecer assim, não é; o impulso sexual é o impulso da natureza para reproduzir-se, às cegas.

Vernor nada mais me perguntou sobre o meu nome, ou minha história pessoal. Num tom de voz que me pareceu, no meu estado de excitação nervosa, tanto agressivo quanto sedutor, ele me interrogou sobre filosofia, já que lhe parecia estranho que "uma moça como você" fosse atraída para filosofia quando "tão poucas garotas" o são. Declarou que estava interessado especialmente em Aristóteles, Descartes, Leibniz, Spinoza, Wittgenstein e Cassirer. "As leis universais da estrutura e do funcionamento" — que era a única preocupação da espécie humana que valia a pena, na opinião de Vernor. Quando se matriculara pela primeira vez na faculdade, pensava em se tornar professor; no entanto, logo descobriu, para sua decepção, o quanto os cursos eram vazios, insipientes e mortalmente tediosos; ele abandonara a faculdade e entrara para um seminário, na esperança de aprender sobre Deus, o caminho para Deus, e como poderia servir à humanidade no esforço para descobrir Deus, mas não demorou muito percebeu, para a sua ainda maior decepção, que tudo o que existia era um Deus humano, confuso e contraditório — "*Jeová!...Como um pesadelo cômico e coletivo da humanidade*". Assim, retornou para a faculdade e matriculou-se em cursos de humanidades, mas logo descobriu que não tolerava história.

— Por que o que é a "história" senão contingência, uma barafunda de acasos.

E a maioria dos quais sangrentos; a história em sua grande parte são as guerras; um estarrecedor registro da crueldade humana, crueldade instituída pela ignorância, a não ser quando é instituída por uma inteligência malévola; a humanidade não é mais racional do que formigas de diferentes raças, credos e idiomas, incessantemente lutando umas contra as outras pela hegemonia; por meros formigueiros; o que é política senão mesquinharias e agressão, mesmo o atual movimento pelos direitos civis — Vernor proferiu as palavras *movimento pelos direitos civis* com um distanciamento de pura neutralidade, como se fosse uma expressão estrangeira —, era apenas algo que nos afastava da pureza da inquirição filosófica; de descobrir o que *é*.

— Todo ano e todo momento devem ser equiparados a todos os outros — disse Vernor, franzindo a testa, como se estivesse me prevenindo para não interromper e argumentar, pois os filósofos são treinados para argumentar. — As únicas verdades que podem ter importância, que podem *realmente* ter importância, são as verdades que transcendem o tempo.

Como era enfática a voz de Vernor Matheius. Uma voz de sedução, uma voz de protesto. Uma voz de lógica, razão e convicção. Uma voz como uma carícia, que me deixou enfraquecida, segurando a caneca de café entre os dedos. A cabeça grande de Vernor Matheius, o rosto retinto; os seus olhos exibindo crescentes esbranquiçados acima da íris. O odor fermentado, quente, de seu corpo misturava-se ao aroma mais forte do café e espalhava-se por minhas veias, fazendo-me começar a transpirar dentro das minhas roupas vistosas. Eu chegaria atrasada ao meu trabalho na lanchonete. Na verdade, nem sequer iria para a lanchonete. Embora acalentando o pensamento *Eu posso ir embora, posso ficar em pé e ir-me embora a qualquer momento.*

Então, de repente, nos vimos na rua. Os meus olhos piscavam com o frio, lágrimas colavam-se às minhas pestanas. Vernor Matheius estava me conduzindo — para onde? Devemos ter conversado sobre esse onde. Ele deve ter me convidado. Eu devo ter aceitado. Bem junto a mim, ele caminhava, roçando de leve em meu corpo vez por outra. Com que estranha familiaridade seus dedos seguravam o meu casaco de camurça verde pelos cotovelos. Alcançamos a rua Chambers. Descemos a calçada gelada. *Eu sou livre para me virar, para correr. A qualquer momento.* Despropositadamente, eu me lembrei de minha irmã Kappa Chris, como, assim comentavam, tinha sido levada para o andar de cima da fraternidade, bêbada; desejosa e transbordando de amor, é de supor; e o que acontecera lá em cima, quantos homens da fraternidade fizeram sexo com ela, ninguém saberia. A própria Chris não sabia, e não queria saber; ela abandonou a faculdade, partiu. Eu não tinha nenhuma razão para pensar em Chris. *Eu não sou Chris, eu não sou uma Kappa.* Se bem que eu parecesse estar sendo carregada por Vernor, os seus dedos apenas seguravam o meu cotovelo com um tanto de firmeza.

— Annul-ia? É esse o seu nome?

Lá estava, o edifício de estuque de um indefinível matiz de banha de porco. Esse lugar que eu não deveria reconhecer. E, estampado em meu rosto, um sorriso diminuto, fixo; eu estava certa de não ter decidido fazer isso; ainda que não soubesse exatamente o que tinha decidido; com o que havia concordado assim que Vernor Matheius pronunciara o nome "Anellia", no café, olhando-me fixamente por cima do grudento tampo da mesa. *Livre para ir embora, para lhe dar as costas. Para correr.* Enquanto subíamos a escada; a escada que eu não devia conhecer, e parecia não conhecer; a escada dos meus sonhos, de degraus de tábuas, uma escada a céu aberto, protegida das intempéries apenas por seu teto improvisado, os degraus começando a apodrecer, oscilando ligeiramente debaixo de nós. Vernor Matheius estava logo atrás de mim, eu estava logo à sua frente; eu pensei *Ele está me arrebanhando do mesmo jeito que um cão pastor ajunta o rebanho* e o pensamento me fez rir. Vernor estava nervoso, fazendo alguma piada sobre seu "alojamento" — ele era "um homem subterrâneo acima do chão" —, houve a surpresa dos seus dedos gelados envolvendo a minha perna direita bem abaixo do joelho; eram dedos rápidos, fortes, hábeis; tentei afastá-los como se fosse um jogo; mas é claro que era um jogo; nós nos comportávamos como se fosse um jogo, brincando e rindo; eu pensei *Ele não vai me machucar — vai?* Senti cheiro de lixo, cheiro de madeira podre. Abri a minha boca para falar, mas não consegui, as palavras embaralhavam-se. Eu tinha de ir embora, estava atrasada para o meu trabalho na lanchonete, eu não tinha dinheiro, era desesperadamente pobre e jamais seria capaz de pagar as garotas a quem eu devia dinheiro, um total de oitenta e sete dólares e cinqüenta centavos, uma soma que bem poderia ser também dez mil dólares. Eu não podia lhe contar essas coisas, não podia dizer que o amava, mas que estava com medo dele; que nunca estivera com um homem ou garoto numa situação como essa; que eu morria de medo de ficar grávida, "ficar grávida" era um pensamento que me aterrorizava, apesar de eu não ter nenhuma experiência sexual; eu não podia exercer nenhuma vontade contrária à de Vernor Matheius, o aperto brincalhão dos seus dedos no meu joelho; como num sonho em que somos incapazes de exercer qualquer vontade contrária à inescrutável vontade do sonho. Talvez (eu pensei) o que quer que fosse acontecer já tivesse acontecido; na filosofia havia a possibilidade teórica do universo isomórfico, simétrico tanto no espaço como no tempo; um universo estritamente determinado que pudesse correr para diante e para trás; exercer a vontade em tal universo não era possível; ser condenado por nossos atos seria injusto. E assim, naquele momento, lá estava eu subindo as escadas externas do número 1183 da rua Chambers, exatamente como desejara em sonhos; e todavia este não era absolutamente o sonho que havia desejado; estava amedrontada, e sentia náuseas; estava tremendo horrivelmente, como se estivesse congelada; o café puro e amargo do qual havia tomado dois ou três goles agora subia de volta, ácido e bilioso, pela garganta. *Foi o casaco de camurça verde que me trouxe aqui*, eu estava pensando. *É a sorridente garota dos lábios pintados de batom, no espelho*, eu estava pensando. Mordendo os meus lábios para evitar sorrir, pensando *Isto é o que uma garota bonita faz, já é hora de você descobrir. Isto é o que uma garota "desejada" faz, isto é o que é feito com uma garota* desejada.

Vernor Matheius embaralhava-se com as chaves, tentando abrir a porta do apartamento 2D antes que alguém nos visse, e empurrou-me para dentro. Pelo menos dessa vez, sem palavras.

11

*Os limites da minha linguagem
são os limites de meu mundo.*

WITTGENSTEIN

E AGORA, tão sozinha.
Tão sozinha, e tão solitária.
Onde, antes, entrava na lanchonete da residência universitária assim que ela se abria, às sete da manhã, e pegava uma bandeja, e tomava o meu café-da-manhã, e sentava-me sozinha numa mesa perto de uma janela onde poderia ler e sonhar em reclusão, agora, apaixonada por Vernor Matheius, sentia uma solidão tão aguda, o choque físico e o pânico de solidão, que não podia suportar ficar sozinha; ansiosa e desesperadamente buscava a companhia de garotas que mal conhecia, garotas que, antes, desprezava, garotas com uma conversa superficial, afável, com as quais nada tinha (ou assim imaginava) em comum. Era como o pesadelo da irmandade, novamente, em que eu, sem pensar, buscava "irmãs", embora não precisasse da companhia de garotas, mas da companhia de Vernor Matheius, a quem temia nunca mais voltar a ver. Mesmo com outros, em segurança (mesmo que temporariamente) com outros, não conseguia me concentrar neles, porque era em

Vernor Matheius que estava pensando — somente nele; as unhas dos meus dedos cruelmente riscaram *Vernor Matheius Vernor Matheius* na carne tenra do lado interno do meu antebraço.

A minha risada de lanchonete era estridente como moedas jogadas ao chão, a minha voz era estridente. No entanto, assim que minhas "amigas" foram embora, o sorriso morreu nos meus lábios, não um sorriso, mas um espasmo; a faísca maníaca em meus olhos foi extinta como uma luz que fosse apagada. Sozinha, sozinha. Eu me arrastava no vazio como um nadador impelindo-se na água gelada; porque todos os nadadores são solitários nessas regiões tão amarguradas da alma.

Notando alguma coisa em meu rosto, quanta dor, quanta humilhação, quanta esperança desesperada, uma das garotas mais velhas ficou esperando por mim; ficou esperando do lado de fora da lanchonete por mim; com hesitação, ela perguntou:

— Você está com algum problema? Você parece tão — com tato, bondosamente, sem querer intrometer-se — ... tão triste, qualquer coisa assim.

E eu fiquei surpreendida, muito exposta. Explodindo como a chama de um fósforo riscado.

— Não estou nem um pouco triste. Que besteira dizer isso. Estava até rindo, não estava? — repliquei ofendida. Só que, de fato, comecei a chorar.

A garota, alta, de ombros largos, cujo nome não sabia ou por arrogância não me lembrava, colocou-se numa posição que me protegia de olhares curiosos, de estranhos que estivessem me observando. Minhas lágrimas quentes se espalharam pelo rosto; meu nariz escorria: Isso era paixão? Isso era amor... Isso...? Com o ímpeto de uma irmã mais velha, ela perguntou diretamente:

— É por causa de algum cara?

E me chamou pelo meu nome, não "Anellia", porém pelo meu verdadeiro nome, meu nome tão comum, o nome pelo qual eu normalmente era conhecida. Algum *cara*!... como se ela me fizesse cócegas com dedos grosseiros — algum *cara*! A palavra tão na gíria, vulgar, lugar-comum — *cara*! Seria Vernor Matheius, com toda a

sua arrogância, brilhantismo, e todo o seu poder sobre mim, apenas um *cara*? Não tive tempo para absorver um pensamento tão revolucionário, embora tal pensamento pudesse ter me salvado; entendi minha benfeitora como uma inimiga, retraindo-me com aversão, gaguejando:
— Eu... me sinto ofendida com uma pergunta dessas. Não conheço você e você não me conhece... Você não sabe absolutamente nada de mim.
Depois dessa conversa, passei a evitar o salão de refeições. Comia no meu quarto, ou simplesmente não fazia as refeições.

Tão solitária que tinha vontade de morrer. Cessar de existir. Porque ele tinha me rejeitado, repudiado; me mandara embora; ele não me amava, nem mesmo tinha "feito amor" comigo; minha ansiedade tinha se mostrado inútil e desprezível; eu era desprezível; ele me havia mandado embora logo depois que entramos no seu apartamento. Esse era o segredo da minha mágoa em relação ao tal cara.
Quantas lembranças do apartamento de Vernor Matheius, no qual estivera por um período de tempo tão breve, minutos apenas... Prateleiras de livros bem-arrumados; uma cama estreita com uma colcha de veludo cotelê, fina e escura, aparentemente estendida às pressas; um travesseiro achatado com uma fronha branca não muito limpa; janelas sem cortinas, com persianas descascadas e manchadas que eu já tinha visto, pelo lado de fora, da segurança do chão. *E agora, aqui estou eu, dentro do apartamento 2D com Vernor Matheius, como um milagre desses havia acontecido? E se um milagre tivesse acontecido, seria mesmo um milagre, no final das contas?* Sob meus pés, os tacos nus, muito gastos, do assoalho, e havia um pequeno tapete de pêlos, ordinário e manchado, no chão; o tapete tinha uma cor vagamente acinzentada, indistinta, numa tonalidade que lembrava carne mofada; o assoalho era desnivelado, inclinado; como o da velha casa da fazenda abaixo da qual a terra havia se reassentado talvez com indiferença, desdém; uma bola de gude, coloca-

da experimentalmente sobre esse assoalho, rolaria, inevitavelmente, até esbarrar numa parede. Nos fundos, havia um pequeno cômodo com um pequeno balcão, uma pia tão pequena que parecia de brinquedo; um mini-refrigerador sobre o assoalho. O apartamento não tinha ventilação, cheirava a fumaça de cigarro, café, gordura; a odor fermentado de corpo de homem; roupas sujas, roupas de cama também sujas. Diante da sensação de sufocamento, minhas narinas se dilataram como se eu fosse desfalecer; comecei a ficar tonta; talvez eu estivesse entrando em território proibido, chocada com a minha própria audácia. *Isto é o que uma garota "desejada" faz, isto é o que é feito com uma garota "desejada".* Contemplei sorrindo uma escrivaninha que era a peça mais íntegra e deliberada em meio ao mobiliário, comprada aleatoriamente, de segunda mão; tinha em torno de si uma aura, algo sagrada, daquilo que não-deve-ser-tocado, como um altar, e ao seu lado, na parede, uma estatueta de Sócrates, como uma cabeça esculpida com olhos cegos exoftálmicos, e outra, de um homem impassível, com uma peruca, que achei que fosse Descartes. A própria escrivaninha exsudava impassividade e caráter; totalmente diferente das escrivaninhas estreitas, danificadas, todas uniformemente feitas de alumínio, da universidade; consistia em uma grande peça de madeira assentada sobre arquivos com gavetas, uma escrivaninha de maravilhoso tamanho, considerando qualquer outro móvel do gênero, medindo talvez um metro e meio por um metro e trinta; seus setores podiam ser distinguidos por uma grade invisível de linhas, já que pilhas bem-arrumadas de livros, jornais e papéis estavam colocadas a intervalos regulares, os mais altos atrás e os mais baixos na frente, as lombadas para fora para pronta identificação; havia ainda sobre ela uma tigela de argila cheia de canetas e lápis, borrachas corroídas, uma portátil Olivetti empurrada para trás para dar espaço diretamente diante da cadeira da escrivaninha, sulcos no tampo da escrivaninha marcando as trilhas da máquina ao ser empurrada para a frente e para trás e de trás para a frente novamente. Enfiada na máquina de escrever estava uma folha de papel, na qual um parágrafo curto e comprimido de prosa fora datilografado:

A alegação de que a filosofia é uma batalha contra "o enfeitiçamento da inteligência pela linguagem" & esta própria pretensão postulada na sintaxe & conteúdo & contornos da linguagem...

... que eu mais tarde identificaria como uma discussão sobre um ensaio de Ludwig Wittgenstein.

Talvez Vernor Matheius estivesse falando para mim através da pulsação nos meus ouvidos, talvez não; talvez ele estivesse indicando que me ajudaria a despir o meu casaco, talvez não; talvez estivesse atrapalhado com o seu casaco de pele de carneiro, que se avolumava sobre a sua silhueta alta e magra, como uma armadura protetora; talvez não. *Ele vai me tocar agora. Agora, vai acontecer.* Desajeitado, ele estava baixando a cortina da janela, e o tecido puído começou a se rasgar; ele sussurrou um palavrão, bem-humorado — "Merda!". E essa palavra, esse expletivo embotado, impensado e mecânico soou na voz de um outro homem qualquer, não na voz eloqüente de Vernor Matheius. Como se um outro homem, mais lugar-comum, e portanto mais capaz de realizar coisas práticas, não Vernor Matheius, tivesse tomado o seu lugar, xingando a cortina rasgada. No entanto, não o escutei, não exatamente; eu ouvi, porém não identifiquei; meu coração começou a bater mais depressa, enquanto eu, imóvel e de pé, lia e relia o enigmático parágrafo datilografado na folha de papel em branco como se fosse uma mensagem secreta, em código, dizendo, apenas para mim, algo que mesmo o seu autor não havia compreendido completamente. Foi então que me dei conta de estar ouvindo a respiração de Vernor Matheius. Sua respiração semelhante a um resfolegar. O resfolegar de um cão. E farejei a tensão, o medo exalando-se do seu corpo sob a forma de calor.

— Por que você veio aqui comigo?

Uma voz que era dura, áspera; muito masculina; como lixa raspando uma superfície de madeira estilhaçada; uma voz assustada; uma voz desdenhosa; não a voz musical, a voz sedutora da sala de aula; não a voz da lógica, da razão, da convicção, da ironia; não a voz de Vernor Matheius como eu a ouvia nos meus sonhos; porém a voz de um estranho, a voz de um homem qualquer. Eu o fitei, paralisada e atônita; ele estava de cara fechada, franzindo o rosto de modo a elevar os olhos no alto do seu nariz, e as lentes dos seus óculos estavam opacas por causa da luz que refletiam (assim que entramos no quarto, Vernor acendeu a luz do teto e sombras foram lançadas sobre os nossos rostos; como caveiras aterradas, olhamos um para o outro de dentro da escuridão das órbitas de nossos olhos); ele estava dizendo:

— Olhe, Anellia, você não quer fazer isso, e eu também não quero.

Ainda estávamos completamente vestidos; eu ainda não havia começado a desabotoar o casaco de camurça verde, e o volumoso casaco de pele de carneiro de Vernor parecia cobriu seu corpo mais resolutamente do que estivera, na rua. No entanto, ele me tocou, os seus dedos indicadores gentilmente empurrando-me para a porta, e logo ele destrancava a porta e a abria, murmurando:

— ... noutra ocasião, em alguma outra ocasião, Anellia. Até logo...

Sua voz sumiu e então eu me vi do lado de fora, num corredor por onde passava uma corrente de ar e que dava para as escadas; eu estava cega, descendo os degraus de madeira oscilantes que apenas alguns minutos antes uma outra garota, audaciosa, trêmula, tinha subido. Sem saber onde eu estava nem por que; não sabendo se estava profundamente ferida ou se, na verdade, estava aliviada; eu me salvara, como alguém que fosse tirado da correnteza de um rio e posto a salvo, colocado em segurança, estirado, deitado, exausto e aturdido, na margem segura, a salvo. *Ainda não aconteceu.*

12

ELE ME CHAMAVA DE ANELLIA, *ele se lembraria desse nome.*
    Tangida da porta de Vernor Matheius como um cão vadio, e mesmo assim me faltavam forças morais para me afastar dele. Quanto mais ele me afastava com seu desdém — *Você não quer fazer isso* —, mais me sentia atraída por ele. Não conseguia pensar em outra coisa. Não desejava pensar em ninguém mais. Num delírio de desejo, sentindo a raiva impressa pelos dedos dele em meu braço; vendo o seu rosto escurecido pelo sangue, e aquele olhar de exasperada tensão. *Não, você não quer, Anellia, você não quer fazer isso.*
    Ele estava me implorando. Ele estava me ordenando. Estava aprendendo, como também me ensinando. E não a partir de princípios, mas instintivamente.
    Comecei a raciocinar então, com uma certeza lógica: era possível, no sentido de que não era impossível, que Vernor Matheius pudesse algum dia me amar.
    Ou permitir que eu o amasse.

"Anellia" — um nome, um som enigmático, que saltou aos meus lábios como se fosse Vernor Matheius que me nomeasse e não eu mesma.

Porque cada amante que temos nos reinventa, como se nascêssemos de novo. E nos dá um nome novo. O antigo é completamente apagado. É anulado.

O meu nome real era tão comum, ordinário, que passei a detectar ironia no seu som quando pronunciado em voz alta. Desde a infância, tenho dito a mim mesma: *Com outro nome, você passa a ser uma pessoa diferente.*

No entanto, minha preocupação era que, repudiando o meu nome de batismo, aos dezenove anos, eu estava inadvertidamente repudiando a minha mãe Ida. Pois foi Ida quem o dera para mim.

"Anellia"... *um nome estranho. Nunca o escutei antes.*

Ora. Só agora você está me conhecendo.

Não voltei ao número 1183 da rua Chambers. Mais ardilosamente, retornei à lanchonete. Para aquele interior sórdido-romântico, em meio à névoa de fumaça e vapor de café preto, lá fui eu vestindo o casaco de camurça verde com o seu aspecto de glamour frenético e surrado; usei o cachecol transparente que era da cor de pérola opalescente; meus cabelos foram lavados com xampu e penteados com gel; meus lábios finos como fendas, transformados pelo batom carmim; eu não era eu, mas Anellia, atraindo olhares de interesse de estranhos. Anellia parecia ser uma jovem universitária com uma vaidosa curiosidade pelo xadrez.

— Oh, não, eu não jogo! Apenas gosto de olhar quem sabe jogar bem.

Acontece que Vernor Matheius estava jogando xadrez com um químico holandês com quem (deduzi) freqüentemente jogava, na lanchonete, e assim ele poderia me ignorar, se o desejasse, da mesma maneira que eu poderia ignorá-lo. Um rapaz, muito amável para comigo, comprou-me um café, ofereceu-me cigarros; trocamos comentários, em voz baixa, expressando admiração por certos jogadores de xadrez; quando ele mencionou o nome de Vernor Matheius, dissimuladamente perguntei:

— Quem é ele?

Ao que o meu novo amigo respondeu:

— Um doutorando em filosofia, tido como brilhante, mas — e ele fez um gesto vago, algo indecifrável, com seus dedos, para indicar ... o quê? Que Vernor era brilhante demais, ou que apenas era tido como brilhante? Que Vernor era, de certo modo, excêntrico? Ser o único indivíduo de pele escura na maior parte dos ambientes em que circulava, comportar-se como se isso não fosse um fato visível a todos, requer um certo grau de auto-estima e afirmação, o que podia ser confundido com excentricidade. Para o meu novo conhecido, eu disse, como Anellia poderia ter dito, inocentemente, irônica, brincalhona:

— Seja o que for, ele é bonito.

Quase todo mundo na lanchonete estava fumando. Estávamos em plena era dos cigarros. Uma era permeada pela névoa sonhadora dos cigarros. Fotografias ampliadas das heráldicas figuras heróicas do "existencialismo francês" — nossos santos seculares Camus, Sartre e Beauvoir — olhavam para nós de sobre as paredes cobertas de chapas com mossas da lanchonete, por trás de redemoinhos de românticas nuvens de fumaça, cigarros em suas mãos, ou pendendo dos lábios. Eu não conseguia fumar: odiava cigarros; pensar em poluir os meus pulmões, que sabia, com uma certeza fatalista, que deveriam ser mais vulneráveis que os pulmões rijos como couro dos outros, enchia-me de repulsa. Ainda assim, sentia o empuxo do erotismo subliminar ao ato de fumar, admitia seu glamour vulgar, cinematográfico. E lá estava Vernor Matheius acendendo um cigarro, absorvido por um lance do seu oponente no tabuleiro de xadrez; vi a sua testa, enrugando-se, em concentração, os olhos se apertando, a maneira pela qual, negligentemente, o fósforo era sacudido no ar, para se apagar, e jogado no cinzeiro. Vi novamente meu pai fumando os seus infindáveis cigarros; meu pai, amaldiçoado e embriagado, apertando os olhos contra uma luminária de teto da velha casa de fazenda, e rindo-se, como um tolo; ele conseguira bater uma foto de si mesmo nessa estranha pose, programando o obturador da velha câmera Brownie Hawkeye para clicar após contar até três; por que uma pose tão cômica, para quem a foto estava sendo batida? *Seria isso um indício de um homem que eu não chegara a conhecer?*Antes de partir para a faculdade, vasculhei, em segredo, alguns dos suvenires da minha avó, procurando por outros indícios do pai que eu perdera, mas não encontrei absolutamente nada que já não tivesse visto muitas vezes. O que eu queria saber era se Vernor Matheius tinha razão: não temos identidades pessoais porque não possuímos histórias pessoais, tudo o que é "pessoal" deve ser abandonado, deve ser repudiado. Observando Vernor disfarçadamente, percebi que os seus ossos faciais eram mais angulosos, mais impiedosos do que me recordava. Os óculos de menino de escola faiscavam com malevolente inteligência. Novamente senti, num repentino desfalecimento, a força dos seus dedos nos meus braços. *Somente eu, entre todas essas pessoas, fui tocada por ele. Somente eu, intimamente tocada por ele.* Ingenuamente, rezei para Vernor ganhar o seu jogo de xadrez porque, s*e ele ganhar, relanceará os olhos para cima, alegre, feliz consigo mesmo, e então me verá, e sorrirá, e nesse momento Anellia será convidada a participar da sua felicidade*; se ele perdesse, eu parecia adivinhar que, com um sorriso taciturno, iria murmurar algumas palavras para o seu companheiro holandês, iria elogiar o jogo do outro, emitiria um expletivo de desagrado em relação ao seu, e, evitando todos os olhos, simplesmente iria embora. Ele não tomaria conhecimento da presença de Anellia, de modo algum, mas, se tomasse, Anellia seria uma razão a mais para o seu aborrecimento e para a sua fuga. No entanto, Vernor e o seu troncudo oponente eram tão equiparados no xadrez que a partida parecia nunca ter fim; e embora ambos tivessem poucas peças remanescentes, seus movimentos, todos exaustivamente pensados, requeriam muitos minutos de concentração; fui forçada a deixar a lanchonete faltando quinze minutos para as onze. Posteriormente, eu não seria capaz de acreditar que desperdiçara desse modo duas horas e meia da minha vida; desesperadamente, imprudentemente, ficaria perambulando pelos arredores da lanchonete como uma pequena e delgada vela queimando, agonizando, fora de vista e anônima; se ainda se precisasse de uma prova da minha deterioração racional, esta serviria; entretanto, eu me senti desapontada apenas pelo fato de que o jogo terminaria, e poderia ser um final feliz para Vernor Matheius, sem que eu testemunhasse.

— Vernor, boa noite.

Esstas palavras eu ousei sussurrar, apenas numa altura suficiente para que Vernor Matheius ouvisse, se desejasse ouvir, ou ignorar, se desejasse ignorar, e, ao deixar a lanchonete, eu o vi erguer brevemente os olhos, observando-me ir embora, franzindo o cenho, sem sorrir, sem sinal de ter me reconhecido, mas também sem nenhuma expressão de aborrecimento ou de rejeição.

Voltei correndo para a minha residência universitária, sem fôlego e exultante.

Ele não me odeia. Um dia, ele me amará.

O drama contido em tais cenários. Quando os painéis da opacidade do mundo deslizam, abrindo-se inesperadamente, e um sol brilhante, ofuscante, inunda-nos de calor.

Com muita freqüência, na biblioteca da universidade, eu ficava observando Vernor Matheius, a uma discreta distância. Num lugar tão movimentado, a observação de outra pessoa não é absolutamente difícil; não é arriscada, ou pelo menos não muito arriscada; havia muitas e boas justificativas para eu estar perambulando pelo terceiro andar da biblioteca, que era o setor de filosofia, religião e teologia; antes de conhecer Vernor Matheius, passava horas lendo publicações de filosofia num saguão pequeno e apinhado, com uma única mesa, comprida e manchada, e uma meia dúzia de cadeiras normalmente ocupadas por estudantes de pós-graduação em filosofia (dava para reconhecê-los instantaneamente: muitos eram idosos, envelhecidos, com barba, tornando-se grisalhos como se estivessem questionando a verdade havia muito tempo, décadas e séculos; os seus rostos tinham a pele ressecada como o solo em época de seca); nada me emocionava mais do que abrir as páginas de publicações como *Ética, Revista de Metafísica, Resenhas Filosóficas*, até mesmo o *Tomista* me intrigava; se bem que, depois de ter me apaixonado por Vernor Matheius, a sala das publicações passara a ser menos fascinante para mim. Evidentemente, passara a ser uma emocionante proximidade com o próprio Vernor Matheius. E era evidente também que eu sabia onde era a mesa reservada de Vernor Matheius, numa fileira de quinze mesas reservadas para estudantes avançados de pós-graduação; nesse final de tarde crucial, eu vestia um suéter angorá amarelo-pálido e uma saia de tecido escocês pregueada que ficava rodando nos meus quadris, de tão folgada; no entanto (eu argumentava), era muito elegante, o que outros podiam chamar de chique; eu acreditava estar atraente; os espelhos asseguram isso; o meu rosto, algo febril, tinha se transformado no rosto de uma mulher atraente; os meus cabelos não eram lavados com xampu havia vários dias, talvez, mas tomei o cuidado de penteá-lo num estilo provocante como as minhas irmãs Kappa tinham certa vez me ensinado; minha expressão facial, também, estava sutilmente calibrada, pensativa, nem sombriamente piedosa nem irritantemente alegre. Como se uma voz confortante tivesse me assegurado *Você merece ser amada, você não é um palhaço nem uma tola nem uma cavadora de lixo nem uma sem-vergonha oferecendo-se a este homem como se fosse uma prostituta, sem nem mesmo saber como se oferecer.* Fazia treze dias que Vernor Matheius tinha me levado para o seu apartamento, e depois de cinco minutos esmagadores havia me mandado embora. Treze dias de vergonha, de remorso, de mortificação e de esperança; a esperança acovardada de cão chutado que geme de prazer diante da simples presença do seu dono. Treze dias acordando numa cama do tamanho de um caixão, por demais exausta, o coração oprimido, sem coragem para levantar, a não ser quando acordava excitada e em surto maníaco, o coração acelerado. *Ele me fez tão feliz. Por existir, ele me permitiu existir.* Em tal estado de comoção, fui inspirada a escrever: a camada mais externa da minha pele foi arrancada, agora o próprio ar me fere, e me desperta.

Algum dia, os fervorosos sonhos dessa época seriam transcritos em textos de prosa formalista, que seriam então o meu "primeiro livro", totalmente desconhecido, e, então, impensado, como uma galáxia muitos anos-luz distante, nessa época febril.

Abri o meu caminho ao longo da fileira de mesas reservadas. Ali estava a mesa de Vernor Matheius! No entanto, quando Vernor levantou os olhos para mim, não demonstrei que esperava encontrá-lo ali, eu, vestindo minhas roupas chiques, os lábios rosados de batom, não sorri para ele até que sorrisse para mim; um sorriso brotou instantaneamente entre nós, como um fósforo que é aceso.

Sua voz soou baixa, grave:

— Você, Anellia? Que diabo você está fazendo aqui, a esta hora da noite?

Seus olhos, bastante abertos para mim, belos cílios mais largos que o normal, retesavam-se, cintilavam por trás dos óculos de garoto de escola, como se os globos oculares estivessem saltando das órbitas. Obviamente, ele sabia (ou não?) que eu estava procurando por ele, no entanto não me mandou embora, não expressou nenhum sinal de repulsa. Com ansiedade, pensei *Ele ficou com pena de mim, do muito que preciso dele.* Como um dono que, prestes a chutar o seu cão, faz uma pausa, enxergando nos olhos reluzentes do cão a capacidade de amar e sofrer, que supera a vontade do dono de lhe causar dor. Vi que Vernor se deteve na saia plissada de tecido xadrez que fora, no passado, de uma garota americana cujos pais tanto a tinham amado que a cobriam de roupas dispendiosas; vi que Vernor se deteve no suéter angorá, que se ajustava bem nos meus pequenos seios como um suéter de criança, o que talvez tivesse realmente sido, um dia. Meu sorriso feliz *Eu estou aqui! Deixe-me amar você! Não me negue isso! Ou deixarei de existir!* Com uma voz tranqüila, disse a Vernor Matheius que constantemente vinha fazer os meus trabalhos ali, que aquele era o meu lugar favorito na biblioteca, que o descobrira muito cedo ainda no meu ano de caloura.

— Especialmente a sala de publicações. Logo na primeira vez em que entrei lá e vi *a Revista de Metafísica*, acho que foi ela, soube que ali era o meu lugar.

Vernor riu. Ele não tinha motivo para duvidar de mim, porém estava se comportando como se duvidasse de mim. Fechando o livro pesado que estivera lendo, um comentário sobre o *Tractatus Logico-Philosophicus* de Wittgenstein, e colocando-o de lado.

13

— É TARDE. É melhor acompanhar você até em casa. — E acrescentou, como se fosse uma informação: — A sua casa.
— Mas lá não é a "minha" casa, é apenas o lugar onde eu moro.
— Qualquer "casa" é apenas o lugar onde se mora. Esta é a sua essência.
Deixamos a biblioteca juntos. Uma ventania úmida, que ia nos puxando para fora de nós mesmos. Não um vento sentimental. Não um vento de romance. Eu adorava essa ventania, que fazia Vernor Matheius sentir-se o meu protetor. Ao meu lado, ele me observava de esguelha, com alguma espécie de interesse. Se bem que não me tocasse.
Proposições vieram-me à cabeça, meadas de palavras. Comentários que pudessem fazer Vernor sorrir, ou rir. Mas eu não conseguia falar. Meu coração batia com tanta força e rapidez como às vezes batia em meus sonhos.
Eu estivera lendo Wittgenstein. Não há problemas filosóficos, somente incompreensões lingüísticas. Seria mesmo? Se assim fosse, por que escrever tanto sobre o assunto? Eu poderia entender a atração de Vernor por tal filosofia. Espartana, rigorosa. Vanguardisticamente cética. Bem, ora: filósofos devem mesmo ser céticos. (Ninguém mais o é: a massa dos seres humanos é crédula como uma criança gigante, querendo sugar qualquer teta.) Na pre-

sença de um homem como Vernor Matheius, o mais sábio era falar muito pouco. Dava para perceber que Vernor somente seria capaz de amar uma mulher que falasse muito pouco, pois o discurso nos torna vulneráveis, nos expõe. O que Vernor gostava sobre o silêncio era que podia quebrá-lo quando bem desejasse. Como dizendo, depois de uma longa pausa:

— Você é uma garota estranha, Anellia. Mas já sabe disso. Diga-me só uma coisa: O que você quer?

— O que eu quero da... da vida? Ou...

— Não, garota. De mim.

Pronto. Foi dito.

Nenhuma brincadeira entre nós. Nenhum joguinho sexual. Se bem que havia (eu notei, sem poder fazer nada a respeito) a arrogância do corpo do homem, a desenvoltura de seu corpo esguio e cortante como uma lâmina, a inclinação da sua cabeça. Ele começou a assobiar no seu característico jeito desafinado; dava para ver que deve ter sido uma maravilhosa maneira de provocar os mais velhos, na casa da sua família. Assim como, talvez, seu jeito de revirar os olhos. Olhos de negro em grandes órbitas brancas. Havia o boné tricotado à mão, puxado sobre a testa, enrugando a pele. Uma legenda abaixo do seu rosto bem poderia dizer PROCURADO.

Fui tomada de surpresa. No entanto, não poderia demonstrá-lo. Eu examinaria a minha obsessão por este homem como se fosse um problema: uma charada intelectual intrigando a nós dois. Porque éramos estudantes de filosofia, engajados numa inquirição comum, em busca da verdade; rechaçando mitos e subterfúgios, em busca da verdade; e o que é a filosofia senão a incansável e infatigável invenção e "solução" dos problemas? Entendi que Vernor Matheius estava perguntando, francamente: *O que você quer de mim que imagina que eu lhe possa dar, em troca?*

Pelo calendário, era princípio de abril. No entanto, a neve permanecia na terra como tiras de um empelotado colchão de espuma. Andávamos com as cabeças abaixadas, investindo contra o vento; em nosso esforço comum para prosseguir; andávamos sem falar; Vernor Matheius propôs-me uma pergunta que eu não poderia responder com desembaraço; de fato, eu me via impedida de lhe dar uma resposta, qualquer que fosse; o seu assobio tanto era amistoso quanto estabelecia uma distância entre nós dois; o vento passava por nós como pensamentos rolantes. E eu refletia, sorrindo: *Se um fortuito agressor me visse agora, seria forçado a me redefinir.* E se as minhas ex-irmãs Kappa me vissem?

Sem me consultar, sem uma palavra de explicação, Vernor Matheius foi me levando para a rua Allen, para um *pub* chamado Downy's. Mas estaria ele de fato me trazendo para cá? Estaríamos entrando neste *pub* barulhento, apinhado, juntos, como um casal? Vernor Matheius, uma cabeça mais alto do que a diminuta garota branca ao seu lado? No interior fumacento, os olhos se voltaram para nós; foi um inegável desvio de atenção, da parte de certo número de pessoas; um instinto, puro reflexo, e nada pessoal. Claro que Vernor Matheius não tomou o menor conhecimento disso. Estava acostumado a chamar *a atenção*, e talvez a *ser observado*. Estava habituado a ser *visível*.

Com um toque, Vernor Matheius conduziu-me para os fundos do bar. Para dentro de um pequeno reservado num canto. Nas velhas paredes de madeira havia bandeirolas de Syracuse alaranjadas; páginas de jornal emolduradas, SYRACUSE WARRIORS ESMAGAM CORNELL. Nunca tinha estado no Downy's, mas era um *pub* muito apreciado pelas Kappa e, quando Vernor se dirigiu ao balcão do bar para apanhar drinques, notei que estava sendo observada, olhos lançados sobre mim e rapidamente desviados por várias Kappas, na companhia de seus namorados de fraternidades. *Ah, meu Deus. Olhem só. E vejam com quem ela está.* Senti um ímpeto desafiador, vingativo. Elas já sabiam que eu uma má garota, e aqui estava a prova.

Vernor Matheius voltou, finalmente, com duas canecas de cerveja. Ele teve de esperar para ser atendido, mas podia-se ver que o barman estava muito ocupado. Finalmente, trouxe seu pedido. E Vernor retornou ao reservado. Foi a primeira vez que provei cerveja, e pareceu escaldar minha boca. O cheiro desagradavelmente úmido, amargo. Lembrei do meu pai desaparecido. O delicioso veneno que ele parecia ser capaz de extrair do álcool. Vernor

Matheius sorveu um gole e riu, seus dentes brancos, pequenos e grossos, sorrindo, não de mim, mas...

— Este lugar, sabe no que me faz pensar?

Eu sacudi a cabeça, inclinando-me à frente para ouvir. A mesa sob meus cotovelos era feita de tábuas, duas pranchas cruas, o verniz lhes dando um brilho escuro, e cobertas de iniciais entalhadas, frases rabiscadas a tinta, marcas de queimadura de cigarros.

— Schopenhauer. A Vontade. O triunfo da Vontade.

Ele fez um gesto, indicando as pessoas no salão, a névoa de fumaça varada por vozes estridentes e gargalhadas. E eu disse, com um ar de contrição, que não sabia muito sobre Schopenhauer; Vernor Matheius deu de ombros como fosse surpreendê-lo, se eu soubesse; ele era um professor nato, ou um pregador; não havia dito que estudara num seminário; começou a discorrer sobre Schopenhauer e sua "discussão" com os filósofos que acreditavam que o indivíduo não fosse senão o fenômeno, e não a coisa-em-si-mesma; ainda que tivesse de concordar com Schopenhauer que, nas disputas, no sexo, na reprodução, o indivíduo fosse a mais primitiva das espécies...

— ... Refiro-me ao indivíduo sem refinamento.

Aos vinte e quatro anos de idade, foi a filosofia que lhe abriu os olhos: a filosofia que é um "picador de gelo, um escalpelo", a filosofia que é um instrumento cirúrgico para análise, dissecção, debridamento e compreensão. Eu escutava fascinada. Nunca tinha escutado alguém falar assim tão apaixonadamente. E falando comigo. Se já não estivesse apaixonada por Vernor Matheius, teria me apaixonado por ele naquele momento, num intervalo de poucos minutos; estava totalmente entregue a ele; hipnotizada por sua voz; sua inteligência; a pureza da sua convicção, tão impessoal. A voz de Vernor Matheius em meio ao alarido embriagado do *pub*, naquele momento de maior afluência do estabelecimento. Como ele ansiou, me disse, "por uma vida calcada no espírito", pela limpidez do "pensamento puro, resplandescente, destemido" para iluminar a escuridão da história e do tempo...

— "Melhor seria que o mundo se extinguisse do que eu, ou qualquer outro ser humano, permanecer acreditando numa mentira", como disse Bertrand Russell. Mentor de Wittgenstein, no início, e depois seu rival e inimigo.

Quando ele silenciou, não pude pensar numa réplica que valesse a pena; tentei sorrir e não fui bem-sucedida; estava dominada por ele, como um nadador que se aventura no rio sem a consciência da rapidez com que a margem se distancia, nem o quanto são poderosas as correntes submersas. Vernor Matheius notou a minha perplexidade e disse que era uma ironia, não era?, que a ele, com uma formação voltada para se tornar um professor, faltasse a paciência para ensinar, pelo menos a estudantes de graduação; não seria provável que acabasse dando aulas, não se pudesse arranjar outro meio de ganhar a vida; havia o exemplo de Wittgenstein, que trabalhou como jardineiro, durante certo tempo; trabalhar com as mãos é um bom antídoto para o excesso de reflexão; não importando então o grau de pobreza a que se sujeita o indivíduo, ele, Vernor Matheius, estava habituado à pobreza; seus pais tinham morrido havia muito tempo; sua família estava espalhada; ele não tinha nenhuma intenção de se casar e menos ainda de ter uma prole; Vernor declarou que não tinha o menor interesse em perpetuar os seus preciosos genes, nem a espécie *Homo sapiens*.

— Eles podem se virar muito bem sem a contribuição deste sujeito aqui.

Mas foi tão triste, o meu pensamento imediato. Eu disse:
— Ah, eu entendo...

Ele sorriu, por alguma razão, só esperava que não tivesse sido de mim; e eu sorri com ele. Percebi que era um homem que gostava de rir; embora não tendo muitas oportunidades para rir; o estudo profissional da filosofia não inspira risos, nem qualquer estágio de alegria; assim como o cheiro da terra impregnada de morte é excluído da inquirição filosófica sobre a finitude e a morte, também o riso é excluído; era uma evocação sombria, sóbria. Pensei *Eu o ajudarei a rir*. Inspiração motivada pela vertigem do momento. Vários desconfortáveis goles de cerveja. Tentando não engasgar. Sim, eu inspiraria risadas a este homem; eu me recusava a ser uma das mulheres que diminuem, em vez de aumentar, o riso num homem; eu me recusava a ser uma mulher que fizesse de *Ser Mulher* minha vida. Apressei-me a dizer a Vernor o que apenas era verdade: concordava com ele, não queria me casar, não queria ter filhos. (Mas seria isso mesmo? Ida tinha se casado, Ida tivera filhos.) Vernor riu, displicente, dizendo que nunca encontrara uma "mulher" que não fosse maternal.

— Lá, bem no fundo do coração, se fosse possível penetrar nele. Ou seria noutro órgão.

Exaltada, eu disse:

— Há exceções.

— Nenhuma exceção "comprova a regra". Apenas a refuta.

Eu estava ficando para trás em tudo isso. Sorri vagamente, erguendo minha caneca de vidro. Vernor esgotou o restante da sua, e foi comprar outra. Fiquei sentada, me acalentando, ou atordoada, sob o efeito de suas palavras. Ele teria me feito um elogio? Teria feito de mim uma exceção?

Um casal agora. Visto como tal.

Magoou-me recordar que, na casa Kappa, ouvira por acaso minhas irmãs pronunciarem a palavra "crioulo". Não por mal, não com maldade, mas, como algo corriqueiro. Um dos rapazes que trabalhava na casa era negro, ou seja, um "crioulo". Havia categorias de garotas que irmandades cristãs geralmente eliminavam: "crioulas", "judias".

Sendo judia só em parte, eu seria aceita.

E havia Vernor Matheius. *Eu sou quem eu sou, nenhum de vocês pode me pegar numa arapuca com sua linguagem.*

De volta ao nosso reservado, Vernor começou falando de um jeito diferente. Como se, de pé no balcão do bar, tivesse olhado para trás, em minha direção, e não tivesse gostado do que vira. Por que agora estava agressivo, novamente, perguntando outra vez o que eu queria com ele; o que eu pensava que estava fazendo, perseguindo-o...

— Garota, não se sobressalte. Está me perseguindo, sim.

Senti meu rosto pegando fogo; não podia me defender; não poderia dizer que era Vernor Matheius que me atraía para si, não eu, que tinha a tendência a ser atraída. Não poderia dizer *mas eu me apaixonei por sua voz, sua mente, muito antes de ter olhado para você.* Porque isso era ridículo, somente o faria rir de escárnio. Ele me encarava, franzindo o cenho. Dizendo talvez que eu era apenas ingênua? Inexperiente? Confiante demais?

— Há homens que se aproveitariam de você, deve saber disso. Você é uma moça inteligente, Anellia.

Escutei suas palavras, fiquei emocionada ao ouvir o som *Anellia* na voz de Vernor Matheius. Não tive como responder à sua afirmação já que não se tratava de uma afirmação que pudesse ser refutada. Gostei de estar sendo apresentada a mim mesma como um problema a ser solucionado; meu rosto estava quente de tanto constrangimento e prazer; era exatamente como ser provocada por meus irmãos, quando eles não estavam sendo cruéis; simplesmente ser notada era emocionante. No barulhento Downy's soavam risadas felizes e impensadas, pelas quais eu era grata, não se poderia esperar então que eu fosse capaz de levantar a minha voz contra o que ele dissera. Sorri para Vernor Matheius acanhadamente. *Sim, mas eu o amo. Esse é o problema ao qual todos os outros problemas podem ser reduzidos.* Como se tivesse escutado os meus pensamentos, Vernor franziu o cenho novamente; retirou os óculos e limpou as lentes com um lenço de papel; sem os óculos, o seu rosto assomou acima de mim com súbita e surpreendente intimidade; os contornos na pele escura oleosa em volta dos olhos, as órbitas dos olhos um tanto encovadas, os cílios longos como os de uma criança, o exagerado achatamento do nariz que teria sido (eu pensei isso sem saber o que pensava) desfigurante num rosto caucasiano. Quando Vernor Matheius pôs os óculos de volta no rosto, ajustando as hastes de metal atrás das orelhas, a mim pareceu que me olhava com mais atenção, e que me via agora mais distintamente.

Sem uma palavra, ele se levantou. Imediatamente eu o segui.

No atordoamento de não saber o que estava por vir, segui Vernor até a porta, enquanto ele encolhia os ombros no seu casaco de lã de carneiro e puxava o boné de lã sobre a testa. Não me ajudou a colocar o meu casaco. Não por rudeza (tenho certeza), apenas não se deu conta. Já estava na hora de irmos embora, *ergo* já estava na hora de irmos embora. O processo concreto de abrirmos caminho em meio à multidão, até a porta e para fora, era questão secundária.

Contudo, na porta, ele se lembrou de mim; parou para me dar passagem, pela porta, à sua frente; senti de leve os seus dedos sobre os meus ombros; novamente, tive a sensação de que ele estava me tangendo; impaciente comigo; não pensei naquela ocasião *É um gesto de posse, neste lugar público. Mesmo que ninguém tenha observado. Não que Vernor Matheius me queira sexualmente ou de qualquer outra maneira, mas ele quer fazer uma proclamação pública, um gesto de propriedade.* Às nossas costas, senti a rede de olhares de desaprovação e ri, ao me ver no frio da rua; sob um vento úmido, revigorante como um tapa no rosto quando se está um pouco atordoada, tonta. Esperava que Vernor Matheius me dissesse adeus na rua Allen, mas, em vez disso, ele me acompanhou até a minha residência universitária, vários quarteirões adiante, um velho edifício de tijolos tão sem identidade quanto um sapato velho, e nenhuma palavra foi trocada entre nós; não conseguia pensar em nada que valesse a pena ser dito e não ousei dizer coisa alguma; Vernor Matheius parecia ter esgotado o seu estoque de palavras, também; porque há problemas que talvez sejam emaranhados demais para ser solucionados. Diante de Norwood Hall, na iluminada entrada da frente, Vernor Matheius disse:

— Não vou entrar. Direi boa noite aqui. Quero que você saiba, Anellia, que já conhecia você de outra ocasião.

Ele sorriu diante do meu atordoamento. Eu repeti, gaguejando ligeiramente:

— Outra... o-ocasião? Você?

Ele disse, retrocedendo:

— Vi você faz um tempo. Era você. Remexendo o lixo atrás da Padaria Mohawk.

Vernor riu com o meu constrangimento. Quanto tempo tinha esperado para me dizer isso, eu teria de ficar me perguntando. Meu rosto queimava de vergonha. Eu não tinha defesa.

— Espero que você não esteja remexendo lixo também comigo, garota.

Vernor afastou-se. Ele sabia que estava me deixando em total agonia, acompanhando-o com os olhos, enquanto se afastava. Havia garotas, com seus acompanhantes, passando por mim, mas eu não tomava conhecimento deles. Lá se foi Vernor Matheius, com seu casaco de pele de carneiro, vencendo a rua com passadas rápidas, distanciando-se de mim sem olhar para trás, sem se importar de ver o quanto eu o olhava fixamente pelas costas.

Sim, mas eu amo você, nada pode me envergonhar.

14

EU QUERIA SER INDEPENDENTE. Queria ganhar meu dinheiro, já aos catorze anos de idade. Assim, poderia dizer aos meus irmãos que *eu trabalhava, que eu tinha um emprego.* Se meu pai telefonasse e pedisse para falar comigo, contaria a ele sobre o meu *trabalho,* meu *emprego.* Porque o trabalho na fazenda e na casa da minha avó não contava, não me rendia dinheiro, ou o pequeno respeito que se adquire quando se ganha dinheiro. Assim, trabalhei fazendo tarefas domésticas para várias mulheres de Strykersville, abastadas para os padrões locais, exaustivas jornadas, de dia inteiro, arranjadas para mim por uma tia-avó do meu pai, que morava na cidade e que simpatizava com a minha minguada família rural, se bem que se mantendo condescendente; uma das mulheres para quem trabalhei foi a sra. Farley, esposa do médico, um sábado inteiro em junho, já com o colégio fechado para as férias de verão; lá estava eu, passando o aspirador de pó, varrendo, esfregando e limpando os seis quartos de dormir da residência colonial dos Farley, na rua Myrtle; a rua Myrtlet era a rua de maior prestígio de Strykersville; eu nunca tinha estado no interior de nenhuma das casas daquela rua; e agora o meu coração sofria de ressentimento, mas também de admiração e inveja. Havia algumas colegas minhas que moravam nesse bairro, e jamais percebera tão claramente o que pode significar para a alma de uma pessoa morar na rua Myrtle, *como alguém com plenos direitos à rua Myrtle*.

A alma da sra. Farley havia se inflado, por viver na rua Myrtle, como as penas do peito de uma galinha.

Enquanto trabalhava no interior da casa, podia ver o *moço do jardim* dos Farley trabalhando lá fora. Na verdade, ele não era um moço, mas um negro corcunda com cerca de cinqüenta anos, a pele da cor de café como a de Joe Louis; ele tinha algo que se assemelhava ao jeito esquivo e atento de Louis, os braços quase sempre levantados, como se, igual aos boxeadores, praticasse manter sua guarda. Podia vê-lo da cozinha; podia vê-lo das janelas do andar de cima; podia vê-lo da lavanderia; podia vê-lo; da varanda dos fundos; cavando e semeando, nos canteiros de flores da sra. Farley, e nem uma única vez ele me viu; ele nunca olhava para dentro da casa; trabalhava sob o sol completamente absorto nos seus próprios pensamentos, como um homem que sabe que, se acontecer de alguém olhar para ele, não o enxergará. O que se enxerga é o *moço do jardim*.

A sra. Farley era uma patroa irritadiça e vigilante. Tivera problemas com outras faxineiras e teria, já parecia saber, problemas comigo. Ela se preocupava que eu pudesse quebrar uma das suas peças de porcelana Wedgwood, ou uma estatueta Dalton; assustadoramente, me supervisionava, enquanto eu, sentada, suja e entediada, na mesa da sala de jantar, polia a prataria: talheres, castiçais, absurdas pequena tigelas para leite e creme, *heranças de família*, como a sra. Farley as denominava; como ela e a sra. Thayer teriam se dado bem, na sua paixão comum; no entanto, eu não odiava a sra. Farley até que escutei de sua boca aquela expressão, e era a primeira vez que a escutava — *amante-de-negro*. *Ela não disse amante-de-crioulo;* não era uma expressão que uma mulher com suas pretensões teria pronunciado. Em vez disso, preferiu dizer *amante-de-negro*, referindo-se a alguma coisa que fora relatada naquela manhã, pelo rádio; a absolvição de assassinos brancos de um negro na Geórgia, por um júri, todo ele composto de brancos; os protestos de uns poucos líderes da Igreja e políticos, após a absolvição.

Amantes-de-negros eram estes últimos indivíduos, no vocabulário da sra. Farley. Em Strykersville, havia poucos negros; em nosso condado, não havia "agitação social"; próximo, em Buffalo, houve "revoltas raciais" alguns anos antes, após o fim da Segunda Guerra Mundial, porém não houve ameaça de luta racial em Strykersville, e assim a sra. Farley murmurou *amante-de-negro* numa voz algo aturdida, como alguém podia dizer *amante-do-lixo, amante-da-lama*. Eu disse certa vez, no meu jeito de aluna prodígio:

— Os cristãos devem *amar* a todos, não devem, senhora Farley?

A pontada de emoção que senti estava mesclada, na minha lembrança, ao mau cheiro do polidor de prataria e da borracha pegajosa e nauseante: estava misturada à expressão de espanto com que a sra. Farley me encarou, algo sorridente, como se não tivesse certeza de eu estar brincando. Suas faces de bochechas mosqueadas; seus olhos repletos de mágoa; eu esfregava ferozmente uma pequena colher muito enegrecida; e pensava, enquanto a sra. Farley me observava, que bem poderia enfiar o cabo da colher numa rachadura da mesa e vergá-la, ao mesmo tempo estilhaçando a bela mesa de jacarandá; entretanto, não fiz nada nem parecido, nem disse mais nenhuma palavra; talvez a minha coragem tivesse sumido abruptamente. A sra. Farley deixou a sala e, na ocasião seguinte em que nos falamos, foi lacônica, polida e fria; se tentara gostar de mim, pensando ser amistosa com uma pobre garota sem mãe, havia desistido. Eu a tinha ofendido e, muito provavelmente, a tinha assustado. Nunca mais fui contratada para fazer a faxina dos seis quartos de dormir coloniais dos Farley na rua Myrtle por oitenta e cinco centavos a hora.

Isso me deixou satisfeita. Contei tudo para a tia-avó do meu pai. Ela disse, aborrecida comigo, que a sra. Farley andava espalhando o que havia acontecido, em Strykersville, e que ninguém mais ia me chamar para trabalhar em suas casas.

— Ela disse que você era desleixada, descuidada e arrogante. Disse que você era esperta demais e que isso ia lhe trazer problemas.

Era verdade. Eu era mais esperta do que devia, ou do que qualquer outra pessoa deveria ser.

Amante-de-negro, amante-de-crioulo. O epíteto daquela época, assim se acreditava, seria impronunciável, obsceno. Semelhante a *chupador*, que era uma expressão grosseira também, usada exclusivamente por homens em nosso tempo, em nosso meio e na cultura americana ao se referirem a outros homens; homens que pensavam de modo semelhante; homens que se entendiam mutuamente porque eles eram *homens*; e não *chupadores* que podiam ter a aparência de homens, mas que não eram homens. Não se chamava uma mulher de *chupador*, não com esse mesmo sentido, ainda que a prática (eu tinha apenas uma tênue e reprimida noção do que significava essa prática) não fosse limitada a homens. Mas uma mulher poderia ser chamada de *amante-de-crioulo?* Quando muitas mulheres, de fato, amavam *negros?* Não passou despercebido para mim que, na maioria dos casais inter-raciais, a mulher fosse branca e o homem, negro. Era eu agora uma *amante-de-negro*, uma *amante-de-crioulo?* Quando a cor da pele de Vernor Matheius não tinha para mim maior significação do que a cor da camisa que ele usava, ou o vermelho vivo do seu cachecol.

15

ACIMA DO DESFILADEIRO DE Oneida Creek, a pouco mais de um quilômetro e meio do campus da universidade, a noroeste de Auburn Heights, havia uma ponte para pedestres feita de pranchas de madeira. A ponte tinha aproximadamente cento e cinqüenta metros de extensão. A garganta tinha uma profundidade de novecentos metros. Olhar para baixo, para o fundo do despenhadeiro, provocava uma onda de vertigem que parecia se elevar das reentrâncias e das rachaduras da rocha abaixo. A ponte para pedestres era mantida pela cidade e conduzia a uma área agreste no crescente no qual, aproximando-se pelo outro lado da colina por uma alameda, encontrava-se uma torre alta de água. Com freqüência, naquele inverno, quando dispunha de tempo, ia passear por aquela colina, para desanuviar a minha mente; para desanuviar a minha mente de Vernor Matheius; para perder-me num sonho de Vernor Matheius; para reviver em compulsivos detalhes nossas conversas e para ver tudo novamente, mais vividamente, na memória, do que vira ao vivo, cada nuance de expressão no rosto de Vernor Matheius. Eu acordaria de um transe e me veria sobre a ponte, agarrando ambas as balaustradas, olhando fixamente para o leito do riacho lá embaixo. Sempre, sobre a ponte, eu pensava em Vernor Matheius, e sempre, sobre a ponte, pensava em Ida. O que os ligava era um enigma. O que os ligava era a terrível perda, para o mundo, que a morte deles representava: de um, a possibilidade, do outro, um fato. Nas manhãs frias, diáfanas colunas de uma névoa rosada e espiralada se elevavam do riacho, como misteriosas exalações da alguma respiração. Contemplar absorta essas colunas vaporosas era como fixar o vazio. *Entre alguém e ninguém, aí está o infinito.* Assim Nietzsche tinha escrito, ternamente, para Schopenhauer. Era a mais profunda declaração de amor e da possibilidade de perda que eu já conhecera.

Em abril, o riacho congelado começou finalmente a se abrir. Grossas massas de água negra desciam o leito como se fosse uma artéria em convulsão. A artéria era estreita, porém profunda; acima do riacho, debruçando-me na balaustrada, eu não podia determinar em qual direção fluía. Pensei *Eu devia olhar naquela direção. Olhar o futuro.* Se eu despencar daqui, por acidente, gostaria de saber em que direção o meu corpo seria levado.

16

No PRÓPRIO LUGAR *da morte sedutora. Um milagre.*
    Um dia, próximo ao pôr-do-sol, numa brilhante e balsâmica tarde de abril, aleatoriamente pontilhada pela chuva, eu vi, ou acreditei ter visto, Vernor Matheius a curta distância, à minha frente, no caminho empoeirado que desce para a ponte de pedestres de Oneida Creek; me vi inundada de comoção, mas também de medo, porque era por pura casualidade que eu estava ali e, entretanto, se Vernor Matheius me visse, certamente iria pensar que eu o *estava perseguindo* — não iria? E dessa vez eu era inocente (acreditava que fosse inocente). Fazia oito dias que tínhamos estado juntos no Downy's e eu havia prometido a mim mesma que deixaria de perseguir o homem; não o *perseguiria* mais, feito uma colegial apaixonada; ainda que na verdade eu fosse uma colegial apaixonada, incapaz de registrar um só momento em que eu fosse qualquer coisa além de uma colegial apaixonada. Assim como, na agonia da náusea ou no torpor delirante da febre, somos incapazes de nos imaginar em outra condição. Eu havia jurado nunca mais me humilhar, nem aborrecer nem constranger Vernor Matheius — tentando me convencer de que deveria esperar que ele me telefonasse, ou que me procurasse; sabendo, como se fosse uma sentença de morte, que ele nem me telefonaria nem viria me procurar. Bem verdade: eu tinha voltado uma ou duas vezes à lanchonete,

aliviada ao constatar que Vernor Matheius não se encontrava entre os jogadores de xadrez; quase todos os dias eu trabalhava na biblioteca e com freqüência dava-me conta de estar no terceiro andar; mas, como uma cristã ascética recém-convertida renunciando a toda a vida mundana que pudesse proporcionar qualquer prazer, eu me impedia de me aproximar das mesas reservadas aos estudantes de pós-graduação, e ficava sem saber se Vernor Matheius estava ali, na sua mesa reservada, a sétima, a partir da ala divisória; posso ter tido momentos de fraqueza e passado pelo número 1183 da rua Chambers uma ou duas vezes, contudo somente no horário em que Vernor Matheius não poderia estar lá; e eu não parava para observar mais detidamente o edifício, muito menos me punha a vagar pela aléia dos fundos do prédio. Assim, era puramente casual que Vernor Matheius e eu tivéssemos vindo para a garganta na mesma hora: nunca o havia visto por lá, antes, e nunca lhe havia mencionado que costumava visitar o lugar. (Se eu tinha uma vida à parte da minha quase obsessão por Vernor Matheius, nem ele nem eu tínhamos acreditado que valia a pena mencioná-la.) Eu o vi atravessando a ponte; vi os seus lábios se contraindo, num assobio sem melodia; ele estava vestindo um casaco esporte cinza-pedra amarrotado, muito apertado nos ombros, como se tivesse crescido e não coubesse mais dentro dele, e calças marrom-avermelhadas com vinco. Começou a diminuir os passos, como se dando conta de onde estava. Suspenso no ar numa ponte de pedestres balançada pelo vento. Vernor protegeu os olhos: a paisagem prendeu a sua atenção. Para o norte, uma pequena montanha, afloramentos de granito maciço, torcidos, como se para algum propósito misterioso, como dobras no cérebro humano. Vi Vernor Matheius debruçar-se sobre a balaustrada e olhar para baixo; debruçar-se sobre a balaustrada e olhar para baixo; um arrepio de terror me percorreu — *E se ele cair?* Subitamente, me vi amedrontada, e adiantei-me, entrando na ponte. Sabia que poderia ser um erro, ele pensaria que o estava seguindo, mas não pude resistir; disse a mim mesma que apenas passaria por ele, como se não percebesse sua presença (ele estava de costas para mim e assim, sob circunstâncias comuns, eu bem poderia não tê-lo identificado), e talvez ele me notasse, ou talvez não; dessa maneira, nosso encontro foi deixado ao puro acaso. Mas o meu coração batia tanto que deve ter feito estremecer o próprio piso da ponte! *Não vou... não vou dizer coisa alguma. Não vou me anunciar.* O vento nos açoitava sobre a ponte, como por escárnio. Vernor Matheius, bem debruçado sobre a balaustrada, sustentando os aros de metal dos óculos com ambas as mãos, como se preocupado com que pudessem cair, não iria me notar... só que minha sombra deve ter roçado nele e, num reflexo instintivo que faz a pessoa olhar para trás pressentindo alguém ou alguma coisa passando bem junto a ele, sobre uma ponte oscilante a novecentos metros de altura de uma garganta, Vernor Matheius virou a cabeça e deu comigo; vi o seu rosto contrariado, sua testa franzida; pensei inocentemente *Ele não confia no mundo.* Faltou-me a perspicácia para perceber na hora *Ele não confia no mundo branco.* Porém, na intoxicação do momento, nenhum de nós teve tempo para tais revelações: meus olhos cravados nos dele, o reconhecimento brilhou nos dele como a chama de um fósforo que é aceso.

— Anellia. De novo.

Meus cabelos eram esparramados pela ventania. Tentei me forçar a dizer alguma coisa. O olhar duro de Vernor Matheius percorreu a minha cintura, depois passou para os meus quadris, pernas e tornozelos, e elevou-se novamente com naturalidade masculina, parando lentamente nos meus seios e no rosto; como se eu tivesse me postado sobre a ponte, a pouco mais de um metro dele, para ser contemplada. Na minha cintura, estava o cinto de medalhões prateados em cadeia; estava vestindo uma blusa preta e lavanda, de fio de lã com algodão, e suporte abaixo do busto, mangas compridas e pulsos apertados, e uma saia preta e lavanda, de tecido indiano, encrespado, que me caía bem larga, como uma camisola, até o meio da coxa. Eram roupas de segunda mão.

— Eu... costumo vir aqui... às vezes. É tão... — Eu queria dizer *lindo*, mas a palavra óbvia, tão gasta, ficou entalada na minha garganta. Nem sequer consegui explicar *Eu não estava seguindo você, Vernor. Exceto em meus pensamentos. Não pode me culpar, pode?* Ele pareceu atordoado com a minha presença. Era possível que não me odiasse. Entre nós, permanecia a lembrança da última vez em que nos falamos, na calçada em frente a Norwood Hall. Entre nós, a humilhante lembrança de quando Vernor Matheius me vira pela primeira vez.

Remexendo uma lata de lixo.

No entanto, agora, Vernor sorria, sorria, mesmo restando um tanto de reserva e até de reprovação no seu rosto. Estávamos falando sobre o quê? — coisas banais. O meu coração, que até então batia absurdamente, agora começava a se acalmar. Meus pensamentos de morte de apenas alguns minutos antes tinham sumido, como se tivessem sido tangidos pelo vento. *Entre alguém e ninguém, aí está o infinito.*

Pode ter-me ocorrido que em minhas roupas encantadoramente desleixadas, ciganas, eu tinha me tornado *bonita* novamente. Eu seria *desejada*.

Pode ter-me ocorrido que quaisquer que fossem as conseqüências de tais roupas, eu as aceitaria.

Novecentos metros acima da artéria negra e impetuosa das profundezas da rocha, como se suspensa no tempo.

Havia uma sutil porém vital mudança em Vernor Matheius, na sua postura, que era vigorosa, predisposta, mesmo irascível; no timbre da sua voz, que era mais alta do que o usual; na maneira de franzir a testa quase com a mesma rapidez com que falava. Ao meio-dia, haveria uma manifestação por direitos civis na frente da reitoria, que seria denunciada pela imprensa local como obra de "agitadores infiltrados", mas que recebeu extensa e simpática cobertura no *Daily Orange*, o jornal estudantil; no dia tempestuoso de primavera em que um arco-íris fantasmagórico bruxuleou num céu azul lavado pela chuva, as atenções seriam desviadas para vozes amplificadas sobre a relva, vozes perturbadoras onde ordinariamente não soavam vozes; eram vozes que aborreciam alguns estudantes e professores; vozes que emocionavam outros; algumas aulas tinham sido canceladas para que os estudantes pudessem comparecer, mas a maior parte das aulas prosseguiu normalmente; vi ali mais rostos negros do que seria capaz de acreditar que existissem na universidade, e indivíduos que obviamente não eram estudantes, mas organizadores. Eu estava correndo entre uma aula e outra quando escutei os oradores, vozes elevadas interrompidas por aplausos, e por algumas zombarias e apupos. Claro que sabia da existência do ativismo de direitos civis no Sul, da prisão e do martírio de Martin Luther King Jr. e de seus companheiros de militância, durante uma marcha pacífica em Birmingham, Alabama; entretanto, se pressionada, não poderia dizer se o governo dos Estados Unidos estava protegendo os direitos dos manifestantes, ou o direito das autoridades locais, de prendê-los. Duas semanas antes, houve ainda uma demonstração ainda mais bombástica no campus, uma assembléia desordeira de cerca de trinta ativistas do SANE (STOP ALL NUCLEAR EXPERIMENTATION Parem todas as experiências nucleares), piqueteiros que eram todos estudantes mais velhos, brancos, desafiadores e malvestidos; os estudantes de graduação os aparteavam, esbravejando, rapazes das fraternidades arrancaram deles alguns de seus cartazes feitos a mão e os reduziram a pedaços; os manifestantes do SANE foram acusados de ser "comunistas" ou "teleguiados dos comunistas"; a polícia do campus finalmente os dispersou, ameaçando prendê-los. Eu chegara tarde demais; encontrei um cartaz na lama — ACABEM COM A BOMBA PELO AMOR DA HUMANIDADE! — e o teria levado comigo, se não tivesse sido tomado de mim e rasgado. A manifestação pelos direitos civis tinha sido organizada pelo Comitê de Coordenação dos Estudantes Pacifistas e houve uma presença maior, assim como foi tratada com mais respeito; procurei por Vernor Matheius na multidão reunida em frente aos degraus da reitoria, apesar de saber que não o veria por lá, já que tais manifestações públicas não eram compatíveis com as sinuosas maneiras e o estilo mais sereno da filosofia para transformar o mundo. E agora, na ponte para pedestres acima de Oneida Creek, percebi que não devia trazer à baila o assunto. Não devia aludir ao que acontecera, ou ao que ainda estava acontecendo, lá no campus; eu não entendia muito de política contemporânea, muito raramente lia jornais, nunca assistia à televisão; assim como Vernor Matheius, era absorvida pela vida da mente; dessa indiferença, podia ter orgulho; se bem que naquele dia eu teria gostado de carregar um cartaz, entre os manifestantes, em apoio aos direitos civis, já que aquelas pessoas me pareciam admiráveis, corajosas e articuladas, e seus oponentes eram amargurados e feios. Vernor não queria ouvir nada a esse respeito; isso, eu percebi; ele estava se recostando na balaustrada, agora, os braços estendidos; era algo chocante ver esse homem à luz do dia, ao ar livre; sua juventude, sua tensa agudeza, o tênue amarelado dos seus globos oculares; as lentes dos óculos manchadas. Ele estava falando do seu trabalho, um novo problema na sua pesquisa; esperava poder explorar o problema clássico da "prova ontológica" partindo de uma perspectiva puramente lingüística. Estava sob a magia do primeiro Wittgenstein, o dilacerante e revolucionário *Tractatus*...

— É quase banal demais ser seduzido por Wittgenstein. No entanto, é exatamente isso, não há outro como ele.

Cerrei os meus olhos e vi o travesseiro achatado sobre a cama de Vernor Matheius, podia imaginar o seu odor, o cheiro do seu cabelo; não poderia lembrar se de fato vira o travesseiro e a cama ou se Vernor tinha mudado tão rapidamente suas intenções em relação a mim e me tocado para fora de seu apartamento que não chegara a ver coisa alguma, e só podia imaginar. Como era forte agora a vontade de ser abraçada pelos braços de Matheius; de apertar o rosto de encontro à sua garganta. *Não: você não deve. Corre o risco de desagradá-lo.*

Vernon viu-me tremendo e perguntou:

— Está com frio, Anellia?

E eu admiti:

— Sim, estou com frio.

Era verdade: o sol estava coberto pelas nuvens, e próximo de se pôr; era primavera pelo calendário, porém lá, acima da garganta rochosa, o ar era perpassado por um vento que continuava invernal. Vernor Matheius moveu o braço como para me proteger; era um convite para me aconchegar naquele seu braço; entretanto, fiquei paralisada, insegura. Estranhamente, ele perguntou:

— É para isso que você está aqui?

E eu me ouvi responder:

— Sim, é para isso.

E ele disse:

— Este me parece um lugar perigoso. Anellia, você sabe que este é um lugar perigoso?

Ele deu uma espiada para baixo, franzindo o cenho, satisfeito.

Eu disse, debilmente:

— Sim, é perigoso. Já houve pessoas pulando daqui.

Vernor retirou o seu casaco para envolver os meus ombros; este foi o gesto mais íntimo que jamais havia ocorrido entre nós, e eu engoli com dificuldade, com o coração tocado. Por debaixo do casaco, Vernor usava uma de suas camisas brancas de mangas compridas, amarrotada como se a estivesse usando há dias. *Esta é a idéia platônica de uma camisa branca. Esta não é uma camisa real.* Ele não queria uma mulher para lavar, passar a ferro e cozinhar para ele; eu entendia isso, pois, se estivesse no seu lugar, tampouco iria querer uma mulher. No entanto, como agradecia por Vernor Matheius não ser casado: no início, quando o observava repleta de ansiedade por entre as fileiras de desconhecidos, pareceu-me ver, brilhando em sua mão, uma aliança; na verdade, não havia aliança; nem anéis nos seus dedos; Vernor nem mesmo usava relógio, gabando-se de que não era escravo de relógio. Ele dizia...

— Não sou uma pessoa da natureza. Creio que a natureza é superestimada. A natureza é para o que as pessoas se voltam quando o cérebro falha. Mas gosto de vir até aqui, quando tenho tempo. Porque é um lugar perigoso. Gosto da ponte, de olhar por entre as ripas de madeira. Gosto do vento, porque a faz balançar. Já peguei terríveis resfriados aqui. Gosto de estar sozinho aqui, sabendo que existe um instinto em nós que nos atrai para pular sobre uma balaustrada como esta; um instinto para morrer, ao qual nunca vou sucumbir. Gosto da sensação de domínio de não sucumbir e de saber que nunca vou sucumbir. Gosto de saber o que não irei fazer, e o que farei. Se eu quiser fazer.

Eu estava segurando com força as lapelas do casaco que era largo demais para mim; sentia-me dominada pela proximidade de Vernor Matheius, e pela maneira confessional como ele falava. Ele disse:

— Você tem razão, muitas pessoas já pularam desta ponte. E não se fala disso. Porque morrer, especialmente sem nenhum propósito, é contagioso. Todos os anos, um certo número de pessoas "cometerá suicídio", como é chamado, como se preenchessem uma estatística profética, se bem que nada saibam um do outro ou da profecia. Gosto de saber que eu, Vernor Matheius, nunca serei um deles; não me comporto de maneira alguma que possa ser prevista; não é a minha natureza.

Eu mal podia suportar amá-lo, tudo o que pude fazer foi balbuciar:

— Não, V-Vernor, essa não é a sua natureza.

Já me atrevera a chamá-lo "Vernor" antes? Ele me fitou, emoldurou o meu rosto com as suas mãos. Eu era um enigma para ele, e ele não era capaz de determinar se valeria a pena solucionar esse enigma. Nesse momento, alguém entrou na ponte e começou a cruzá-la; podíamos sentir os seus passos, o seu peso; estranhamente, compreendi que essa intrusão não evocaria uma reação em Vernor Matheius, ou melhor, não evocaria uma resposta normal; Vernor Matheius não era alguém que se deixasse afetar pela intrusão acidental de um estranho em sua privacidade. O estranho aproximou-se e passou junto a nós, um homem vestido com um suéter volumoso, que olhou para nós apenas brevemente; Vernor não lhe deu nenhuma atenção, como se ele não existisse; Vernor beijou-me, não nos lábios, que teria sido um beijo quente e úmido, um beijo de desejo ardente e de promessa, porém na testa, logo abaixo dos meus cabelos açoitados pelo vento, onde a minha pele e os seus lábios se retesaram, frios.

— Anellia? Isso também você arranjou no lixo?

17

Não sou um homem de quem qualquer mulher possa depender, não sou um homem que deseje ser amado.

Como não era da natureza de Vernor Matheius a possibilidade de ser previsível, assim também não era da natureza de Vernor Matheius prender-se a qualquer promessa. Até mesmo a mais vaga promessa. Não era da sua natureza enquadrar-se em qualquer rotina, por mais casual. Tal como: encontrar-se com "Anellia", quando a biblioteca fechasse, e passear comigo através do campus, que estaria quase deserto àquela hora; no clima romântico da primavera, quando mesmo a chuva tênue e agradável estava impregnada de renovação. Se bem que algumas vezes segurasse minha mão, minha mão nua, apertando os meus dedos até eu estremecer sem ele notar, falando sobre o seu trabalho, suas idéias; sempre ele estava na beira de uma "novidade", em relação ao problema ontológico, Wittgenstein e a linguagem. No entanto, era incapaz de combinar esses encontros mesmo com um dia de antecedência. Deviam ser acidentais, ou assim parecer. Ele bem poderia telefonar para me convidar para encontrá-lo na lanchonete, mas, se eu não estivesse em casa, não deixaria recado; não deixaria nem mesmo o seu nome. Uma vez ou duas por semana, aparecia na lanchonete para jogar xadrez, mas não havia um padrão de conduta, tampouco. Seus adversários de xadrez não podiam contar com ele. Algumas vezes, avistando-me, perguntavam:

— Vernor vem hoje?

E eu respondia com um sorriso que não tinha a menor idéia.

— Apenas Vernor Matheius sabe onde Vernor Matheius está, e apenas Vernor Matheius sabe para onde Vernor Matheius irá.

No entanto, por casualidade, se nos encontrássemos, Vernor pareceria sinceramente feliz ao me ver; talvez eu tivesse me tornado como a ponte para pedestres, não sendo perigosa, mas com a possibilidade de algo indefinido; ele perguntaria se eu estava "livre" para uma refeição com ele, como se eu não estivesse sempre "livre" para Vernor Matheius; entraríamos num escuro restaurante italiano, próximo do hospital, a mão de Vernor sobre os meus ombros como se eu precisasse de guia; podíamos entrar no Downy's, para sentar num dos reservados dos fundos, na penumbra, sussurrando juntos como um casal qualquer; eu raciocinaria *Se aos olhos dos outros, somos um casal, então é isso que somos.* Exceto na lanchonete, entre os amigos de Vernor, invariavelmente havia pessoas nos observando, curiosas e com olhos hostis; eram olhos de brancos, exclusivamente. *São amantes? Aqueles dois?* Não que não houvesse casais inter-raciais em Syracuse, naquele tempo. Certamente havia. (Se bem que só raramente eu os via.) Entretanto, alguma coisa nos modos de Vernor Matheius era muito ostensiva, provocadora. E talvez eu parecesse muito jovem.

Na maior parte dos dias, não via Vernor. Eram dias bastante definidos: como uma noite de insônia é definida pela ausência de sono, assim esses dias de nulidade, irritadiços, eram definidos pela ausência de Vernor Matheius.

Não avisei você? Não me ame. Nem mesmo tente me entender.

Porque isso não é possível. Conhecendo-me.

Porque identidade está em nosso íntimo. O ser de um homem está no seu íntimo, onde nenhum de vocês pode medi-lo.

18

*A sensualidade, com freqüência,
cresce rápida demais para que o amor
a acompanhe. Então, as raízes do amor
permanecem frágeis e são facilmente partidas.*

NIETZSHE, *Aforismos*

NO ENTANTO, estávamos atravessando uma rua da cidade certa noite, as mãos dadas de um modo brincalhão, e um carro dançando na pista de rolamento, cheio de garotos embriagados, não estudantes universitários, mas jovens brancos do lugar, ao nos verem, gritaram, provocando:

— *Crioulo! Cri-olo! Puta de crioulo!*

Deram uma guinada, vindo em nossa direção; um raivoso toque da buzina, latas de cerveja voando sobre nós, borrifando cerveja como urina. Eu me lembraria com uma pontada de emoção que Vernor não soltou a minha mão, porém apertou-a mais ainda.

— Não olhe para eles. Não se vire. Eles não existem.

Foi o que Vernor disse friamente, furiosamente; continuamos a andar depressa ao longo da calçada, e viramos numa esquina; o carro sumiu: o incidente passara; até por que a cerveja lançada não nos tinha atingido. Estava muito chocada por ter ficado assustada, mas a seguir comecei a tremer. Vernor estava tremendo, também. Contudo, não disse nada até que, logo depois, subindo os degraus de madeira das escadas externas do seu edifício, sua mão ainda agarrando a minha, ele murmurou:

—- Fique um pouco comigo.

Não era uma pergunta, nem mesmo uma ordem, mas antes a afirmação de um fato. Eu disse sim, que ficaria. No interior de seu apartamento, havia uma única lâmpada acesa. Ele disse, serenamente:

— Anellia, tire as suas roupas.

Com aquele ar ainda de mansa fúria represada, seus dedos, algo desajeitadamente, desabotoaram as suas calças, puxando e arrancando impaciente a sua camisa branca, jogando as roupas numa cadeira; meus movimentos eram lentos, tirando as minhas roupas, os dedos dormentes e sem tato; então ele se virou para mim, sem nenhuma palavra, polegares fincados nos meus ombros; parecia quase estar me levantando, arfando ardente e impetuosamente no meu rosto, empurrando-me para a sua cama num canto escuro do quarto; uma cama estreita arrumada às pressas com um colchão achatado e afundado no centro, um travesseiro também achatado com o qual, muitas vezes, eu sonhara, vagando numa ânsia absurda, e agora estava inalando o forte cheiro dos cabelos oleosos de Vernor Matheius, o cheiro do seu corpo quente, sua nuca negra, suas axilas cobertas de pêlos, sua barriga lisa, sua virilha e seus pés; sua boca comprimida sobre a minha pela primeira vez, como se quisesse me silenciar; sua boca maior do que a minha, mais cheia, mais carnuda e mais exigente do que a minha; e a língua forçando a entrada na minha boca, apressada, antes que eu a pudesse abrir para tomá-la; Vernor Matheius não queria que eu o tomasse, ele queria me tomar; a sua língua era um agente de sua fúria fria e calculada; porque aqueles garotos brancos debochados, que jogaram o carro sobre nós, tinham desaparecido, e apenas eu estava ali; fui dominada, em pânico, incapaz de respirar; eu não podia beijar Vernor Matheius porque a sua boca marretava a minha, e seus dedos marretavam, amassavam, espremiam e feriam o meu corpo; eu estava inerte, sem energia para resistir à sua enorme língua, à acidez da cerveja de sua boca que estava tão faminta, gemendo como se sentisse dor, e eu pensei, estonteada, *Vai acontecer, agora, finalmente; ele vai fazer amor comigo.* Senti o seu pênis ingurgitado de sangue pressionando a minha barriga, como uma coisa viva, tateando, premente; tentei sussurrar "Vernor, eu amo você", como em fantasias eróticas semelhantes eu lhe sussurraria essas palavras; em minhas fantasias, eram palavras mágicas, palavras com o poder de transformar um ato apressado, desajeitado, desgracioso, em um ato de profundo significado; uma oração com o poder de tornar sagrado um ato do qual coisas grosseiras, insensíveis e escarnecedoras são ditas, meus irmãos dizendo tais coisas, rindo, piadas e sinais secretos, que garotas não deveriam entender; que não devem deixá-los saber que entendem, porém minhas palavras ficaram engasgadas; eu nem sequer conseguia respirar; Vernor não me escutava; Vernor não queria escutar; não era um momento para palavras, para as minhas palavras. *Ele quer trepar com você. Nada mais.* Ajoelhado sobre mim, curvado e trêmulo, a sua caixa torácica estreita estremecendo com o esforço para respirar; os ossos salientes na pele suada, retesada, reluzente; a pele cintilando com diminutas gotas de suor, como mica, que eu desejava lamber com a língua; mas não conseguia, eu estava fixada à cama pelo peso de Vernor, uma mão fincando meu ombro na cama, de modo que eu mal podia tocá-lo, alcançá-lo, deslizar um braço ao redor do seu pescoço. Quando ele removeu suas roupas apressadamente e as jogou para o lado, tirou também os óculos, e seus olhos estavam afundados nas órbitas oculares cintilantes; sem os óculos, ele era um homem que eu não conhecia; os fios voadores de cerveja, como se fossem urina, haviam sujado a nós dois, mesmo sem nos tocar; horrendas vozes debochadas de homens brancos *Crioulo!* no quarto conosco lutando no escuro, de modo que Vernor Matheius grunhiu algo parecido com *Crioulo!* Quem é o *crioulo?* Ele estava me tocando entre as pernas, onde homem algum jamais me tocara; minha pele contraiu-se ao seu toque, como se atingida por um frio súbito; em pânico; seus dedos estavam afiados, espetavam, impacientes, onde o meu corpo havia se fechado completamente; em impotente terror físico, eu me fechara completamente; para meu desalento, eu me fechara completamente, embora desejando amar Vernor Matheius; embora querendo amá-lo, abrir-me inteiramente para ele, eu não podia; eu o ouvi praguejar; eu o ouvi rir; a sua risada tinha o som sibilante de um xingamento. *Sua...!* Como se não houvesse pior xingamento.

— Meu Deus, garota, *você...*

Vernor Matheius apiedou-se de mim e largou-me.

Nem no inferno forçaria a entrada em mim. Ajoelhado, ainda, seu corpo acima do meu, segurou o pênis e com rápidos e hábeis movimentos chegou sozinho ao clímax; o seu rosto contorceu-se como um músculo em espasmo, contra a sua vontade; olhos vidrados como se não estivesse me vendo, como se não estivesse vendo nada. Então, tombou junto a mim, abrigando minha cabeça na sua. E ainda assim ousei dizer, mordendo o meu lábio inferior:

— Vernor, eu... eu... amo você.

Vernor não disse coisa alguma. Não se moveu. Sua respiração em compridos e erráticos estremecimentos. Através dos meus cílios úmidos, contemplei a extensão do seu corpo, este homem deitado ao meu lado numa cama suarenta, amarrotada, suas compridas pernas musculosas, e minhas pálidas pernas junto às dele; não consegui dizer *perdoe-me*, sabia que ele riria. A fúria das suas risadas seria devastadora. Assim ficamos durante alguns minutos, num silêncio quebrado apenas pela respiração de Vernor, que gradualmente foi se tornando mais lenta, contudo ainda com um timbre sibilante, a desesperança do espírito fechado dentro do corpo, o espírito que apenas através do corpo pode ser definido, e corrompido.

— Vá se lavar. Está terminado aqui.

Foi uma ordem, não intimidante nem grosseira, mas imperiosa. Vernor já estava de pé, e novamente inquieto. Seus olhos despidos evitavam os meus. Evitava até mesmo o meu rosto, o meu corpo. Aquele corpo de garota, pálido, trêmulo e insubstancial, diante dele na penumbra de um quarto que não mais parecia dele, ou não mais exclusivamente dele. Muda, como uma criança rejeitada, recolhi as minhas roupas, essas coisas espalhadas, desamparadas, atiradas ao acaso sobre os tacos nus do assoalho; minhas roupas elegantes, que tinham exercido a sua magia, até que a magia se esvaiu. E como se esvaíra tão abrupta e rudemente. Com os ombros retraídos, recolhi o cinto, medalhões ornamentais que tiniam juntos como moedas de pequeno valor. Pela primeira vez, me pus a imaginar a quem originalmente havia pertencido esse cinto tão bonito e tão pouco prático: minha gêmea perdida, uma garota com cinqüenta e oito centímetros de cintura. Ela devia estar crescida, agora. Se ainda estivesse viva.

Entrei no cubículo que era o banheiro de Vernor Matheius. Procurei às apalpadelas pelo interruptor de luz: acima da pia, uma tênue luz de quarenta watts se acendeu. Logo surgiu um rosto pálido e assustado no espelho do armário de parede; um rosto que não reconheci a princípio; um rosto tanto abatido quanto radiante, numa espécie de triunfo. *Ele de fato fez amor comigo. Ele queria fazer amor comigo. Estávamos nus, juntos. Nossos corpos.* Mesmo que me mandasse embora para sempre, há fatos que não podem ser mudados. A porta do banheiro era feita de uma madeira empenada barata e não fechava completamente. O banheiro tinha uma pia com uma camada de limo, um sanitário e um boxe com chuveiro e uma cortina de plástico rasgada, remendada em alguns trechos com fita adesiva. Acima do reservatório de água do sanitário estava uma ilustração mostrando a figura de um homem pensativo, sombrio, no início da meia-idade, cabelos escuros encaracolados, um nariz estreito intolerante, lábios finos. Lábios que estavam bem apertados com um trejeito de obstinada teimosia. Reconheci Ludwig Wittgenstein, os olhos escuros "penetrantes", o jeito militar; ele usava um casaco de *tweed*, camisa desabotoada na garganta. Segura, por ambas as mãos na altura de sua cintura, uma bengala de bambu. Wittgenstein não havia sucumbido à loucura, nem ao suicídio; considerando as tragédias vividas pelos outros membros da sua família, só isso já era um triunfo. Entendi por que Vernor

Matheius o considerava um herói: ele rejeitara as premissas de sua suposta predestinação, para reinventar a si mesmo como intelecto puro, descorporificado. Custou-me um batimento ou dois do coração para me dar conta de que Vernor tinha colocado o retrato de Wittgenstein acima do sanitário para que, ao ficar em pé ali, para urinar como devia acontecer com certa freqüência, poder meditar sobre o seu herói numa posição tanto submissa quanto blasfema.

Junto à pia havia um porta-toalha, com duas toalhas bem-arrumadas, porém não muito limpas. E um tapete de chão já endurecido pelo uso. Fiquei pensando *Vernor Matheius colocou esses objetos ali sem se importar com o que eu pensaria ao vê-los*. Na minha agitação, tratava-se de um pensamento consolador. Vernor não seria capaz de prever um incidente como esse. Que eu, uma intrusa, entraria no cubículo que lhe servia de banheiro e me lavaria na sua pia, reparando nos detalhes da porcelana branca e lascada, e do sabonete na beirada; o sanitário com sua tampa mal ajustada e seu desgastado assento plástico, o sanitário manchado por dentro, a água agitando-se como se alguma coisa a tivesse tocado, a menos que o próprio edifício estivesse vibrando. E havia ainda a cortina do boxe, de plástico verde-claro, uma cortina barata, habilmente remendada com fita adesiva, os remendos meticulosamente feitos, de um modo que eu poderia imaginar Vernor franzindo a testa enquanto se aplicava à tarefa, com a idêntica precisão e pertinácia com que se aplicava à filosofia. Ali dentro havia um boxe de chuveiro tão estreito e baixo que fiquei me perguntando como Vernor Matheius podia caber lá dentro sem se encurvar. (Mas é claro que ele tinha de se curvar, se quisesse tomar um banho de chuveiro.) *Vernor Matheius não poderia prever que eu veria nada disso.*

Eu me lavei rapidamente, ensaboando as minhas mãos, não querendo usar nem as toalhas de rosto nem as de banho de Vernor. Lavei-me rapidamente entre as pernas, minha barriga, onde o seu sêmen ainda estava, úmido e pegajoso; coágulos de sêmen, transparente e grudento; o tato com o sêmen me maravilhava e me amedrontava; como o sêmen de um homem projeta-se do seu corpo, como se isso significasse uma ponte sobre um abismo; como as sementes dos algodoeiros, destinadas a ser carregadas através do espaço; eu estava fascinada com a nova intimidade entre nós, que não podia ser anulada, mesmo sabendo que Vernor poderia me repudiar em conseqüência dela; e eu sabia que havia a possibilidade de estar grávida, mesmo o seu sêmen não tendo sido injetado no meu corpo. Improvável, mas eu sabia que era possível. *Agora somos amantes.*

Agora que Vernor Matheius tinha feito amor comigo, embora de maneira incompleta, senti uma nova ternura por meu corpo. Ainda me lavando, coloquei as mãos em concha, suavemente, entre as pernas; maravilhada com os pêlos crespos e espessos; como eram diferentes dos meus cabelos; e como eram diferentes da carne que protegiam; uma parte de meu corpo em que eu jamais me detivera muito para considerar; não por vergonha, mas por indiferença, impaciência; pois o que tinha eu a ver com a minha genitália, que identidade tinha com o meu sexo? No entanto, sentia agora essa ternura por mim mesma; pois Vernor Matheius tinha desejado fazer amor comigo; ele havia de fato feito amor comigo; estávamos ligados para sempre. Eu me enxuguei com papel higiênico. Vestindo-me, então, no apertado espaço, porque sabia que deveria reaparecer completamente vestida diante de Vernor Matheius. O cinto de medalhões prateados era complicado para fechar, minhas mãos estavam trêmulas. No entanto, não acreditava que continuasse transtornada, nem assustada. E quando retornei ao outro quarto, lá estava Vernor sentado na sua escrivaninha, como eu sabia que o encontraria; na escrivaninha que eu tanto admirava, duas vezes maior do que a minha; abaixo das nobres e ascéticas feições de Sócrates e Descartes. Vernor, também, estava completamente vestido, sua camisa branca de mangas compridas abotoada no pescoço. Era uma camisa de algodão, e ele teria de levá-la para ser lavada a seco, e passada a ferro, e assim tratava-se de uma indulgência, claramente uma necessidade. Ele devia ter se lavado apressadamente na pia da cozinha. Lavado o cheiro de nossos corpos. Suor, sêmen. Meu desespero. Seu rosto parecia lustroso como se ele o tivesse esfregado com força. As lentes redondas dos seus óculos brilhavam. Ele era ele mesmo novamente, Vernor Matheius.

Para proteger-se de mim, acendera um cigarro. Puxara a máquina de escrever Olivetti para si, como se eu o estivesse interrompendo no meio do trabalho; uma folha de papel enfiada na máquina, uma pilha de papéis com anotações ao lado. *Ali, ele é mais feliz. Ele não precisa de você agora.* Vernor mencionava com freqüência que trabalhava à noite, que dormia uma ou duas horas e retornava ao trabalho, refeito, com idéias novas; revigorado, excitado. A idéia de um método como esse me deixou cansada. Não me aproximei dele, entendi que queria que eu mantivesse distância. Como eu teria gostado de tocá-lo; passar o braço em volta do seu pescoço; como os amantes costumam fazer tão espontaneamente; eu teria gostado de beijá-lo, o seu rosto, sua boca carnuda; teria gostado de enfiar meu rosto morno no seu pescoço, de inalar sua fragrância outra vez, o cheiro fermentado de óleo de amêndoa do corpo de Vernor Matheius. Mas não ousei tocá-lo, é claro. Sabendo que ele teria se retraído. Mesmo a minha sombra, se roçasse nele, laceraria os seus nervos. Docilmente, eu disse:

— Boa noite, Vernor.

E fui para a porta, destrancá-la, abrindo-a eu mesma, não querendo que ele se sentisse obrigado o escoltar-me até a residência universitária, nem mesmo que se erguesse da cadeira; não queria que ele sentisse nenhum vestígio de culpa; não queria que ficasse ressentido por causa dessa culpa; não queria que pressentisse que eu estava pensando coisas assim, como se tivesse direito de pensar coisas assim; não queria provocá-lo, e pôr em risco o nosso amor.

Meu comportamento surpreendeu-o — será? Ele se virou para me fitar quando eu me preparava para deixá-lo. Na porta, sussurrando debilmente, acanhada, para que aquele homem pudesse ouvir ou não ouvir, como desejasse:

— Vernor, eu te amo. Boa noite.

Eu fugi. Tinha descido já parte dos degraus da escada para o térreo quando ouvi Vernor me chamar, protestando em voz baixa.

— Vá para o diabo, garota, você não *me ama. Você não me conhece.*

19

O HOMEM DORMINDO. Não com o rosto de alguém em repouso, mas atormentado, angustiado. Sua testa vincada, sua boca torcida numa careta. Os globos oculares movendo-se por baixo das pálpebras fechadas. Um estremecimento de sua lustrosa pele escura como uma ondulação na superfície da água. *Se eu pudesse achar que ele é feio, sem atrativos. Se eu pudesse vê-lo como não-o-amando.* Eu era uma criança aproximando da chama as pontas dos dedos, pedindo a dor, desafiando a dor, não acreditando na dor. Tentando imaginar a minha vida sem Vernor Matheius no seu centro. Minha vida sem amá-lo.

Um buraco no coração através do qual o frio árido do universo poderia passar, assobiando.

Estranho para mim, que observava Vernor Matheius enquanto ele dormia, nas raras ocasiões em que tinha o privilégio de vê-lo dormir, que houvesse outros, caucasianos, uma categoria de indivíduos à qual teoricamente eu pertencia, que podia observar Vernor Matheius na sua insondável complexidade e pensar simplesmente *negro*. E rejeitá-lo, porque *negro*. Que loucura!

Cheguei a acreditar que a vida sem questionamentos, a vida que é conduzida sem uma contínua inquirição, e sem dúvidas quanto a todas as discriminações herdadas, os preconceitos, "fé", era loucura. Em nossas vidas civilizadas estamos rodeados pela loucura, enquanto nos acreditamos iluminados.

Em maio daquele ano, na nossa cidade do norte varrida pelo vento, ocorriam chuvas fortes, gélidas, como unhas fincando-se na carne; a onda de felicidade na manhã ensolarada se enfraqueceria na altura do meio-dia, quando uma massa de cúmulos se reunia, como uma artilharia acima do lago Ontário, e se movia para o sul, para desabar sobre as nossas cabeças. Enormes nuvens feridas, que inchavam e explodiam. A tumescência da natureza. A explosão da natureza. A pele do meu amante em brasa, enfurecida. Os seus olhos voltados para longe. Ele disse *Eu não tenho povo, nem parentes, nem irmãos, nem irmãs. Eu não tenho Deus. Não tenho lar exceto na mente. Meus pensamentos são o meu lar.* E eu perguntei *Não é muito solitário aí, Vernor?*, e ele simplesmente respondeu *Não. É solitário aqui.*

20

— ANELLIA! Vamos examinar essa questão. Você me disse que se candidatou a uma "irmandade" — a própria palavra proferida com atônito desdém — sem saber que ela discriminava certas pessoas? Judeus? "Crioulos"?

Era uma inquirição áspera como lixa. Vernor Matheius esfregando a lixa enérgica e maldosamente na minha pele nua.

Eu, de olhos fixos nos meus pés. Na terra, frágeis gravetos misturados à lama. Tentei lembrar-me: eu sabia? O que eu sabia? A pessoa que eu fora no ano anterior, antes de Vernor Matheius, havia se tornado uma estranha. Não podia mais respeitá-la, apenas apiedar-me dela, por sua ignorância. Docilmente, respondi, como uma criança culpada.

— Eu apenas imaginava isso... não tinha certeza.

— Não tinha certeza! Como isso é possível?

Como fora possível? Meu impetuoso e apaixonado ato irrefletido.

— Eu... não pensei que deveria verificar.

— Isso! Você está se aproximando da questão, garota. Você não *pensou*.

E Vernor riu com entusiasmo, sacudindo a cabeça. Um professor exasperado e deliciado com a sua aluna predileta. Como se os seus dedos estivessem percorrendo o meu corpo, fazendo cócegas, talvez machucando; machucando apenas um pouco; e meu corpo ávido por essa atenção, como um cachorrinho ansioso para ser tocado. Esse era Vernor Matheius bem-humorado. Vernor Matheius no seu humor socrático. (Pois todos os filósofos aspiram a ser Sócrates, mesmo aqueles que não apreciam Sócrates, por princípio, e repudiaram a sua metafísica bizarra.) Ele adorava isso, que Anellia, tão inteligente, uma garotinha tão inteligente, pudesse também se comportar, e com freqüência, de modo tão estúpido.

Por que tinha lhe confessado isso? Meu sórdido passado Kappa. Meu lamentável passado Kappa. Talvez porque desejasse diverti-lo um pouco, contando que fora expulsa da irmandade por votação quase unânime — um único voto de abstenção. (Voto de quem? Nunca saberia. Ah, isso foi uma injustiça, foi injusto comigo terem me contado algo tão chocante, e nada mais.) Fui *desativada* tanto da seção como da irmandade nacional Kappa Gamma Pi. Contando para Vernor a minha experiência, deixei de explicar que, em desespero, fiz uma petição pedindo dispensa; fui instruída como proceder, enviando cartas para a diretoria da seção, para a executiva nacional e para a Reitora de Mulheres (uma poderosa figura em tais negociações), explicando que desejava me retirar da irmandade. Não pude explicar a Vernor que nunca julguei ter sido culpa de minhas irmãs Kappa eu ter fracassado tão miseravelmente e me sentir tão infeliz, mas minha própria culpa; eu era uma aberração em meio àquela formidável, apavorante e cortante normalidade feminina; se por mágica eu pudesse ter sido transformada numa verdadeira Kappa, talvez no meu desespero, eu teria sussurrado — "Sim?". No entanto, elas não teriam me liberado apenas por não me ajustar ao meio. Na minha ignorância, assinei documentos que, embora não tivesse entendido isso direito, eram contratos legais; eu, que nunca tinha assinado documentos semelhantes em minha vida e os havia lido por alto, com olhos nublados, mal parando para ler uma única linha. Filiar-me a uma irmandade nacional era um ato de ousadia que me obrigava a encargos financeiros, e isso eu ignorava. Em minhas cartas pedindo desligamento, expliquei que era de *origem judia* e que *havia faltado à verdade* sobre mim. Expliquei que não podia pagar o custo de me manter na irmandade e que já estava em débito de aproximadamente trezentos dólares; sob os incontestáveis estatutos da irmandade, eu teria continuado a ser multada por faltar a reuniões e teria continuado a acumular juros, como resultado desse débito, e contudo não poderia pertencer à irmandade ou mesmo freqüentar a universidade sem trabalhar durante aquelas horas em que as reuniões eram marcadas, e assim *ad infinitum*, a menos que me fosse concedida uma liberação legal, ou morresse.

Está ameaçando cometer suicídio?, perguntaram-me alarmados.

E assim me expulsaram, por unanimidade. Com exceção de um misterioso e único voto de abstenção que desejo pensar que tenha sido de Dawn, aquela que tinha me seduzido a entrar para a irmandade com a expectativa (e não foi uma esperança desarrazoada) de que eu ajudaria a elevar a média de conceitos acadêmicos da casa.

A sra. Thayer tinha sido exonerada, também. Com rude presteza, imediatamente após a recepção das antigas Kappa.

Não contei a Vernor Matheius nada a respeito de Agnes Thayer. Nunca mais pensei em Agnes Thayer.

Não é verdade, mas os usos que damos à verdade. O que é feito, a serviço do desejo.

Caminhando em direção à ponte de pedestres sobre Oneida Creek. Era um dia ideal para um passeio como esse: até mesmo Vernor Matheius concordou com isso. Um estranho estado de espírito, esse de Vernor. Ele recebera boas notícias, transmitidas pelo jornal da universidade; Vernor Matheius fora um dos quatro estudantes de doutorado premiado com uma bolsa de pesquisa pela *National Endowment for the Humanities*, para completar a sua dissertação de doutorado no ano seguinte; quando lhe dei parabéns, ele franziu o cenho e desviou o olhar para longe evasivamente; é claro que estava contente, contudo não parecia aprovar o seu contentamento; tinha de examinar as raízes de um contentamento mesquinho e pequeno como esse; por demonstrar alegria por conta de um mero "êxito" profissional público — algo que tinha a ver somente com "carreira" e não com a busca da verdade. Especialmente, embaraçou-o que no departamento de filosofia os professores o congratulassem com um aperto de mão, como se esse favorecimento da sorte os alegrasse, também; e isso forçava-o a reconsiderar a estima que tinha por eles.

— Ora, Vernor — eu disse —, por favor, pare com isso. Você vai retroceder até o infinito.

E ele replicou, bastante sério:

— E é disso que se trata. Um infinito retrocesso. Na próxima semana, vou completar trinta anos de idade.

Não pude entender a conexão. Não podia lhe dizer que o julgava mais velho.

Nessa balsâmica tarde de maio, nas colinas acima da universidade, Vernor retornara ao seu ânimo brincalhão. Eu já conseguia prever as suas mudanças de humor: como as do céu acima do lago Ontário. Ele acreditava possuir uma personalidade estável, invariável, como a de Kant, que permitia que se acertasse um relógio por seu temperamento, se não por seu comportamento; ele se acreditava um homem devotado puramente ao intelecto, como Wittgenstein. Todavia, era volátil, tão mercurial como a mais caprichosa das garotas Kappa. Eu tinha pavor dele. Eu o adorava.

Estávamos passeando com os braços de Vernor em volta dos meus ombros, apertando-me contra si; uma maneira desajeitada de andar; rindo, já que a minha história sobre a casa Kappa tinha a intenção de divertir; eu não contaria nenhuma história da minha vida a Vernor Matheius se não fosse com a intenção de divertir. Durante o meu febril e breve colapso, após ter sido expulsa da Kappa, um dia e uma noite miseráveis na enfermaria da universidade, tivera um sonho acordada com uma clínica em um subúrbio de Buffalo, na qual (fora indicada para mim, certa vez, anos antes, por uma parenta) a minha mãe fora submetida a sessões de quimioterapia depois da sua operação de câncer; era um edifício velho, suntuoso e repelente, com meia dúzia de colunas no topo de um lance de escada com largos degraus de pedra; o teto do edifício era de uma ardósia azul-escura que parecia sempre molhada; grande parte do prédio era coberta por hera, que necessitava de aparas: a casa Kappa, a original. Sobre tal revelação, e o impacto pareceu uma pedra lançada contra o meu rosto, eu não podia contar nada a Vernor Matheius que, no seu alegre humor socrático, ia dizendo:

— Então, Anellia, logo você, entre todas as pessoas, admite que não tinha pensado.

E eu respondi:

— Na verdade, pensei a respeito, Vernor, mas equivocadamente.

— Como assim?

— Eu queria... irmãs. Estava me sentindo solitária longe de casa... se bem que em casa eu sempre me senti solitária, toda a minha vida, não é verdade?... E eu pensava, queria ter irmãs, queria uma família que gostasse de mim.

Vernor disse:

— Mas você não conhecia essas garotas, conhecia?

— Não — admiti.

E Vernor acrescentou:

— Anellia, você queria ser amada por pessoas que nem sequer conhecia? Por quê?

Eu respondi debilmente:

— Eu as admirava, à distância. Algumas delas.

E Vernor insistiu na inquirição:

— De onde vinha essa admiração?

Como qualquer interlocutor-joguete de Sócrates, eu via muito bem para onde estava sendo empurrada, mas não podia escapar.

— Ora... elas eram atraentes. Tinham personalidade. Eram muito diferentes de mim.

Vernor disse:

— Você quer dizer que elas tinham boa aparência? Eram sensuais?

Fiquei perturbada e não respondi de imediato. Finalmente, falei:

— Algumas delas.

Vernor perguntou:

— Mas, eram inteligentes? Você respeitava a inteligência delas?

Eu ri e disse:

— Não.

E ele prosseguiu:

— Elas davam valor à inteligência?

E eu respondi, já sentindo desconforto com o calor do seu braço sobre mim:

— Não acho que dessem, não. Exceto em certas ocasiões em que era vantajoso para elas.

Vernor perguntou:

— Vantajoso, de que forma?

E eu respondi, meu embaraço aumentando:

— Algumas vezes me pediam, algumas delas, para ajudá-las com os seus trabalhos acadêmicos; na revisão dos seus trabalhos ou para escrevê-los... algumas vezes.

Vernor soltou uma risada como se tivesse suspeitado exatamente disso desde o início; como se tivesse visto o que eu fora cega demais para enxergar.

— Anellia, você queria ser "amada" por pessoas que não conhecia. Pessoas sem valor especial, nem realizações. Racistas e intolerantes. Diga-me, por quê?

Ora, por que ele se fixara nisso? A voz dele havia se tornado baixa, rouca, sedutora; cruel e acariciante; a voz de um sonho meu, antigo, de um homem desconhecido na periferia da minha visão; a voz do homem que foi o meu primeiro amor, aquele que rompeu a retesada membrana que selava meu corpo. A voz que eu ouviria ao longo de toda a minha vida como o murmúrio do meu próprio sangue. *O seu primeiro amor, você nunca esquece. Depois desse primeiro amor, você jamais terá outro semelhante.*

Eu não disse nada. Vernor falou sem rodeios:

— Contudo, foi você quem mentiu para elas, Anellia. Você era a hipócrita, fazendo-se passar por quem não era. Anellia... ela-que-não-é.

Não era uma acusação, mas uma declaração. Eu já havia dito a Vernor o meu verdadeiro nome, numa certa tarde. No entanto, ele continuava me chamando de "Anellia". Creio que não se deu o trabalho de guardar o outro nome na memória.

Estávamos no parque, não mais na trilha. Havia vozes por perto, mas Vernor não dava a impressão de as estar escutando. Ele emoldurou o meu rosto com as suas mãos, mais uma vez; posicionando-me, "vendo-me"; seus polegares fortes pondo meus olhos entre parênteses, esticando a pele para os lados. Meu reflexo natural foi esquivar-me, livrar-me; e se ele afundasse os meus olhos?; e se ele arrancasse os meus olhos?; é claro que eu sabia que Vernor não afundaria os meus olhos, no entanto senti o impulso, por puro pânico, de afastá-lo de mim. Ao mesmo tempo, senti-me estimulada sexualmente. O seu mais leve toque, a sua simples proximidade, a intimidade do seu olhar fixo em mim. A ameaça daqueles polegares fortes. Era o mesmo que ficar de pé junto a uma alta chama vertical; não há como suportar a chama, seja por qualquer esforço de vontade.

— Por que você veio para cá comigo? O que você pretende? — Vernor perguntou.

Suas palavras eram desafiadoras, porém a sua expressão era intensa como se cada nervo do seu rosto estivesse retesado. Conduzindo-me para mais longe da trilha. Mas, ainda estávamos num local público, e em plena luz do sol. Eu cambaleei como se estivesse intoxicada. Uma onda de apreensão elevou-se em meu íntimo, pelo que podíamos estar prestes a fazer. Senti a distância entre nós e esse lugar; o mundo natural; o mundo para além da rede da linguagem humana; para além da província da filosofia; pois aqui estava o enigma do qual Wittgenstein falara; a inevitável *perplexidade* diante da condição humana, por parte daqueles que tentam pensar. Os polegares de Vernor Matheius pressionando os meus olhos, a autoridade da sua força superior. Entendi então como um predador podia derrubar a sua presa, e como essa presa ficaria inerte, em aquiescência, quando as mandíbulas se fechassem sobre ela; uma vez que ficasse evidente que não haveria escapatória.

Acima de nós, o chilrear de gaios como macacos numa selva.

21

A ESCAPADA. Mostrar à mosca como escapar de dentro da garrafa era a esperança da vida de Ludwig Wittgenstein, mas a verdade é que o ser humano não quer escapar da garrafa; estamos sempre encantados, subjugados pelo interior da garrafa; suas paredes de vidro nos acariciam e nos consolam; suas paredes de vidro são o perímetro de nossa experiência e da nossa aspiração; a garrafa é a nossa pele, nossa alma; estamos acostumados às distorções visuais do vidro; não desejaríamos ver claramente, sem a barreira do vidro; não poderíamos respirar um ar mais fresco; não poderíamos sobreviver fora da garrafa.

Nem dizer a nós mesmos, na linguagem do eco de vidro da garrafa, que é assim que somos.

22

COMO O ANTIGO POVO JUDEU, perseguido por seus inimigos, que interpretaram a história e os aleatórios eventos da natureza do ponto de vista moral, acreditando que catástrofes, mesmo as de origem meteorológica e geológica, eram conseqüência da maldade humana, assim também, em ocasiões de tensão emocional, somos inclinados a atribuir significação moral a seja lá o que venha a acontecer. Deixamos de acreditar no acaso e nos apegamos à crença na predeterminação; não podemos aceitar que não mereçemos o que acontece conosco; preferimos um deus irado, caprichoso, a nenhum deus. Assim como as crianças, tentamos influenciar o que não pode ser influenciado, rogando para sermos tratados com misericórdia. Tornamo-nos supersticiosos. Perdemos nossos ancoradouros, e nos deixamos ser levados à loucura.

Quando eu estava apaixonada por Vernor Matheius, não acreditava que pudesse viver sem Vernor Matheius; com a clareza do pensamento de um geômetra, acreditava que viver sem Vernor Matheius era viver uma vida tão fragmentada e vazia que não seria possível suportá-la. Naquela fase da minha vida, quando completei vinte anos e superei a etapa da adolescência para sempre. Aquela fase, quando me pareceu (algumas vezes) que Vernor Matheius poderia, em certo grau inescrutável, retribuir o meu amor; no mínimo, havia aquela possibilidade. Naquela fase, quando me conduzi no mundo como se fosse de vidro, tão frágil que podia me espatifar a qualquer momento. Naquela fase, quando entendi que a minha euforia, o meu padecimento, o meu medo, a minha esperança eram sintomas de loucura. No entanto, não podia alterar o meu comportamento: não queria modificar o meu comportamento porque isso seria o mesmo que abandonar a loucura, a esperança de ser amada por Vernor Matheius; teria sido abandonar a garrafa na qual a mosca se deixou aprisionar, teria sido como morrer.

    Estava convencida de que a conexão entre Vernor Matheius e eu era uma força alheia à minha vontade, assim como alheia à dele; devorava a nós dois como fogo na floresta. Portanto, cada olhar — cada expressão facial — cada palavra — cada gesto meu, por mais casual — tinha de ser controlado. Andava sempre vigiando a mim mesma. Sempre procurava me observar criticamente. Desde a infância, havia aprendido que há um comportamento que é bom, decente, virtuoso e irrepreensível; entretanto, não tinha me importado muito com isso; pois o pior já havia me acontecido, minha mãe tinha morrido; em criança, não podia perceber de outro modo, a não ser *A morte de minha mãe aconteceu a mim*; era difícil perceber que a morte da minha mãe tinha na realidade *acontecido a ela*. Então, raciocinava: se eu fosse boa, decente, virtuosa e impecável, deveria ter sido premiada com o amor de Vernor Matheius; se não, não. Não havia nenhum deus monitorando tal comportamento; não um deus judeu mais do que um deus da igreja luterana de Strykersville. Porém, não havia necessidade de um deus. Eu me tornava cada vez mais supersticiosa: como na infância, quando se acredita que a raça dos espíritos e dos demônios povoa o mundo invisível, obsessiva e absurdamente preocupados com os assuntos humanos, então a mim pareceu que no meu amor por Vernor Matheius as forças invisíveis estavam do meu lado, ou contra mim; a todo momento eu tinha de aplacá-las; não podia ignorá-las ou negá-las; não podia correr o risco de desafiá-las; tinha de me resguardar contra pensamentos de desejos impulsivos; como uma jovem adolescente eu primeiro me dei conta de que *se você deseja que uma coisa aconteça, é exatamente o que não acontecerá*. Pensando, por exemplo, *Vernor vai me telefonar hoje à noite, vamos fazer amor na sua cama*, fatalmente determinaria que isso não aconteceria. Meus pensamentos não tinham poder para controlar o meu destino, ainda que fossem oniscientes. Como isso seria possível? Mas era como me comportava. Para controlar esses pensamentos-desejos, tão sem esperança, todos os meus pensamentos precisavam ser estritamente monitorados. Para controlar esses pensamentos-desejos, todo o meu comportamento precisaria ser estritamente monitorado. Quando eu estava lendo, trabalhando, minha mente se concentrava totalmente no esforço mental, eu estava a salvo; estava relativamente a salvo; meu empenho como estudante nunca fora maior porque eu nunca tivera um estímulo maior; entendi também que Vernor Matheius apenas podia respeitar uma mulher inteligente, uma mulher com realizações acadêmicas próximas às suas; essa era a raiz da minha motivação, das minhas notas altas. Se o meu amante admirava Wittgenstein, eu me sentia na obrigação de aprender tudo o que pudesse sobre Wittgenstein. Se bem que não ousando pensar *Ele me amará pela minha inteligência, não terá escolha.*

Era exigido que eu fosse "boa". Sorria com freqüência, era graciosa, cortês, paciente, bondosa. Mesmo quando o esforço era exaustivo. Mesmo com o coração partido. Mesmo quando o meu desejo era morrer, extinguir-me completamente, para me livrar do meu doentio e ofuscante amor por Vernor Matheius, para me livrar de todo amor.

Há alguma coisa errada? Há algo errado com o seu rosto? Alguém estava perguntando. Uma garota em Norwood Hall que parecia ser minha amiga. Eu me senti magoada, fiquei zangada; olhei fixamente para ela, olhos brilhando com lágrimas como cacos de vidro. *O que você quer dizer? O que há de errado com o meu rosto?* E a garota, que apenas queria ser gentil, disse, embaraçada: *Tem vezes que o seu rosto parece retesado, congelado, você sorri apenas com um lado do rosto.*

23

— ANELLIA, deite-se.
Assim, naquele dia, ele me exigiu. Pela primeira vez, entrando em meu corpo como um amante.
Fazendo amor, sem jeito, desvairadamente, na grama; na terra esponjosa; nós dois, que chegamos juntos a um impasse no qual a linguagem nos abandonara. *Nada senão isso. Isso!* As veias saltaram no pescoço de Vernor; uma veia em sua têmpora; ele respirava depressa, como se estivesse correndo; ou lutando; com seus dedos fortes, agarrou minhas coxas, enfiando-se dentro de mim, espremendo, esmagando a minha carne que, por dias à frente, estaria manchada de equimoses. Eu me recusei a deixar que a dor me fizesse gritar, embora nunca houvesse sentido tamanha dor; eu me recusei a gritar *Oh! Vernor, eu amo você* porque sabia que era isso que ele esperava que eu fizesse. Ele não tirou nenhuma peça das suas roupas, apenas abriu as suas calças; com dedos rápidos e experientes, levantou a minha saia, afastou para o lado a minha calcinha e guiou seu membro para dentro de mim. *Assim, assim e assim! E estava terminado.* Vernor não pronunciou nenhuma palavra, enquanto fazia amor comigo, e nada diria quando acabou; no final um débil e estertorado gemido de espanto; um som de desamparo, e mesmo de incredulidade. Ele desabou sobre mim, então, como se tivéssemos tombado juntos de alguma altura, sem saber-

mos ainda o quanto ficáramos feridos. Eu me senti orgulhosa por não ter resistido; por não ter me encolhido por causa da dor; a dor era uma cintilante labareda faminta dentro da qual me joguei de boa vontade; eu fora martelada e socada para dentro da terra, o céu acima de nós rodopiando loucamente; eu nem sequer poderia ter gaguejado as palavras *céu, nuvem, dor, amor.*

24

*Desconhecemos a nós mesmos,
nós, que buscamos o conhecimento.*
NIETZSCHE

AGORA ÉRAMOS AMANTES, agora eu me tornaria íntima dele. Agora, poderia haver silêncio entre nós. O silêncio que permite a um esquecer que o outro está perto, ou que existe.
    Quando Vernor estava entediado, deprimido, irrequieto; quando a filosofia de nada adiantava para ele e suas reflexões retornavam como refluxo de águas servidas, das quais sentiria o gosto, era então quando queria uma garota, ele queria um corpo feminino, e circunstancialmente queria Anellia — *Venha cá garota: cante para mim.* Com um riso arreganhado, como o de uma caveira. Barba por fazer. Dentes ávidos de carne, úmidos. E não eram dentes perfeitamente brancos ou alinhados. Tentei objetar, por que achava que eu sabia cantar? Estaria me confundindo com outra pessoa? Agora, cravando os olhos em mim como um paxá, Vernor ordenou *Cante garota. Você pode salvar a sua vida se cantar a canção certa.* Assim, os pés descalços sobre o assoalho do apartamento de Vernor (cortinas soturnas semi-abertas, janelas puxadas para o alto, para compensar a pouca ventilação), cantei o que veio à minha cabeça, uma canção escolhida ao acaso, os olhos fechados, errando a letra, algo

que lembrava ter escutado no rádio quando ainda era garota, uma fêmea sem defesas nem brio, implorando amor, e Vernor, rindo, batia palmas, alto, *Mais rápido, garota! Acelere o ritmo! Remexa esse seu rabo pequeno e sem carne.* Eu ri, também, porque era engraçado; minha boca expelia fragmentos desconexos da canção, fragmentos dos meus tormentos na casa Kappa, as simplórias melodias tresloucadas do Kingston Trio que algumas das garotas faziam tocar repetidamente, e o pop-calipso

> *Ei, gata, vamos para a cama*
> *Tenho um pentinho aqui para coçar sua cabeça...*

que fez Vernor explodir em altas gargalhadas, por escutar tamanha idiotice, obscenidades tão estúpidas, e, claro, era calipso negro, oriundo do Caribe, numa forma vulgarizada e degradante, tão engraçada que cantarolei novamente:

> *Ei, gata, vamos para a cama*
> *Tenho um pentinho aqui para coçar sua cabeça...*

e nisso Vernor ia se levantando da cama para me agarrar, puxar-me para ele, com uma expressão quase de ternura.

— Garota, tem vezes em que... você me surpreende.

O desejo despertando nos olhos de um homem como uma chama que se acende subitamente.

Como uma chama que se acende subitamente, o desejo despertando nos olhos de um homem.

Quando ele está aborrecido e deprimido. Quando ele está (com sinceridade, ele o admitia) em um dos seus dias de merda.

Duas espécies de estados de ânimo: Dias Inspirados e Dias de Merda. Saltando de um para o outro como um macaco de circo saltaria de uma barra para a outra.

Ele poderia escrever um tratado sobre esse assunto: *A epistemologia dos Dias Inspirados e dos Dias de Merda: Prolegômenos para alguma futura metafísica.*
Por princípio, Vernor Matheius não acreditava em estados de ânimo. Havia alguma discussão sobre *estados de ânimo* em Descartes, Spinoza, Kant? *Estado de ânimo*, como uma categoria da experiência intelectual humana, não existia na inquirição filosófica séria. A pessoa que sucumbir ao *estado de ânimo* deixa de ser um filósofo; não passa de uma coisa qualquer, ressentida, murcha. Como um violinista que quebra o seu violino. Em tais *estados de ânimo*, Vernor Matheius desprezava a si mesmo e, o que parecia extraordinário para mim (que o observava com solidariedade, embora a maior parte do tempo em silêncio), não parecia se reconhecer.

Entediado e deprimido! E a primavera tão rica, tão abundante de odores, mesmo o ar noturno da cidade, tão refrescante que me fazia desejar andar durante horas. Mas o raciocínio de Vernor era bloqueado, e ele então se recusava a ler as manchetes dos jornais, afastando as folhas soltas do jornal de Syracuse, deixado para trás sobre a mesa na lanchonete ou em algum restaurante onde marcássemos nosso encontro, não queria saber das passeatas pelos direitos civis que eclodiam no Alabama, na Georgia, no Mississippi, do ataque dos cães da polícia, das bombas lançadas pela Ku Klux Klan, das prisões de militantes dos direitos civis; Vernor olhava com bons olhos os militantes, esperava que fossem bem-sucedidos, ele dizia, mas não tinha tempo para desperdiçar com política, ativismo, ou mesmo com a reflexão sobre tal ativismo. *O tempo é uma ampulheta correndo apenas em uma direção*, ele dizia. Eu não dizia *Creio que eles são muito corajosos, alguns deles muito ousadamente vivendo no seu tempo, na história,* porque esses pensamentos ainda não tinham se cristalizado na minha mente, as palavras não estavam lá.

O amor por qualquer coisa é bárbaro (assim Vernor citava Nietszche para mim, mas dando ao aforismo um toque pessoal), *todavia mais desprezível é a luxúria, e ainda mais desprezível do que a luxúria é o hábito de luxúria, o vício.* A estranha compulsão do corpo para deleitar-se com a carne de outrem. Como se a redenção, significando a própria identidade de uma pessoa, pudesse ser encontrada na carne de outra. Aquele quente e sequioso jorro de sêmen, a promessa contida nela. (Mesmo se frustrada pela técnica de Vernor gozar sobre minha barriga, não dentro de mim; ou colocando um preservativo no seu pênis ereto e intumescido.) O hábito de beber (sim, Vernor admitiu que andava bebendo mais do que desejava). E de fumar (sim, Vernor sem dúvida estava fumando em excesso, um vício imundo, ridículo e caro, resultando num transbordamento de cinzeiros e numa perpétua bruma azulada no apartamento). Quando os seus pensamentos estavam bloqueados. Quando estava num dos seus maus-humores. Não devia (ele sabia!) culpar Anellia, pobre e doce Anellia que o amava quando ele não merecia amor, nem mesmo respeito, quando o seu trabalho não estava indo bem; quando ele era elogiado equivocadamente (por, entre outros, seu orientador de tese, um professor vinte anos mais velho que Vernor), ainda que seu trabalho não estivesse indo bem, e, agora, essa bolsa de estudos de humanidades, que intensificou a sua consciência do quanto o seu trabalho estava indo mal, mas, ainda sim, seu trabalho era adequado, suas idéias eram moderadamente originais (como se fosse possível ser moderado na originalidade), porém não era o tratado revolucionário que ele tencionava escrever. Quando perdia a fé em si mesmo, e na filosofia como uma disciplina para transcender o eu; quando caía sob o encantamento do *enigma filosófico*; sob o encantamento do trágico e dilacerante Wittgenstein, para quem a colocação de perguntas enigmáticas e irrespondíveis era uma estratégia para o adiamento do suicídio (de seus quatro irmãos, três tinham se matado); como a noturna narração de histórias de Sherazade era uma estratégia para adiar o assassinato da contadora de histórias; quando ele perdia a fé, não na filosofia, mas no próprio conceito de *fé*; quando desprezava todos os que o admiravam; quando me desprezava por adorá-lo; quando desprezava a si mesmo por ser adorado; como o desejo sexual masculino, que se assemelhava a qualquer outro vício; a cegueira da necessidade física do sexo pelo homem; aquela fragilidade da imaginação que ele acreditara ter subjugado anos antes, no seminário; no entanto, agora, parecia ter voltado; como se assemelhava a uma doença aquela necessidade por Anellia, cujo verdadeiro nome ele se recusava a lembrar, o corpo pálido, reluzente, magro, um corpo feminino caucasiano no qual ele podia penetrar como num sonho sem limites. Tirando as minhas roupas como se eu fosse uma criança e precisasse de alguém para me despir. Estudando-me com objetividade erudita, ajustando os óculos de aro de metal. Algo nisso tudo era uma piada, era uma brincadeira; no entanto, por baixo da brincadeira, uma estranha sobriedade; como um filósofo numa xilogravura medieval fixando uma caveira, maravilhado, descruzando os meus braços, quando eu tentava me esconder, encabulada com o seu exame.

Não finja, Anellia. É tarde demais para isso.

Sussurrando palavras que não era para eu escutar, palavras de afeto raivoso, ou obscenidades, ou xingamentos; a voz era rouca, quebrada; não era a voz de Vernor Matheius; não era a voz que originalmente me fez amá-lo; uma voz de desejo desalentado e furioso; uma voz de exaurimento represado; uma voz estrangulada de desejo, e pelo ressentimento do desejo; mas muitas vezes Vernor não dizia absolutamente nada, nem parecia confiar nele mesmo ao me tocar, exceto da maneira como um proprietário avalia o que lhe pertence, deslizando o polegar sobre uma pequena veia na orla dos meus cabelos; emoldurando o meu rosto com as suas mãos e aproximando os polegares perigosamente dos meus olhos. *Que olhos bonitos, Anellia*, sendo isso parte do enigma, porque ele mal se apercebera de mim nas primeiras semanas do nosso caso, era como se (mas isso seria possível?) tivesse estado cego para mim, e portanto, por ignorância, tivesse se equivocado; dizendo *Como você pode confiar em mim, que posso afundar seus olhos com um único gesto,* mas é claro (é claro!) que eu confiava nele, estremecia mas nunca protestava quando ele me espremia os seios como se esperasse extrair líquido deles, quando apertava minhas coxas já cheias de equimoses, as minhas nádegas pequenas, inteiramente contidas em suas mãos, em concha, enquanto fazia amor comigo, culminando em jorros repentinos e entrecortados, sussurrando o que não desejava dizer em voz alta *Sua xota, tão apertada, ínfima, pequena, sua pele, a cor e a textura da sua pele, são repulsivas para mim, sabe? Não sabe? Não percebe? Percebe? Percebe?* enquanto ele se bombeava dentro de mim, acelerando o ritmo. *Como você pode me amar, como pode deixar que eu coma você? Como pode se rebaixar tanto?* Eu nunca teria ousado dizer *Mas eu te amo*; ainda que em meus sonhos eu dissesse com freqüência *Mas eu te amo*: meu amante taparia a minha boca com a sua para sufocar as minhas palavras; enquanto o seu prazer aumentava, ele cerraria sua boca, seus dentes, na minha, gemendo e xingando; se eu começasse a sentir o prazer sexual crescer dentro de mim, com uma rapidez súbita e furtiva, como uma chama de candeeiro pode ser agitada por uma brisa invisível, se a irresistível e obliterante sensação irrompesse entre as minhas pernas, nem assim eu ousava gritar, ele não queria que os seus vizinhos me ouvissem gritar; se ele fechava os dedos em volta da minha garganta, então não queria me ouvir gritar; se soltava sua saliva em minha boca, que a mim parecia, em meio ao orgasmo, feia e escancarada como a boca de um peixe, então não queria me ouvir gritar; ele entupia minha pequena boca com a sua língua; ele entupia a minha pequena boca com o seu pau; minha boca seca entupida com a sua imensa língua; minha pequena boca entupida com o seu imenso pau; e iria ejetar tudo dele, o que fora ciosamente estocado, em mim, não importando que eu engasgasse ou que me sufocasse; e ainda gemendo quase dizendo *Oh, Meu Deus!*, quase dizendo o meu nome, quase dizendo *Amo, amo você*, como se tais palavras proibidas fossem arrancadas dele do mesmo modo como a sua seiva leitosa ia sendo arrancada dele na obliteração do orgasmo, sempre tão mais poderosa do que qualquer um é capaz de prever, quase, então, ele diria *Eu te amo, Anellia*. Seus dedos abertos como uma teia apertariam as minhas costas, os meus quadris e as minhas nádegas, de modo que as marcas dos seus dedos permaneceriam ali por dias, sobrepondo-se às equimoses anteriores; deitado sobre mim, ele vergaria a sua coluna dorsal como um arco, e desabaria daquela altura sobre mim, quase em soluços e delirante; e afundaria o rosto no meu pescoço; a boca grunhindo, os dentes fincados no meu pescoço; ele enfiaria seu rosto quente entre os meus seios que estariam esfolados, doloridos; os mamilos erectos em excitação e medo; exausto, ele se deitaria entre os meus braços, vencido; eu acariciaria seus cabelos, que eu amava; seus cabelos enroscados, duros, encaracolados e oleosos, que eram meus, para que os acariciasse, eu embalaria sua cabeça pesada, parecendo ter sido esculpida, que era minha, para que eu a embalasse; os pensamentos do meu amante chegavam em ondas lentas e lânguidas, agora; as vagas agitadas haviam arrebentado e eram ondas, agora, ondas quentes, pouco volumosas; contemplando de lado o seu rosto, segurando-o um pouco acima do meu, e eu via suas pálpebras tremerem; a vida naquelas pálpebras; a vida do olho, a visão, o cérebro por dentro daquelas pálpebras; compreendi que é somente em tal intimidade que podemos conhecer outra pessoa; é somente em tal intimidade que podemos conhecer a nós mesmos, na proximidade de outra pessoa; a nudez dos amantes é a nudez de uma mãe e seu bebê; a nudez dos amantes é aquela primeira nudez, ou é nada; e por isso os amantes matarão por ela, para atingi-la e repudiá-la; finalmente, eu começaria a falar, enquanto a alma de Vernor aquietava-se e suas pálpebras se imobilizavam, carregando-o para o sono; eu falava suave e docemente no instante advindo do ato de amor; e falava enlevada para o meu amante de coisas que nunca vira, mas havia apenas imaginado, um brilhante mar azulado encrespando-se à luz do sol, visto de uma praia extraordinariamente vasta e branca, uma praia que eu jamais conhecera, de fato, a areia fina como açúcar refinado, levíssimo, eu corria pela orla, espalhando a água morna, quando cortei o meu pé numa concha de uma cor maravilhosamente rosa-coral, e minha mãe, que vinha correndo logo atrás de mim, levantou-me em seus braços e beijou-me; e eu chorava, mais pelo susto do que pela dor; se bem que a dor chegou ligeira, latejando através do meu pé; e minha mãe me levou dali para lavar e para beijar o pezinho ferido, que então sarou; eu lhe contei sobre a minha mãe, que era apenas uma garota embarcando numa viagem, ali nas ondas, eu a não mais do que cem metros de distância da praia, sozinha num pequeno barco a remo, sozinha com um único remo, como isso acontecera?, por que minha mãe estava tão longe, e eu estava ali, na praia, chorando por ela? Minha mãe, de rosto lindo e amável, apesar de eu não poder vê-lo com nitidez, um rosto delicado (como todos os rostos, talvez) como papel de arroz, sujeito a ser mutilado, rasgado por qualquer acidente; falei a Vernor do meu pai, cujo corpo eu não vira, tanto em vida (assim me parecia) quanto na morte; um homem com o rosto sanguíneo e o coração pesado em seu peito; o fardo daquele coração aumentado, pesado; mas um rosto que já havia sido bonito; um rosto muito diferente do rosto entalhado em madeira de Vernor, um rosto que parecia sem ossos, todo de músculos, cartilagem e gordura; um rosto manchado como num desenho a carvão deliberadamente arruinado; certa vez fiz um desenho do meu pai a carvão, no colégio; eu o desenhei de memória, trouxe-o para casa para mostrar e todos ficaram assombrados com o meu talento; mostrei-o ao meu pai e ele riu, balançando a cabeça com uma expressão de *Você me pegou* que eu não entendi, e mais tarde naquela noite ele me pediu para ver o desenho novamente e, dessa vez, rasgou-o em dois; sempre me recordaria do abalo que sofri, de como isso me feriu, quando o meu pai rasgou o seu próprio rosto em dois; sempre me lembraria da sua risada zangada; mas, se eu chorasse, seriam lágrimas insinceras, porque eu já teria adivinhado, antes, que não devia ter feito aquilo; não devia ter desenhado o rosto do meu pai; é uma transgressão reproduzir o rosto do seu pai se você revela demais. No entanto, ele dava a impressão de me amar, naquele dia na graduação do colégio, *Não deixe nenhum filho-da-puta por aí fazer pouco de você*. Contei ao meu amante que, algumas vezes, de noite, na fazenda, eu acordava subitamente ouvindo a Morte do lado de fora da casa, no milharal, sob a ventania do final do outono; ouvia a Morte entrando na casa dos meus avós, que era frágil e ordinária demais para impedir a Morte de entrar. Eu permanecia acordada na minha cama, aterrorizada demais para conseguir respirar, escutando a Morte caminhar sobre as pranchas do assoalho lá embaixo; rezei para que a Morte me ignorasse, assim como aos outros que moravam ali; meus três irmãos, tão altos, meus avós, e, se ele estivesse em casa, meu pai; percebi que todos os viventes ficam deitados imóveis, com medo da Morte, em ocasiões como essas; esperando que a Morte passe e vá embora, ou rezando para que a Morte pegue outra pessoa; como numa manada de bestas aterrorizadas por predadores deve prevalecer apenas o desejo instintivo *Leve outro! Leve outro e me deixe!* Este era um segredo que os adultos nunca confessam; era um segredo conhecido apenas pelas crianças, e esquecido pelos adultos; um segredo sobre o qual os grandes filósofos nunca falam, porque é tão inflexível, tão simples; um segredo carecendo de ser revelado.

Essas coisas, e outras mais, contei ao meu amante Vernor Matheius, enquanto o tinha nos meus braços, suado e esgotado e em paz; temporariamente em paz; Vernor Matheius, quente, pesado e sem resistência em meus braços; os olhos fechados; o rosto fechado, gentilmente, acariciei seus cabelos, sua cabeça, seus ombros, seus braços; esta era a grande felicidade de minha vida, abraçar Vernor Matheius; Vernor Matheius, que já fora uma voz sem corpo numa sala de aula; eu pensei *Apenas o que não merecemos justifica nossas vidas.* Porque não podia acreditar que merecesse Vernor Matheius. Sabia que não merecia Vernor Matheius. Compartilhando a desconfortável intimidade de sua cama estreita, o colchão pouco espesso, afundado no centro como as costas quebradas de uma besta de carga; os lençóis umedecidos pelos nossos corpos e banhados com o nosso suor, o cheiro dos cabelos de Vernor, de suas axilas e seus pés, o cheiro de seu sêmen aprisionado em manchas no lençol, líquido e leitoso, no interior da camisinha pendendo do seu pênis murcho; Vernor Matheius subjugado depois do triunfo sexual que para ele era indistinguível da derrota sexual; compartilhávamos dessa cama desconfortável, e dessa hora ou dessas horas, porém não compartilhávamos do sono; não compartilharíamos dos sonhos, pois para onde Vernor

Matheius ia, durante seu sono, eu não sabia, nem poderia adivinhar; já eu flutuava na superfície como espuma sobre a água, e afundava um pouco, e me erguia, e afundava, e afundava, os meus dedos sonolentos nos cabelos daquele homem, até que finalmente era vencida pelo sono, sabendo que para onde ele ia eu não poderia segui-lo.

25

E o que era da minha vida naqueles meses que não fosse Vernor Matheius, o que do incalculavelmente vasto mundo não Vernor Matheius, o que de uma garota cujo corpo eu habitava e que não era Anellia, mas inteiramente uma outra pessoa, que ligação, que visão transparecia dos seus olhos céticos, será que ela não tinha futuro, não tinha esperança, não existia outra possibilidade?

Sim. Contudo, não.

26

ELA NÃO PRONUNCIARIA A PALAVRA *ne-gro*. Dava para vê-la aproximar-se e afastar-se da palavra *ne-gro*. Dava para ver o centro dos seus olhos, ferozes, gélidos e pontiagudos, no que lhe ocorreu, e rapidamente evitou, o *ne-gro*. Dizendo, na sua voz de dissimulada solicitude:
— E qual é o seu relacionamento com, com... com essa pessoa de outra raça? — completou, finalmente, tomando fôlego, rugas profundas em suas papudas faces de buldogue, tão incongruentemente empoadas num tom de pêssego, e seus olhos marmóreos, desviando-se para baixo numa dissimulação de modéstia feminina, decoro... — Creio que ele é um estudante de pós-graduação em filosofia, bem mais velho do que você, não é? Tenho recebido informações preocupantes, senhorita... — pronunciando todas as sílabas do meu nome com a mesma entonação, como se, desse modo, pudesse isentar-se da responsabilidade de ter entendido errado um nome evidentemente estrangeiro; ela falava com uma dignidade estóica; prevalecia a alta estima moral que tinha por si mesma; seu título era Reitora de Mulheres da universidade, e era um título ao qual não dava pouca importância. Escutando, fiquei atordoada, em silêncio; não pude pensar numa resposta; tempos antes, eu teria murmurado *Ah, eu odeio você!*, fugindo da minha avó alemã e possivelmente a velha mulher teria me escuta-

do, e possivelmente não; mas, naquele momento, não consegui murmurar essa frase, tinha vinte anos e era uma estudante do quadro de honra da universidade. Pensando, com uma pontada de culpa, *Ela sabe, sabe o que fazemos, quando estamos juntos, mas como pode saber?* Fui intimada a comparecer ao escritório da Reitora de Mulheres em meio a um dos meus sobrecarregados fins-de-semana, entre aulas e empregos de horário quebrado (agora na lanchonete); não tivera tempo de pensar, nem de me apavorar; desistira de pensar em qualquer coisa muito além de Vernor Matheius e dos meus estudos, os dois inextrincavelmente conjugados, já que minha mente vivia aguçada numa imitação da mente fulgurante de Vernor Matheius, meus trabalhos eram escritos como se para se submeterem ao julgamento implacável de Vernor Matheius, minha concentração era monomaníaca e, à sua maneira, satisfatória, como a de um equilibrista de circo caminhando sobre a corda bamba e o abismo; o abismo era a Morte; o abismo era o meu amaldiçoado amor por Vernor Matheius. Assim, eu não dispunha de tempo para pensar, para me preparar para esse ataque inesperado. Sentada, atordoada e humilhada, e bastante ressentida, escutando a admoestação da Reitora de Mulheres, feita com sua insinuante voz arrastada; uma voz habituada a repreender, ralhar, podar e humilhar moças; uma voz que vibrava com seu poder, e com o indizível prazer do poder. Isso é para o seu próprio bem, uma voz como essa nos assegura. *Vocês estão numa idade em que geralmente não enxergam o que é melhor para vocês mesmas.* Várias vezes nesse semestre eu fora chamada ao escritório da reitora, e todas as vezes havia passado por experiências penosas. Eu fizera uma petição requerendo ser liberada da tirania da Kappa Gamma Pi, porém a reitora energicamente desaprova que qualquer jovem deixe uma irmandade, por qualquer razão que fosse; mesmo a mais desesperada; evidentemente não havia alojamentos em número suficiente na universidade para estudantes a partir do segundo ano, e as irmandades e fraternidades eram cruciais para a instituição. No entanto, esse dado pragmático nunca era assumido abertamente. Vinha todo embutido como *compromisso, lealdade, acordos contratuais; ser fiel ao seu juramento.* A ética predominante era *Você arrumou a cama, agora se deite nela,* porém a reitora não o diria assim, tão grosseira e francamente. Naquelas insuportáveis sessões com a reitora, tive de convencer a mulher de que eu queria deixar a Kappa por uma questão de impossibilidade financeira, assim como por questões morais; não era bastante que as minhas irmãs Kappa não gostassem de mim e que me mantivessem no ostracismo (e que, eu bem sabia, fizessem reclamações à reitora, querendo se livrar de mim); não era suficiente que eu fosse infeliz no meio delas e que fosse inapelavelmente diferente delas; não era bastante que eu não fosse uma episcopal e que houvesse mentido, na declaração com que me candidatara à casa, e que tivesse "sangue judeu"; que um não-cristão tivesse mentido para poder entrar numa irmandade cristã; teve de ser demonstrado também que eu não podia permanecer lá por questões financeiras, e que já me encontrava em débito; tive de mostrar para a Reitora de Mulheres declarações financeiras, os mais embaraçosos documentos, autenticados por um banco de Syracuse; tive de me proclamar pobre. Que eu fosse, entretanto, uma estudante do quadro de honra, apesar das minhas dificuldades, isso foi usado contra mim pela reitora; como eu continuava a receber notas altas, e os relatórios dos meus professores eram uniformemente excelentes, a meu respeito, como eu poderia alegar, como vinha fazendo, que a Kappa Gamma Pi prejudicava o meu desempenho acadêmico? *Você, uma jovem de dotes intelectuais superiores, não se sente na obrigação de oferecer auxílio às suas irmãs, não seria isso uma generosidade, um gesto altruísta da sua parte? Ou não?* Foi desse modo que a reitora resolveu me atormentar, e divertiu-se me atormentando; reduziu-me à exaustão e quase às lágrimas; mas, jurei que não permitiria ser levada a chorar; ambas sabíamos que ela não tinha escolha senão deferir minha petição, já que as minhas irmãs Kappa tinham votado pela minha expulsão, e eu não era mais uma delas. E agora, alguns meses mais tarde, aqui eu estava de volta ao escritório da reitora.

Era irônico ser acusada de ter uma relação com uma pessoa *de outra raça* quando, na verdade, eu não tinha notícias de Vernor Matheius havia três dias. E, ao que eu soubesse, também não teria mais notícias dele. Havíamos rompido de uma maneira desastrada, Vernor submerso numa de suas súbitas crises, não se dando o trabalho de se levantar da cama, deitado lá, despido, nu com um braço cruzado sobre a testa, fixando o teto; quando saí do banheiro, sem saber se deveria ir embora, Vernor disse, na sua voz jocosa e soturna: *Schopenhauer já disse: a vida é uma luta contra o sono, e vez por outra perdemos*. Naquela manhã, eu tinha violado nosso acordo não pronunciado, e fui ao apartamento de Vernor, preocupada por não saber dele, fazia alguns dias; decidira que devia ir até lá e me arrisquei a provocar sua raiva; ele dissera que me telefonaria quando desejasse me ver, e eu sabia (acho que eu sabia) que ele estava me punindo; minha punição tinha algo a ver com um comentário de admiração que fizera a respeito do Comitê de Coordenação dos Estudantes Pacifistas e a manifestação ocorrida no campus; eu não concordava com a rejeição de Vernor à política, ao ativismo, à história; eu o decepcionara, e ele quis me punir; no entanto, mesmo assim, me atrevi a ir procurá-lo, me fazendo de inocente. Ele estava em casa e deixou-me entrar; e tínhamos feito amor, afinal, embora não tenha sido inteiramente satisfatório; e eu fora embora, novamente, e fiquei sem notícias dele por mais três dias de equilíbrio na corda bamba acima do abismo, decidida a não despencar. E a Reitora de Mulheres convocou-me, e eu não tinha alternativa senão atender ao chamado. Em breve, completaria vinte anos. Vinte! Parecia-me uma idade avançada; nunca poderia imaginar viver outros vinte anos. A Reitora de Mulheres tinha o poder de expulsar-me da universidade, ou assim fui levada a acreditar. Uma mulher já com cinqüenta e poucos anos, com aqueles enormes peitos caídos e aquelas faces prodigamente empoadas na cor de pêssego, um rosto que fingia saber o que não sabia; um rosto que nunca seria o rosto de uma mãe; um rosto de despeito e de maldosa satisfação.

— Este adulto, um estudante de pós-graduação, esta... pessoa com... outra formação... — contraindo os lábios, exibindo preocupação, e fitando-me com olhos duros, marmóreos — ... você pensou seriamente em... já parou para refletir sobre a conveniência de... a sua família tem conhecimento desse seu comportamento?... A responsabilidade do meu cargo...é tanta que...

Eu escutava com crescente constrangimento, e também com raiva crescente; supus que tivesse sido a supervisora da minha residência universitária que tivesse me denunciado, se bem que não pudesse imaginar por quê, nem como ela soubera de Vernor Matheius. Enquanto escutava a reitora, eu ia ficando cada vez mais furiosa; estava assustada com a minha raiva; do corpo repleto de tensão de Vernor Matheius eu absorvera a fúria; o resmungo baixo, a aceleração do pulso, o batimento latejante de raiva; pensando *Ela acredita que a pele branca é sagrada, você a profanou, e a ela*. Era de esperar que eu me defendesse, mas fiquei sentada imóvel, em silêncio, obstinada e em resistência; a reitora começou a falar com mais energia, com desaprovação:

— ... e parece que você tem um histórico e tanto, senhorita... — com olhos lúgubres, examinando a pasta aberta sobre a sua escrivaninha — ... a sua infeliz experiência na Kappa Gamma Pi ... suas relações igualmente problemáticas com suas irmãs e colegas... dificuldade de cooperar com os outros... suas "tendências sociopatas"...

E, nesse ponto, falei, eu a interrompi com a voz afiada como a de Vernor Matheius:

— Desculpe-me, o que a senhora disse... "sociopata"? A senhora realmente disse... "sociopata"?

E a reitora empinou-se em toda a sua altura, sentada, seu rosto de buldogue avermelhando-se:

— Sim, temo que sim, uma de nossas depoentes assinalou... "tendências sociopatas"... "incapacidade de adaptação"... "contínua rebeldia"...

E eu disse:

— A senhora não tem o direito de me espionar. — Eu falava depressa e com raiva. — Tenho o direito de sair com o homem que eu quiser. Posso amar o homem que eu quiser, e ninguém pode me impedir.

A reitora franziu o cenho diante das minhas palavras ríspidas, um comportamento tão pouco feminino, e disse:

— Já chega. Seu comportamento vai ser devidamente anotado no seu histórico.

E eu repliquei, tremendo:

— Por que é da sua conta ou da conta de qualquer outra pessoa se estou me encontrando com um homem negro? Se estou apaixonada por um... homem negro?

E em resposta a reitora fitou-me fixamente, como se eu tivesse pronunciado palavras obcenas. Era evidente que não estava acostumada a jovens amotinadas no seu escritório.

— Senhorita, você foi longe demais. Não pode falar comigo dessa maneira. Sua...

Mas eu saltei da minha cadeira e puxei a pasta da sua escrivaninha, dizendo:

— Tenho o direito constitucional de ver o que está escrito aqui sobre mim.

A reitora foi tomada de tal surpresa que não conseguiu reagir, seu rosto empoado dissolvendo-se em espanto aturdido, enquanto eu folheava a pasta, transcrições de minhas notas ao longo de três semestres, fotocópias de formulários, cartas de recomendação do meu colégio e resultados de testes, uma cópia de um documento da *New York State Board of Regents* de Albany, concedendo-me uma bolsa de estudo estadual — *tranqüila, bastante amadurecida para a sua idade, muito inteligente* — pareceres de meus professores universitários — *brilhante, mas muito jovem, imatura...* — *uma destacada estudante abençoada (ou amaldiçoada) com uma imaginação cética*; e na caligrafia estilizada de Agnes Thayer, que reconheci imediatamente, estas palavras condenatórias — *garota voluntariosa, problemática, sem atrativos, rude e com tendências sociopatas, com incapacidade de ajustar-se ao convívio social, desrespeitosa em relação aos mais velhos. NÃO RECOMEMDADA PARA QUALQUER FUTURO EMPREGO EM QUALQUER CAMPO DE ATIVEDADE.* Essas palavras passaram num borrão veloz diante dos meus espantados olhos, e no entanto tive tempo bastante para notar os erros em *recomendada* e *atividade*, e para imaginar a extensão da perturbação emocional da sra. Thayer; mas a reitora já tinha se posto de pé, uma mulher de meia-idade troncuda, ofegante, se bem que muito maior do que eu, ela parecia estar com medo de mim; uma garota com tais tendências sociopatas, o que eu não poderia fazer em seguida? Com a maior serenidade que pude reunir, joguei a pasta de volta sobre a escrivaninha e disse:

— Como a senhora se atreve a me espionar? A senhora e a senhora Thayer... A senhora sabe como ela era perturbada, sabe o que aconteceu a *ela*? Se estou apaixonada por um... — e nesse momento também vacilei, sem saber ao certo como falar de Vernor Matheius, porque quaisquer palavras designadas para ele que diluíssem a sua individualidade numa categoria, ou numa classe, soariam falsas; pior do que falsas, traidoras. Até mesmo falar dele com neutralidade, em tal contexto, era uma traição. Eu disse, gaguejando: — ... se eu estou apaixonada por um homem, seja quem for, a senhora não tem o direito de interferir. A senhora não tem o direito de me intimidar. Tenho vinte anos de idade, sou uma mulher adulta! O meu amigo, Vernor Matheius, é um cidadão associado à União Americana de Direitos Civis e vamos processar a senhora, a senhora e a universidade, se insistirem nessa perseguição racista, conhecemos nossos direitos como... como cidadãos americanos!

Eu já estava fora do escritório da Reitora de Mulheres; atravessei às pressas a recepção do gabinete, num assomo de indignação, retendo uma imagem borrada, e semelhante a um sonho, da expressão atordoada no rosto da reitora, enquanto descia, ligeira, os degraus de Eric Hall, num êxtase de hilaridade, os nervos excitados, pensando *Se Vernor tivesse escutado... Ele iria me amar, não iria?* Pensando no frívolo triunfo *Será que sou uma sociopata, uma patogenia no meio social? É isso que eu sou... será esta a minha essência?*

Eu estava correndo. Estava atraindo atenção. Não estava chorando, meu rosto brilhava de indignação. *Uma patogenia. Uma patogenia!* Era um termo da biologia; um termo útil; nunca me senti tão poderosa, tão segura de mim mesma. *Vernor Matheius e eu: patogenias.* Senti a excitação de fora-da-lei, um pária, objeto de asco e tabu; minha pele era "branca", uma camuflagem que eu podia usar pela vida toda, como uso minhas roupas chiques; como uso minha "feminilidade", que os outros entendem como uma fragilidade, eu a forjaria para ser uma força em mim. Como eu estava radiante por essa descoberta de mim mesma! Atravessando um declive relvado, extenso, esponjoso sob a chuva que acabava de começar; o ar da tarde tinha se tornado crepuscular com nuvens trovejantes obscurecendo o sol, e brilhava com uma iridescência peculiar, como um arco-íris; eu me regozijava com meu segredo que, *além de mim mesma*, ninguém (nem mesmo Vernor Matheius) jamais conheceria. Senti uma lufada de ar sulfuroso. O estremecimento de um trovão. E um inesperado e penetrante odor doce de lilás da sebe junto à Escola de Música, e me peguei vendo novamente os arbustos de lilases destratados que cresciam atrás da cocheira caindo aos pedaços do meu avô; tomei um fôlego profundo, que me fez estremecer, correndo agora sob a chuva, a lama salpicando minhas pernas, minhas pernas brancas, nuas, rindo para mim mesma, meu rosto brilhando com lágrimas de riso, raiva, dor, determinação. *Então, eu sou uma amante-de-negros e uma patogenia. Isso é o que eu sou.*

27

NUNCA OUSEI CONTAR a Vernor Matheius a minha aventura no gabinete da Reitora de Mulheres. Não tive coragem, embora continuasse ruminando com infantil obstinação *Ele me amaria, se soubesse*. Minha coragem, defendendo-nos.

Mas, teria mesmo? Teria Vernor Matheius me amado, ou mesmo me adorado, se tivesse tomado conhecimento do que houve? Se alguém lhe contasse? Ou ficaria mortificado, furioso, desgostoso por ter me utilizado do seu nome? Da minha balela, sobre *meu amigo Vernor Matheius*, que foi a primeira e seria a última vez em que mencionei seu nome para outra pessoa?

No entanto, nunca lhe disse, ele nunca soube.

Nem a Reitora de Mulheres insistiu em sua perseguição contra mim. Pelo menos, que eu soubesse. A ameaça que fiz de um processo e a evocação de "direitos civis" tinham sido um tiro no escuro, ainda que inspirado; a arma precisa para alguém se defender de uma administradora de faculdade naquela época de reformas dos direitos civis; de uma maneira radicalmente nova de encarar os problemas raciais, os individuais e as liberdades civis. A Reitora de Mulheres não teria motivo para me chamar novamente, nem naquele ano, nem nos meus dois anos restantes de universidade; ironicamente, pelo que parece, olhando para trás, por uma notável ironia do destino, eu seria eleita como oradora da turma de 1965 e pronunciaria um discurso de formatura idealista sobre o tema dos direitos civis; a seguir, na plataforma de colação de grau, seria calorosamente parabenizada pelo reitor da universidade e por uma sucessão de altos administradores acadêmicos, inclusive a Reitora de Mulheres; reparei que ela era uma das pouquíssimas mulheres na cerimônia de formatura, e entre tantos homens altos, parecendo tão importantes, uma imagem da insegurança feminina, suas faces avermelhadas exageradamente empoadas e seu capelo, preso de um modo que não a favorecia, com grampos aos seus cabelos castanho-grisalhos. A sua boca se franziu quando me aproximei, seus pequenos olhos amortecidos fixaram-se no meu rosto como se subitamente receasse que eu lhe dissesse algo sarcástico, rude, sem me importar que fosse ouvido pelos seus colegas masculinos. Mas nosso encontro, que foi também nossa despedida, foi amigável. Talvez eu estivesse um tanto nervosa, emocionada, e ainda excitada por conta do discurso que acabara de fazer e de ter sido aplaudida; eu sorria para todos, e não enxergava ninguém; e de repente surgiu o vulto da Reitora de Mulheres diante de mim, uma mulher com a silhueta de uma barraca preta, e lá estava minha pequena mão sendo apertada por sua mão mole e desossada, e ambas as mãos geladas como se drenadas de sangue; a Reitora de Mulheres sorriu, dizendo-me:

— Congratulações, minha querida. Você correspondeu ao que prometia.

Eu disse:

— Muito obrigada, reitora. E adeus.

No entanto, isso seria no futuro, dois anos mais tarde. Um futuro que eu não poderia ter fantasiado mesmo com o grande esforço de minha poderosa imaginação.

28

NÃO SOU UM HOMEM com quem qualquer mulher possa contar. Não sou um homem que deseje ser amado.
 Mas: ame-me.
 Desejando surpreender meu amante, fazê-lo feliz. Porque aquilo que faz feliz aquele a quem adoramos, também nos faz feliz; o que não, não; senão, o universo é um vazio, um insondável poço de escuridão.
 Quantas vezes perambulando por livrarias, vendo livros, que sabia que Vernor Matheius apreciaria, e pensando que bem poderia furtá-los para ele — ou não? O fato é que jamais os roubei para mim mesma: edições comentadas das obras de Leibniz, Hegel, Heidegger; um novo comentário sobre Wittgenstein; uma nova tradução dos diálogos de Platão; biografias de Kierkegaard e Jaspers; ensaios de Ernst Cassirer sobre a natureza mítica da linguagem. Com um desses preciosos e dispendiosos livros nas mãos, pensando *Como Vernor ficaria feliz em possuir isso.* Desejando não pensar. *Que ardil mais transparente para fazer com que esse homem me ame.*
 Nunca roubei livro nenhum. Embora tivesse sido rotulada como uma fora-da-lei, uma sociopata, no entanto nunca roubei para Vernor Matheius, assim como jamais roubei para mim mesma; era tão orgulhosa que não me rebaixaria a esse ponto; nem poderia imaginar como Vernor reagiria se descobrisse que livros haviam

sido roubados para ele; e ele sabia que eu não tinha o dinheiro para comprá-los. Com freqüência, ele expressara seu desprezo por qualquer forma de desonestidade, acima de tudo desonestidade intelectual; ele desprezava o pensamento não original em filosofia; ele desprezava qualquer forma trivial de crime.

"Crimes triviais requerem almas triviais."

Mesmo não tendo recursos para tanto, havia vezes em que, por impulso, eu comprava presentes para Vernor. Nunca em minha vida até então tinha experimentado aquela rapsódia de felicidade: comprar um presente para alguém que se ama. A adrenalina transbordava, *Eu sou a pessoa que pode comprar esse presente. Somente eu tenho esse privilégio.*

Eram tesouros em lojas de objetos usados. Eu era paciente, era capaz de vasculhar meticulosamente caixotes de refugos. Descobri uma belíssima caneta-tinteiro antiga, preta com detalhes dourados, que ainda funcionava; um par de abotoaduras de jade falsificado gravado com miniaturas de esfinges; um peso de papel de cristal (com uma diminuta rachadura, mas ainda encantador) que era também uma lente de aumento. No aniversário de trinta anos de Vernor, eu o presenteei com um colete de seda, com uma estampa xadrez — um quadriculado enviezado, sob um fundo cinza, diáfano como fumaça; quando ele desembrulhou e abriu a caixa, deteve-se, por um momento, sem tirar o colete fora do papel de seda, examinando-o, e eu me preocupei pensando se a peça de vestuário seria pessoal demais, e isso pudesse ofendê-lo; porém Vernor tirou-o da caixa, vestiu-o e franziu o cenho criticamente diante do seu reflexo no seu espelho sem moldura, acima da cômoda do seu quarto de dormir:

— Hum. Nada mal.

O colete de seda tinha vindo de uma loja de consignações no centro comercial de Syracuse; seu preço havia sido reduzido numerosas vezes, até ser vendido por nove dólares e noventa e cinco centavos. E eu o achei tão bonito, o corte em estilo antigo, uma fileira de pequenos botões pretos de madeira; um colete para um cavalheiro; para Vernor Matheius. Ele riu quando lhe contei que era de segunda mão; sua etiqueta tinha sido cuidadosamente removida.

— Ou seja, sem dúvida é um colete que pertenceu a um homem já falecido, reciclado para *mim*.

— O que é apenas lógico — eu disse —, considerando que você está vivo.

Vernor riu novamente e perguntou, não pela primeira vez, por que eu comprava coisas para ele.

— Você não tem dinheiro para isso, Anellia.

Eu o ignorei, dizendo vaidosa:

— Você fica muito bonito com esse colete de seda, Vernor, cai em você com perfeição.

E Vernor replicou, repreendendo-me:

— Eu não fico *bonito*, e ele não cai em mim com *perfeição*, e é evidente que não preciso de colete nenhum, mas muito obrigado, Anellia.

Ele sorrindo para mim, meu coração pairando nos ares.

— É uma ocasião especial. E tenho algo especial para lhe dizer.

Vernor estava usando o colete de seda por baixo da sua velha jaqueta de flanela cinza que lhe ficava apertada nos ombros, ao vir me apanhar para jantarmos fora pela primeira vez (que seria também a última), num restaurante bom e caro no centro, o *Brass Rail*; ele estava bem barbeado e o rosto exibia ângulos definidos e proeminentes, como uma escultura em mogno; seus cabelos já há algum tempo não eram cortados e erguiam-se numa penumbra emaranhada ao redor da cabeça; uma das hastes dos seus óculos tinha se quebrado e estava remendada com fita adesiva, o que lhe dava um aspecto algo selvagem, mas ainda erudito; ele estava bonito e arrogante, no seu melhor estilo irônico; usava o colete, a jaqueta, uma gravata escura parecendo algo engordurada e calças escuras com um vinco irregular, além de sapatos de couro marrom, muito gastos e manchados de umidade. Eu estava com um vestido de seda preto que parecia ter vida, identidade e idioma próprios;

bem no estilo dos anos 1940, tinha uma saia rodada, mangas compridas e apertadas, e decote em V enviezado que exibia uma parte do meu tórax franzino e pálido, e as bordas dos meus peitos pálidos; o vestido tinha um cinto de pano que já começava a se torcer, mostrando o forro; a mulher que possuíra o vestido (claro que era de segunda mão) tinha a cintura mais fina do que a minha, já que o cinto tinha sido mutilado como se fosse com um picador de gelo para abrir furos extras nele, de modo que pudesse ficar mais apertado, e mais apertado ainda, posteriormente; Vernor achou o vestido "erótico" — "com cheiro de túmulo"; com ele, eu usava uma fina corrente de ouro fosco que pertencera à minha mãe; pelo menos, foi o que minha avó, que não quis ficar com ela, me contou, quando eu ainda era menina. O nervosismo fazia minha pele sensível se partir em erupções, mas o meu rosto estava radiante, eu lhe aplicara algumas camadas de maquiagem, incluindo ruge; meus olhos cintilavam com o brilho da loucura; eu pensava *Este é o dia mais feliz da minha vida*. No entanto, eu poderia confiar na felicidade? Não agüentava mais de expectativa pelo que Vernor tinha para me revelar no jantar; imediatamente depois do seu comentário, fora de hora e displicente, já esquecera o que tinha escutado; desviei o olhar, evasiva e assustada.

  Era atordoante aparecer em público ao lado de Vernor Matheius; ambos vestidos para a noite; o seu rosto de madeira entalhada, o meu irradiando alegria; suas roupas descasadas, malconservadas, e meu vestido de seda preto de bruxa; caminhamos pelas calçadas, atravessamos ruas e atraímos todos os olhares para nós, como se fôssemos ímãs; eu me perguntava se Vernor ia me fazer uma declaração, sobre mim, sobre nós, finalmente; andávamos de mãos dadas, parte do tempo e, noutras, Vernor parecia quase me ignorar; contudo, lá estava a cintilante fachada do *Brass Rail,* onde os pais das minhas irmãs Kappa as levavam para jantar, lá estava Vernor abrindo a porta para mim, e o estremecimento de excitação de entrar no restaurante, como se fosse num palco, ou como se estivesse despencando num abismo. Vernor fizera uma reserva; enquanto o *maître* franzia a testa, percorrendo o seu livro de registros, Vernor piscou o olho para mim e disse que eu ficava bem no papel. Que papel, indaguei, apreensiva.

— No papel de uma jovem escritora celebrando sua primeira publicação.

E meu coração contraiu-se, desapontada, pois eu pensei que ele iria dizer outra coisa.

(A ocasião especial que estávamos festejando era o fato de eu ter conseguido publicar um conto numa eminente revista literária; um dos meus inusitados golpes de sorte; eu havia escrito um primeiro esboço do conto, em dezembro do ano anterior, acossada pela insônia, no porão da casa Kappa; e porque me sentia desesperadamente infeliz, fiz uma história cômica; triste e ferozmente cômica; era uma incursão na loucura em uma época em que as chamas da loucura lambiam os meus pés, mãos e cabelos. Quando, constrangida, contei a Vernor essa boa notícia, que me envergonhava da mesma maneira como me envergonharia ganhar na loteria, Vernor me fitou com espontânea surpresa, por alguns momentos, depois sorriu, assobiou um acorde de congratulações e disse-me que "não se surpreenderia " com nada que eu conseguisse fazer. Eu esperava que ele me pedisse para ler o conto, mas Vernor nunca o fez.)

No interior frio e multicolorido do *Brass Rail*, fomos conduzidos para a nossa mesa pelo *maître* no seu smoking; fez-se no restaurante um frêmito, não de um som, mas da súbita e imediata ausência de som; um engasgo coletivo. O *maître*, com uma expressão rígida e lúgubre como um agente funerário, sentou-nos bem nos fundos do salão; uma pequena mesa próxima do corredor que dava para os banheiros; no entanto, era uma mesa simpática, com um castiçal aceso e um pequeno jarro de cravos; era um restaurante bonito, se bem que algo submerso e sombrio; logo que nos sentamos, Vernor pegou a minha mão e ergueu-a, coisa que nunca fizera antes, para beijar as pontas dos meus dedos; um gesto que interpretei como jocoso, teatral; fosse como fosse, fiquei comovida; fez-me sentir embaraçada, pois tinha a consciência dos demais clientes nos observando; olhos que, se eu olhasse em volta, imediatamente se desviariam. Levou algum tempo até que o nosso garçom chegasse, e, sem olhar direito o que fazia, recebi dele um enorme cardápio; houve alguma confusão em relação ao nosso candelabro, cuja chama tinha se apagado; Vernor insistiu que o acendessem de novo; um casal numa mesa vizinha nos encarava sem disfarces; eram de meia-idade, muito bem vestidos e de pele branca (é claro); eu estava começando a sentir a opressão do *branco*; a ubiqüidade do branco; pois todo mundo no *Brass Rail* era *branco*, com exceção dos ajudantes de garçons, vestindo brancos (fascinantemente brancos!) uniformes, e estes ajudantes de garçons eram negros. (E com que rapidez automática desviaram os olhos de nós. Enquanto pedíamos a refeição, em nenhum momento nos fitaram.)

Sua...! Não se envergonha de si mesma?, escutei murmúrios submersos de desaprovação, a mulher na mesa próxima à nossa, nosso garçom autômato, e eu pensei *Não! Não me envergonho*. Levou algum tempo até que os nossos drinques fossem trazidos, vinho para Vernor, uma club soda para mim (eu era menor de idade), e durante todo esse tempo Vernor não deu sinal de notar o quanto estávamos sendo observados; este era o Vernor Matheius dos *pubs* do campus e dos restaurantes que jamais sequer olhava de relance para outras pessoas; este era o Vernor Matheius de Oneida Creek, que fizera amor comigo a alguns metros de uma alameda pública; este era o Vernor Matheius da sala de aula; exceto que, nessa noite, ele ria com freqüência, e algumas vezes bem alto; parecia muito à vontade; eu ria com ele, embora houvesse algo forçado e febril em sua risada; pensei *Este é o homem que eu conheço, ou um estranho?* No entanto, como era emocionante estar na presença de tal estranho. Durante a maior parte do jantar, Vernor inquiriu-me no seu jeito sério-brincalhão socrático; uma inquirição incansável, que era como se alguém estivesse me fazendo cócegas com rudeza, me fazia rir e me deixava embaraçada; uma erupção debaixo do meu queixo latejava; na sua voz professoral eloqüente, Vernor Matheius falava num tom audível o bastante para ser escutado nas outras mesas; falando de *O ser e o tempo*, de Heidegger, que seria um "texto intraduzível", que estava lendo em alemão; em Heidegger o peso da linguagem é tão importante quanto o do significado; contudo o paradoxo (Vernor defendia, ou seria Heidegger?) da linguagem é que não pode haver uma única linguagem, mas linguagens.

— O paradoxo trágico é que cada um de nós fala e ouve uma linguagem diferente da de todos os demais.

E eu comentei, desajeitadamente:

— Mas as pessoas normalmente se entendem mutuamente; pelo menos, dá-se um jeito.

E Vernor respondeu:

— Mas, como você sabe disso?... A convicção de que "se entendem" e esse seu "dá-se um jeito" podem resultar numa ilusão.

Então, ele passou a discorrer sobre a famosa alegoria de Platão sobre a caverna. Ainda que já a tivesse estudado, não conhecia a peculiar interpretação de Vernor. Ele passou a falar de sua própria "caverna-original" — seus "ancestrais"; Vernor Matheius, que até aquele momento parecia não ter nenhuma história pessoal, nem "ancestrais", nada semelhante. Sem maiores envolvimentos no assunto, ele me contou que os seus ancestrais, aqueles que conseguira rastrear, tinham sido os africanos mais afortunados, entre os que foram trazidos como escravos para os Estados Unidos, porque haviam sido vendidos bem no Norte, em Connecticut, em 1780; e em 1784 a escravidão foi abolida em Connecticut; não havia nenhuma história significativa de escravidão no passado de Vernor; o sobrenome "Matheius" havia sido escolhido pelo seu avô, de uma lápide de um desconhecido (essa era a lenda, na família); e essa era a razão pela qual, assim Vernor disse, ele tinha nascido com uma *alma livre*, e não com uma *alma escrava*. Ele se dirigia a mim como se eu estivesse silenciosamente objetando a ele, como se precisasse ser convencida: ele sorriu, bebericou o vinho e disse beligerantemente:

— Por que diabos então deveria passar a minha vida sendo um "negro", por causa de uma outra pessoa qualquer? Tenho preocupações mais elevadas.

Fiquei sensibilizada por Vernor me confidenciar coisas como essas; ele jamais havia falado, exceto vagamente, de si mesmo, e nunca perguntara nada a meu respeito; embora demonstrasse interesse em meus cursos, no que eu estava estudando e escrevendo, não estava interessado em saber quem eu era; nem eu estivera interessada em lhe dizer; pois *quem eu sou* nunca me interessou mais do que em quem *eu poderia me tornar*. Perguntei a Vernor de onde, na África, tinham vindo os seus ancestrais, e ele respondeu, depois de um momento de hesitação.

— Daomé... Um lugar do qual, na prática, não sei coisa nenhuma, nem mesmo a localização exata.

Isso me pareceu inusitado; ou antinatural; mas, não queria argumentar com Vernor Matheius. Ele mudou de assunto, e passamos a falar sobre famílias, sobre identidades; não especificamente, mas como abstrações, idéias; me dei conta de que, desde que o conheci, Vernor nunca havia saído de Syracuse nem falara em visitar sua terra, nem tampouco tinha recebido a visita de ninguém; nunca recebera correspondência pessoal, até onde eu sabia, nem chamadas telefônicas; tinha alguns amigos que conhecera no Departamento de Filosofia, havia professores e colegas estudantes de pós-graduação que o convidavam ocasionalmente para as suas casas, mas, sem dúvida, Vernor não fazia nenhum esforço para retribuir os convites; nem se esperava que o fizesse; ele certa vez me disse que o seu lar era a mente, e agora tinha certeza de que falava literalmente a verdade. Sua mente era o seu lar, e uma única pessoa morava ali.

— Você se liberta para escolher a sua identidade, ao optar por um trajeto de ação mental que exclua outros trajetos — Vernor afirmava.

Mais uma vez, ele se debruçou sobre a mesa num gesto que lhe era atípico, para segurar a minha mão; apertando os meus dedos como se eu fosse lenta e obstinada; como se eu requeresse ser coagida a reconhecer:

— Vou tentar acreditar nisso — eu disse.

E Vernor respondeu gravemente:

— No entanto, você não se esforça o bastante nisso, Anellia. Até Wittgenstein se dedicava a *pensar*. Não é um passatempo como comer, bater papo, copular.

Fiquei magoada com essta observação, pois sabia que tinha o propósito deliberado de ofender; mas Vernor insistiu:

— Em sua reflexão, Anellia, você me desaponta.

— Sinto muito, Vernor — eu disse, e ele respondeu, trancando os dentes atarracados, um sorriso que bem podia ser de dor.

— Anellia, há uma coisa que eu quero lhe dizer.

Eu sabia que não poderiam ser boas notícias. Mesmo enquanto eu racionalizava *Você acredita que mereça boas notícias? — certamente não. É o adeus.* Estivéramos comendo nosso jantar sem parecer saboreá-lo; Vernor fizera o pedido para nós dois, o mais barato do dispendioso cardápio, frango; ainda assim, o custo da refeição seria exorbitante; parecia uma ironia obscura o fato de que Vernor nos tivesse trazido para o *Brass Rail*, um lugar do tipo que ele costumava desdenhar. Eu sabia que devia perguntar a Vernor o que aquilo significava, como um personagem numa parábola de Kafka que deve, tão cruelmente, participar da sua própria execução; todavia as palavras emperraram na minha garganta, assim como o alimento que eu estava comendo, ou tentando comer. Vernor disse, na sua voz professoral:

— Melhor ainda, há uma coisa que você pode me contar.

Eu levantei os olhos para perguntar:

— O quê? — E Vernor disse:

— O que você quer de mim, Anellia?

O que eu queria de Vernor Matheius!

Eu ponderei sobre a pergunta. Talvez tenha sorrido, debilmente. Uma garota num vestido de seda preta com um decote que exibia a pele pálida e lisa do seu peito, uma garota branca magra a quem ele se dirigia, a quem instruía, aflitivamente, aquele homem de rosto negro, aguçado, vestindo uma jaqueta cinzenta, colete de seda, gravata escura engordurada. Eu rezava para soar como uma garota que dominasse ardis, a sedução. Aos olhos daqueles comensais, observando-nos dissimuladamente, uma garota misteriosa.

— Apenas estar com você, Vernor. Se...

Ele espremeu os meus dedos com mais força, como se sentisse pena de mim, e impaciência. Como se empunhasse um pedaço de giz, elaborando um silogismo num quadro-negro, em Introdução à Lógica.

— Anellia, não existe oportunidade para isso.

Ele bem poderia estar proferindo uma previsão sobre o tempo que iria fazer; comentando um fato evidente em si; um fato para não ser questionado; um fato que não era para ser modificado; e escolhera meticulosamente suas palavras, como sempre fazia, como se cada palavra tivesse um preço; ele era parcimonioso com palavras, e sagaz. Bebendo o último gole de vinho, o escuro líquido vermelho que não me oferecera para provar. Minha boca doía, desacostumada a sorrir; uma ostentação pública de sorriso; um bramido em meus ouvidos como o bater das ondas num sonho imperfeitamente recordado; não consegui ouvir o restante das palavras de Vernor; o punho negro de Vernor encapsulou a minha mão, como se estivesse protegendo-a, erguendo-o de um modo que os nós dos dedos dele roçaram levemente meu seio esquerdo; a comoção de ser tocada me percorreu; senti os mamilos se enrijecerem, absurdos e deploráveis, dentro do vestido preto de seda de uma mulher morta, era uma carícia significando consolo, não devia produzir excitação; nem ao menos intimidar; não havia nada de sexual no gesto, exceto na sua ostentação, e quem sabe fora uma ostentação inconsciente; todavia, senti olhos desconhecidos sobre nós, frios e enfurecidos; eu não tinha forças para enfrentá-los e recuei diante do gesto casual de Vernor. Pensei *Isso é uma vida: essas diminutas partículas de sensação, emoção.* Pensei *Mas será que poderei suportar essa vida? Terei forças o bastante?* Nosso garçom já havia desaparecido, e há muito tempo não se aproximava da nossa mesa; estava preparando a conta, e colocou-a claramente junto ao cotovelo de Vernor; agora o *maître*, no seu smoking, postara-se de pé assomando sobre nós, imperial e contrafeito; explicando num tom de um perfunctório pedido de desculpas que a nossa mesa tinha sido reservada para outro grupo às nove; agora, já passava das nove; tínhamos de desocupá-la o mais depressa possível; a conta poderia ser paga na saída. Vernor levantou os olhos arregalados com debochada solicitude para o *maître*, um homem branco na faixa dos cinqüenta, de rosto oblongo, rechonchudo, olhos insolentes; Vernor pareceu prestes a protestar, mas nada disse e, calculadamente, empurrou para trás a sua cadeira, pondo-se de pé, abruptamente, de tal maneira que o *maître* recuou um passo; não que Vernor o tivesse ameaçado; um homem alto, rosto negro e talhado com expressões angulosas, punhos crispados. Eu me levantei apressadamente, desejando apenas escapar daquele terrível lugar; pois o restaurante tinha ar condicionado e estava desconfortavelmente frio; era uma temperatura mais apropriada para homens de ternos, não para mulheres com vestidos de seda e decotes profundos; tremi de frio durante toda a refeição. Vernor segurou a minha mão e puxou-me, dizendo para o *maître* num tom de fria polidez:

— Ótimo. Estamos indo, e o senhor não precisa se preocupar, nunca voltaremos aqui.

E lá estávamos nós atravessando o *Brass Rail*, enquanto os clientes olhavam fixamente para nós, perguntando-se se teria havido uma altercação entre o *maître* e aquele negro arrogante. Tento agora nos ver: mas estava tudo tão embaçado, uma misericordiosa neblina; como num sonho se dissolvendo; o colete de seda cinzento, o vestido de seda preto; um rosto congelado de ódio, um rosto acometido de constrangimento. *Sou capaz de suportar uma vida dessas? Sou forte o bastante?* Fiquei esperando do lado de fora do *Brass Rail* enquanto Vernor Matheius acertava a conta.

E mais tarde. Na cama de Vernor, naqueles lençóis com o cheiro de nossos corpos; nos braços de Vernor que não me puxavam para si, mas me seguravam frouxamente, embalando da mesma maneira que se consola uma criança pequena; eu estava fazendo força para não chorar, pois nada é tão banal quanto chorar nos braços de um amante, banal e fútil; enquanto Vernor dizia com desajeitada gentileza:

— Eu não lhe avisei, garota, que não sou o tipo de homem com quem uma mulher pode contar? Não avisei? — E a seguir, com mais gentileza: — Eu queria amar você do jeito que você merece, uma garota como você, mas eu não posso, você sabe que não posso. Nunca menti para você nem a enganei, Anellia, não é verdade?

Palavras tão graves, como uma sentença de morte, e no entanto, fiquei lá implorando:

— Vernor, eu posso a-amar o bastante por nós dois. Me dê uma chance!

Minha absurda maquiagem começou a se desmanchar sobre o meu diminuto rosto pálido. Meus cabelos, que havia lavado com xampu naquela tarde, e escovado para ganharem brilho, agora estavam desgrenhados como se eu tivesse acabado de acordar. E Vernor continuando a falar com aquela sua voz resoluta, suave:

— Anellia, talvez seja melhor você ir embora agora. Talvez devamos terminar com isso.

Eu me mantive totalmente imóvel, totalmente imóvel, sem escutar.

Purificar-me completamente, como? Tornando-me nada, apenas ossos sem carne e esbranquiçados. E então serei livre.

29

EM DOZE DE JUNHO DE 1963, três dias após a nossa noite no *Brass Rail*, um jovem secretário de operações da *National Association for Advancement of Colored People*, chamado Medgar Evers, entrou para a história; ele foi baleado nas costas por um racista branco quando estava quase entrando em sua casa, em Jackson, Mississippi. Até Vernor Matheius, que evitava os noticiários como se cheirassem mal, não pôde evitar tomar conhecimento do assunto.

Merda. Sacanas.

Era um indício da deterioração de Vernor que uma vulgaridade tão ordinária e, se poderia mesmo dizer, tão clichê brotasse dos seus lábios.

Começando agora a beber no início da tarde. Ao meio-dia. Acordando tarde, grogue e ainda bêbado da noite anterior; arrastando-se para trabalhar na sua escrivaninha, ou para tentar trabalhar; cerveja, vinho dos que acabam com o estômago, vinho barato de garrafão; ele se recusou a sair do seu apartamento, e até mesmo a se lavar, vestir roupas limpas. Ele estava febril, sem apetite. O refluxo dos esgotos sufocando-o. *Fique longe de mim*, ele me preveniu, porém eu não lhe dei ouvidos. Eu tirava vantagem da sua enfermidade, da sua fraqueza; duas vezes por dia, todos os dias, eu subia a escada externa dos fundos do edifício de Vernor Matheius para encontrar a porta dele trancada, e, não importava o quanto eu suplicasse, nada poderia induzir Vernor a abri-la, ou a porta podia estar destrancada, podia abrir-se quando eu a empurrasse, e um odor de derrota e fúria invadiria minhas narinas de modo que o meu impulso era fugir, embora, obstinadamente, eu me recusasse a fazê-lo. *Por quê? Por que você vem aqui mesmo eu não querendo você?* era a acusação silenciosa de Vernor, enquanto eu suplicava, em silêncio, segurando a sua mão e erguendo-a, a suja e suarenta palma da sua mão, até a minha face. *Eu já lhe disse. Eu tenho amor suficiente para nós dois.*

Ao longo de todo aquele interminável inverno, e mesmo entrando pela primavera, ocorreu uma epidemia de influenza no norte do Estado de Nova York. Vernor gabava-se de ser imune a uma fraqueza dessas, porém finalmente sucumbiu; gracejando disse que tinha sido envenenado no *Brass Rail*. Depois de uma semana, tinha perdido tanto peso que eu podia ver o seu esterno como a lâmina de uma pá, delineado através de sua camisa imunda, quando ele se deitava de costas; observei que as maçãs do seu rosto haviam se tornado mais salientes; os olhos estavam mais fundos e brilhavam debilmente, como a chama de uma vela em uma abóbora alucinada de Halloween. Fiquei apavorada com ele. Preocupada que ele se deixasse morrer de inanição, por ressentimento, como aqueles reclusos de que algumas vezes ouvíamos falar lá no interior da minha infância, que, não tendo o que comer no inverno, ou sendo pobres demais, eram demasiado orgulhosos ou teimosos, ou ensandecidos demais para pedir auxílio aos vizinhos. Do mártir Medgar Evers, cujo assassino ainda não tinha sido descoberto, Vernor disse: *Isso é o que acontece quando você se mete na história: a história tritura você sob os tacões de suas botas.* O comentário parecia dar-lhe prazer.

Havia momentos em que ele parecia delirar; havia momentos em que ele falava qualquer coisa com veemência, ou começava a xingar; certa vez, quando abri a porta com uma chave que pegara sem ele saber, fiquei chocada ao ver que ele jogara livros e papéis no chão, desgostoso, derrubara todas as estatuetas, as figuras de

Sócrates e Descartes; no pequeno e malcheiroso banheiro, parecia que havia urinado no retrato de Wittgenstein portando sua enigmática bengala de bambu. Tentando baixar as cortinas da janela, ele as deslocara dos trilhos e elas ficaram balançando em tiras e frangalhos que não pude concertar, e assim tive de removê-las; havia cacos de vidro no chão, pontas de cigarro, cinzas; o quarto fedia a cerveja e vinho barato, fumaça e pano queimado; havia marcas de queimado nas roupas de cama; o meu receio era que Vernor pusesse fogo em sua cama, que acabasse morrendo queimado, junto com os seus vizinhos, os demais locatários, durante a noite.

Deixe-me amá-lo. Deixe o meu amor curar você.

Vernor Matheius ouvia-me perfeitamente bem. Ele foi acometido de um acesso de tosse e apoiou a cabeça nos braços, sobre a mesa da cozinha.

Sobre a sua devastada escrivaninha, a máquina de escrever portátil tinha sido empurrada com força para trás, contra a parede. Havia pequenos rasgões marcados no papel de parede. Uma folha de papel parecia ter sido arrancada do carro da máquina de escrever, e sobre ela havia numerosos xis e um único parágrafo legível:

Axioma: se (segundo LW) ao sinal proposicional é atribuída uma relação projetiva em relação ao mundo, assim se segue necessariamente que o uso do sinal perceptível de uma proposição (falada ou escrita) seja uma projeção de uma possível situação? (Ver LW, 3.11)

Eu entendi que "LW" era Ludwig Wittgenstein; o restante da discussão, que deveria ser parte do tratado que Vernor estava escrevendo para a sua dissertação de doutorado, não significava nada para mim. Nem me atrevi a perguntar a Vernor sobre isso, já que ele ficaria furioso se soubesse que eu estivera fuçando seus documentos. A minha missão era zelar por ele, e isso eu fazia com todo o desvelo, resolução e bom humor; eu não cairia doente, mas seria sua enfermeira e ele enxergaria o quanto eu o amava e que não o criticava; pois não é justo criticar um doente, você tem de tratá-lo para devolver-lhe a saúde; trazê-lo de volta à sanidade; ajudá-lo a reencontrar o seu próprio eu. Trouxe mantimentos para o apartamento de Vernor e lhe preparei refeições; nos seus piores dias, ele não tinha apetite, a comida lhe causava ojeriza e a única coisa que tolerava era sopa; um caldo ralo de uma sopa que eu cozinhava com vegetais picados; eu cantarolava de boca fechada e ficava sorrindo, enquanto cozinhava na sua minúscula cozinha; como numa velha fábula européia em que uma poção de amor era misturada ao alimento do homem; uma donzela que o adorava mistura seu sangue à comida, ele come e se apaixona por ela para sempre; eu sorria pensando que bem poderia cortar, às escondidas, meu dedo com uma faca de descascar, e deixaria cair uma gota ou duas do meu sangue na sopa de Vernor; tão poderosa era a minha fantasia que cheguei a pensar de fato em fazer uma coisa tão bizarra; talvez, de fato eu a tenha feito; mas, nenhuma magia, baseada apenas na força da esperança, funcionaria com um homem como Vernor Matheius; tinha de me contentar em ser tolerada em sua presença; tinha de me orgulhar apenas do fato de que ele pudesse comer o que eu lhe preparava; eu o convenci a comer uma torrada de pão integral e o convenci a beber meio copo de suco de laranja; me sentei junto a ele na mesa da pequena cozinha e fiquei observando-o, enquanto ele comia, tão próxima quanto uma mãe ansiosa; o rosto de Vernor estava murcho e desfigurado; parecia um homem sofrendo enorme pesar; pesar indistinguível de ódio; ódio indistinguível de pesar; ele vestia uma camiseta ensopada de suor, e sentou-se com os ombros caídos, seus músculos, pequenos e rijos, nos braços; as mandíbulas cobertas de feios pêlos pretos espetados; era fascinante para mim cada pequeno sorvo de ar, que ele inalava com dificuldade; quando eu o sustentava para ajudá-lo a ficar de pé ou andar, ficava perturbada ao perceber as batidas erráticas do seu coração; entrava em pânico, pensando que ele pudesse estar gravemente doente; se eu sugerisse levá-lo a um médico, ou ao serviço de emergência do hospital distante a um quarteirão, ele me xingava; tirava os óculos, esfregava rudemente o braço sobre os olhos e me xingava. *Doente, para morrer, minhas tripas*

estão doentes, vá se foder e me deixe sozinho; será que não percebe que eu não a quero, sua xota, a cor da sua pele me causa repulsa.
    Achei que ficaria tão doente quanto Vernor. No espelho do seu banheiro, meus olhos cintilavam de icterícia; o interior de minha boca estava coberto de algo pegajoso e doentiamente adocicado; a doença de Vernor penetrara facilmente em mim como algo pegajoso e doentiamente adocicado; eu não resistia, entrei no delírio dele; quando ele não me repelia, eu me deitava ao seu lado, na cama, segurando-lhe a mão ossuda; era uma mão enorme, os nós dos dedos proeminentes, ainda que ossudos; eu dobrava seus dedos em volta dos meus para que parecesse que ele estava segurando a minha mão; como no *Brass Rail* ele tinha afoitamente roçado os nós dos dedos no meu seio; minha respiração se acelerava e diminuía de acordo com a respiração de Vernor; como figuras funerárias entalhadas, ficávamos unidos numa suspensão que podia parecer, à distância, para um observador neutro, como paz, tranqüilidade; o momento depois do ato de amor.
    Por que você está fazendo isso?
    Porque sou forte o bastante. Porque posso amar o bastante por nós dois.

Vestido com suas roupas de baixo, frouxas e manchadas, Vernor Matheius deitava-se em seu sofá como um príncipe tombado entre lençóis sujos; ele fumava cigarros que eu comprara para ele, a despeito da minha desaprovação; ele espalhava cinzas como sementes por toda parte. Quando então, certo dia de junho, com um enevoado calor de verão precoce invadindo o apartamento, ele se levantou cambaleando na direção do banheiro para tomar uma chuveirada, não querendo que eu o auxiliasse, e pensei: *É a virada, ele vai voltar a ser ele mesmo novamente.* (Como se aquele eu não me apavorasse.) Seis dias e seis noites tinham se passado desde o início da doença de Vernor; sete dias e sete noites desde o assassinato de Medgar Evers; e, entretanto, o assassino ainda não fora identificado; porque o assassino de Evers era ubíquo no Sul, e em outros lugares; naquele padrão crescente de crueldade enlouquecida e violência contra os direitos civis dos ativistas, que culminaria em abril de 1968, com o assassinato de Martin Luther King Jr.; naquele futuro soprando em nossa direção como um vendaval sombrio e raivoso. *Quando você põe os pés na história, a história pisa em você com suas botas.* Eu não pensei naquela ocasião *Se você não consegue pôr os pés na história, a história apaga você* porque naquela época todo o meu pensamento se voltava apenas para Vernor Matheius e para a sua saúde; enquanto ele estava no banheiro tomando banho, eu comecei apressadamente a limpar o apartamento; retirei as roupas de cama sujas com a intenção de levá-las para uma lavanderia automática; eu tinha levado algumas roupas de Vernor para uma lavanderia automática perto do hospital, alguns dias antes, e trouxe-as de volta sem que ele percebesse; quando Vernor terminasse seu banho, eu juntaria as toalhas; e ainda quantas roupas mais de Vernor ele permitisse que eu levasse. Encontrei uma vassoura num armário da cozinha e varri o chão; várias pás de lixo de pontas de cigarro, cinzas, papéis amassados e migalhas de alimentos ressecados, sujeira e pêlos, que encheram o recipiente de lixo até a borda; catei as latas de cerveja e os garrafões de vinho; transportei o lixo para baixo até uma coletora nos fundos do terreno do prédio. *Como se eu morasse aqui. Eu moro aqui agora, com Vernor Matheus, no apartamento 2D.* Agora que Vernor parecia confiar em mim, agora que eu podia passar a noite com ele; tinha a chave do seu apartamento e podia ir embora e entrar de volta quando desejasse; desejava encontrar outro locatário do edifício para trocar cumprimentos como fazem os vizinhos, outra mulher jovem, uma jovem esposa, ou um dos estudantes de graduação. O sol do meio-dia ardia lá no alto; meus cabelos chamejavam; isso me levou a pensar em Nietzsche, no seu profeta louco, Zaratustra, e no fulgurante meio-dia de Zaratustra. *O que é o homem?*, berrava Zaratustra. *Uma esfera de serpentes selvagens.* Apesar do calor do sol eu estava cheia de energia; animada; eu me achava feliz realizando essas tarefas físicas prosaicas, como carregar lixo, varrer e limpar o chão. E via os sorrisos debochados daqueles que me menosprezam. *Amante-de-*

negro! Amante-de-crioulo! Eu sorri e corri de volta para cima, encontrando a porta aberta, como a deixei.

Vernor ainda estava no chuveiro. Do lado de cá da porta do banheiro ouvi o seu débil assobio desafinado, quase coberto pelo ruído do chuveiro e pensei: *Ele voltou a ser ele mesmo.* E me pus a restaurar a ordem na sua escrivaninha; aquela escrivaninha que eu admirava tanto, agora uma montoeira de papéis; com exceção da Olivetti portátil, tudo tinha sido revolvido; eu pensei em devolver as páginas dispersas (do tratado de Vernor?) às suas pilhas originais, tão bem-arrumadas; mas não consegui ordenar as páginas e desisti. Abri uma gaveta do arquivo, curiosa sobre o seu conteúdo; esstes arquivos eram de metal, pintados de verde-claro, mas bastante arranhados; Vernor os tinha comprado, gabava-se ele, por cinco dólares cada, de uma queima, por motivo de falência, de artigos de escritório; a gaveta estava entulhada com pastas de cartolina parda, contendo folhas datilografadas e fichas com anotações; algumas das pastas eram meticulosamente limpas, e outras estranhamente sujas como se tivessem sido pisoteadas. *Você não devia, não devia estar fazendo isso, isso é errado,* uma vozinha assustada advertiu-me, mas não achei nada de mais dar uma olhada nas pastas; um tesouro de velhos papéis amarelados; resumos caprichosamente datilografados de livros da Bíblia, alguns pouquíssimo conhecidos, tais como *Jeremias, Oséias, Filipenses, Tessalonicenses,* como também a maioria dos livros do Novo Testamento; numa caligrafia grande e apaixonada, não imediatamente reconhecível como sendo de Vernor, estavam escritos em colunas os nomes de personagens mágicos da Bíblia — *Moisés, Jacó, Josué, Elias, Jó, Jesus, Marcos, Paulo, Maria Madalena* — como se fossem nomes de conhecidos de Vernor Matheius. Em outras pastas, mais atrás na gaveta, encontravam-se mais anotações e resumos; teologia, filosofia, ética; a maior parte desses escritos numa caligrafia grossa e rápida, não mais do que uma dúzia de linhas por página, como se os pensamentos tivessem transbordado do fértil espírito de Vernor para o papel, mal contidos na linguagem. Eu sorri ao ver os seus trabalhos de faculdade: cuidadosamente datilografados, presos com enferrujados clipes; com títulos como "O problema do Mal no

Paraíso perdido de Milton", "O conceito de Virtude no epicurismo", "O conceito de Mente em Bertrand Russell"; quando havia comentários em vermelho nesses documentos, indicavam entusiasmo, louvor; as notas de Vernor Matheius eram uniformemente A e A+. Tentei invocar um Vernor Matheius mais jovem, vulnerável, um estudante de graduação esperando impressionar seus professores; como era difícil imaginar o arrogante Vernor Matheius percebendo a si mesmo numa posição inferior à de outrem. Depois, passando a vista em outra pasta que descuidadamente abri, vi o que me pareceram ser páginas recortadas de revistas e livros; um ensaio sobre as leis de Platão tirado de uma edição de *The Journal of Philosophical Inquiry*, outono de 1961; um capítulo de um estudo sobre Spinoza; um capítulo de um estudo de Kant; várias páginas diagramadas de um ensaio sobre lógica simbólica; será que Vernor Matheius havia tirado esses artigos da biblioteca? *Vernor não faria tal coisa. Não ele.* Bem no fundo da gaveta achava-se uma pasta contendo pacotes de cartas, várias vezes dobradas, e instantâneos amarrotados; alguns deles em preto-e-branco, o restante em cores vivas; percebi-me olhando para desconhecidos de pele escura, uma família; e lá estava um Vernor Matheius, ainda um garoto, no meio deles, dezesseis ou dezessete anos. Alto e magro, sorridente; em outros instantâneos, ele já estava perceptivelmente mais velho, com um bigode fino, sempre alto e magro, porém, sem expressão, de pé ao lado de uma jovem mulher, muito mais baixa, rechonchuda, sorrindo feliz com uma criança nos braços e um garoto de cerca de dois anos ao seu lado, agarrado à sua saia; a jovem mulher, eu sabia, era a esposa de Vernor, uma mulher de boa aparência com vinte e cinco anos, mais ou menos, lábios carnudos e um nariz largo e achatado; o garotinho era cor de chocolate, com belos olhos, os cílios alongados e o rosto comprido de Vernor; o instantâneo em cores vivas tinha sido tirado num relvado, a céu aberto, um chalé com estrutura de madeira ao fundo; árvores frutíferas floridas, cornisos e forsítias; havia uma aparência estranha, inflexível como a de um pregador, em Vernor, vestido num terno escuro, justo, camisa branca de mangas compridas e uma gravata escura, com nó apertado; a mesma gravata que Vernor usara com o seu novo colete de seda no *Brass Rail*; os seus óculos não eram de aros de metal, nem redondos, porém de plástico preto e oval; ele se conservava um tanto afastado da sua pequena e sorridente família, e olhava mal-humorado para a câmera, e mesmo para além da câmera, como se Vernor Matheius estivesse em via de sair do enquadramento, planejando sua fuga. Maio de 1959, *Então ele é casado, é casado. Tem uma família, filhos crianças. Ele mentiu.*

A minha intenção era recolocar os instantâneos de volta no lugar, mas minha mão tremia. Vários deles caíram no chão. Quando me abaixei para recolhê-los, minha visão ficou borrada. Meu amor por Vernor Matheius estava se contraindo como uma mão estendida se contrai num pequeno e rijo punho.

Escutei, repentinamente, um ruído fraco, atrás de mim. Os pés descalços de Vernor pisando no chão. Senti as vibrações da ira nos seus passos antes de virar-me para vê-lo, parcialmente vestido, com calças e camiseta, investindo contra mim. Ele agarrou os meus braços, empurrou-me para longe do arquivo aberto; fechou a gaveta com uma forte pancada, e praguejou:

— Que Deus amaldiçoe você, Anellia! Saia daqui!

O seu rosto estava contorcido de ódio, e de mortificação; era da mortificação que eu me lembraria; as lentes dos seus óculos estavam um pouco embaçadas pelo vapor do banho; a pele escurecida ferozmente pelo sangue que lhe afluía à face. Para me proteger, afastei a mão de Vernor, ele revidou, atingido o lado da minha cabeça com o punho fechado; senti a borda afiada do arquivo cortar a minha coxa; às cegas, fui me afastando, meio engatinhando, tropeçando em meus pés, saí correndo para a porta, que dava para a pequena cozinha; Vernor não me perseguiu, porém continuou me amaldiçoando pelas minhas costas, enquanto eu descia correndo os degraus, soluçando, sentindo náuseas de tanta culpa e medo do que Vernor seria capaz de fazer comigo. Desci correndo os degraus da escada externa, ouvindo a sua voz lá de cima, uma voz enrouquecida e furiosa, como um gemido de amargura, que eu tapei os ouvidos com as mãos para abafar: *Saia daqui e nunca mais volte, sua maldita. Foda-se! Foda-se, sua cadela branca!*

30

Com o espaço, o universo me envolve e me traga como um átomo; com o pensamento eu entendo o mundo.

PASCAL

AO PÉ DA ESCADA DE MADEIRA. Meus pensamentos entrechocando-se como mariposas contra uma tela. Sentei-me encurvada, abraçando os meus joelhos; contemplando a chuva. Vernor Matheius me enxotara como se enxota um cão, e mesmo assim fiquei sentada, encolhida, ao pé da escada de madeira do número 1183 da rua Chambers, enquanto a noite caía.

Quanto tempo fiquei ali, não poderia dizer. Noite, agora, e continuava chovendo forte. Uma névoa vaporosa erguia-se da calçada. Eu me sentia nauseada de pesar por mim mesma, e mortificação; fugira de Vernor Matheius, perambulara sob a chuva e finalmente voltei, cabelo pingando no meu rosto, as roupas ensopadas; eu estava atordoada, eu me sentia doente, no entanto uma parte do meu cérebro continuava a funcionar como sempre. *O que você esperava, não era libertar-se dele que você queria.* De longe chegava o dobre sonoro do sino da torre da Escola de Música no topo de sua colina gélida; a rua Chambers ficava num plano mais baixo, na prática, numa ravina; o ar era mais pesado, ali, mais viscoso e opressivo; a névoa que se elevava do chão havia se transformado em nevoeiro; o meu rosto e a garganta doíam como se tivesse chorado, porém não me lembrava de ter chorado; lágrimas são um desesperado estratagema infantil, e fútil. Pensei *Nunca chorarei novamente, ninguém jamais terá o poder de me ferir novamente;* e assim seria. Senti os dedos fortes de Vernor agarrando o meu braço, o soco forte do seu punho na minha cabeça; vi novamente o olhar de ódio do homem, a repulsa, e todavia a culpa; alguma coisa parecida com vergonha; tinha esquadrinhado fundo demais dentro da sua alma para ele conseguir me perdoar: tinha ido longe demais; ele tinha me amado ou quase tinha me amado ou (eu diria a mim mesma) tinha começado a admitir a possibilidade de, à sua maneira, me amar; ou tinha começado a pensar que poderia me permitir amá-lo, sem ironia; e eu destruíra isso, destruíra a minha própria escassa esperança de felicidade, tinha destruído a pureza do meu próprio amor por ele; destruíra Anellia, que era uma idiota. O idólatra é sempre um tolo. Era o cabelo molhado de Anellia pingando no seu rosto, os braços magros de Anellia, pernas finas e musculosas bem apertadas contra seu corpo, tremendo de frio; embora fosse verão, pelo calendário, o ar estava frio; a chuva estava fria; Anellia, cuja alma tremia à beira da extinção; prestes a ser sugada pelo vazio, que era Nada; a bem-aventurança do Nada; porque o que mais existira, afinal de contas, como Vernor Matheius tinha certa vez enfaticamente pontificado, exceto átomos e o vazio no princípio da era humana, que foi o princípio do pensamento humano e do empreendimento da futilidade humana, para o qual o nome "filosofia" foi designado. No entanto, eu entendi, com um relance de lucidez, o que deveria fazer: voltaria para o meu quarto e jogaria os meus vestidos chiques numa pilha, minhas glamorosas roupas de segunda mão, compradas com uma esperança tão mal-orientada; cortaria essas coisas em pedaços com uma tesoura; como certa vez fizera com os meus longos e emaranhados cabelos; ferir a si mesmo algumas vezes é um bálsamo; ferir a si mesmo é algumas vezes o único modo de alcançar a cura; *extirpação* era um termo de Vernor Matheius, e seria um termo meu agora; mesmo o cinto prateado eu iria despedaçar agora, até que seus medalhões se soltassem e caíssem no assoalho; meu coração bateu fortemente com a certeza de tudo o que pretendia fazer, e não me arrependeria de fazer; eu entraria na história, como Vernor diria, desdenhoso, eu me juntaria aos manifestantes marchando, cantando e brandindo sinais com as mãos; eu me filiaria ao Congresso da Igualdade Racial, eu me filiaria ao SANE; eu providenciaria um meio de trazer a minha intensa vida interior, minha vida questionadora, a um equilíbrio com a história; eu seria destemida, ou daria essa impressão; eu seria destemida, embora atemorizada; eu marcharia com negros e brancos e enfrentaria os racistas da minha raça; eu exporia o meu coração, assim como expusera o meu corpo; eu me faria vulnerável, expiaria a minha culpa; eu me recriaria mais uma vez, habilitada pela perda, pela agonia. Não seria mais Anellia. Aguardaria para ver quem eu poderia me tornar, depois de ser Anellia.

E então surge finalmente a voz de Vernor Matheius acima de mim. E era uma voz sóbria, e não reprovadora; uma voz ainda enroquecida pela emoção; uma voz crua, uma voz magoada e consternada.

— Anellia, é você?

Uma pausa, uma batida. Meu coração continuou a bater calmamente com a certeza do que tinha a fazer e do que não deveria fazer; do que jamais voltaria a fazer novamente; não levantei a cabeça para olhar Vernor Matheius no alto daqueles degraus íngremes. Eu o ouvi sussurrar:

— Meu Deus!

Eu o ouvi descendo as escadas lentamente, como um homem que acabava de acordar; ele respirava depressa, audivelmente. Quando, no degrau acima de mim, ele se deteve, tive um medo infantil de que me desse um chute; e muito possivelmente esse pensamento lhe passou pela cabeça, também; mas ele disse:

— Anellia, você não devia estar aqui. Você apenas vai se magoar.

Eu podia ter respondido *Eu já estou magoada*. No entanto, não disse nada. Vernor desceu mais um degrau para sentar-se ao meu lado, com um suspiro; um suspiro como um estremecimento; uma sobriedade de pedra gelada, ele era, embora trêmulo; tive de me afastar para o lado para dar-lhe lugar, como se fosse a coisa mais natural no mundo para nós nos sentarmos juntos ali no escuro, na chuva; Vernor acendeu um cigarro e soltou a fumaça pelas narinas, e depois de um instante disse, pensativamente:

— Eu não tenho uma alma negra. E porque não tenho uma alma negra, não tenho absolutamente nenhuma alma.

— Vernor — repliquei —, pensei que você não acreditasse em "alma". Pensei que você não acreditasse em identidade pessoal, em história.

— E não acredito — ele disse. — Da mesma forma que um cego não acredita na cor, porque nunca a experimentou.

Havia lástima em seu comentário, e melancolia; uma melancolia como nunca eu ouvira em Vernor Matheius antes.

— Você tem uma família, não tem? E filhos pequenos?

— Não tenho mais.

— O que você que dizer, "não tenho mais"?

Ele encolheu os ombros e não disse nada; e minha voz tremeu com uma indignação que nem eu teria imaginado que sentiria, desde o sentimento inicial que eu tivera, ao ver a mulher de ossos largos, sorridente, na fotografia, e ficara enciumada.

— Você abandonou a sua mulher e os seus filhos? Abandonou onde? Onde eles estão? Como teve coragem de fazer uma coisa dessas, Vernor?

E Vernor respondeu calmamente:

— Não é da sua conta quem ou o que eu deixei para trás, ou quem e o que eu sou. E não importa o que você ou quem quer que seja esperem de mim.

E eu não repliquei, pois assim era; essa declaração, na verdade, não podia ser contestada; eu não disse nada, mas não aquiesci; e Vernor tragou o seu cigarro e expeliu nuvens fedorentas de fumaça, que era o cheiro da culpa; e atravessou a minha mente que eu jamais superaria isso: a fumaça, o cheiro dos cigarros, o vício de fumar do meu pobre pai, a morte misteriosa do meu pai, o perverso romance do vício; eu nunca superaria nada disso. Observamos um carro passar sob a chuva, deve ter sido um veículo da patrulha da polícia com uma luz vermelha no teto, dirigindo rápido ao longo da rua Chambers, espirrando água das poças; havia regatos de água de chuva descendo precipitadamente a rua, a colina íngreme do complexo hospitalar universitário. E finalmente Vernor disse, numa voz monocórdia, um voz da qual toda dissimulação havia sido drenada.

— Os meus ancestrais de Daomé eram de um povo tribal, eles foram capturados e trazidos para os Estados Unidos como escravos nos anos 1780. No entanto, também eles haviam sido traficantes de escravos. Costumavam capturar e vender outras tribos negras, como escravos. Esse foi um segredo revelado a mim pelo avô da minha mãe, um clérigo, quando eu tinha vinte anos. Foi um segredo transmitido entre gerações em nossa família, e foi passado a mim. Que meus ancestrais, os ancestrais dele, tinham vendido outros negros africanos, outras tribos, a brancos europeus traficantes de escravos.

Eu me virei agora para fitar Vernor; e olhava para ele assombrada; pois este era um homem de cuja boca revelações emergiam, e sempre inesperadamente. Eu começara a acreditar que poderia prever o que ele faria, finalmente, e no entanto jamais poderia ter previsto algo assim; nunca poderia ter previsto a tristeza na sua voz, e a resignação. Como se, para ele também, alguma coisa tivesse acabado. Contudo, lá surgiu o seu humor deturpado, o seu sorriso oblíquo e desdenhoso como se (afinal de contas) ele e eu fôssemos aliados nesse predicamento; nessa questão; como se Vernor Matheius fosse um enigma intelectual que poderíamos contemplar juntos como colegas e tentar solucionar; como os estudantes de filosofia devotados à análise lógica; engajados em uma singular busca da verdade, que é o trabalho da vida do filósofo. Ele disse amargamente:

— Mas por que julgá-los? Meus supostos ancestrais? Eram seres humanos, e como todos os seres humanos eram cruéis, exploradores, xenofóbicos; eram povos primitivos vivendo numa sociedade tribal, na qual membros de outras tribos não são aceitos como inteiramente humanos: você pode matá-los, você pode vendê-los como escravos, você pode praticar genocídio, como os alemães do Terceiro Reich, e alguém irá absolver você... É "natural", é a "natureza"; é o instinto. Assim, os meus ancestrais venderam os seus irmãos e irmãs africanos como escravos, e prosperaram durante um certo tempo até chegar a sua vez de se tornarem escravos. Navios de homens brancos mercadores de escravos viajavam de Liverpool até a costa oeste da África e trocavam tecidos, armas e outras mercadorias por homens e mulheres negros; os navios navegavam através do Atlântico para a Jamaica, onde os homens e mulheres negros eram trocados por açúcar, que era levado de volta para a Inglaterra para ser vendido; pois o que fariam os ingleses sem açúcar para o seu chá e seus doces; o que seria da civilização do homem branco sem o açúcar na sua corrente sanguínea; então, novamente o navio viajava de Liverpool para a costa oeste da África e carregava seus porões de homens e mulheres negros; e assim tudo prosseguia; era um negócio lucrativo, eram tempos de bonança, todo mundo prosperava, exceto aqueles que tinham a má sorte de ser designados como "escravos".

Vernor falava com branda ironia; era uma narração de fatos, da história; contudo, cada sílaba era amaldiçoada; cada sílaba era um clamor de dor. Hesitante, toquei no seu braço e disse:

— Vernor, você não é mais os seus ancestrais, como eu não sou mais os meus — mesmo que a minha voz falhasse, pois talvez não fosse verdade; e Vernor disse, pragmaticamente:

— Então, eu não sou ninguém. Eu não sei que diabo eu sou.

— E por que isso tem importância? — disse eu. — Por que ... agora?

Pois não tínhamos fé na pura racionalidade, na pura lógica e na linguagem purgada de todo sentimento, de toda história tribal; não seria o sonho da filosofia possível, ainda agora? E Vernor disse, pois mesmo num momento como esse Vernor Matheius deveria ter a palavra final.

— Sim, por que isso deve me importar? Mas o caso é que importa.

Como é estranho estar sentada ao lado desse homem nesses degraus de madeira cheirando tenuemente a decomposição, e num momento como esse; olhando fixamente para a chuva, na rua: um casal sentado, juntos, olhando a chuva; eles moram lá em cima e vieram aqui fora respirar ar fresco, o homem fumando e a mulher sentada junto dele; a chuva soprando sibilante ao longo da calçada sob a iluminação de rua, com um aspecto de excitação bizarra. De novo, escutamos o remoto e sonoro repique do sino da torre da Escola de Música; mais toques do que fui capaz de contar, devia ser meia-noite. Como era estranho, como era sinistro e maravilhoso, que alegria inundava meu pequeno e torcido coração na véspera do meu vigésimo aniversário, enquanto estava sentada junto de Vernor Matheius sobre os degraus dos fundos do malconservado edifício de estuque do número 1183 da rua Chambers, Syracuse, Nova York, numa noite de chuva forte, em 18 de junho de 1963.

Se você estava passando por ali de carro, e reparou naquele casal, perguntando-se quem eles eram, éramos nós.

III
A ESCAPADA

1

Para mostrar à mosca como escapar da garrafa? Quebre a garrafa.
 Aconteceu o choque causado pelo telefonema do meu irmão Hendrick. Num cair da noite em junho de 1965. Eu estava na cabana que alugara perto de Burlington, Vermont; passando o verão sozinha, imersa no texto que escrevia. O telefone tocou e era o meu irmão Hendrick! — com notícias tão inesperadas que, a princípio, não pude entender o que ele dizia.
 A voz profunda, grave, de Hendrick, com o sotaque anasalado do norte de Nova York. Algo dissonante demais para os meus ouvidos, já que eu raramente conversava com ele; eu raramente conversava com os meus irmãos; dava para pensar que eu havia me afastado completamente deles, ou que houvessem me repudiado, ou me esquecido. Assim, a voz do meu irmão Hendrick assustou-me, como se ele estivesse me telefonando para me recriminar por alguma falta que eu tivesse cometido, alguma obrigação familiar que eu não tivesse cumprido na minha fuga desesperada de Strykersville, certo dia, para construir *minha carreira, meu destino*. Minha voz tornou-se fraca e vulnerável, ao gaguejar:
 — Sim, Hendrick! O... o quê? — Sem conseguir absorver o que Hendrick estava dizendo com tanta premência na voz, como se a distância entre nós, de cerca de quinhentos quilômetros, fosse de fato uma distância no tempo; pois Hendrick e eu já não nos víamos

desde o funeral da nossa avó e do sepultamento dela no cemitério luterano, dezoito meses antes; e no meu atordoamento, comigo parada na porta de uma cabana alugada que não me era familiar, às margens de um pequeno lago, lutei para me lembrar do rosto adulto de Hendrick, já que suas feições de garoto haviam se apagado da minha memória e eu sabia que não poderia ser aquele rosto atrevido, bonito e desleixado que eu deveria evocar, mas o rosto de um homem maduro, a pele mais grossa em suas mandíbulas, Hendrick agora com trinta anos, apesar de ser o mais novo dos meus três irmãos, que já não eram jovens; o meu único irmão ainda solteiro, meu único irmão que ainda não era pai, e no entanto Hendrick era tão misterioso e inacessível para mim quanto os demais; por ocasião do funeral da minha avó, os olhos dele foram atraídos para mim, com forçada afeição, talvez não afeição, mas um sutil ressentimento no qual subsistia alguma pequena medida de admiração, pois Hendrick acreditava que era injusto, malditamente injusto, que eu fosse a única a ter deixado Strykersville com uma bolsa de estudos para uma universidade altamente considerada, enquanto ele, tão inteligente quanto eu, talvez mais, certamente melhor em matemática, e merecendo igual oportunidade, tivesse tido de trabalhar em empregos degradantes para se manter no colégio; ele trabalhava agora na General Electric em Troy, Nova York, e nas poucas vezes em que tínhamos nos encontrado, em nossos novos e desconfortáveis disfarces de adultos, pude sentir o peso da sua desaprovação de irmão, sua inveja e seu desgosto, a mão se interpondo entre nós, mantendo-me à distância, eu reparara naqueles olhos de mica, mesmo quando forçara um sorriso para a sua irmã caçula, e tive ímpetos de lhe implorar *Por favor! Por favor, não me odeie, Hendrick, nossas vidas são apenas questão de sorte.* Mas sabia que uma observação dessas apenas o deixaria embaraçado, como ele parecia por alguma razão embaraçado agora, no telefone...

— Meu Deus! Mas que farsa! E nós pensando esse tempo todo que ele estivesse *morto*.

— Hendrick, como é? — Eu devo ter escutado, mas ao mesmo tempo não escutei. Perdi o fôlego. — Quem... está morto?

— *Estava* morto. Mas, no final das contas, *não estava*.
— Quem?
— O nosso velho, quem mais, que diabo? Quem mais estava morto, sem que a gente nunca tivesse enterrado seu corpo? Pelo amor de Deus, de quem mais eu poderia estar falando com você?

Ele queria dizer... quem mais, o que mais nós dois teríamos em comum, exceto nosso pai? O fardo de sua lembrança?

Em tudo o mais, Hendrick e eu éramos estranhos.

Debilmente, eu perguntei:
— Nosso pai está... vivo?
— Quase morto, agora. Uma enfermeira, ou sei lá quem, uma mulher, telefonou. Dessa vez ele está morrendo de verdade.
— Mas ele está vivo? Nosso *pai*?

Ele tinha sido dado como morto havia anos. Tinha desaparecido no Oeste. Eu não podia me lembrar como os meus irmãos e eu costumávamos nos referir ao homem, sempre misterioso em sua ausência, que tinha sido nosso pai. Através dos anos em que eu fora crescendo. E meus irmãos, meus belos e altos irmãos, com tanta freqüência também ausentes em relação a mim. Nunca tínhamos pronunciado *pai*. Disso, tinha certeza. Nunca tínhamos falado *paizinho, papai*.

Hendrick disse:
— Isso mesmo. Ele está morando num lugar chamado Crescent, em Utah. A cerca de trezentos quilômetros ao sul de Salt Lake City. Ele estava num hospital em Salt Lake, mas agora teve alta. Recebeu alta para morrer, a seu pedido. Não falei com ele, ao telefone, pelo que fiquei sabendo, ele não pode mais falar. Só falei com a tal mulher. Não sei quem ela é. Talvez estejam casados. Você lembra que ele está com cinqüenta e seis anos? Está morrendo de alguma espécie de câncer. — Isso foi dito no mesmo tom de voz no qual um minuto antes Hendrick tinha sussurrado a palavra *farsa*.

— Câncer!

Quando atendi o telefone, não tinha nenhuma expectativa de receber notícias alarmantes. Poucas pessoas sabiam onde eu me encontrava, poucas pessoas teriam necessidade de me telefonar.

Se tentasse adivinhar de quem seria o telefonema, diria que era alguém que havia discado o número errado. *Quem? Sinto muito, não tem ninguém com esse nome neste número.*

Hendrick estava falando mais apressado, agora, desejando encerrar logo a conversa. Talvez tivesse ficado emocionado, afinal de contas; ou talvez o assunto fosse desagradável para ele. Ele me forneceria o número do telefone da mulher que o contatara, seu nome e o endereço em Crescent, Utah, e eu poderia lhe telefonar, se quisesse; nenhuma outra informação sobre o meu pai porque Hendrick não tinha mais nenhuma informação, nem queria ter. O lápis estava dançando em meus dedos, enquanto eu tentava escrever num pedaço de papel, afugentando as lágrimas. *Vivo! Nosso pai estava vivo. Ele não tinha morrido.* Seria um dos mais profundos abalos de minha vida adulta, assim como a notícia de sua morte súbita e sem explicação fora um dos mais profundos abalos de minha adolescência. Dava para entender por que Hendrick tinha dito *farsa*, pois parecia haver certo elemento de engodo em tais abalos e, no engodo, um elemento de crueldade.

Ao fundo da voz apressada de meu irmão escutei um débil e choramiguento grito, que poderia ser de uma criança, e um som de tosse. Será que Hendrick estava morando com alguém? Como era a vida de Hendrick, ignorada por mim? Dos meus três irmãos, Hendrick era o mais próximo a mim em idade, no entanto era sete anos mais velho; um imenso golfo, na infância; não tenho a menor idéia de como levava sua vida agora, e não podia perguntar. No funeral da minha avó, Hendrick permanecera imóvel, de pé, alto, sisudo, cenho franzido, isolado mesmo dos seus irmãos, com aquele sutil ar de ressentimento como se a morte da mulher idosa, assim como a vida dela, tivesse muito pouco a ver com ele; com a sua intimidade, sua vida privada; minha avó não tinha sido uma mulher de muitas emoções ou sentimentos, ela tinha amado apenas o seu filho, o homem que era o nosso pai; amando o seu filho, exauriu sua capacidade de se emocionar; provavelmente, ele tinha partido o coração dela; ele partira os corações de todos nós; ninguém mais teria o poder de partir o coração da minha avó, e ninguém mais desejara ter esse poder. No funeral, meu irmão Hendrick tinha me observado, dissimuladamente; senti-me desconfortável sob o seu olhar e ao mesmo tempo desafiadora; que direito tinha ele de me julgar; se eu tinha me sobressaído num mundo do qual ele fora barrado, como poderia isso ser culpa minha; não aceitei me sentir culpada pela inveja de outra pessoa, assim como não conseguiria sentir orgulho ou superioridade por um motivo desses; não podia fazer nenhum juízo de mim mesma, baseada no julgamento familiar, já que eles mal me conheciam; os olhos privados de alegria de meu irmão, os olhos cor de pedra do meu irmão, da mesma cor dos meus, e da cor dos do nosso pai. Quando Hendrick sorria, como algumas vezes acontecia, era um sorriso que brilhava ligeiro, um sorriso instigante, e dava para enxergar a possibilidade de calor humano nele, e de sinceridade.

Mas, antes que se pudesse retribuir, o sorriso desaparecia.

Quanto eu gostaria de dizer agora: "Ah, Hendrick, por que ele fez isso conosco? O que você acha? Por favor, não desligue, fale comigo".

Como eu gostaria de dizer: "Você iria comigo a Utah, Hendrick? Para vê-lo? Antes que seja tarde demais? Poderemos ir de carro até lá". Quanto eu gostaria de suplicar: "Você não vai me deixar ir até lá sozinha, vai?".

Mas sabia qual seria a resposta. Por isso, em vez de dizer qualquer dessas coisas, agradeci a Hendrick e desliguei o telefone.

2

NÃO DEIXE NENHUM *filho-da-puta por aí fazer pouco de você.*
A última vez que eu vira o meu pai, aquele abraço repentino, rude. O contato de um homem que não me tocava havia anos. Eu me lembraria disso durante dias, durante anos.

Quatro anos antes. Quando ele comparecera à minha formatura no colégio.

A surpresa de vê-lo ali, no auditório! Porque eu não sabia que ele viria. Não sabia que ele estava em Strykersville. (Ele chegara na noite anterior, ficara num motel na cidade.) Toda realidade anterior, relacionada ao meu pai, enquanto eu ia me tornando uma adolescente, era marcada por uma simplicidade obtusa: quando ele estava em casa, estava em casa; quando não, não. *Para ficar muito tempo em um lugar, só se estivesse morto,* meus irmãos debochavam dele. Mas ali, inesperadamente, lá estava ele no auditório do colégio. Com camisa branca aberta no colarinho, com um paletó combinando com as calças. Os seus cabelos, o que restava deles, penteados para trás, o nariz achatado, bulboso, o rosto com barba por fazer. E eu, a oradora da turma, beca acadêmica preta de lã leve como uma camisola de dormir, e um capelo de papelão forrado de tecido preto, sua borla balançando perigosamente próxima ao meu olho esquerdo. Aos dezoito anos de idade, eu parecia mais um precoce garoto de treze anos; um daqueles sujeitos de ossos miúdos, rosto de doninha, que sobem num palco, num púlpito, enfrentando uma quase palpável onda de resistência por parte do auditório; uma resistência polida, contida, mas ainda sempre resistência; alguém aterrorizado, e ainda assim destemido, elevado nos ares como um Ícaro através apenas de sua voz, apenas por suas palavras, a audácia em si de fazer aquilo, e apaixonado pela idéia de dizer alguma coisa que ainda não fora dita e que, se não fosse naquele momento, não seria dita. E o auditório eletrizado, escutando, e também eletrizado, aplaudindo, e depois a dúvida: *Isso realmente aconteceu? Foi verdade que eles me escutaram e me aplaudiram? E o que o aplauso significa?* Após o término da cerimônia, numa névoa de sorrisos, apertos de mão e congratulações, olhei em volta e o vi vindo ao meu encontro, meu pai, que era mais alto, mais corpulento, fisicamente mais presente do que qualquer outro homem no salão; meu pai, com uma aparência tão digna, apenas ligeiramente trôpego, barba por fazer, o rosto avermelhado pela bebida, e os olhos injetados, mas brilhando com um orgulho desafiador e paternal. Ele me agarrou e me abraçou, seu hálito quente, recendendo a cigarro, enchendo meu rosto, dando-me aquele seu conselho numa voz negligentemente alta: *Não deixe nenhum filho-da-puta por aí fazer pouco de você.*

    É um conselho que tenho tentado lembrar. Mesmo quando o traio.

3

SOZINHA, fui de carro para Crescent, Utah. Mais de quatro mil quilômetros.

Estimava-se que o meu pai tivesse mais umas três ou quatro semanas de vida; fiquei apavorada com a idéia de tomar um avião para ir vê-lo, não por causa do avião em si (embora nunca tivesse viajado de avião em minha vida), mas de chegar depressa demais ao meu destino.

Despenderia dias (e noites) nas rodovias interestaduais num Volkswagen comprado por quinhentos e trinta e cinco dólares no ano anterior, com freios defeituosos, amortecedores vencidos, um motor barulhento; uma marcha dura, sempre muito difícil de passar; a menos que conservasse a maior parte das janelas abaixadas o tempo todo, um cheiro de monóxido de carbono exalava por debaixo do painel. *Exceto que: o que você pode detectar não é o veneno. O ar puro o dispersa!* Era um Volkswagen de 1959 sem aquecedor nem ar condicionado, é claro; mas que *aquecimento* era emitido através das aberturas de ventilação, direto sobre as minhas pernas. No entanto, eu o adorava, meu primeiro carro; eu era ingênua o bastante para adorar até mesmo o fato de ele ser tão pequeno e econômico; seu formado curvo, como um besouro; ou talvez fosse uma forma fetal; originalmente cor de ameixa, o tempo e a ferrugem se encarregaram de torná-lo um veículo de cores indefinidas.

Havia uma rachadura em forma de teia de aranha no pára-brisa dianteiro, diante do assento do co-piloto, como se um desafortunado passageiro-fantasma tivesse sido projetado de cabeça contra a face interna do vidro.

No Volkswagen de segunda mão, percorri toda a extensão do Estado de Nova York (já que estava no norte de Vermont, quando recebi o telefonema de Hendrick), e passaria a cerca de oitenta quilômetros de Strykersville; continuaria rumo oeste, dirigindo ao longo da margem meridional do lago Erie e atravessando Ohio, Indiana e Illinois, depois o norte de Missouri, o Kansas e o Colorado, entrando finalmente, pelo leste, em Utah, na I-70, em direção à pequena cidade de Crescent, Utah, população 1620 habitantes. *Essa é a viagem de minha vida. Chegarei lá a tempo!* Em Nova York, em Illinois e no Colorado eu telefonara para a mulher de fala macia, conhecida por mim apenas como Hildie Pomeroy, para perguntar sobre o meu pai e receber a informação de que ele estava em "condição estável" e "esperando por você". Para poupar dinheiro, muitas vezes eu dormia no carro; não à noite, mas de manhã ou nos fins de tarde, em áreas para piquenique, junto às estradas, e estacionamentos de restaurantes; não no banco de trás (pois algum estranho podia ceder ao impulso de vir me espiar com a boca aberta e vulnerável, dormindo como uma criança); seria uma dessas preocupações que mais me assombraria, ao longo da vida, e sobre a qual tentaria escrever, mesmo sem saber como capturar a experiência, a imagem, o enigma, a fim de escrever coerentemente, sobre como nunca nos vemos dormindo; nunca nos vemos de boca aberta, vulneráveis como um bebê dormindo; da mesma maneira, justamente, como nunca nos vemos, nunca; não temos uma idéia clara de nós mesmos; nosso reflexo no espelho reflete apenas o que desejamos ver, ou o que suportamos ver, ou nos punimos ao ver. *Tampouco podemos confiar nos outros para nos ver. Porque eles também só vêem o que desejam ver, com os seus olhos imperfeitos.* No meu carro, muitas vezes ficava no assento do motorista, quando dormia, minhas mãos fingindo segurar o volante, de modo que (se bem que completamente inconsciente, com a cabeça recostada, frouxamente, como alguém que sofrera um derrame, no recosto do assento) estava pronta para uma ação imediata, uma fuga. Em banheiros públicos, tratava de me lavar, incluindo os meus cabelos suados, embaraçados pelo vento; não fiz muitas refeições em restaurantes, preferia comprar comida pronta em mercearias, o que sai mais barato, e enchia copos de papel com água potável para levar comigo; havia me munido de algum dinheiro para arcar com os meus gastos na viagem de Vermont a Utah, e me sentia culpada quando tinha de gastar esse dinheiro comigo, em vez de reservá-lo para a gasolina, para o óleo e a manutenção do carro. Já no primeiro dia de viagem, depois de quase oito horas, fiquei hipnotizada; minhas pálpebras desabando de vontade de dormir, a menos que fosse vontade de sonhar sem a interferência do sono; o Volkswagen era tão pequeno que estremecia na esteira de veículos maiores que me ultrapassavam zunindo com desdém; até mesmo outros Volkswagen passavam a toda por mim, se bem que os seus motoristas muitas vezes me acenavam ou buzinavam, em sinal de solidariedade. Meu carro começava a tremer também se a velocidade ultrapassasse os noventa quilômetros por hora, e havia um tal redemoinho em minha mente que acabei imaginando que o Volkswagen, de certo modo, era eu mesma; ou, em sua debilitação, meu pai. Em meio ao tráfico, eu era menos suscetível a noções irracionais e imagens hipnóticas; na estrada de rodagem aberta diante de mim, listras divisórias à esquerda do meu campo visual, cristas de cascalhos à minha direita, já em plena zona rural, céu vazio, comecei a mergulhar naquele estado de espírito sedutor e traiçoeiro que precede o sono; senti uma pontada de mágoa por Hendrick ter se recusado a me acompanhar; parecia que eu me lembrava de ter de fato lhe pedido que fizesse isso, e ele se negara. Não voltara a me telefonar; eu disse a mim mesma que não esperava que ele telefonasse de novo: eu não tinha o número do seu telefone, assim não poderia ligar para ele; e tampouco meus irmãos Dietrich e Fritz me telefonaram; disse a mim mesma que não esperava que telefonassem; eu não estava desapontada, eu não estava magoada. *Para eles, ele está morto. Não podem amar um homem morto, como eu posso.* Peguei a mania de falar em voz alta no carro, pois o ruído do vento e do motor era tamanho que mal podia escutar a mim mesma, isso me isentava de embaraço ou de culpa. O solilóquio do eu, tentando prever o que nos aguarda. Pois o que é a vida, suas miríades de surpresas, exceto *o que está por vir.* Eu parecia ver o meu pai do jeito como ele estava na festa de graduação do colégio, só que ele surgia na velha casa da fazenda, na cozinha onde sempre ficava sentado, fumando cigarros e bebendo até tarde da noite; ele desejava olhar para mim e me dizer alguma coisa, e eu não era capaz de perguntar nada do que queria perguntar; porque eu subitamente ficava assustada e não conseguia falar. Porque o que alguém pode dizer ao seu pai, quando tem uma única pergunta a fazer? Eu poderia ter perguntado ansiosamente *Seria qualquer futuro preferível a qualquer passado? Vivemos apenas em função do tempo?* Tentei lembrar o que Vernor Matheius havia dito, certa vez, sobre o tempo, mas não pude reter ambos, Vernor Matheius e meu pai, simultaneamente; não gostaria que Vernor tivesse conhecido meu pai, ou mesmo que o tivesse visto; tampouco gostaria que meu pai tivesse conhecido Vernor, ou mesmo que o tivesse visto; e assim Vernor Matheius desfez-se. A meio caminho da interminável travessia do Estado do Kansas, comecei a ter alucinações com uma paisagem plana, mesmo em meus sonhos; minhas alucinações e a paisagem eram idênticas; não conseguia escapar de uma sem ser tragada pela outra; eu afundaria, eu me afogaria, eu morreria. A meio caminho da interminável travessia do Estado do Colorado, comecei a ter alucinações com montanhas muito distantes, na linha do horizonte, miragens de montanhas, delicadas como aquarelas de montanhas numa gravura japonesa; no entanto, essas montanhas não eram miragens, elas não se dissipavam, mas se tornavam mais densas; não se retraíam com o horizonte, mas se aproximavam; e subitamente ficou evidente que as montanhas no horizonte vinham em minha direção; eu estava indo em direção a elas, na rodovia; logo ficou evidente que a qualquer momento essas montanhas me envolveriam; eu olharia para todos os lados e veria montanhas por todos os lados; sorri com a revelação:

— As Montanhas Rochosas! Elas existem *de verdade*.

O horizonte tornou-se mais denteado. As intermináveis planícies do Meio-Oeste, com suas vastas fazendas e obtusas cabeças de gado pastando, logo foram deixadas para trás, agora um gado diferente e parecendo mais vigoroso estava pastando numa paisagem diferente, mais agreste; ali a paisagem era de cor sépia, como se descorada pelo rigor do sol; à distância, uma paisagem lunar de colinas pontilhadas com estranhas e proeminentes formações rochosas, montanhas com topo coberto de branco, como num quadro. Ali, a pessoa é forçada a se dar conta de que a paisagem é um ser vivo; uma paisagem exerce a vida; uma paisagem entra através dos olhos e respira dentro da gente; no Oeste, eu não podia mais ser a jovem que fora no Leste; em Crescent, Utah, um lugar desconhecido para mim, uma jovem impacientemente aguardava por mim, e ela era eu mesma, embora modificada; em Crescent, Utah, eu estava decidida a ser essa jovem. A filha do meu pai. A tentação em tais paisagens é acreditar que a beleza existe em uma profunda e secreta relação com você. A tentação é acreditar que você é a primeira pessoa a enxergá-la integralmente. Vi que a paisagem em pleno deserto muda continuamente de matiz e textura com o rápido, caprichoso movimento de luz na imensidade do céu; diferente do leste, onde o céu era reduzido pelo desenho das copas das árvores, e algumas vezes completamente obscurecido. Meus olhos, acostumados às comprimidas paisagens e horizontes do leste, apertavam-se diante da vastidão do oeste; impossível ver um espaço tão vasto sem ver o tempo; vastos âmbitos do tempo anterior à história humana, à fala humana, ao esforço humano para nomear tais fenômenos mudos como *montanhas, rios, cânions, platôs, gargantas glaciais*. Tais fenômenos mudos como *rochas, areia, planícies de sal, picos, mesas, penhascos, rochas em erosão*. Atravessando o rio Colorado, dirigindo pelo vale do Rio Grande e para o oeste, entrando em Utah, vi um mundo de desolação e beleza aberto diante de mim, e meu coração acelerou-se repleto de esperança; eu tinha esquecido de que a minha missão era ficar sentada junto à cama de um homem morrendo de câncer; eu pagaria caro por esse esquecimento, mas não de imediato. Em meu pequeno carro, que vibrava de excitação. Nomes de lugares tão românticos e exóticos aos meus ouvidos como poesia. *Roan Cliffs* [Penhascos Ruões], *San Rafael Valley* [Vale de São Rafael], *Sand River* [Rio de Areia], *Dirty Devil River* [Rio do Demônio Obsceno], *Green River* [Rio Verde], *Sego Canyon* [Cânion dos Lírios], *Diraes Canyon* [Cânion de Dirae], *Death Hollow* [Precipício da Morte], *Hell's Backbone* [Espinha do Inferno], *Calf Creek Falls* [Quedas do Riacho do Bezerro], *China Meadows* [Prado de Porcelana], *Desolation Canyon* [Cânion da Desolação], *Dead Horse Point* [Pico do Cavalo Morto], *Islands in the Sky* [Ilhas nos Céus].

E *Crescent* [Meia-Lua], para onde eu tinha sido convocada.

Comecei a dizer a mim mesma, fatigada de tanto dirigir, que bem podia viver em Crescent. Hipnotizada pelas estradas, pela constante e dormente pressão do meu pé, calçando uma sandália, contra o pedal do acelerador, e pela permanentemente ofuscante claridade do sol, comecei a contar para mim mesma uma história na qual o meu pai haveria me chamado para Crescent com um propósito. Pois o fato de ele estar em Crescent não podia ser mero acaso, podia?

— Paizinho? Este carro, eu comprei com parte do adiantamento que recebi de um editor por conta de um livro. Um livro de contos. O meu primeiro livro.

Experimentei essas surpreendentes palavras e minha voz começou a falhar. Pois como o homem que eu tinha conhecido como meu pai, a quem jamais chamara de *paizinho, papai*, receberia uma notícia dessas? Sentiria orgulho de mim? Ou ficaria indiferente? Poderia um livro de contos, e contos tão elusivos e "poéticos", significar qualquer coisa para um homem, um operário, que raramente lia mais do que jornais, até onde eu sabia, um homem nascido de fazendeiros semi-analfabetos que não possuíam livros como em repúdio a qualquer vida intelectual ou espiritual que fosse além dos abobalhados olhares inertes dos animais da fazenda? (Se bem que, na sala de estar da minha avó, havia uma Bíblia Sagrada, como esse reverenciado livro é chamado; sem que ninguém o tivesse lido, exceto eu, movida pela curiosidade e pelo maravilhamento cético; sem que o tivessem lido, e, no entanto, guardado num local proeminente, numa mesa coberta por uma toalha de rendas; a contrafeita concessão da minha avó, nascida alemã, à América e ao cristianismo que era sinônimo de América. A capa de couro falso da Bíblia Sagrada e muitas das suas páginas cobertas com um pó, um mofo da cor de cogumelos, por causa da umidade do verão de Strykersville.)

Agora em Utah, este até agora inimaginável Estado, numa movimentada I-70, aproximando-me de Crescent, onde eu torcia por encontrar um motel barato, e já estava rezando (Eu, que nunca acreditei no Deus da Bíblia Sagrada, nem mesmo no Deus de Spinoza) para que meu pai pelo menos vivesse o bastante para ver esse meu livro publicado. Mais seis meses! Ele viveria para ler meu nome, que incluía o seu nome, na sobrecapa do livro; ele seguraria o livro em suas mãos e me diria que era lindo, e me amaria.

4

— SIM, ERICH QUER VER VOCÊ. Mas ele não quer que você *o* veja.
Quanta intimidade com o nome do meu pai, nesses lábios desconhecidos.

Uma pequena mulher encurvada, com um rosto de boneca exageradamente maquiado e uma voz entrecortada pela respiração, uma voz de menina, e no entanto de rígida determinação, assim era essa mulher que se apresentou como Hildie Pomeroy, amiga do meu pai. No número 3 da rua Railroad, ela abriu a porta da frente de um bangalô de ripas como se estivesse, de dentro da casa, aguardando por mim, naquele momento. Havia uma surpresa emudecida no seu rosto, ao me ver; já que, apesar do meu pai provavelmente ter me descrito, eu não me parecia com a jovem que ela esperava ver; e Hildie Pomeroy, que de pé não tinha mais que um metro e vinte e cinco de altura, e que parecia ter alguma espécie de deformidade na espinha dorsal, não era a mulher que eu esperava, a amiga e protetora do meu pai. Ficamos nos fitando, piscando os olhos. No Economy Motel (quarto de solteiro: seis dólares), tomara um banho, pela primeira vez na minha lembrança, imersa numa banheira de água quente; lavei os cabelos, penteados ainda molhados, algo emaranhados e sem corte, caindo nos ombros; vesti uma blusa de algodão limpa, embora amassada, com mangas compridas. E calças de algodão, e eu cheirava a sabão, xampu, pasta de dentes; estava visivelmente nervosa; certamente não parecia a filha intelectual e literata de quem meu pai podia ter lhe falado. E ali estava Hildie Pomeroy, toda vestida de branco, como se fosse uma enfermeira, blusa de raion, calças de raion, sapatos de lona com solas de crepom que pareciam recentemente alvejados. Enérgica e eficiente, a não ser pelo exagero inusitado de maquiagem, como se fosse uma corista: o ruge destacando suas faces, a boca de um brilhante carmim, grossos filetes de sombra preta em seus cílios; e seus cabelos! — selvagemente pintados de preto, bastante compridos e difíceis de ajeitar, porém encaracolados e plissados em volta da cabeça, presos com grampos floridos de plástico. A mulher parecia uma boneca de mola pintada, cujas costas tinham sido cruelmente quebradas. Observando o espanto no meu rosto ela disse, esticando-se em toda a sua altura:

— Você pode falar com ele, querida, mas ele não é capaz de falar com você. *Eu* farei isso por ele.

— Mas, ele... ele está... consciente? Não está...?

— O seu pai está doente, querida. Ele se submeteu a três operações no ano passado contra o câncer da garganta e do esôfago. — Hildie falava com pausas silvadas e sibilantes. — Perdeu cerca de vinte e cinco quilos e... ficou desfigurado por causa das cirurgias. Ele apenas fica consciente, querida, por curtos intervalos de poucas horas. Não permite que a maioria das visitas entre para vê-lo, não mais. Apenas a mim, porque sou sua amiga e ele confia em mim. — Hildie me lançou um olhar desafiador. — Sou sua única amiga.

Tratava-se de uma repreensão contra mim e meus irmãos; uma repreensão que eu aceitei, como merecida, eu não iria protestar.

— Pelo telefone a senhora falou que ele sabe que... está morrendo?

Hildie balançou a cabeça tristemente.

—Ah, ele sabe, porém não sabe. Ou não quer saber. As pessoas doentes são iguais a nós, apenas um tanto diferentes. A mente delas inventa os mesmos truques para enganar a eles mesmos que costumamos inventar, porém mais patéticos. Uma pessoa doente como o seu pai algumas vezes fica tão fraca que nem consegue mover a cabeça, não consegue abrir os olhos para ver, não consegue falar mesmo quando quer falar, e fica confusa sobre onde está, quem está com ele, o que está acontecendo... Eu fiz cursos de enfermagem — Hildie disse, como se eu a tivesse contestado. — Em Salt Lake City, eu estava estudando para ser enfermeira.

— Entendo. Mas que... sorte. Para o meu pai.

Eu sorri tolamente para a amiga de branco do meu pai. Não sabia o que lhe dizer, como apaziguar sua ansiedade em relação a mim.

Hildie escarneceu com um sorriso de desdém, sem alegria, chocada.

— Ah, sim! Mas, seria muito melhor se ele estivesse *bem*.

Hildie Pomeroy era tão mais baixa que eu que precisava esticar bastante o seu pescoço; a cabeça, que parecia desproporcionalmente grande para o seu mirrado corpo, estava torcida para cima num ângulo doloroso. Eu sentia que, simplesmente por estar de pé diante dela, avultando sobre ela, deixava-a em desconforto; minha simples presença devia representar um empecilho; a pobre mulher falava ofegante, afagando os cabelos e remexendo uma pequena cruz de ouro numa corrente em volta do pescoço. (Seu pescoço, também, tinha sido empoado, porém menos eficazmente que o rosto; podia-se observar um entrecruzamento de rugas, na superfície empoada.) Pareceu-me que Hildie Pomeroy tinha ensaiado alguns de seus comentários; repetia coisas que já havia me dito pelo telefone; a sua necessidade de estabelecer de forma absoluta e além de qualquer questionamento da minha parte o seu relacionamento com o homem que era meu pai, ainda que esse relacionamento fosse um tanto misterioso, nada a ser explicitado, nem para ser posto em dúvida por mim, a intrusa. Hildie fitava-me fixamente com seus olhos intensamente castanhos, brilhantes, enevoados; olhos surpreendentemente bonitos, com cílios espessos; eu podia entender que um homem pudesse se apaixonar por aqueles olhos.

Eu devo ter dado a Hildie a impressão de estar em estado de choque; em vez de expressar angústia, ou pesar, eu estava sorrindo; era como se o meu sorriso tivesse sido grampeado no rosto. Uma voz remota e irônica soou nos meus ouvidos *E eu vim de tão longe!* Hildie estava dizendo, sem rodeios:

— O seu pai me disse, querida, que você deve se lembrar dele como ele foi. Isso é o que ele espera. Vou levá-la para onde ele está deitado, lá fora na varanda dos fundos, durante o dia ele gosta da varanda dos fundos, a televisão está lá, também, é uma televisão portátil que eu posso movimentar com bastante facilidade, e a varanda é um lugar confortável para ele, quando acorda sem saber onde está, é um *consolo*. Você sabe, o seu pai não teve uma vida fácil. Mesmo antes disso, antes das operações. Quando a pessoa fica doente, e perde um pouco o juízo, e as pernas e algumas vezes mesmo os seus braços já não parecem lhe pertencer, o que a pessoa mais quer é ser *consolada*. Assim, o seu pai quer que eu leve você lá fora onde ele se encontra, querida, ele tem esperado por você todos esses dias. Mas você vai ter de fechar os seus olhos. Ou eu taparei os seus olhos de algum jeito. Assim, ele poderá ver você. Então você talvez possa voltar-se de costas para ele, ou você pode se sentar, querida, tem uma boa cadeira que eu levei lá para fora para você, e eu posso ajudá-la a conversar com ele, porque ele não pode pronunciar mais nenhuma palavra, agora, pelo menos não palavras que você possa entender, mas eu as entendo; porém só durante alguns minutos, porque ele fica exausto, nesta hora do dia normalmente está dormindo. Ele dorme durante a tarde quente e eu lhe dou comida ao anoitecer, sua alimentação especial, depois ele dorme. Veja, querida, sei que é uma surpresa, o estado em que ele se encontra, porém é o desejo dele, e é melhor para ele. — Hildie fez uma pausa, sorrindo. — Para você, também, querida, é melhor assim.

Foi um aviso. Eu havia entendido. *Um homem morrendo. Morte. Você não desejaria vê-lo. Você é jovem demais.*

De fato, eu estivera visualizando o meu pai como o vira, quatro anos antes. Um homem de meia-idade, porém ainda arrogantemente jovem, do jeito como homens que trabalham com suas mãos e seus corpos, ao ar livre, parecem, de algum modo, manter-se jovens; a não ser quando os olhamos de muito perto, os seus rostos enrugados, a pele áspera. Eu tinha visualizado encontrar o meu pai esperando por mim, ali em Crescent, Utah, um pouco mais velho, mais devastado, porém ansioso por me ver, e num cenário diferente: um quarto arejado de teto alto, com uma janela com vista para as montanhas e para um céu azul-cobalto. Crescent, Utah. O Oeste. Entretanto, a rua Railroad era uma rua estreita, com pavimentação esburacada, que cruzava a pouco imponente rua principal da cidade, e o bangalô de cor parda, descascado, feito de ripas, com um jardim sem gramado, na frente, ficava num quarteirão de bangalôs semelhantes e trailers-moradia; o quintal desembocava numa ferrovia elevada por um aterro coberto de pedaços de carvão queimados e ervas daninhas. Esparsamente, choupos de aparência doentia rodeavam a casa. Em algum lugar ali perto, uma serra elétrica estava sendo usada. *Isso aqui bem podia ser Strykersville. Junto aos trilhos da ferrovia.* E a cidade de Crescent! Tão ordinária. Apenas o nome era belo como poesia. Enquanto procurava um motel, fiquei espantada ao constatar o quanto Crescent era pequena, o quanto era ínfima sua vida comunitária, algumas dispersas igrejas de estrutura de madeira, um centro de cerca de dois quarteirões, fachadas de tijolo falsificado de algumas lojas mais novas, e no mais tudo velho, décadas de idade, mais envelhecida que Strykersville, embora provavelmente tivesse sido fundada muito depois; mais para longe, a rodovia era entulhada com os habituais postos de gasolina, restaurantes *drive-in*, lojas de equipamentos esportivos, uma malcuidada A & P, Discount Carpets, um teatro *drive-in* com marquise quebrada, lojas de bebidas, bares. *E vim de tão longe: Strykersville!* Só que a pequena cidade no norte de Nova York do meu tempo de garota tinha uma biblioteca pública surpreendentemente boa, e uma YWCA onde eu podia nadar, e podia adivinhar que Crescent, Utah, era demasiado pequena para tais amenidades. Alguns minutos além dos limites da cidade e já entrávamos em plena zona rural, tudo plano, sem árvores, e pouco acolhedor; soprava um áspero vento quente; mesmo nas proximidades da montanha, que o meu mapa Esso romanticamente chamava Roan Cliffs, era tão monótono quanto borrões feitos com uma borracha de apagar, sob o calor atordoante.

Eu disse a Hildie sim, sim, certamente eu iria atender aos desejos do meu pai, e aos dela.

— Eu... eu trouxe para ele um presente, quero dizer... para vocês dois.

Estendendo para a pequenina mulher-boneca, corcunda e de branco, uma cesta de vime com frutas berrantemente embrulhada, cujo papel celofane encrespou-se ruidosamente. Um presente absurdo para um homem à morte, que comprara numa mercearia em Grand Junction, Colorado; não conhecia a exata natureza do câncer do meu pai; havia presumido que fosse câncer pulmonar. Poderia o coitado comer frutas? Maçãs, laranjas, mangas, kiwis, bananas? Seria um presente desses uma piada cruel, irrefletida? Hildie murmurou obrigada e pegou a cesta de mim, lepidamente, colocando-a de lado. Perguntou se, antes de me levar para ver o meu pai, eu aceitaria um copo de água; com alívio, respondi que sim; minha garganta estava ressecada, estava tendo dificuldade de falar. Minha boca por dentro parecia forrada de areia e poeira. Hildie levou-me mais para dentro da casa, até uma pequena cozinha abarrotada, com uma Frigidaire antiquada e barulhenta, um fogão a gás e linóleo gasto; a cozinha exalava um cheiro de mingau de aveia fermentado. Através de sua única janela, permitia uma estreita vista do aterro da ferrovia, coberto de ervas daninhas, a cerca de trinta metros de distância. Que rugido deve fazer o trem quando passa! Meu pobre pai. Como uma enfermeira, se bem que sem sorrir, Hildie demorou algum tempo para tirar água da torneira da pia até que, experimentando-a com o dedo indicador, considerou-a fria o bastante para ser bebida, ela encheu um copo para mim; eu agradeci, recebendo-o com dedos trêmulos, e antes de beber pressionei-o contra a minha testa quente. Era uma tarde quente de verão, bem mais de trinta graus: um calor seco, reluzente, um sol abrasador e ofuscante, não era um calor úmido como no norte de Nova York. *Estou com medo. Tanto medo. Me ajude.* Hildie Pomeroy estava me observando detidamente. Naquele mistura de extrema feminilidade e rija determinação, me fazia recordar de certas colegas de turma em Strykersville, garotas que não tinham ido para a faculdade mas permanecido na cidade para se tornarem esteticistas, assistentes de dentistas, enfermeiras, auxiliares de enfermagem. Por pouco, examinando meu rosto pálido e minha fisionomia tensa, Hildie refreou o impulso de me tocar; de me confortar; eu queria que ela me tocasse, e que me confortasse; eu estava aterrorizada com a perspectiva de encontrar meu pai moribundo; não sabia o que dizer para ele.

— É muita gentileza sua... — eu dizia lambendo os lábios. — Quero dizer... — minha voz falhava, eu não tinha a menor idéia do que tentava dizer — ... é tão estranho para mim. Muito obrigada.

Hildie Pomeroy franziu o cenho. Percebi que a primeira impressão que tive dela fora incompleta. Ela era uma robusta pequena *troll*, nos seus brancos trajes de raion; ela podia tanto ser uma jovem de trinta anos quanto uma velha de cinqüenta; tinha as pernas curtas e musculosas, e tornozelos grossos, ombros e braços fortes, formas de busto claramente definidas, busto que pressionava a sua blusa de raion; o cabelo era tão bizarramente pintado, preto como um corvo, e sem brilho, e o rosto pintado como o de uma boneca, e aqueles seus belos olhos castanhos úmidos! *A amante do meu pai? Sua esposa?* Tentei me lembrar do rosto de Ida e não consegui. Eu estava longe demais de casa. Olhando fixamente para Hildie Pomeroy, não poderia dizer se ela era uma mulher desconcertantemente atraente, a despeito das suas costas desfiguradas, ou horripilante; se o seu rosto pintado representava doçura feminina, e submissão, o desejo de agradar, de me fazer sorrir, em solidariedade, ou de desviar o rosto dela, em repulsa.

Hildie percebeu a minha indecisão. O meu medo. Ela tocou no meu pulso, levemente. Nos seus dedos destacavam-se reluzentes anéis baratos; suas unhas eram pequenas garras, pintadas de um carmim-claro brilhante para combinar com os lábios.

— Você veio dirigindo de tão longe, querida. Sozinha? — Ela balançou a cabeça, desalentada. — É perigoso. Para uma mulher. Como vai voltar? Pelo mapa, é uma enorme distância.

No meu medo, eu parecia estar tentando me agarrar, com dedos infantis, a um consolo filosófico. A afirmação de Nietzsche sobre a eterna ocorrência. *Nós vivemos esta vida, esta hora, muitas vezes; ainda não fomos derrotados; somos fortes o bastante para suportá-la; devemos apenas dizer Sim.* E enquanto isso Hildie me conduzia para a varanda dos fundos da casa, para ser levada à presença de meu pai.

Ela verificou e, sim, ele estava acordado.

— Não acordado como você e eu, querida, mas, para ele, está acordado.

Eu poderia ficar com ele por apenas alguns minutos, não mais. Gentilmente Hildie tocou na minha mão, seus dedos secos e quentes agarrando os meus dedos úmidos e pegajosos, e me conduziu para a varanda, posicionando-me onde o meu pai pudesse me ver, comigo, porém, de costas para ele, eu não o podia ver.

— O-lá, papai? Olá! É... — pronunciando o meu nome como se meu pai o desconhecesse; ousando chamá-lo "papai", como se fosse como o chamava quando era criança. Meus joelhos tremiam, meus olhos fixavam o espaço cegamente. Estava escuro; a varanda de madeira estava sombreada, do que seria um dia de sol reluzente e impiedoso, por uma imensa e nodosa parreira que podia ser uma videira ou glicínia, mas não tinha nem frutas nem flores, apenas um emaranhado de folhas com manchas deixadas por insetos e por uma tela ordinária pregada num ponto entre a balaustrada e o teto. A tela era uma reprodução de uma aquarela japonesa com folhagens e borboletas, muito desbotada, porém com desenho primoroso. Hildie tinha colocado um colchonete, a alguns metros de distância, sobre um sofá com molas rangentes. Eu pude sentir a presença dele imediatamente, mesmo sem virar a cabeça mais que uns poucos centímetros: sabia que ele estava olhando para mim; sua vista estava enfraquecida pela doença, porém ele olhava intensamente para mim. Escutei um gutural *Uh-uh-uhhh*, baixo e produzido com esforço, que Hildie rapidamente traduziu:

— "Olá", diz o seu pai. Ele está muito feliz com a sua presença aqui.

E eu disse, enxugando os olhos:

— Olá, papai, eu estou muito feliz de estar aqui, também, eu só queria...

Hildie deu-me uma cotovelada alertando-me contra o que eu ia dizer; quais palavras devem ser ditas para um homem que está morrendo, que requerem ser ditas em voz alta? Meu pai contorcia-se na cama dizendo *Uh-uhhh* e respirando com dificuldade, e Hildie traduziu:

— Ele pede que você feche os olhos e se vire para ele, para que possa ver o seu rosto. Mas você deve fechar bem os seus olhos porque, se o vir, não vai gostar do que vai ver. E ele não vai gostar que você veja.

Fechei as minhas pálpebras, que estavam tremendo muito, e Hildie girou-me de frente para o homem na cama, o homem que eu acreditava ser o meu pai; o homem que era Morte, e todavia era meu pai.

— Não tenha medo, querida — Hildie disse gentilmente, e ajudou-me, pressionando as palmas de suas mãos ligeiramente sobre os meus olhos, de tal modo que a maior parte do meu rosto ficava exposto. Hildie disse para o meu pai, pronunciando as palavras com lentidão, como se meu pai tivesse dificuldade de ouvi-las, se não fosse assim. — Ela não é uma garota corajosa? Dirigiu até aqui sozinha para ver você, tantos quilômetros! *Eu* a amaria mais ainda, também.

Meu pai deve ter ficado olhando para mim admirado, pois ficou em silêncio; não tentou falar novamente. Sua respiração tornou-se ainda mais difícil; eu a escutava com ansiosa fascinação, esperando que essa respiração cessasse a qualquer momento. Era um som terrível com que conviver na intimidade e, contudo, eu pensei, *É o som da vida para Hildie Pomeroy, contanto que continuasse.*

5

Eles foram amantes? Nunca consegui perguntar.
 Ficava constrangida na presença da mulher, assim como na presença de qualquer mulher íntima e misteriosamente ligada ao meu pai; que soubesse segredos dele que eu nunca saberia. E como Hildie sentia orgulho de ser sua enfermeira: ela o banhava diariamente com esponja, delicadamente lavava o que lhe restava dos cabelos, fazia-lhe a barba, alimentava-o com purê, fazia-o tomar numerosas pílulas, tirava-lhe a temperatura várias vezes ao dia, jogava fora os dejetos do seu corpo acumulados em sacos debaixo do sofá. Ela dormia num quarto perto do dele, e acordava todas as noites com meu pai se debatendo e gemendo, e vinha prontamente atendê-lo, confortando-o, consolando-o.
 — É desejo dele morrer em casa. E esta é a casa dele, agora, ele sabe disso — Hildie proferiu essa afirmação com enorme orgulho, e eu senti uma pontada de inveja.
 Hildie tinha conhecido meu pai no fim do inverno de 1964, no Rendezvous Café, na rua Principal, onde ela trabalhava como caixa. Ele entrou no café para tomar um drinque, na companhia de um homem da cidade, seu conhecido, um motorista de caminhão de uma companhia de cascalho local; meu pai estava à procura de trabalho como motorista de caminhão. Isso aconteceu logo depois de ele ser libertado da Prisão Estadual de Utah para homens, em

Goshen, onde cumpriu dezoito meses de uma sentença de três anos por uma acusação de agressão, em 1961. Hildie passou ligeiramente por cima desse fato para declarar, com veemência:

— O outro homem na briga, onde eles estavam trabalhando, em Duchesne, *ele* foi a causa de tudo. *Ele* atingiu Erich primeiro, com uma pá, e Erich apenas se defendeu. Daí, perdeu o controle, ele contou. Você sabe como são os homens. "São como uma avalanche", ele me contou. "Quando começa, não se sabe como vai acabar, e você não pode parar". — Hildie falava comigo numa voz arrebatada, mas baixa, como a de um cúmplice numa conspiração. Ela remexia na fina corrente de ouro em volta do pescoço. — As testemunhas mentiram, os canalhas! Todos, com exceção de um. Juraram sobre a Bíblia, ali mesmo na corte, e mentiram! Então Erich foi julgado culpado, quando tudo o que fez foi se defender.

Culpado! Prisão! Meu pai estivera na prisão. A revelação foi um choque para mim, anos depois do fato ocorrido; no entanto, por alguma razão, não me surpreendeu. Havia uma lógica melancólica naquilo; meu pai tinha desejado que pensássemos que havia morrido. Melhor morto do que um presidiário. Ele queria nos poupar dessa vergonha; devia acreditar que, para a sua família, o luto podia ser mais tolerável do que a vergonha.

Enxuguei as minhas lágrimas. Foi injusto! Ele não nos dera escolha. Não tinha me dado uma escolha.

Hildie olhava para mim, obliquamente, desconfiada.

— Você sabia disso, não? A sua família?

Eu disse para Hildie que sim, nós sabíamos. Alguma coisa.

— E nenhum de vocês veio vê-lo em Goshen? Não foi assim?

Eu disse a Hildie que sim, que foi assim.

— Um homem inocente! Seu pai.

Hildie estava desgostosa conosco, balançando a cabeça. *Ela* teria visitado o seu amado Erich qualquer que fosse a circunstância. Isso estava fora de dúvida.

Eu olhava para as minhas mãos, que pareciam irrepreensíveis. Eram mãos esguias, inquietas; mãos atraentes, suponho; não usava jóias, ao contrário de Hildie com seus anéis brilhantes, e apenas um relógio barato Bulova, com corrente frouxa, no meu punho esquerdo. As unhas curtas, aparadas por igual, consegui finalmente limpá-las no motel, antes de vir ver meu pai. Nunca foi da minha índole defender-me contra a indignação moral de outras pessoas; na presença de pessoas que assumem certa superioridade moral costumo retrair-me, em silêncio; pensem o que quiserem, o que necessitem pensar, é a minha aquiescência. Embora nem eu nem meus irmãos jamais tivéssemos tido conhecimento de que meu pai estava numa prisão em Utah, é bem possível que, mesmo que soubéssemos disso, não tivéssemos vindo visitá-lo. É possível que, bem no fundo dos nossos corações, preferíssemos pensar que ele estivesse morto; ele tinha adivinhado corretamente os nossos sentimentos. Era inteiramente possível. E eu não podia contestar Hildie Pomeroy, uma estranha que alegava conhecer o meu pai melhor do que eu.

Hildie disse, agressiva:

— Ele é um homem orgulhoso, o seu pai. Qualquer pessoa que o insulta, recebe o que merece, entende?

Disse a Hildie que sim, ele era assim mesmo.

Durante a briga, ele foi gravemente ferido na garganta, assim contara. Foi o que deu origem ao câncer. Ele sofria crises de tosse na prisão, mas, lá, eles não ligaram a mínima, diziam que era devido ao cigarro. Finalmente, lhe concederam liberdade condicional. Os canalhas!

Eu comprimi as pontas dos dedos sobre os olhos. Não tinha como replicar, não tinha palavras. Estávamos no Rendezvous Café, num reservado junto ao balcão do caixa coberto por um vidro. Hildie tinha tomado vários copos de cerveja e falava alto, o que permitia aos demais clientes escutarem o que ela dizia. E era bastante provável que estivessem prestando toda a atenção; estavam curiosos a meu respeito, uma forasteira. Era como se, quanto mais veemente Hildie falasse, maior fosse a possibilidade de meu pai não morrer.

— Um homem inocente, tratado como merda. Eu disse a Erich que ele podia processá-los. *Nós* podíamos processá-los. Tenho um tio em Salt Lake City que conhece um desses advogados que só cobram um percentual sobre o ganho com a causa.

Gostaria de ter perguntado a Hildie Pomeroy como ela tinha tanta certeza de que o meu pai era "inocente"; e o que, exatamente, significava "inocente" para ela? Como uma mulher pode ter certeza sobre o que tão ardentemente deseja acreditar? *Verdade é desejo: desejamos acreditar; inventamos como verdade aquilo que acreditamos. E onde o amor intervém, a verdade está perdida.* Eu estava pensando em Vernor Matheius, a quem eu amara, ou tinha imaginado amar, mais do que a própria vida; mais, certamente, do que a minha própria vida; estava pensando na duplicidade do homem, na desonestidade, na traição. Sabia que podia acreditar na existência do pior lado, em qualquer pessoa que eu amasse, não importando o quanto eu a amasse; porque tudo é possível. Eu era capaz de acreditar que meu pai fosse um homem violento, até mesmo um assassino; isso não teria alterado fundamentalmente os meus sentimentos em relação a ele. No entanto, isso não é natural, ou é? Numa mulher, pelo menos. Uma mulher "feminina" e passional como Hildie Pomeroy. Uma mulher de quem se espera ser capaz de negar o lado feio, que supomos que seja fiel, leal. Hildie, respirando fundo, exasperada, não parecia adivinhar como eu me sentia, como o meu coração reagia com repulsa contra a sua capacidade de acreditar por si mesma, independentemente do que os outros acreditassem; gentilmente, ela tocou na minha mão, como para me consolar.

— Mas estou cuidando dele agora. Ele sabe que pode confiar em mim. Possuo aquela casa, ela é minha. Foi a casa dos meus pais durante cinqüenta anos e agora é *minha*.

Hildie convidara-me para o Rendezvous Café, onde ela trabalhava cinco noites por semana. O proprietário era um velho amigo dela e sabia sobre o meu pai; todo mundo que conhecia Hildie no Café parecia solidarizar-se com a sua situação, perguntando pelo homem que chamavam de Erich; a algumas dessas pessoas, Hildie apresentava-me como filha de Erich...

— Ela está de visita, veio vê-lo. É uma boa moça.

Hildie tinha se desculpado por não me oferecer um jantar em sua casa; na maior parte das noites, ela comia no Café; perdera o hábito de preparar refeições para si mesma, cozinhava apenas para o meu pai. Hildie trabalhara no Rendezvous Café como garçonete, depois como caixa, durante vinte e dois anos; morara em Salt Lake City por um período, depois de se formar no colégio...

— Mas não deu certo.

Havia algum drama pequeno e doloroso naquelas palavras elegíacas. *Não deu certo.*

Vinte e dois anos no Rendezvous Café! Em meio àquela única fileira de reservados de couro falso, junto a uma parede, uma dúzia de mesas, o grudento chão de linóleo e as paredes com painéis espelhados, alternando-se com anúncios de cerveja e cigarros; um rádio permanentemente sintonizado numa emissora local, exceto quando a televisão estava ligada, berrando notícias, programas esportivos, a previsão do tempo e anúncios. A vidraça frontal do Café, coberta por uma película engordurada, era parcialmente protegida por uma fina lâmina de alumínio para proteger contra o sol, e um monocordiamente barulhento aparelho de ar-condicionado projetava-se de uma parede dos fundos; prevalecia o cheiro de cerveja, de fumaça de cigarro e frituras. Do lado de fora, um tubo de neon cor-de-rosa, RENDEZVOUS CAFÉ. Nesse lugar, Hildie Pomeroy sentia-se em casa: uma pequenina mulher-boneca, corcunda, pintada e empoada, com cabelos tingidos de preto, enrolados em volta da cabeça e afixados com grampos com uma vistosa imitação de diamantes; usando, para a noite, um espalhafatoso vestido com babados, estampado com girassóis, que ressaltavam seus bem-proporcionados seios. Como lembrava um desenho feito a creiom, executado com floreios. Sentada, a cabeça empinada, ela até podia se passar por uma mulher de estatura normal; e se a pessoa olhasse apenas para o seu rosto, não notaria a sua deplorável deformação da espinha.

Quando perguntei a Hildie se o meu pai tinha um médico em Crescent, ela deu de ombros irritada, bebericou a sua cerveja e murmurou algo que soou como "Canalha!". Meio sem jeito, eu disse:

— É muita bondade da sua parte tomar conta dele. Não pode ser fácil...

Hildie explodiu, como se eu a tivesse ofendido.

— *Bondade!* O que você quer dizer com bondade? Erich é meu *amigo querido.*

— Ah, eu sei. Eu...

— Escute, antes de ele ficar tão doente, estávamos planejando nos *casar.* — Hildie falava com ar de incredulidade, como se a frustração desses planos fosse difícil de entender. — Aconteceu tudo tão desgraçadamente *rápido.* Depois da última operação, ele nunca... nunca voltou a ser ele mesmo.

Hildie sorveu, de um único gole, toda a cerveja que lhe restava no copo, e seus brilhantes olhos úmidos piscaram para mim por cima da borda do copo. Casar? Mas por que não? Eu não tinha o direito de duvidar da sua palavra.

Um freguês aproximou-se do caixa para pagar a conta e comprar um maço de cigarros. Hildie rapidamente soergueu o seu corpo bem diminuto e aprumado para fora do reservado, oscilou sobre os saltos altos, indo empoleirar-se no assento da caixa registradora. Acalentada pela atenção dos fregueses masculinos, Hildie palpitava de prazer. Era como se uma câmera estivesse direcionada sobre ela.

— Olá, Petey! Como vão as coisas?

Gracejos de costume, piadas antigas, flertes. No Rendezvous Café, Hildie Pomeroy era uma marca, um "personagem"; ao longo dos anos, ela se apaixonara por Rod, por Garry, por Ernest, por Tuck; possivelmente por Peter, que se queixava jocosamente sobre alguma coisa e cavoucava os seus desbotados dentes da frente com um palito. Hildie assentiu com veemência, sempre solidária. Você escutava, você assentia com a cabeça, você sorria e você ria, era o que você fizera da sua vida, pois, se não isso, o que mais?

Antes de retornar ao meu motel naquela noite, o gerente do Café, cujo nome era Rod, um homem robusto na faixa dos cinqüenta com uma pele oleosa e esburacada e olhos lacrimejantes, camisa parcialmente desabotoada para mostrar um chumaço de pêlos grisalhos no peito, aquela sensualidade masculina que nada tem a ver com a idade do homem ou seu interesse, no momento, por qualquer mulher, inclinou-se sobre mim no reservado, baixando a voz para que Hildie, na caixa registradora, não ouvisse, e disse:

— É muito bom mesmo que você esteja com Hildie, nesse momento. A pobre garota vai levar um golpe daqueles.

6

TRÊS VEZES EU SERIA LEVADA à presença do meu pai, e três vezes Hildie me recomendaria que não me virasse para olhá-lo.
 Três vezes eu fui levada à presença da Morte, e três vezes eu escaparia.
 E a mulher vestida de branco a serviço da Morte assegurou-me, apertando o meu pulso com os seus dedos em garra:
 — Esse jeito como ele está agora não é *ele*. É o que aconteceu a ele. Oh, meu Deus!
 Ela nunca chorou na minha presença, exceto ligeiras e inesperadas lágrimas quentes de ódio. As lágrimas de alguém a quem a vida logrou, e muitas vezes!

Estranho que, durante os sete dias em que estive em Crescent, Utah, e Hildie Pomeroy e eu estivemos tão juntas, ela nunca tivesse pronunciado o meu nome. Mesmo pelo telefone, nunca me chamou pelo nome. Muitas vezes era *querida,* assim como no Café ela tratava os fregueses de *querido,* **meu bem**, numa voz etereamente sedutora. Com freqüência, não me chamava de nome algum. Eu lhe dissera o meu nome, e mais de uma vez, mas ela decidira que não iria guardá-lo. Acontece que eu era uma estranha para ela, uma intrusa; uma garota com olhos pálidos e preocupados, cuja réplica natural ao infortúnio era o silêncio, não a tagarelice; os livros que trouxera comigo para ler e sublinhar, enquanto esperava pelo que Hildie determinasse ser a hora apropriada para ver meu pai, quando ela os folheava, isso fazia o seu rosto preguear-se com um escárnio que deveria diverti-la.

— *Esse aí* nunca vai virar um filme, hein?

Ou:

— Por que ninguém fala, nesses livros que você lê? Eles só *pensam*?

Hildie ria de mim, como se quisesse me fazer de piada. Ou ficava me olhando fixamente, avaliando-me.

Eu era um indício inegável da vida anterior do homem que estava morrendo. Era a filha dele, podia reivindicar seu afeto. Tinha sido batizada por uma outra mulher, muito tempo antes. Como poderia Hildie confiar em mim?

Vindo a mim, ofegante e ansiosa, até onde eu me encontrava sentada, nos degraus da frente do bangalô, contemplando a beleza branca do implacável céu...

— Ele está acordado, querida! Oh, ele está *bem*. Os seus olhos estão tão límpidos! Ele quer ver você!

Eu baixei o livro pesado que estava lendo e me pus de pé, tremendo de expectativa. Agora Hildie olhava para mim avidamente com os seus olhos brilhando, transbordantes, como se eu fosse um presente a ser levado para o seu amante, prova da sua devoção.

— Não tenha medo, querida! *Venha*.

Hildie Pomeroy subitamente entrando em ação, enérgica e eficiente como qualquer enfermeira, em deslumbrante raion branco e silenciosos sapatos brancos de solado de crepom, entrelaçando os seus dedos nos meus, bem apertados, para indicar quem era a patroa.

— Lembre-se, querida, mantenha a cabeça virada. Respeite os desejos do seu pai!

Conduzindo-me através da casa imersa na escuridão em direção da varanda dos fundos, onde o inválido se achava inerte como a Morte, e, enquanto eu atravessava o limiar daquela porta e entrava no espaço dele, minha cabeça desviava-se daquilo que mais desejaria ver, o reverso da fadada Eurídice, ou da mulher de Lot. Com a sua voz esbaforida de criança Hildie gritava:

— Aqui estamos, Erich! Aqui está ela.

Dessa segunda vez, eu estava mais bem preparada, é claro. Para a áspera respiração sibilante que ameaçava parar a cada inalação, e o adocicado cheiro rançoso como o de folhas úmidas apodrecidas, e o angustioso *Uh-uhhh-uh* como água precipitando-se sobre seixos num riacho raso. Eu estava ciente, mesmo em meu atordoamento, de que Hildie havia espalhado uma colônia de flores ao redor da varanda para compensar o odor.

— Papai? Bom dia! — Uma voz jovial como a de qualquer garota anunciando a previsão do tempo na televisão. Meu desesperado sorriso infantil, ainda que ninguém o visse.

Então veio um enfraquecido gemido lamuriento, um rangido de molas. Hildie traduzia, febrilmente:

— Ele disse, "está um lindo dia, não *é*?".

Dedos fortes fincados em meus ombros pelas costas. Hildie sentou-me numa cadeira de vime a pouca distância do sofá sobre o qual o meu pai estava deitado, e permaneceu em pé, atrás de mim, uma mão sobre os meus ombros e a outra apertando a mão do meu pai. Hildie era a nossa mediadora: nós não podíamos nos comunicar sem ela. Felizmente, ela fazia a conversa por nós, traduzindo. Eu tentava escutar o *Uh-uhhh* do meu pai não como sons guturais, mas como palavras distintas; era doloroso pensar que a fala podia se tornar tão distorcida e tortuosa, e todavia ainda permanecer como uma espécie de fala; às vezes, quase pensava que pudesse entender o que ele estava dizendo, porém o significado me ludibriava, como em um sonho que se apaga rapidamente assim que você acorda. Fiquei observando uma teia de aranha no canto do teto da varanda. Fiquei observando a tela japonesa, e não via coisa nenhuma. Aquele som hediondo! O grito gutural de Laocoonte, sufocado pelas serpentes do mar.

Estava abismada com a coragem do meu pai. Não podia me imaginar tão corajosa, nem tão forte. Por quem eu lutaria tanto assim para conseguir falar, em tal agonia!

— Querida? Ele pede a você para falar sobre a sua vida.

Hildie tinha se inclinado para a frente, para murmurar sedutoramente o pedido em meu ouvido.

— Minha v-vida?

— Onde você mora? Sua casa?

Mas eu não moro em casa. Eu não tenho uma casa.

Minha vida era tão transparente para mim como água num copo, e não interessaria a ninguém mais. Eu estava descontente com a minha vida, que era para mim nada mais do que um veículo, como o pequeno e alquebrado Volkswagen, enferrujado a ponto de não se poder dizer que cor tinha, e por cujas janelas eu contemplara o Oeste. Como falar do que é invisível?

— Eu... eu estou...

Estava sentada totalmente ereta, olhando fixamente agora para o quintal da casa de Hildie; para o aterro coberto de ervas daninhas da ferrovia; acreditei que podia escutar à distância o estrondo de um trem se aproximando; eu estava paralisada de embaraço; sufocando-me como um grande peixe jogado ofegante no chão.

— Estou muito feliz de estar aqui. Tenho sentido muita saudade de você, papai. Todos nós sentimos. Hendrick, e Dietrich, e Fritz, e...

Como era estranho chamar a este desconhecido de *papai*; como era perverso, chamar a Morte de *papai*; a minha própria voz ansiosa, excitada, como a de uma criança que diria qualquer coisa para ser amada. Não tinha certeza se o que eu dizia era verdade, provavelmente não era verdade; pois como se poderia sentir saudades de um homem que tinha sempre se esquivado de você, contudo tinha a plausibilidade da verdade. Inspirada pelo comando de Hildie para falar, me tornei capaz de falar: o trem passou veloz, um pequeno trem de carga; observei os vagões de carga fechados passando, li SANTA FÉ SAN DIEGO PHOENIX SALT LAKE CITY BOISE, nomes que jamais veria em vagões de carga atravessando Strykersville. Esperei até que o trovejante trem passasse, grata pelo barulho. Era ensurdecedor! No entanto, eu parecia entender que Hildie, e mesmo meu pai, mal o haviam escutado.

Como no Oeste, rodeado por montanhas, desfiladeiros de rochas avermelhadas e desertos lunares, os habitantes assumem o seu mundo como verdadeiro, do mesmo jeito como alguém poderia assumir como verdadeiro qualquer pintura para pano de fundo de uma peça. Num armazém em Crescent eu vi um pirralho de cerca de dez anos usando uma camiseta com a inscrição AS ESTRELAS ESTÃO NOS CÉUS PARA NOS MOSTRAR O QUANTO PODEM IR LONGE OS NOSSOS DESEJOS.

Eu escutava a tagarelice sem sentido da minha voz ansiosa, falando de meus irmãos, do que eu sabia das suas vidas; e o que não sabia, inventei; disse que eles eram *felizes*; disse que *trabalhavam duro*; disse que estavam *indo muito bem*; falei dos meus avós, que eram pais do meu pai; cujas queixas, desapontamentos e sofrimentos profundos, entre eles e meu pai, eu ignorava; falei sobre essas pessoas há muito falecidas com uma ternura que nunca sentira, por eles, em vida; nem eles teriam desejado manifestações de ternura da minha parte, a última a nascer, a garota, a *pequena* que simplesmente por ter nascido causara a morte da sua mãe e lançara o meu desgostoso pai no mundo, para a sua perdição. Não falei sobre a amargura dos meus avós na velhice ou da dor que lhes causara o fato de o filho ter desaparecido de suas vidas, uma dor que se cristalizou com o tempo numa resignação latente, entorpecida, que era possível interpretar como uma aceitação cristã. (Foi como o ministro da igreja luterana de Strykersville a interpretou.) Falei das suas *mortes serenas* e dos seus sepultamentos no cemitério da igreja, próximo ao túmulo da minha mãe; eu estava ciente das unhas agudas de Hildie no meu ombro e do ofegante chiado da respiração de meu pai, era um território perigoso, eu sabia, e contudo prossegui, embora não tendo dito o que tão ansiosamente desejasse dizer *Por que você nos deixou? Nós precisávamos de você.* Enxugando os meus olhos, pois eu começara a chorar sem me dar conta. Meu pai agora se remexia, irrequieto, em meio às roupas de cama, proferindo os seus engasgados *Uhhhh-uh Uhhh*, e instintivamente eu fiz menção de virar a cabeça, porém Hildie deteve o movimento de minha cabeça, e repreendeu-me com rispidez:

— Não! *Não faça isso.* Você prometeu.

Como Hildie era rápida e forte, como era atenta. Aquele corpo mirrado e rijo, ágil como uma jovem jogadora de basquete interceptando um passe, ela me agarrou, agarrou a minha cabeça, paralisando-me. Senti o cheiro de perfume, e senti o calor sibilante da respiração da mulher.

Mais tarde, me ocorreria que, na presença da Morte, vivendo debaixo do mesmo teto que a Morte, tantos dias, semanas, meses, Hildie Pomeroy poderia ter perdido um pouco do seu juízo. Não posso condená-la, porque também ia aos poucos perdendo o meu juízo. É claro que não a condenaria por isso.

Na verdade, estava agradecida por ela estar me impedindo de ver seja lá o que fosse que eu estava proibida de ver.

7

MEUS SETE DIAS EM UTAH! Dirigindo durante horas pelo deserto afora, numa terra de rochas vermelhas. E só pude ver meu pai por breves períodos, e não todos os dias. Ele não agüentaria o esforço de muitas visitas, Hildie me disse. Havia vezes em que caía no sono enquanto ela o alimentava. Enquanto ela o banhava. Nenhum programa de televisão conseguia mantê-lo consciente por mais de alguns minutos.

— É uma misericórdia, eu acho... — Hildie comentou, sombria, deparando-se com o fato, somente agora começava a entender — ... que uma pessoa vá parando, até parar *de vez*.

Poderosas drogas amainavam a dor do câncer terminal, embora não totalmente. A pessoa tem de pagar um preço para permanecer acordada e consciente e chega um ponto em que o preço não vale a pena. *Porque Ida se foi antes dele quando ambos eram jovens. Era algo que carregara por toda a vida.* Para não ficar louca, a menos que isso já fosse uma outra forma de loucura, peguei o carro e fui para uma região em pleno deserto, ao sul de Crescent, ao longo de uma estrada estreita, radiante e ensolarada, que entrava pelo San Rafael Valley. Temple Mountain era o pico mais alto, no oeste. Ali não havia nenhuma construção humana, fora a estrada, nenhum sinal de humanidade. E senti tanto alívio! Tanta liberdade. Mesmo dentro do trepidante carrinho (eu tinha sido avisada de que o

Volkswagen podia superaquecer). Se permanecesse em Crescent, seria obrigada a pensar em coisas em que não queria pensar, e que me deixavam exausta, se não estivesse pensando em meu pai, cuja enfermidade me parecia um pesadelo, estaria pensando em minha mãe, que havia morrido há tanto tempo, era de supor que já tivesse superado essa perda para sempre. No entanto, nessa vastidão, esses pensamentos se enfraqueciam. As imensas distâncias silenciosas do oeste. Onde a morte das pessoas não tem importância. A morte de espécies inteiras não tem importância. A única realidade é o Tempo: o drama natural da terra é o Tempo. Na civilização, essa verdade tão simples é obscurecida. No oeste, não se pode escapar disso. Todas as coisas estão mudando, afundando, sofrendo erosão. Na minha vida, um simples dia (uma simples hora!, quando eu estive doente de amor por Vernor Matheius) era percebido como algo profundo. No oeste, um simples dia não era nada. Um ano, uma vida inteira — nada. O piscar de um olho. Tampouco havia qualquer coisa a dizer da beleza terrivelmente selvagem das formações de rochas avermelhadas pelas quais passei dirigindo, e assim eu nada diria sobre elas. A morte do meu pai não faria sombra ali. Tudo ali era tragado numa superexposição de luz.

Poderia sair da rodovia. Entrar pela vegetação do deserto com o carro. Sem ninguém ver. Sem testemunhas. Seguir em frente, seguir em frente sob o sol ofuscante até o carro ficar sem gasolina. Ou se quebrar. Que maneira melhor de encerrar toda a dor. Hildie não faria a menor idéia, ninguém saberia. Uma misericórdia!

Contudo, meu pai estar morrendo e a minha própria morte importavam tão pouco, por que não devo pelo menos olhar para o homem, antes que seja tarde demais? A mais dolorosa das ironias, que eu tenha dirigido até ali, de tão longe, e não me ser permitido sequer ver o rosto do meu pai. *Mas eu o verei! Verei, sim.* Como uma criança rebelde, planejava como poderia acontecer, fingindo a maior inocência. Na próxima vez que Hildie me levasse à varanda, eu me sentaria docilmente de costas para o meu pai, porém subitamente desmaiaria, eu cairia de repente para a frente, na cadeira de vime, talvez até caísse no chão; Hildie tentaria me levantar e, na confusão, eu espiaria de relance para trás, em direção ao meu pai; ou Hildie poderia sair correndo para pegar um pouco de água fria para borrifar sobre o meu rosto, e, enquanto ela estivesse fora, eu olharia para ele. *Só que ele vai perceber, ele vai saber.*

Não, eu não poderia fazer uma coisa dessas. Não poderia voltar a cabeça como Eurídice e a mulher de Lot tinham voltado as suas, com trágicos resultados. Se o desejo do meu pai era que a sua filha não visse o seu rosto desfigurado, como eu poderia lhe desobedecer?

Desfigurado pela cirurgia, Hildie dissera. Havia tanto horror numa tal afirmação. A chocante palavra *desfigurado*. Para Hildie era uma palavra incomum, proferida com ênfase clínica.

Num outro dia, não muito antes da morte do meu pai, eu estava tão inquieta que dirigi até o camping do Green River, a alguns quilômetros de Crescent. Uma vez lá, percorri um extenso território rochoso estriado com manchas da coloração de sangue seco; o terreno por vezes se elevava obliquamente da terra, uma protuberância, um ombro com uma corcunda; segui contornando a borda de um desfiladeiro estreito, profundo; das entranhas escuras do desfiladeiro elevava-se um odor sulfuroso, gélido e malcheiroso; que horror seria escorregar e despencar no desfiladeiro estreito; embora tentasse repetidamente, não conseguia ver o fundo. Havia algum mistério ali que eu era compelida a explorar, embora não estivesse com botas apropriadas para esse tipo de terreno e não tivesse me lembrado de trazer uma garrafa de água. Fora prevenida por amigos de Hildie, no Rendezvous Café, para não entrar pelos cânions sozinha, mas eu não tinha a intenção de me demorar.

Pelo espaço, o universo me envolve como um átomo; pelo pensamento...

Não consegui me lembrar do restante desse comentário de Pascal.

Bazófia de Pascal! Porque toda filosofia é, no fundo, bazófia. Átomos proferindo enunciados. O balbuciar de ervas pensantes.

E como o mundo se mostrava indiferente a tal saber. O mundo penetrando em nós através dos olhos, e através dos pés, dos dedos, do tato. Esse ar seco e ofuscante. O vasto céu lá em cima. *Eu ficarei aqui no oeste. Agora que ele me chamou para cá. Deve ser por alguma razão.* Fiquei me perguntando se o meu pai amava o oeste. Ou teria ele apenas fugido para cá por conta do desespero com a sua vida no leste? A América era átomos no vácuo, átomos movendo-se numa corrente contínua; tocando-se e ricocheteando; resvalando para o espaço. A maior parte da sua vida, meu pai tinha sido um trabalhador. Trabalhando com suas mãos a céu aberto. Eu gostaria de pensar que tal vida tivesse sido uma escolha sua. Como a minha vida, uma vida da mente, fora escolha minha. Mas, agora, o seu pobre corpo estava sendo consumido, como uma peça velha do equipamento da fazenda. O trator quebrado no celeiro do meu avô, coberto de poeira.

No entanto, apenas cinqüenta e seis anos. Novo demais!

No terreno mais plano e menos traiçoeiro pelo qual eu caminhava, protegendo os meus olhos do brilho ofuscante do sol, a vegetação era de cor sépia, esbranquiçada como ossos, ali havia arbustos de artemísia, um verde-cinza empoeirado; a cor predominante do terreno pedregoso era vermelho-ferrugem fosco, como o das veias sanguíneas da face interna da pálpebra. Eu começara a me sentir sem fôlego, como se estivesse escalando uma montanha. Minha cabeça doía e rodava, mas eu ainda não podia voltar; havia tanto silêncio ali e uma promessa tão premente; um espírito poderoso tinha se apossado desse espaço, e eu estava ao mesmo tempo amedrontada e desejosa de invadi-lo. Vozes fracas chamavam por mim, animando-me, a menos que estivessem zombando de mim. *Agora que ele chamou você para cá. Deve ser por alguma razão!* Nessa paisagem, tudo tinha um significado surrealista, como numa pintura de Dalí. As distâncias e as proporções se confundiam. Vi um brilho azul bruxuleando numa encosta e, quando cheguei mais perto, transformou-se num jarro quebrado. Vi uma escultura de formas torcidas e pálidas e, quando cheguei mais próximo, ela se tornou o esqueleto de uma lebre do deserto. Vi um pônei branco pastando num arbusto próximo a um riacho seco e, quando me aproximei, ele se tornou um artefato feito pelo homem, como de madeira compensada ou espuma. Vi o garoto com a camiseta onde se lia AS ESTRELAS ESTÃO NOS CÉUS PARA NOS MOSTRAR O QUANTO PODEM IR LONGE OS NOSSOS DESEJOS, e, quando cheguei mais perto, era alguma coisa confusa, criada pela luz do sol sobre a rocha. Debaixo de uma formação rochosa havia uma lindíssima explosão de carmim, como peônias, que, quando cheguei mais perto, virou algo feito de plástico ordinário. Cabeças e mãos humanas que eram rochas ou entulhos, trapos sobrenaturalmente recheados de areia, como se fossem espantalhos. Minha visão estreitou-se como se eu estivesse usando palas. Minhas têmporas latejavam. Quando vi aqueles trapos, fiquei por longo tempo observando-os fixamente; não ousei chegar mais perto, com medo de defrontar-me com alguma coisa medonha; na noite anterior no Café, um homem que veio se sentar com Hildie e comigo contou-nos que descobrira um cadáver no seu rancho, o corpo mutilado de uma jovem índia Ouray. *Tem gente morta por aí tudo. Bom lugar para despejá-los. Esses que ninguém dá queixa por seu desaparecimento.*

Nas ondas de calor emergindo de um rochedo, surgiu o perfil de uma mulher com a silhueta parecida com a de Hildie Pomeroy; corcunda e tensa como um arco vergado; um corpo humano deformado, todavia inequivocamente humano; quando cheguei mais perto, vi que era um rochedo de pelo menos seis metros de comprimento. No entanto, sob minha vista oscilante, parecia ter o tamanho de uma mulher. Vi que a rocha, semelhante à areia e à água, compreendia ondulações e ondas; entendi que correntes vibratórias eram a estrutura fundamental da natureza; enquanto na paixão sexual somos apanhados por tais correntes que nos atravessam de modo impessoal, usando-nos, e descartando-nos como palha de milho. Spinoza disse que nós ansiamos por persistir sendo o que somos. Todavia, mais poderosamente, ansiamos por persistir sendo seres da nossa espécie. Sentindo novamente a excitação dos olhos, que se desviavam aleatoriamente para os lados, do homem que, na noite anterior, juntara-se a Hildie e a mim no reservado. O seu nome era Eli? A menos que não tenha ouvido direito, ele na verdade se chamava Leo. Eu estava tão cansada, as pálpebras pesadas, sem poder pensar claramente, e sem conseguir escutar nada direito porque havia barulho demais no Café, risadas e vozes exaltadas, um programa esportivo na televisão, e tive de esperar horas até Hildie decretar que era o *momento certo* para ver meu pai, embora não tivesse havido nenhum *momento certo* naquele dia inteiro, já que ele não chegou a ficar inteiramente consciente e, quando consciente, tinha alucinações. No Café, bebi dois copos de cerveja. Comi um bife com batatas fritas e lavei os meus dedos pegajosos no banheiro feminino que cheirava a refluxo de esgoto. Hildie tinha perguntado à queima-roupa se eu já tinha estado apaixonada e eu respondi que sim; se havia sido magoada, Hildie perguntou, observando de perto o meu rosto como se para verificar se eu falava a verdade, e eu disse sim, baixando os olhos, sim, eu sofri muito. Hildie tocou no meu pulso com seus dedos pintados de carmim.

— Ora, querida, não deixe que isso aconteça novamente. Esses canalhas!

E mais tarde chegou Eli, ou Leo. Seus olhos errantes, inquiridores. Um rancheiro, assim Hildie o chamava. Ele me perguntou se eu queria uma carona para o Economy Motel, já que ele estava indo naquela direção, eu agradeci explicando que estava de carro. Alguns minutos mais tarde, após eu já ter fechado e trancado a minha porta no Economy Motel, bateram à porta e eu a abri, mantendo a corrente de segurança na lingüeta, e era Eli, ou Leo, perguntando se podia entrar, e eu lhe respondi que não; não, que não era um bom momento para isso; e ele perguntou então se poderia me ver na noite seguinte, e polidamente respondi que não; perguntou então quando podia me ver, ele gostaria de me ver, e prontamente disse não, não posso, estou aqui em Crescent por causa do meu pai, meu pai que está morrendo, por favor, entenda. Depois de uma pausa, a voz veio constrangida, e ele disse:

— Claro, eu entendo. Sinto muito.

Em Crescent, eu poderia ter ficado grávida. Poderia voltar para o leste e ter a criança do meu pai. Isso compensaria a injustiça, ou não?

O interior das minhas pálpebras pulsava. Não tinha me dado conta de que estava com os olhos fechados. Eu respirava pela boca como um boxeador exausto. Fiquei me perguntando se, com o sol, um vaso sanguíneo poderia ter se dilatado e rompido. Um aneurisma? Ondas de irrealidade passavam sobre mim como nuvens de desenho animado. Minha testa e a nuca estavam molhadas de suor. *Perplexa irrealidade*: há um termo grandiloqüente em alemão para essa sensação, que Vernor Matheius tinha uma vez lido em voz alta para mim de um intrincado ensaio de Heidegger, rimos juntos com a palavra. *Perplexa irrealidade!* É tudo em nossa volta, Vernor disse, estufando os seus olhos num arremedo de paranóia, terror. Vernor tinha surpreendido seus adorados professores ao abandonar a sua dissertação de doutorado e deixar simultaneamente a filosofia para inscrever-se na universidade de direito de Chicago; perdemos contato; não teria notícias de Vernor por vinte anos; tempo no qual ele se tornaria uma personalidade nacional, associado ao Fundo de Defesa da Criança, em Washington, D.C. *Perplexa irrealidade!* Comecei a rir, bem alto, nesse silencioso lugar rochoso, enxugando os meus olhos do suor. Vi os meus próprios ossos branquearem-se ao sol, um espetáculo reluzente, à distância, como uma obra de arte. Vi meu chapéu, meus óculos escuros quebrados, minha blusa de mangas compridas e o short estufado de areia. Disse para mim mesma *Hora de voltar. Não se apresse e não entre em pânico. Você não está perdida.*

Finalmente encontrei o meu caminho de volta para o terreno de rocha estriado que parecia um ombro com uma corcova. E lá estava o desfiladeiro estreito, profundo, que eu segui para voltar ao estacionamento do camping. Havia dois outros carros estacionados juntos do meu, ambos com placas de Utah. Ao caminhar para o meu Volkswagen, estava ofegante, trôpega, ensopada de suor, porém não havia entrado em pânico, e não me perdera. Entretanto, as estranhas distorções visuais continuavam prevalecendo. Parecia estar atravessando um túnel; vi, junto a uma lata de lixo, uma coluna alta de luz brilhante fazendo sinais para mim com o que parecia ser uma mão estendida e, quando me aproximei, ela se transformou num pedaço de nove centímetros de espelho quebrado.

8

Dois dias mais tarde, Hildie Pomeroy iria me conduzir à presença do meu pai pela última vez.

— Ele tem perguntado muito por você, querida. Mas não tem certeza se você realmente está aqui. Ele pensa que você foi um sonho, creio eu! É como se a mente dele estivesse se partindo em pedaços.

Hildie não tinha dormido muito naquela noite. Tinha se maquiado às pressas e havia salpicos de manchas de batom vermelho nos seus dentes. Os seus cabelos ressecados pareciam uma peruca, desgrenhados e precisando ser lavados. Ultimamente, chorava tanto que já não podia aplicar o rímel; seus olhos avermelhados estavam em seu estado natural e sem pintura alguma nos cílios. A blusa branca de raion e calças não estavam limpas, contrariando seu hábito, e um cheiro de colônia e angústia desprendia-se de seu grotesco e pequeno corpo arqueado. Ela me contou que o meu pai estava tão enfraquecido que alternava momentos de lucidez e de inconsciência; já não comia havia dois dias, nem sempre sabia onde se encontrava e ficava xingando inimigos-fantasmas. Quando eu me aproximava da sua casa, às oito horas daquela manhã, pude ouvi-la ao telefone falando esganiçadamente; ao bater na porta, hesitante, ela gritou lá de dentro para mim:

— *Entre!* É hora, agora.

Hildie agarrou a minha mão; seus dedos estavam frios como gelo, entrançaram-se apertadamente entre os meus. Horrorizada pelo que se precipitava sobre nós batendo suas asas negras, porém o seu terror se transformara em energia reluzente e dispersa.

— Depressa depressa depressa *depressa*.

Ao entrarmos na varanda, Hildie certificou-se de que eu tivesse virado a minha cabeça; conduziu-me à cadeira, forçou-me a sentar e prendeu firmemente minha cabeça entre seus braços:

— Agora prometa não virar a cabeça. Prometa!

Eu murmurei sim, eu prometo.

— Boa garota! Erich, sua boa garota está aqui, está vendo?

Eu engoli em seco e falei:

— Papai? Bom dia.

O odor fúnebre da Morte estava mais forte mesmo no ar seco e fresco da manhã. O estrangulado *Uhhhh-uh* do meu pai estava mais fraco do que o usual e completamente incompreensível. Todavia, Hildie prontamente traduziu:

— Oh, ele está feliz por ver você, querida. Ele pensava que você tivesse ido embora.

Hildie soltou uma risada escandalosa. Ela ficou às minhas costas, apoiando-se em mim, agarrando os meus ombros com os seus fortes dedos em garra.

— Ele está com seus papéis do seguro. E seu testamento. *Eu nunca fui convidada a vê-los. Não sou* da família, suponho! — Hildie estava arfando, rindo surdamente. Ela sussurrou no meu ouvido: — Vamos, *fale*. Não é para o que você está aqui, garota? Diga ao seu paizinho... qualquer coisa E *fale alto*.

Então, comecei a falar. Disse o quanto era maravilhoso quando o meu pai telefonava para casa; quando o telefone tocava depois das onze horas, já sabíamos que era ele; era como se fosse Natal; era tão emocionante; ele estaria trabalhando no Alasca, ou no Canadá, ou na costa nordeste do Pacífico; eu parecia lembrar que meu pai tinha conversado comigo em tais ocasiões...

— Era tão especial ouvir a sua voz, papai. Você nem pode imaginar.

Hildie começou a relaxar o seu aperto, enquanto eu falava. Eu havia tomado uma chuveirada rápida e descuidada naquela manhã, no meu quarto de motel, ainda estava com o cabelo molhado, colado no meu pescoço; depois, perceberia que não tinha enxaguado completamente o xampu do cabelo, e havia fios que tinham ficado grudados, ainda ensaboados; nem tivera tempo de me secar de maneira adequada; minhas roupas de baixo grudando desconfortavelmente no meu corpo, eu também estava ofegante, como se tivesse corrido em pressa desesperada para chegar lá. Meu pai respondia apenas vagamente ao que eu estava dizendo; no entanto, acreditava que ele estivesse ouvindo; falei sobre o telefonema que recebi de Hendrick, de Vermont; contei-lhe da viagem até Utah...

— Eu! Dirigindo para tão longe sozinha.

No meu círculo de amigos e conhecidos eu era notória por minha independência e o que eles chamavam de meu *alheamento*, significando presumivelmente minha inacessibilidade; no entanto, quem me escutasse falando com meu pai, me daria onze anos de idade. Eu me ouvi descrever o meu carro com a afeição depreciatória com que as pessoas comumente falam das curiosidades e excentricidades de família. Eu me ouvi dizer como tinha comprado o carro, dando como adiantamento o pagamento do meu primeiro livro de contos; embora não tivesse dito, pois ainda não sabia que seria assim, que dedicaria esse livro, tão precioso para mim, *à amada memória de meus pais Ida e Erich*.

A mim parecia uma bazófia infantil dizer tais coisas a um homem moribundo. Mas Hildie disse prontamente, como uma mulher que se agarra a uma esperança:

— Oh, um livro? Como esses das livrarias? Um livro de verdade, não um... — possivelmente ela queria dizer *um livro de bolso...* — Mickey Spillane? Fale ao seu pai sobre o que é seu livro, querida.

— Meu... livro? É... — Uma longa pausa. Cada pulsação era sentida na minha cabeça como uma pontada. E não sei bem se era vergonha, ou apenas embaraço; ou um orgulho meio desconcertado; ou se alguma coisa na esperança de Hildie tinha me contaminado — ... um livro de contos. Passados em Strykersville. Quero dizer... não o lugar real, papai, dei outro nome à cidade, mas... — Mas do que eu estava falando? Meu pai continuava respirando com dificuldade, mas não tentou falar nada; talvez estivesse cansado demais; o esforço exigido pela respiração era tudo que o seu corpo em falência poderia dar. Eu disse: — Papai, eu queria fazer uma coisa bonita. — E agora as lágrimas estavam me afligindo os olhos, porque seria verdade? Poderia ser verdade? O que é a *beleza* deixando-se de lado as exigências mais severas da *verdade?* — Eu queria fazer alguma coisa que pudesse permanecer por algum tempo, espero que algum dia você possa entender isso, papai... quero dizer... — Mas do que eu estava falando? Dizer coisas como essas a um homem que está morrendo? Quase acreditei que Hildie fosse estender o braço e me dar uma bofetada. — O que eu escrevo não é exatamente a minha vida, papai, mas eu... não posso... não poderia... viver sem isso, é como... sonhar? Respirar?

Minhas palavras elevaram-se em dúvidas, como balões de histórias em quadrinhos.

Lá estava eu, sentada diante do meu pai, balbuciando palavras que eu mesma mal conseguia compreender. Estava sentada numa cadeira de vime com um assento bambo, minhas roupas úmidas, coçando; sentada ereta como se alguém estivesse puxando meus cabelos no topo da cabeça; desde os dezoitos anos tornei-me uma pessoa com uma postura tão rígida como uma vareta, e isso por terror de me desmanchar, mortalmente, entrando em colapso como uma água-viva, sem espinha dorsal; como, naqueles horríveis tempos, quando via Vernor Matheius desabar sobre sua escrivaninha, coçando os olhos com ferinos polegares por dentro das lentes dos seus óculos manchados; eu estava sentada ereta, espigada, olhando para além de um emaranhado de parreiras e folhas que eram como uma cortina crescendo na varanda de Hildie, com o olhar fixo na direção do aterro da ferrovia, pensando *Nenhum trem virá nos resgatar hoje.* Hildie tinha parado de traduzir os sons estrangulados mesmo antes que ele os interrompesse; talvez não estivesse mais entendendo o que significavam, ou não pudesse mais fingir que os entendia; ou talvez algo a estivesse perturbando. (Embora

Hildie tivesse declarado a mim várias vezes que nenhum maldito médico iria participar das horas finais do meu pai, tive a impressão de que Hildie estava falando ao telefone, naquela manhã, com um consultório médico, ou com uma clínica médica.) Quando esgotei as minhas palavras, Hildie sussurrou:

— Continue falando! Você não pode parar agora.

Eu pensei *Vou dizer ao papai que eu o amo; vou dizer ao papai que escrevo sobre amor, porque é sobre a verdade.* Eu estava prestes a dizer essas palavras difíceis, mesmo tendo a premonição de que não devia dizer *Papai, eu amo você,* porque nesse instante meu pai morreria.

Estávamos ouvindo — o quê? — um telefone tocando. Um telefone dentro de casa. Hildie enterrou as unhas nos meus ombros e de novo me preveniu para não virar a minha cabeça enquanto ela estivesse ausente.

— Lembre-se! Você *prometeu.*

Não virei a minha cabeça nem uma fração de centímetro, depois que Hildie saiu apressada para atender o telefone; mas havia trazido comigo, naquela manhã, no bolso da camisa, o pedaço de espelho que encontrara no estacionamento do camping; dissimuladamente, eu o puxei para fora do bolso e elevei-o devagarinho até o nível do olho, numa tal posição que, mesmo se meu pai estivesse me observando atentamente, o que, acredito, ele não estava, não teria suspeitado; enquanto continuava a falar, mal sabendo o que dizia, e certa de que o meu pai não mais escutava, movi o espelho furtivamente para a esquerda e tive uma visão que a princípio não pude interpretar, minha vista estava borrada e manchada como se eu estivesse olhando através da água. *Uma figura esquelética apoiada sobre um travesseiro imundo. Uma cabeça calva que parecia alargada, ou de certa maneira deformada, e um rosto destroçado riscado por rugas e sulcos profundos; a pele era ao mesmo tempo cinzenta e avermelhada, como se tivesse sido fervida; a fenda da boca desaparecia no maxilar superior, e o inferior nada mais era do que uma borda de gengiva lacerada sem dentes; havia vergões ou queimaduras no lado direito da face e da garganta, e a garganta pare-*

cia derreter sobre o ombro. Os olhos! Eu não teria reconhecido o rosto do meu pai a não ser pelos olhos. Estavam profundamente afundados e espectrais, com as pálpebras desabadas; eram olhos enormes, fixos, sem visão; todavia, como num sonho de terror, enquanto eu olhava no pequeno pedaço de espelho que aproximara para bem perto do meu rosto, os olhos pareceram se virar para os meus; o rosto se crispou com raiva, como uma luva sendo amarrotada numa mão; o corpo esquelético estremeceu e veio um gemido, quase inaudível Uhhhh-uhh de reprovação.

Uma tontura terrível tomou conta de mim. Meus olhos se reviraram, o pedaço de espelho soltou-se dos meus dedos e foi espatifar-se no chão da varanda.

9

Ele não viu! Não podia ter me visto.
Eu sou a culpada. Causei a morte dele.
Não: ele não podia ter visto. Não aqueles olhos.
Ele viu, jamais vai me perdoar.
Ele não viu nada e não há nada para ser perdoado.
Ele viu, e ele perdoou. Um homem à morte perdoa.
Mesmo atordoada, enquanto meu pai morria, apoiando-me nas minhas mãos e nos joelhos, lutando para não desmaiar, tive presença de espírito o bastante para recolher as lascas do espelho em minhas mãos, e escondê-las no bolso da minha blusa.

10

DEPOIS DA MORTE DO MEU PAI, fiquei doente durante algum tempo. Mas eu me recobrei.

Embora com isso Hildie Pomeroy se tornasse minha inimiga, executei o primeiro ato inteiramente adulto da minha vida adulta; providenciei o transporte do corpo do meu pai para sua terra natal, Strykersville, para ser sepultado no cemitério luterano ao lado da minha mãe.

Pobre Hildie; ela planejara sepultar o meu pai em Crescent; ficou desesperada para sepultar meu pai em Crescent; entendi o seu desejo de levar-lhe flores ao túmulo até o final de sua vida; entendi seu desejo de empoar o seu rosto de um branco pálido como a morte e pintar os lábios de um lúgubre marrom-arroxeado, e usar vestidos pretos com babados em sinal de luto; entendi o seu desejo de passar toda a sua vida em Crescent como um fantasma, despertando respeito, reverência, simpatia, e até mesmo inveja. *Esta é Hildie Pomeroy, cujo amante morreu. Nem um único dia passa sem que ela chore por ele.* Entendi tudo isso, mas não podia aceitar que os desejos do meu pai fossem contrariados.

Hildie ficou lívida de ódio e amaldiçoou-me por tê-la traído. Ela e o meu pai tinham planejado casar-se, antes de Erich ter adoecido! Todo mundo em Crescent sabia disso, e podia testemunhá-lo! Maldição, era uma injustiça. Hildie disse amargamente:

— Sua...! Por que fui deixá-la entrar em minha casa? Sabia que não devia telefonar para nenhum de vocês! Devia ter dito para ele que ninguém atendeu! Você não tinha o direito de se intrometer na vida do meu Erich, depois de tanto tempo. Erich *me amava.*

No entanto, havia o testamento do meu pai em tortuosa caligrafia, datado alguns dias antes da sua morte. *Se houver algum dinheiro do seguro que cubra tal despesa, desejo ser sepultado no cemitério da igreja luterana em Strykersville NY & peço a minha filha para cumprir esse meu desejo. O $ do seguro é dela. Eu não quero ser um fardo aos que ficam. Meus bens terrenos, desejo dividir entre minha filha & minha amiga Hildiegard Pomeroy, com gratidão.* Sobraria dinheiro após as despesas do sepultamento: meu pai tinha uma apólice de seguro de vida de sete mil dólares; embora muitos dos últimos prêmios não tivessem sido pagos, a companhia de seguro concordou em pagar cinco mil e oitocentos dólares, que era mais do que o suficiente.

Eu fui a beneficiária do meu pai! A notícia me atordoou.

Sim, era injusto. Hildie tinha razão. Eu lhe disse que não queria o que não merecia. Eu lhe disse que depois das despesas do enterro, eu tomaria as providências necessárias para que ela recebesse o restante do dinheiro. Hildie chorou e me xingou. Não fazia conta da minha caridade de merda, ela disse. Eu protestei dizendo-lhe que não era caridade.

— Você o acolheu em sua casa, tomou conta dele até o fim, você o amava. E ele a amava.

Hildie cravou seus olhos, fuzilando selvageria, sobre mim. Desde a manhã da morte do meu pai, ela nunca mais maquiara o rosto, nunca mais aplicara rímel nos cílios, tornara-se uma mulher de meia-idade de pele murcha, com maneiras de garota, um corpo mirrado ainda que perversamente guardando as suas formas femininas, e aquele exótico cabelo preto. O que ela me disse, então, chocou-me tanto que foi como uma bofetada:

— Ele me amou! Quer saber de uma coisa?... Você está me passando para trás. Acha que sou idiota?

Eu balancei a cabeça, negando... Não, não achava que ela fosse idiota. Claro que ela não era idiota. Era uma pessoa meiga, generosa, uma pessoa nobre; uma pessoa corajosa; uma pessoa boa; disse-lhe ainda que o meu pai a amava muitíssimo, não a tinha beneficiado em seu testamento?

Hildie desdenhou com escárnio:

— Ah, sim! Seus bens terrenos. Tudo o que ele possuía era lixo. O dinheiro, deixou para você. Baboseira.

No entanto, quando enviei a Hildie Pomeroy um cheque de três mil e duzentos dólares, algumas semanas mais tarde, Hildie o depositou.

Vendi o Volkswagen por duzentos e oitenta e cinco dólares. Peguei um avião, de volta ao leste, para Buffalo. Era o meu primeiro vôo de avião, uma experiência emocionante; num delírio de exaustão, tristeza, alívio; porém era o alívio que predominava. O corpo do meu pai foi transportado via aérea, num outro vôo. O funeral na igreja luterana foi modesto, assistido por menos de trinta pessoas; a maioria, parentes e vizinhos que eu não via desde que deixara Strykersville e que mal pareciam me reconhecer. A filha de Ida? É ela? Dos meus irmãos, apenas Fritz teve tempo de comparecer. Para o túmulo conjunto, substituí a lápide da minha mãe por uma pequena, porém, assim pensei, bela placa de granito, gravada com os nomes dos meus pais, datas de nascimento e morte. Não me reuniria a eles naquele terreno pedregoso, mas a minha família agora estava completa.

Se as coisas andarem bem entre nós, algum dia, levo você até lá.

Este livro, composto na fonte Fairfield
e paginado por Alves e Miranda Editorial,
foi impresso em pólen soft 80g na Imprensa da Fé.
São Paulo, Brasil, na primavera de 2004.